HEYNE BÜCHER

W0297747

SCIENCE FICTION

Herausgegeben
von Wolfgang Jeschke

Vom **BATTLETECH™-Zyklus** erschienen in der Reihe
SCIENCE FICTION & FANTASY:

Die Gray Death-Trilogie:
William H. Keith jr.: Entscheidung am Thunder Rift · 06/4628
William H. Keith jr.: Der Söldnerstern · 06/4629
William H. Keith jr.: Der Preis des Ruhms · 06/4630
Ardath Mayhar: Das Schwert und der Dolch · 06/4686

Die Warrior-Trilogie:
Michael A. Stackpole: En Garde · 06/468
Michael A. Stackpole: Riposte · 06/4688
Michael A. Stackpole: Coupé · 06/4689
Robert N. Charrette: Wölfe an der Grenze · 06/4794
Robert N. Charrette: Ein Erbe für den Drachen · 06/4829

Das Blut der Kerensky – Trilogie:
Michael A. Stackpole: Tödliches Erbe · 06/4870
Michael A. Stackpole: Blutiges Vermächtnis · 06/4871
Michael A. Stackpole: Dunkles Schicksal · 06/4872

Die Legende vom Jadephönix – Trilogie:
Robert Thurstone: Clankrieger · 06/4931
Robert Thurstone: Blutrecht · 06/4932
Robert Thurstone: Falkenwacht · 06/4933

Robert N. Charrette: Wolfsrudel · 06/5058
Michael A. Stackpole: Natürliche Auslese · 06/5078
Chris Kubasik: Das Antlitz des Krieges · 06/5097
James D. Long: Stahlgladiatoren · 06/5116
J. Andrew Keith: Die Stunde der Helden · 06/5128
Michael A. Stackpole: Kalkuliertes Risiko · 06/5148
Peter Rice: Fernes Land · 06/5168 (in Vorb.)
Michael A. Stackpole: Die Kriegerkaste · 06/5195 (in Vorb.)
Victor Milan: Auge um Auge · 06/5272 (in Vorb.)
James D. Long: Black Thorn Blues · 06/5290
Robert Thurston: Ich bin Jadefalke · 06/5314 (in Vorb.)
Blaine Pardoe: Highlander Gambit · 06/5335 (in Vorb.)
Don Philips: Ritter ohne Furcht und Tadel · 06/5358 (in Vorb.)

James D. Long

Black Thorn Blues

Ein BATTLETECH™-Roman

Dreiundzwanzigster Roman
im BATTLETECH™-Zyklus

Deutsche Erstausgabe

WILHELM HEYNE VERLAG
MÜNCHEN

HEYNE SCIENCE FICTION & FANTASY
Band 06/5290

Titel der Originalausgabe
D.R.T.
Übersetzung aus dem Amerikanischen
von Christian Jesch
Umschlagbild: FASA Corporation
Innenillustrationen: Rick Harris
Die Karte auf Seite 5 zeichnete
Mirjam Wehner

Redaktion: Rainer Michael Rahn

Printed in Germany 1994
Umschlaggestaltung: Atelier Ingrid Schütz, München
Technische Betreuung: Manfred Spinola
Satz: Schaber Satz- und Datentechnik, Wels
Druck und Bindung: Elsnerdruck, Berlin

ISBN 3-453-07992-2

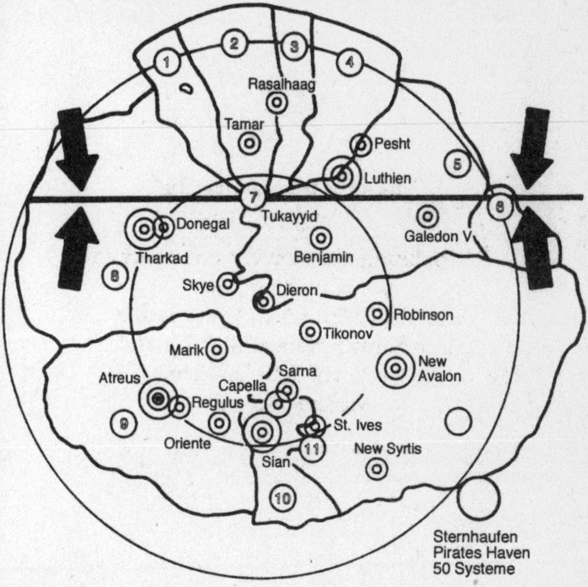

Karte der Nachfolgerstaaten

Clan-Waffenstillstandslinie

1. Jadefalken/Stahlvipern, 2. Wölfe, 3. Geisterbären, 4. Nebelparder/Novakatzen, 5. Draconis-Kombinat, 6. Außenweltallianz, 7. Freie Republik Rasalhaag, 8. Vereinigtes Commonwealth, 9. Liga Freier Welten, 10. Konföderation Capella, 11. St. Ives-Pakt

Karte erstellt durch COMSTAR,
nach Informationen des COMSTAR-EXPLORERDIENSTES
und des STERNENBUNDARCHIVS, Terra.

3054 COMSTAR-KARTENDIENST

PROLOG

Wir schreiben das Jahr 3057. Die Menschheit hat die Sterne besiedelt und ihre kriegerische Natur mit sich genommen. Tausende, von Menschen besiedelte Welten der Inneren Sphäre waren einst zu einem glorreichen Sternenbund zusammengeschlossen. Mit dem Zerfall des Bundes im Jahr 2781 begann das dunkle Zeitalter, in dem die fünf überlebenden Sternenreiche um die Vorherrschaft kämpften.

Fast drei Jahrhunderte lang bekämpften sich die Nachfolgefürsten untereinander in einer endlosen Fehde, die als die Nachfolgekriege in die Geschichte eingingen. Millionen starben, und einige wenige Welten wechselten den Besitzer. Trotz all der Kämpfe und Toten änderte sich nicht viel bis 3049, als die Clans in die Innere Sphäre einfielen.

Mit ihren überlegenen Kriegsmaschinen und ihrer übermenschlichen Infanterie, Nachkommen der legendären Sternenbundarmee Aleksandr Kerenskys, kamen sie, um die Innere Sphäre zurückzuerobern. Drei Jahre lang konnte niemand die Clans stoppen, bis die ComGuards sie auf Tukayyid bekämpften und ihre Offensive zum Stillstand brachten. Ihr Sieg bescherte den Nachfolgestaaten eine fünfzehnjährige Waffenruhe, erkauft mit unzähligen Leben.

Trotz des Waffenstillstands versuchen beide Seiten immer wieder, mit Überfällen und anderen gefährlichen Aktionen das Gleichgewicht vor Ablauf der fünfzehn Jahre zu ihren Gunsten zu beeinflussen. Einmal mehr steht die Innere Sphäre am Rande des Untergangs.

Dieses Mal überlebt vielleicht keiner.

1

Houston
Borghese, Vereinigtes Commonwealth

1. Oktober 3056

Das hohe, schrille Pfeifen eines Lasers wurde durch den kurzen, scharfen Knall einer schweren Pistole übertönt. Esmeralda folgte weiter ihrem Weg durch die unterirdischen Passagen in Richtung der Doppeltür am Ende des Gangs. Ein paar Sekunden blieb sie an der Tür stehen und lauschte; drei männliche Stimmen drangen aus dem Raum.

»Pah!« rief der größte der Männer, als Esmeralda eintrat. »Sie werden uns nie bekommen.« Er unterstrich seine Meinung mit einem einzelnen Pistolenschuß auf das Ende des Schießstandes. Obwohl sie sich unter der Erde befanden, klang der Knall nicht lauter als unter freiem Himmel. Ihre Borgheser Arbeitgeber waren anscheinend hier gewesen, um die schalldichten Wandteile zu installieren, die Kapitän Rose beantragt hatte. Esmeralda blickte flüchtig auf die Plastikzielscheibe des Schießstandes. Wie immer zielte Eber mit der übergroßen Sternennacht perfekt. Ein einzelnes Loch war über dem Herzen der Zielscheibe zu sehen. Ein Treffer, der sofort zum Tode führte, selbst bei jemandem, der eine leichte Panzerung trug.

»Und ich werde sie nicht bekommen, selbst, wenn es dazu käme.« Jeremiah Rose sah zu Esmeralda rüber und nickte kurz. Esmeralda tippte mit dem Grußfinger an die Schläfe, sagte jedoch nichts. Rose hob fragend eine Augenbraue, ohne dies weiter zu kommentieren. Statt dessen wandte er sich wieder dem breitschultrigen Eber zu.

»Es war bestimmt nicht leicht, mich davon zu überzeugen, daß irgend jemand verrückter ist als Sun Tzu, aber wenn es jemanden gibt, dann mit Sicherheit Aziz. Sie verschwand, bevor ich die ComGuards verließ, und wir wissen alle, das ist schon einige Zeit her.« Während er noch mit Eber sprach, drehte sich Rose zur Schießbahn und hielt seinen geliebten Laser auf Armeslänge von sich.

»Soweit ich gehört habe, hat die Partei von Blakes Wort Zuflucht in der Liga Freier Welten gefunden. Aber das wundert mich nicht, wenn man bedenkt, daß Thomas Marik früher mal ein ComStar Fachmann war.« Rose zielte und zog den Abzug dreimal schnell hintereinander durch. Der Laser brannte ein einziges Loch in die Mitte der Scheibe, ohne dabei ein Geräusch zu verursachen. Esmeralda bewunderte immer wieder diese Pistole, obwohl sie sie schon oft in Aktion gesehen hatte. Sie sah wie jede andere Waffe dieses Typs aus, aber sie war eindeutig mehr.

Der abgenutzte Plastikgriff war zu glatt, um nur von einer Person benutzt worden zu sein, selbst bei täglichem Gebrauch. Auf den ersten Blick sah sie wie eine Nakjama-Pistole aus, was, oberflächlich betrachtet, nichts Besonderes war. Nach allem, was man wußte, war Jeremiah Rose während seiner Dienstzeit bei den ComGuards auf Luthien stationiert gewesen, und die Nakjama war die Standardwaffe eines Kurita-MechKriegers. Äußerlichkeiten waren irreführend. Feine, aber wichtige Abweichungen unterschieden die Pistole in Rose' Hand von der Nakjama. Genaugenommen hatte Rose ihnen erzählt, daß die Nakjama auf seiner Waffe basieren würde, und nicht umgekehrt. Zum Beispiel war die Trommel seines Modells im Durchmesser um einen Millimeter größer. Das bedeutete einen größeren, abgestimmten Kristall, der mehr Energie umsetzen konnte. Die Reichweite war ebenfalls um einiges größer – allerdings spielte die Reichweite eines Lasers keine große Rolle. Die meisten Menschen, selbst MechKrieger, konnten eh nicht so weit sehen, wie ein

Laser schießt, und ruhig halten konnten sie die Pistole auch nicht, wenn sie ein Ziel in extremer Entfernung anvisierten. Etwas anderes machte die Waffe so besonders.

Rose' Laser verursachte kein Geräusch, wenn er ihn abfeuerte. Jedesmal wenn sie beim Schießen in der Nähe war, hatte Esmeralda sehr genau hingehört und weder das bekannte Summen der Kondensatoren noch die charakteristische schrille Entladung wahrgenommen. Alles was man bei Rose' Pistole beobachten konnte, war ein kurzes Aufblitzen roten Lichts. Das menschliche Auge kann das Licht eines Lasers nicht wirklich wahrnehmen, aber das Nachbild brennt sich in die Netzhaut und hinterläßt die Illusion des Sehens.

Rose ließ die Pistole langsam sinken und wandte sich wieder Eber zu. »Thomas Marik mag in der Liga Freier Welten immer noch das Sagen haben, aber kann er diesen Status über die Dauer eines Kontraktes aufrecht halten? Das nächste Haus, bei dem wir unterschreiben, muß schon eine gewisse Stabilität aufweisen. Und die hat Marik nicht.«

»Aber die Liga wurde von der Invasion der Clans nicht betroffen«, argumentierte Eber.

Rose nickte. »Das stimmt, aber sie haben immer noch eine Menge Probleme, und die Heirat zwischen Isis Marik und Sun Tzu macht ihr Reich auch nicht gerade stabiler.«

»Ich stimme dir zu«, sagte der dritte Mann, der bis jetzt geschwiegen hatte. Esmeralda bemerkte, daß Antioch Bell die Stirn runzelte und nicht wie üblich grinste, während er sich das Kinn rieb. »Wir sollten Marik nicht als Brötchengeber in Betracht ziehen, außer wir akzeptieren Sun Tzu als unseren eventuellen Kommandanten – und wenn Thomas irgend etwas passiert, dann rückt Sun Tzu nach. Ich persönlich glaube nicht, daß er so verrückt ist, wie alle behaupten, aber es sieht so aus, als benutze er die Leute nur zu seinem eigenen

Vorteil. Ich hasse den Gedanken, daß die Black Thorns nur ein weiterer Bauer in seinem Spiel sein sollen.«

Esmeralda nickte im Einklang mit Rose und Eber. Sie war froh drüber, daß Haus Marik nicht als potentieller Dienstherr in Betracht kam.

»Also gut«, setzte Eber fort. »Ich behaupte, Mutter hat keinen Idioten großgezogen und streiche St. Ives, Tikonov und alle anderen Regierungen entlang der Peripherie ebenfalls von unserer Liste. Die können sich uns nicht leisten und werden sich mit den Clans sowieso nicht anlegen.« Eber legte die Sternennacht an und feuerte auf die Zielscheibe. Rose' Loch verschwand in dem größeren Loch der Projektilwaffe.

»Einverstanden«, sagte Rose. »Ich habe die Black Thorns gegründet, um die Clans zu bekämpfen, und das werden wir auch tun. Somit bleibt nur noch das Vereinigte Commonwealth, das uns im Augenblick bezahlt, und das Draconis Kombinat.« Rose nickte Antioch Bell zu und warf einen kurzen Blick auf die Zielscheibe. Bell schüttelte seine Gedanken ab und griff nach dem Holster. Aus der Hüfte schießend sengte er ein Loch in das rechte Auge des Ziels. Sein Sunbeam-Laser machte die vertrauten Geräusche, die Esmeralda mit einem Laserschuß verband. Als ihr Blick vom Ziel wieder zu Bell wanderte, war die Waffe bereits wieder in ihrem Holster.

»Was ist mit Rasalhaag?« Eber und Bell drehten sich zu Esmeralda um, als sie sprach. »Sie sind noch nicht draußen, abgesehen von den Verlusten, von denen sie sich erholen müssen. Außerdem unterstützt ComStar ihre Bemühungen.«

»Du hast recht«, sagte Bell, »aber die Führungsspitze von Rasalhaag ist vollkommen demoralisiert. Die Leute sind immer noch kampfbereit, aber ihre Herrscher wollen sie nicht führen. Seit Prinz Ragnar sich geweigert hat, sich vor den Clans retten zu lassen, sind sie wie erstarrt.«

»Vielleicht bieten sie einen Garnisonskontrakt mit hohem Risiko an«, warf Esmeralda ein.

»Ihr habt beide recht«, entgegnete Rose. »Wir könnten den Job möglicherweise bekommen, aber ich glaube nicht, daß er es wert ist. Jeder Garnisonsdienst, auch wenn er noch so riskant ist, würde sich nicht auszahlen. Wir müssen in die Offensive gehen, und das bedeutet, wir müssen mit jemandem einen Vertrag abschließen, der auch das nötige Kleingeld hat, den Kampf mit den Clans aufzunehmen …«

»Und das heißt das VC oder Kurita«, beendete Eber den Satz. »Beide sind zurückgeschlagen worden, aber bereit zu kämpfen.« Eber feuerte zweimal. Sein erster Schuß traf Bells Loch, der zweite verursachte ein Loch im linken Auge des Ziels.

»Du setzt voraus, daß wir mit einem der Häuser weiterhin zusammenarbeiten können, Eber«, sagte Esmeralda. »Was aber, wenn wir das nicht können? Wir sollten uns nach einem ähnlichen Vertrag umsehen wie dem, den wir gerade beenden: einem Vertrag mit einer einzelnen Welt.«

»Esmeralda hat wieder recht«, sagte Rose. »Wir reiten auf heißer Technologie, aber wir können nicht annehmen, daß uns das marktfähig macht. Das VC oder Kurita wären zwar am sinnvollsten, aber keiner von beiden ist ein idealer Partner. Ich bevorzuge Kurita, aber das ist mein persönlicher Geschmack.«

»Die Schlangen? Warum die? Bist du etwa noch immer sauer auf das VC, weil sie deiner Familie etwas angetan haben?« Bell klang verwirrt und irgendwie verletzt durch Rose' Ablehnung des Vereinigten Commonwealth. Als ein ehemaliges Mitglied der Armeestreitkräfte des Vereinigten Commonwealth war er mehr als nur ein bißchen stolz auf seine frühere Militärkarriere. Rose neigte den Kopf und starrte ins Leere. Ein Ausdruck, den Esmeralda kannte. Er bedeutete, daß Rose seine nächsten Worte sehr genau überdachte.

Jeremiah Rose wurde als ältester Sohn eines Mech-Kriegers der Northwind Highlanders geboren, eine der ältesten und respektiertesten Söldnereinheiten in der Inneren Sphäre. In einem Debakel des Krieges von 3039 griffen die Highlander, die für Prinz Hanse Davion kämpften, einige Welten an der Davion-Kurita-Grenze an. Es sollte eigentlich ein guter Plan sein, aber Theodore Kuritas Gegenangriff war besser. Als Resultat davon konnte das Kombinat erfolgreich einige Welten zurückgewinnen, die es kurz vorher an Davion hatte abgeben müssen. Seine Mutter wurde bei den Kämpfen getötet, und Rose machte keinen Hehl daraus, daß er Hanse Davion die Schuld daran gab. Seine Wut hatte einen Keil zwischen Rose und seinen Vater getrieben, der dazu führte, daß er die Highlanders verließ und sich den ComGuards anschloß, dem militärischen Arm von ComStar.

»Nein. Es hat mehr mit der politischen Situation zu tun«, antwortete Rose, mußte jedoch einsehen, daß Bell nicht überzeugt war. »Wir haben hier die größte Bedrohung, die die Innere Sphäre je gesehen hat, seit Stephen Amaris praktisch auf unserer Türschwelle stand, und das Vereinigte Commonwealth weiß immer noch nicht, ob es eine große, glückliche Familie sein will oder nicht. Die neuen Jungs sind das beste Beispiel.«

Esmeralda wußte, daß Rose auf die Gray Death Legion anspielte. Die Mitglieder dieser Spitzeneinheit wären vermutlich stinksauer geworden, wenn sie mit angehört hätten, wie man sie derart unfreundlich beschrieb, aber Esmeralda wußte bereits, worauf Rose mit seinem Kommentar hinauswollte. Und sie stimmte mit ihm von ganzem Herzen überein.

»Habt ihr jemals bemerkt, wie sehr der Graue Tod mit Tharkad und der Steiner-Familie verbunden ist?« fragte sie. »Vielleicht stehen sie unter Victor Davions Befehl, aber sie selbst bezeichnen sich als Steiner-Einheit aus dem Lyranischen Commonwealth. Dort hatte die Gray Death Legion ihre Ursprünge, noch bevor es ein Vereinigtes Commonwealth gab. Und an diese Vergangenheit sind sie immer noch gebunden. Das VC ist weit davon entfernt, eine große, glückliche Familie zu sein. Die meisten der einfachen Leute – und damit meine ich auch Leute aus dem Militär – fühlen sich eher Davion oder Steiner gegenüber loyal. Sie arbeiten zusammen und kämpfen zusammen, aber viele Dinge sehen sie aus unterschiedlichen Blickwinkeln.«

»Wie etwa?« fragte Bell

»Die Clans, zum Beispiel«, antwortete Rose. »Die Steinertruppen waren in schwere Kämpfe verwickelt und hatten viele Männer verloren. Planeten, die an die Clans gefallen sind, lagen auf der Steinerseite des VC. Die Lyraner wundern sich, warum ihre Verbündeten, die Davions, nicht mehr helfen, während sich die Leute auf den Davion-Welten fragen, warum sie überhaupt helfen sollen.«

»Es ist ein einziges Durcheinander«, stimmte Rose leise zu. Seine Augen wanderten den Schießstand entlang, während er mit dem Abzug seiner Waffe spielte. »Die gesamte Innere Sphäre ist in einem Netz aus politischer Zänke gefangen.«

»Außer Kurita«, warf Bell ein.

»Nein, Antioch. Ich glaube, das Draconis Kombinat ist genauso schlimm wie der Rest, wenn es darum geht, Politik zu machen. Aber sie haben zwei wichtige Vorteile, die den anderen fehlen.« Rose sah seine Freunde nicht an, während er mit ihnen sprach. Er gab einen lautlosen Schuß nach dem anderen auf die Zielscheibe ab.

»Obwohl das Kombinat viele Welten an die Clans verloren hat, hält es eine beachtlich stabile Grenze aufrecht. Und die einfachen Kurita-Leute stehen voll und ganz hinter Theodore Kurita in seinen Bemühungen, die schrecklichen Clans zurückzuschlagen. Ich glaube, wir können mit Sicherheit annehmen, daß Teddy all seine Kräfte auf das Zurückschlagen der Clans konzentrieren wird. Auf die Idee, jetzt das Vereinigte Commonwealth anzugreifen, wird er nie kommen.

Dann haben die Kuritas den wohl fähigsten Führer der gesamten Inneren Sphäre. Theodore Kurita hat das immer wieder bewiesen. Ganz im Gegensatz zu Victor Davion, der immer noch ein kleiner Junge ist, oder Thomas Marik, den man höchstens als religiösen Fanatiker bezeichnen kann. Teddy ist in erster Linie MechKrieger und erst dann Politiker. Ich glaube, darauf können wir zählen.«

»Aber diese Schlangen haben einen schlechten Ruf, was die Behandlung ihrer Söldner angeht«, warf Bell ein. Rose nickte und kehrte dem Schießstand den Rücken. Während ihres Gesprächs hatte er vierundzwanzigmal auf das Ziel geschossen und einige Löcher in Kopf, Brust und Hals hinterlassen. Er ließ die Energiezelle aus dem Griff rutschen und ersetzte sie durch eine frische aus dem Gürtel, bevor er die Waffe in das Holster schob.

»Ganz recht. Aber ich glaube, sie haben ihre Einstellung geändert. Oder ändern sie gerade.«

»Warum?« fragte Eber.

»Nun, seit Wolfs Dragoner und Kell Hounds geholfen haben, Luthien vor einer Claninvasion zu retten, betrachtet der Großteil der Bevölkerung Söldner als, wie soll ich sagen, weniger inakzeptabel. Teddy hatte niemals ein Problem damit, Söldner anzuheuern, und die Meldungen von Outreach lassen vermuten, daß die Schlangen anständig zahlen und eine große Auswahl an Verträgen bieten.«

Bei der Erwähnung von Outreach zuckte Esmeralda leicht zusammen, und Rose fragte: »Stimmt etwas nicht?«

»Das ist der Grund, warum ich überhaupt hier runtergekommen bin. Ich war so beschäftigt mit unserer Diskussion, daß ich ganz vergessen habe eine Nachricht von Alex zu überbringen.« Esmeralda warf einen

Blick auf die Uhr. »Ria ist vor ungefähr sechsunddreißig Stunden auf Outreach angekommen und hat uns bei der Söldnerprüfungs- und Vertragskommission registrieren lassen. Im Augenblick sieht sie sich nach geeigneten Verträgen um und läßt anfragen, ob es etwas Bestimmtes gibt, was sie wissen sollte.«

Rose' Blick schweifte durch den Raum. Mit Ausnahme von Ajax, dem anerkannten Kommandeur der Scoutlanze, und seiner Schwester Riannon Rose, die als stellvertretender Kommandeur der Black Thorns fungierte, waren alle Führer der Söldnereinheit auf dem Schießstand versammelt. Es stimmte zwar, daß weder Eber noch Bell als Offiziere in den Unterlagen der Einheit geführt wurden, aber ihre Erfahrungen und der Einsatz für die Black Thorns gaben ihnen das Recht, bei unangekündigten Treffen wie diesem ihre Meinung zu sagen.

»Also, wenn ich euch nicht vollkommen falsch verstanden habe, suchen wir nach einer Möglichkeit, in die Offensive zu gehen.« Er musterte das Trio, wie es im Raum saß und mit den Köpfen nickte. »Sie sollte vielleicht mit dem Draconischen Kombinat anfangen, dann weiter zum Vereinigten Commonwealth.« Rose sah sich erneut im Raum um. Esmeralda und Eber nickten bereits zustimmend, Bell schloß sich ihnen nach einem kurzen Augenblick an.

»Dann steht es also fest. Wenn Teddy uns haben will, ist er unsere erste Wahl. Wenn er nicht will, werden wir sehen, was wir bekommen.«

»Er wird uns haben wollen«, sagte Esmeralda.

»Wirklich?« fragte Bell. »Und wie kannst du dir da so sicher sein?«

»Wenn all das stimmt, was wir über Theodore Kurita gehört haben, ist er zu clever, um eine so gute Einheit wie die Black Thorns nicht anzuheuern.«

2

Harlech, Outreach
Mark Sarna, Vereinigtes Commonwealth

15. Oktober 3056

Riannon Rose lief durch die Seitenstraßen von Harlech und dachte erstaunt über die Veränderungen nach, die das Jahr gebracht hatte. Es war nicht so, daß sich die Stadt verändert hatte. Sie selbst hatte sich verändert und sie mochte die neue Person, die sie jetzt war.

Zurückblickend wurde ihr klar, wieviel Vertrauen ihr Bruder in sie gesetzt hatte, als sie das erste Mal hier gewesen war. Genauso war es jetzt. Harlech war die Hauptstadt von Outreach, Heimatwelt der berühmten Söldnereinheit Wolfs Dragoner. Sie diente außerdem noch als Marktplatz, wo Auftraggeber und Söldner zusammenfanden.

Ria sah sich um, eher eine Angewohnheit, als daß sie wirklich Gefahr erwartete. Es war immer noch sinnvoll, vorsichtig zu sein, und ihr Bruder erinnerte sie unablässig daran, wie vieler Fehler es bedurfte, um einen MechKrieger zu töten: einen. Natürlich konnte man auch zu Tode kommen, ohne einen Fehler gemacht zu haben, dachte sie. Man konnte sterben, nur weil man Befehle ausführte. So war es Angus ergangen.

Ein sehr genauer – oder glücklicher – Treffer aus einer Clan-PPK hatte ihren Cousin Angus während der Kämpfe auf Borghese getötet und seinen Mech vernichtet. Ria schüttelte sich bei dieser Erinnerung. Es war nicht viel von Angus übriggeblieben, das sie ihrem Onkel zurückbringen konnten, aber sie war trotzdem nach Northwind gereist. Sie hatte nicht gewollt, aber Jeremiah war unerbittlich gewesen. Als kommandierender Offizier der Black Thorns hätte er es vorgezogen, die Reise selbst zu unternehmen, aber der Vertrag mit den Borghesern machte das unmöglich. Am Schluß blieb nur noch sie übrig, ihrem Onkel und dem Rest der Familie gegenüberzutreten.

In diesem Augenblick begann sich ihr Magen zu melden und erinnerte sie daran, warum sie überhaupt rausgegangen war. Ihre Blicke wanderten wieder umher, dann betrat sie ein kleines Restaurant. Was sie zuerst für eine zweite Innentür gehalten hatte, entpuppte sich als muskulöser Elementar-Krieger auf dem Weg nach draußen. Ohne einen Gedanken zu verschwenden, trat sie zur Seite. Sie war kein geeigneter Gegner für den brutalen Klotz vor ihr. Wenn der Mann sie überhaupt gesehen hatte, ließ er sich davon nichts anmerken, als er geduckt durch die Tür verschwand.

Ria ärgerte sich darüber, daß sie so einfach Platz gemacht hatte. Hätte ein echter MechKrieger so schnell aufgegeben? Sie wußte keine Antwort darauf, aber sie wollte es herausfinden. Sie drehte auf dem Absatz um und verließ das Restaurant. Zehn Meter weiter bahnte sich der Gigant einen Weg durch die Menge. Anscheinend hatte er das Gedränge um sich vergessen.

Ria folgte ihm vorsichtig, immer Abstand haltend, während sie den Mann beobachtete – wenn Mann überhaupt die richtige Bezeichnung war. Elementare sind Clanmänner, die genetisch verändert wurden, so daß sie größer, stärker und schneller waren als der durchschnittliche Mensch – größer, stärker und schneller als ein MechKrieger. Darauf trainiert, von Geburt an in einer speziellen, von den Clans entwickelten Kampfpanzerung zu kämpfen, waren sie im Einzelkampf nicht zu schlagen – sagte man.

Ria kannte die gepanzerten Elementare aus Filmen auf der Akademie. In Gruppen zu fünft konnten sie blitzschnell die schützende Außenhülle eines BattleMechs aufreißen, um dann mit ihren Lasern auf die freigelegten Komponenten zu schießen. Auf Borghese wäre das *Streitroß* ihres Bruders beinah durch eine solche gepanzerte Infanterie überrannt worden, aber Geschick und Glück hatten dann doch noch den Kampf zu seinen Gunsten entschieden. Als sie später die Aufnahmen von der Schlacht sahen, die die externe Kamera des *Streitroß* gemacht hatte, wunderte sich Ria über die Furchtlosigkeit dieser Individuen.

Als der Elementar vor ihr plötzlich links abbog, verlor sie ihn aus den Augen. Ein paar schnelle Schritte brachten sie zu der Ecke und ihm wieder auf die Fersen. Auf der Akademie wäre sie niemals auf den Gedanken gekommen, einen Elementar zu verfolgen. Mit dieser Möglichkeit hätte sie nie gerechnet und noch weniger das Verlangen danach gehabt, aber hier auf Outreach war anscheinend alles möglich. Wolfs Dragoner hatten enge Verbindungen mit den Clans, auch wenn die Einheit schon lange nicht mehr zum Clan-Militär gehörte. Auf der Akademie hatte man ihr erzählt, daß gefangene Clan-Krieger normalerweise sofort einen Treueid auf den Clan ablegten, der sie gerade gefangen hatte.

›Ich glaube, das macht genausoviel Sinn wie alles andere bei den Clans‹, dachte Ria bei sich, während sie den Rücken des Elementars studierte. Warum einen guten Soldaten verschwenden, nur weil er auf der falschen Seite steht? Und warum noch loyal einer Seite gegenüber sein, die offensichtlich nichts mehr zu sagen hat, wenn sie in einer Schlacht besiegt wurde.

Die Ausbilder der Akademie waren davon überzeugt, daß die Clans unter einem sorgfältig definierten Ehrenkodex kämpften. Diese Tatsache wurde tausendfach auf einem Dutzend Welten widerlegt, aber die meisten MechKrieger der Inneren Sphäre hatten große Schwierigkeiten herauszufinden, was ein ›ehrenwerter‹ Clan-Krieger war. Die meiste Zeit war man zu sehr damit beschäftigt, sich von den Clannern nicht umbringen zu lassen, oder man beschäftigte sich mit der Erforschung ihrer Motive. Aber bei den wenigen Gelegenheiten, bei denen Kräfte der Inneren Sphäre wirklich ein Auseinandersetzung gewonnen und Gefangene gemacht hatten, zeigte sich, daß der gefangene Clan-Krieger der typische Kriegsgefangene war.

»Schnappt euch den Kerl«, sagte Ria etwas lauter. Sie biß sich schnell auf die Lippe und sah sich um. Niemand hatte sie gehört, oder es kümmerte sich keiner drum. Leute aus einem Dutzend verschiedener Schichten gingen an ihr vorbei, jeder mit eigenen Problemen oder Wünschen. Ria ging einige Schritte mit gesenktem Blick. »Nachlässig, nachlässig, nachlässig«, murmelte sie, während sie sich selbst im Geist einen Tritt verpaßte. Als sie endlich wieder aufblickte, war der Elementar verschwunden.

»Wo zum...«, begann sie. Bevor sie weiterreden konnte, griff eine unsichtbare Hand nach ihrer Schulter und zog sie in einen nahe gelegenen Hauseingang. Ria griff nach der Faust und schob sie nach hinten, während sie ihr ganzes Gewicht in die entgegengesetzte Richtung warf. Doch der Versuch war erfolglos. Mit einem dumpfen Aufprall schlug sie mit der freien Schulter gegen die harte Holztür. Der Schmerz durchzuckte ihre Seite. Sie versuchte tief Luft zu holen, aber eine große Hand ergriff nach ihr und drehte sie herum. Der Elementar rammte ihr den Unterarm unter das Kinn und nahm ihr damit den Atem.

»Hier bin ich. Also, warum verfolgen Sie mich?«

Ria blickte zu ihrem Widersacher hoch. Auf die kurze Distanz sah er noch viel größer aus. Seine eisblauen Augen waren zu Schlitzen verengt, als er auf sie herabsah. Seine Gesichtszüge waren perfekt geformt, Schönheit in jedem Detail, aber eben größer als bei einem normalen Menschen. Als Antwort trat Ria mit ihrem rechten Fuß dort hin, wo eigentlich das Knie hätte sein müssen.

Er versetzte ihr einen kräftigen Schlag. Für einen Augenblick glaubte sie, das Bein hätte unter ihrem Tritt nachgegeben. Der Elementar lächelte nur über den Versuch, der ihn eigentlich hätte zu Boden schicken sollen. Selbst seine Zähne waren perfekt.

»Der erste war umsonst, weil ich annehme, du bist neu auf Outreach, *frapos*.« Obwohl Ria nur die Hälfte des Satzes verstanden hatte, begriff sie doch genug, um zu nicken. Das Blut pochte so laut in ihren Ohren, daß sie kaum noch denken konnte.

»Ich hab noch nie einen Elementar so nah gesehen«, krächzte sie. Jedenfalls keinen lebenden, wollte sie noch hinzufügen, aber sie hatte keine Luft mehr. Der Unterarm des Elementar löste sich ein wenig, und Ria nahm eine Lunge voll Sauerstoff, bevor sich der Druck erneut verstärkte. Sie griff mit beiden Händen nach dem Arm des Mannes, aber beide Hände waren zu klein, um den riesigen Bizeps zu umfassen. Statt dessen packte sie die Vorderseite der Tunika.

»Ich kämpfe jetzt für Wolfs Dragoner. Ich bleibe ein Krieger, bis ich gefangen werde. Ich will nicht verfolgt und nicht verspottet werden.« Das perfekte Lächeln wurde zu einem höhnischen Grinsen. Ria sah, wie sich seine Lippen bewegten, aber die meisten Worte gingen in dem Rauschen ihres eigenen Blutes unter. Die freie Hand des Elementars reichte nach hinten, als Rias Sehvermögen langsam schwand. Sie fragte sich, ob sie wohl das Bewußtsein verlieren würde, bevor der Elementar sie niederschlug, doch das war unwahrscheinlich. Er wußte offensichtlich, was er tat. Sie trat erneut zu, aber der Fuß traf nur ganz schwach den Oberschenkel. Wenn er den Angriff gespürt hatte, ließ er es sich nicht anmerken. Sein Lächeln kehrte wieder und Ria schloß die Augen. Sie haßte sich selbst.

Als der Schlag immer noch nicht kam, dachte sie, sie sei ohnmächtig. Langsam öffnete sie die Augen, als der Druck auf ihre Kehle nachließ. Sie sah, wie er sich langsam von ihr fortbewegte. Als er ihren Hals losließ, fiel sie gegen den Türpfosten und versuchte ihre Lungen mit Luft zu füllen. Kleine Atemzüge schienen am besten zu funktionieren, also sog sie lautstark einen Zug nach dem anderen ein, immer dem Wunsch widerstehend, sich nach vorne zu beugen. Etwas in ihrem Kopf sagte ihr, daß die Lungen sich weiten und nicht zusammenziehen müssen, wie das nun mal ist, wenn man sich vorbeugt.

Nach einigen Momenten hatte sich ihre Atmung normalisiert. Sie blickte sich nach dem Elementar um, der bereits wieder mit der Masse verschmolz. Er ließ sich nicht einmal dazu herab zurückzusehen. Bin ich wirklich so wenig eine Gefahr, fragte sie sich.

»Wie fühlst du dich?« Ria drehte den Kopf zur Seite und sah den hageren Rotschopf in ihrer Nähe an. Die Frau grinste von einem Ohr zum anderen, als wüßte sie, wie sich Ria fühlte.

»Ich fühle mich, als ob mein Mech auf mich getreten wäre. Wie fühlst du dich?«

»Ich?« Das Lächeln des Rotschopfs wurde noch breiter. »Ich fühle mich glänzend.« Riannon bekam langsam das Gefühl, dieses rothaarige Weib nicht zu mögen, als eine zweite Frau hinzukam.

»Kannst du gehen? Wenn nicht, helfen wir dir, aber wir machen uns jetzt besser auf den Weg.« Ria betrachtete den Neuankömmling und bemerkte, daß das Holster mit der Pistole entsichert war. »Er ist gerade um die Ecke, somit ist er außer Sicht, und ich möchte nicht hier sein, wenn er sich entschließt, noch einmal zurückzukommen. Also, kannst du gehen?«

Ria überlegte nicht lange, bevor sie antwortete. »Ja, ich kann gehen.«

»Dann sollten wir verschwinden.«

Ria ging einige Blocks zwischen den Frauen und konzentrierte sich darauf, normal zu atmen. Als sie den Hoteldistrikt erreichten, fühlte sie sich etwas besser.

»Danke für die Hilfe. Ich glaube, ich war unvorsichtig«, sagte Ria.

»Wahrscheinlich«, antwortete die Rothaarige. »Entweder das, oder du stehst auf richtig dicke Kerle.« Ria wurde puterrot, als der Rotschopf ihr zuzwinkerte.

»Laß dich von Kätzchen nicht weiter provozieren. Sie redet mit jedem so.«

Kätzchen lächelte jetzt noch breiter. »Das stimmt, das tue ich, und seit ich dir den Hintern gerettet habe, überlege ich, ob du mir eine klitzekleine Frage beantwortest?« Ria wollte gerade nein sagen, aber sie hatte nicht die Zeit, denn Kätzchen redete schon weiter. »Hast du Brüder?« Rias Augen weiteten sich einen Moment, aber Kätzchen lachte nur.

»Das reicht jetzt, Kätzchen. Ich glaube, sie hat schon genug durchgemacht. Wenn du in Ordnung bist, machen wir uns auf den Weg«, sagte die andere Frau zu Ria. Sie hatte sich bereits zum Gehen gewandt.

Ria legte ihr eine Hand auf den Arm und hielt die Frau zurück. »Warte einen Augenblick. Ich habe einen Bruder, aber er ist nicht auf Outreach.«

Kätzchen lachte und schnippte mit den Fingern. »Was für ein Glück für mich.«

»Aber da mein Bruder nicht hier ist, möchte ich euch wenigstens zum Essen einladen. Das ist das mindeste, was ich für euch tun kann.«

Kätzchen gab ihrer Begleiterin gar nicht erst die Möglichkeit, nein zu sagen.

»Ein Essen? Toll, vielleicht ist heute mein Glückstag. Wo gehen wir hin?«

Als Ria das Regalia, das Restaurant in ihrem Hotel vorschlug, hakte sich Kätzchen bei ihr unter und ließ ihre Begleiterin stehen. »Klingt gut, finde ich. Laß uns losziehen.«

Weder Ria noch ihre Gäste trugen für einen Restaurantbesuch die passende Kleidung, aber das war zu dieser frühen Stunde kein Problem. Die Bedienung im Regalia musterte sie nur kurz mißfallend, als sie sie zu ihrem Tisch brachte. Ober und Kellnerjungen schwirrten um die Frauen herum, wie die Aasgeier auf einem Schlachtfeld, bis sie ihre Bestellungen aufgegeben hatten und jeder seinen eigenen Weg ging. Der Weinkellner kam mit einer Flasche von einem unbekannten Davion-Weinberg wieder und füllte drei Gläser.

»Auf meine Retter, wer immer sie auch sein mögen.« Ria stieß mit jeder der Frauen an und nippte an dem Weißwein. »Mein Name ist Riannon Rose, aber meine Freunde nennen mich Ria. Ich hoffe, ihr werdet das auch. Ich bin erster Offizier der Black Thorns, einer Söldnereinheit, die zur Zeit auf Borghese stationiert ist.«

»Das ist nahe der Clangrenze, oder?« fragte Kätzchen. Riannon nickte.

»Also, ich heiße Katherine Kittiallen, aber jeder nennt mich Kätzchen, egal ob ich das nun will oder nicht. Ich kommandiere einen *Panther* – als wenn Kätzchen genannt zu werden nicht schon Strafe genug wäre, aber ich bin seit kurzem« – Kätzchen machte eine große Show daraus, ihren Kragen zu öffnen und schockiert auszusehen – »ohne feste Anstellung.« Ria lächelte über ihre Posse und sah sich die Frau zum erstenmal näher an.

Kätzchen Kittiallen war groß und hager, und weibliche Formen glänzten bei ihr durch Abwesenheit. Sogar ihr Gesicht war eckig. Aber sie schien immer zu lächeln, was dazu führte, daß ihre Augen durch halb geschlossene Lider glitzerten. Ihr Haar war dunkelrot, eine lange, dichte Mähne, die im Licht des Restaurants schimmerte.

»Mein Name ist Greta Podell, ehemals Republik Rasalhaag«, sagte die andere Frau, als sich Ria abwartend zu ihr umdrehte. »Ich bin wie Kätzchen ›ohne feste Anstellung‹. Außerdem bin ebenfalls ohne Mech.« Ria studierte Greta einen Augenblick. Wenn die Frau verlegen darüber war, daß sie entrechtet wurde, zeigte sie es nicht. Die meisten MechKrieger waren zu beschämt, um offen zuzugeben, daß man sie aus ihrem Mech geschossen hatte, besonders gegenüber Fremden. Nicht so Greta. »Ich bin in der Hoffnung nach Outreach gekommen, einer Söldnereinheit beizutreten.«

»Ich auch«, sagte Kätzchen. Ria betrachtete die beiden Frauen. Im Gegensatz zu Kätzchen war Greta muskulös und hatte die Rundungen an den richtigen Stellen. Sie konnte sich gut vorstellen, wie sich Eber und Badicus um Greta schlagen würden, wenn sie an ihrer Stelle hier wären. Sie belächelte den Gedanken. Selbst Gretas Haare, schwarz mit Silbersträhnen, schien eher Attraktivität, denn Alter zu signalisieren.

»Gut«, sagte Ria, als die Ober mit den Dinnerwagen zurückkamen. »Ich habe eine Einheit, aber ich bin nach Outreach gekommen, weil uns noch einige Krieger fehlen.« Weder Greta noch Kätzchen reagierte, als die Kellner mit dem Servieren begannen.

»Mein Bruder ist der Kommandant der Black Thorns. Wir sind im Moment nur eine halbe Kompanie, aber wir haben einige unbesetzte Mechs.« Ria tat so, als hätte sie das kurze Aufblitzen in Gretas Augen nicht gesehen, und sprach weiter. »Ich wurde nach Outreach geschickt, um ein paar neue Piloten zu rekrutieren und uns somit auf Kompaniestärke zu bringen, bevor Jeremiah mit dem Rest der Einheit ankommt.«

»Du rekrutierst die Leute?« fragte Kätzchen mit einem Mund voll Kalbfleisch. »Da setzt jemand verdammt viel Vertrauen in dich.«

Ria zupfte während ihres kleinen Spielchens an ihrem Huhn und überlegte. »Stimmt, aber das ist nun mal mein Job. Ich bin der IO der Einheit. Logistik ist mein Spezialgebiet, aber Jeremiah hat mich vorausgeschickt, um Leute zu rekrutieren. Wenn ich grünes Licht gebe, genehmigt er es. Das ist alles.«

»Warum die Eile«, fragte Greta. »Warum wartet er nicht, bis er in einigen Monaten hier eintrifft und entscheidet dann selbst?«

»Zeit ist Geld, Greta. Wir haben einige Mechs in unserer Einheit. Das bedeutet hohe Instandhaltungskosten. Wir können es uns nicht leisten, lange Zeit ohne Vertrag zu sein. So wie es zur Zeit aussieht, müssen wir wohl einen verkaufen, um die Instandhaltungskosten zu senken. Wenn wir das verhindern wollen, brauchen wir bald einen Vertrag.«

»Und Piloten natürlich auch, stimmt's?« fragte Kätzchen.

»Stimmt.«

»Also, wo muß ich unterschreiben?« Kätzchen stopfte sich das letzte Stück Fleisch in den Mund, während sie fragte.

»Unterschreiben? Aber du weißt doch nicht das geringste über uns. Warum solltest du unterschreiben?«

»Wir kennen dich«, antwortete Greta, »oder besser: Wir haben von den Black Thorns gehört. Ihr habt den Jadefalken auf Borghese vor einigen Monaten ganz schön in den Hintern getreten. Hab ich recht?« Ria nickte schweigend. »Selbst wenn alles nach Plan gegangen ist – was vielleicht nicht der Fall war –, müßt ihr eine ziemlich gute Söldnereinheit sein. Bei solchen Gegnern. Die Black Thorns sind gut genug für uns und für Leeza. Die Frage ist, sind wir gut genug für euch?«

Verwirrt durch die plötzlich veränderte Situation, sah Ria die beiden Frauen an. »Wer ist Leeza?«

»Leeza Rippiticue, unsere Zimmergenossin«, sagte Kätzchen. »Wir drei teilen uns aus Kostengründen ein Zimmer. Wir suchen schon seit vier Wochen nach einer Einheit, bislang erfolglos. Normalerweise wäre Leeza heute nachmittag bei uns gewesen, aber sie hat eine Simulation mit einer Rekrutentruppe aus der Peripherie. Sie hatte natürlich kein wirkliches Interesse an dem Angebot, mußt du wissen. Sie wollte nur die Zeit im Simulator.«

»Ganz nebenbei, was ist heute nachmittag passiert? Ich dachte schon, ich würde das nächste Titelbild des

Ärztemagazins für plastische Chirurgie abgeben«, sagte Ria belustigt. Greta lächelte und sah Kätzchen an, die wahrhaftig empört schien.

»Tja«, meinte Kätzchen, »es sah so aus, als hättest du ein paar Probleme. Also habe ich ein bißchen Stahl in unseren lieben Herrn Groß, Böse und Prächtig gesteckt.«

»Ein Messer?«

»Ne, eher ein Metallstängchen. So eines, um die Aufmerksamkeit von Leuten zu erregen, wenn du verstehst, was ich meine. Und in einem Notfall kann man sie als Totschläger benutzen. Als ich dann seine Aufmerksamkeit erregt hatte, zog Greta ihre Pistole und erklärte ihm, er solle sich verpissen. Den Rest kennst du.«

»Und es ist keiner stehengeblieben und hat geholfen?«

Greta schüttelte den Kopf. »Der Elementar hat sich ziemlich schnell davongemacht, als ich ihm die Pistole unter die Nase gehalten habe. Er war nicht bewaffnet und hatte keine Möglichkeit, an mich ranzukommen oder dich als Schild zu benutzen. Also hat er sich einfach verzogen.«

Kätzchen lehnte sich zu Ria herüber. »Ich hatte meine Pistole auch noch an seinem Ohr, für den Fall, daß er komisch oder witzig werden wollte, wenn du verstehst, was ich damit andeuten will.«

Ria nickte ganz langsam. Ihr wurde klar, in welche Gefahr sich ihre beiden Retterinnen begeben hatten, nicht nur wegen dem Elementar, sondern auch wegen der Stadtpolizei von Outreach.

»Meine Damen, nochmals meinen tiefsten Dank. Ihr Verhalten hat bewiesen, daß Sie es wert sind, Mitglieder der Black Thorns zu werden. Wenn Sie mir Ihre bisherigen Unterlagen in die Rekrutierungshalle bringen, werde ich mit der Musterung beginnen. Ihre Freundin Leeza soll ebenfalls ihre Unterlagen schicken, wenn Sie für sie einstehen wollen.« Beide Frauen nickten, und Ria lehnte sich auf dem Stuhl zurück. »Und ich werde mich darum bemühen, für alle drei einige Übungszeit im Simulator zu bekommen.«

Greta hob ihr Glas. »Nichts, was ich lieber täte.«

3

Harlech, Outreach
Mark Sarna, Vereinigtes Commonwealth

30. Oktober 3056

Die nächsten zwei Wochen vergingen viel zu schnell für Ria. Stunden, die sie damit verbrachte, sich durch Berge von MechKrieger Akten und unqualifizierte Geheimdienstberichte zu wühlen, hielten sie bis spät in die Nächte wach. Sie setzte Gesprächstermine an, wertete Simulatortests aus und unternahm mehrere Gänge zum Rekrutierungsbüro, um die Neuzugänge zu sichten. Oft sah sie von ihrem Tisch im Hotelzimmer auf und stellte fest, daß es bereits dämmerte. Sie schlief, wann immer sie konnte, aber die Hektik machte ihr schwer zu schaffen.

Wenn auch nur einer der anderen Black Thorns auf Outreach gewesen wäre, hätte das eine große Hilfe für Ria bedeutet. Nicht nur wegen der Arbeit, sondern auch, damit sie eine Reaktion auf ihre Ideen bekam. Aber sie waren nicht hier. Also hielt sie es für notwendig, jede Söldnerakte dreimal zu lesen, nur um zu entscheiden, welches Dokument ein weiteres Mal zu bearbeiten wäre, bevor sie eine endgültige Auswahl traf. Der Aufwand schien gerechtfertigt zu sein, aber die erschöpfte Ria verdrängte häufig ihre Müdigkeit, wenn sie sich entschloß, ein weiteres Mal durch die Akten zu gehen, falls sie doch ein wichtiges Detail übersehen haben sollte.

Greta, Kätzchen und deren Zimmergenossin Leeza waren versuchsweise bei den Black Thorns aufgenommen. Alles, was noch fehlte, war Jeremiahs formelle Zustimmung, um es offiziell zu machen. Ria hatte außerdem noch einen weiteren entrechteten Piloten rekrutiert, Jamshid Al-Kalibi, in der Hoffnung, ihn in einen der erbeuteten OmniMechs zu stecken.

Obwohl die Verpflichtung der drei weiblichen Rekruten Ria erheblich voran gebracht hatte, schien ihr Jamshid der wertvollste Zuwachs zu sein. Er war dünn wie ein Stock und ungefähr so groß wie Ria. Sein schwarzes Haar lag immer perfekt. Er sprach flüsternd, gerade so laut, daß er das Ohr des anderen erreichte. Er beantwortete jede Frage höflich und doch bestimmt.

Zuerst glaubte Ria, er wolle sie zu überreden versuchen, ihn ohne einen Blick auf seine Vergangenheit anzuheuern. Wenn man Jamshid Glauben schenken durfte, war er – zumindestens im Simulator – für jeden in der Inneren Sphäre gebauten BattleMech wie auch für zwei Clan-OmniMechs qualifiziert. Anfangs hatte sie seinen Ansprüchen nicht geglaubt, immerhin war er entrechtet, aber eine Routineanfrage im Rekrutierungsbüro bestätigte seine Angaben.

Jamshid hatte sechs Jahre lang als Ausbilder bei den Fusiliers von Oriente gedient. Er brachte den Rekruten das Grundwissen bei, wie man einen BattleMech steuert. Seine Dienstakte gab keinen Grund an, warum er sich von den Fusiliers getrennt hatte, aber es gab keine Beweise, daß diese Trennung im Bösen erfolgt war. Seit er vor drei Monaten auf Outreach angekommen war, hatte Jamshid als Trainer zweier OmniMechs, des *Katamaran* und des *Wolf*, am Simulator gearbeitet. Ria wußte sehr wohl, daß Simulatorqualifikationen nicht mit Erfahrungen im Feld zu vergleichen waren, aber Jamshid stand weit über anderen Rekruten, was das Wissen um kritische Situationen anging.

Die Tatsache war nicht weiter bekannt, aber die Black Thorns waren eine der wenigen Einheiten der Inneren Sphäre, die im Besitz von Clan-OmniMechs waren. Nach dem Pyrrhussieg über den Clan der Jadefalken auf Borghese, hatten die Black Thorns die zurückgelassenen, beschädigten Mechs der Falken einkassiert. Da ihnen das technische Wissen fehlte, um die vielen Probleme zu lösen, konnten die Black Thorns lediglich vier der Mechs und einige Ersatzteile retten.

Ihr Bruder Jeremiah steuerte den fünfundachtzig Tonnen schweren *Masakari*. Sie nahm an, daß er diesen OmniMech auch weiterhin lenken wollte. Die Black Thorns besaßen auch zwei *Katamarane* und einen *Sprinter*. Die schweren *Katamarane* gaben ein schönes Pärchen ab. Ria wußte, daß Esmeralda bereits ein Auge auf eine der beiden geworfen hatte. Sie würde sogar ihren viel schwereren *Marodeur II* aufgeben, um diesen OmniMech zu steuern. Wenn dem zugestimmt wurde, sollte Jamshid den anderen lenken. Der *Sprinter* war das Problem.

Soweit man in der Inneren Sphäre wußte, war der *Sprinter* der leichteste der OmniMechs, der von den Clans ins Feld geschickt wurde. Er war schneller als der *Heuschreck*, also verdammt schnell – und das ohne das MASC System. Der Myomerakzellerator Signalcodierung wird bei dem *Sprinter* oben auf den Reaktor gesetzt und funktioniert wie ein altmodischer Turbolader, indem er die Stärke der elektrischen Impulse in die Beine des *Sprinters* erhöht. Mit Hilfe des MASC kann der *Sprinter* Geschwindigkeiten von über zweihundert Stundenkilometern erreichen. Ria wußte genau, daß sie noch jemand Besonderen brauchte, der mit solchen Geschwindigkeiten umgehen konnte, ohne daß ihm der Mech unter dem Hintern weggeschossen wurde, bevor das MASC den *Sprinter* aus der Schußlinie bringen konnte.

Sie hatte die potentiellen Anwärter auf zwei Kandidaten reduziert. Wenn sie eine Entscheidung getroffen hatte, und Jeremiah dem zustimmte, würden die Black Thorns volle Gefechtsstärke erreichen. Die Thorns würden ihren nächsten Vertrag als eine komplette Einheit übernehmen, mit sieben kampferfahrenen Mitgliedern und fünf Kriegsveteranen, die neu zu ihnen gestoßen waren. Sie brauchte nur die letzte Entscheidung zu treffen.

Das zweimalige Klopfen an der Tür sagte ihr, daß es Zeit war, einen Entschluß zu fassen. Sie überprüfte den Sitz ihrer Uniform und riß die Tür auf. Im Vorraum standen zwei Krieger.

»Ich grüße Sie. Ich bin Leutnant Rose.« Ria lächelte freundlich und bat die beiden Krieger in den Raum. »Ich hoffe, Sie vergeben mir die fehlenden Formalitäten, aber ich denke, dieser Raum ist ein exzellenter Befragungsraum.« Die beiden Kandidaten sahen sich an, ohne die Aufmerksamkeit von Ria abzuwenden.

»Leutenant Donaldson – und das ist Yuri Dogdorvich. Herr Dogdorvich, ich glaube, Sie haben niemals einen Rang bei den Streitkräften bekleidet. Ist das richtig?« Beide Kandidaten versteiften sich bei diesen Worten. Jeder wußte, daß es hier um einen MechKrieger-Vertrag ging, und daß die einzigen nichtmilitärischen MechKrieger Piraten waren. Donaldsons Hand fiel auf ihr Holster, aber sie berührte es nicht.

Dogdorvich nickte nur. »Sie sind gut informiert. Mein Dossier war vollständig und gut präpariert. Wie konnten Sie wissen, daß es eine Fälschung war?«

»Ihr Pech, glaube ich. Ich habe einen Freund, der einmal in der Lyranischen Garde war. Ich habe ihn angerufen und gefragt, ob er oder einer Ihrer Referenzen Sie kennt. Natürlich kannte er die aufgelisteten Personen und wußte, daß sie alle tot waren. Nur Sie kannte er nicht. Also war es offensichtlich.«

»Ich verstehe«, antwortete er. »Also, Pech gehabt. Ich hasse den Gedanken, daß ich mein Leben einem solch miserabel zusammengeschusterten Stück Papier anvertraut habe.« Dogdorvich runzelte die Stirn. »Ich nehme an, Sie müssen das jetzt den Dragonern melden.«

Ria zuckte mit den Achseln. »Das weiß ich noch nicht. Ich suche nach einem Piloten.« Sie wandte sich Donaldson zu, um beide gleichzeitig im Blick zu haben. »Ich kenne Donaldsons Qualifikationen. Was ist mit Ihren, Dogdorvich?«

»Die Qualifikationen und Abschüsse sind korrekt. Ich habe lediglich die beteiligten Einheiten und die Namen der Schlachten geändert. Ich bin so gut, wie ich es angegeben habe.«

»Ich will erst einmal annehmen, daß Sie die Wahrheit sagen«, sagte Ria. »Aber ich habe ein Problem. Ich brauche nur einen Piloten und sie sind übriggeblieben.« Sie machte eine Pause und studierte die Mech-Krieger.

»Angenommen, der Job geht an den letzten, der noch steht?« Donaldson kratzte sich am Kopf, während sie über die Frage nachdachte. Dogdorvich ließ sich flach auf den Boden fallen, ein Bein vor und das andere hinter Donaldson. Mit einer einzigen Scherenbewegung riß er sie zu Boden. Er nutzte die Hebelkraft und Bewegung aus und stand sofort wieder. Donaldson griff nach einem Stuhl, um das Unvermeidliche aufzuhalten, aber sie riß den Stuhl nur mit sich. Dogdorvich fixierte Ria. Donaldson wurde rot und rappelte sich auf.

»Angenommen, der Job geht an den letzten, der noch lebt?«

Diesmal zögerte Donaldson nicht. Noch im Aufstehen, griff sie nach ihrer Pistole und zog sie aus dem Holster. Dogdorvich griff zwischen seine Schulterblätter und zog ein zwanzig Zentimeter langes Stilett, Spitze voran. Das lasergehärtete Plastik war mattschwarz und einheitlich glatt. Eine perfekte Wurfwaffe.

»Genug!« In dem kleinen Raum war Rias Stimme so laut, daß beide Piloten wie schockiert in ihren Bewegungen verharrten. Als das Kommando langsam verklang, wurde ihnen klar, daß der Test vorbei war.

»Leutnant Donaldson, danke für Ihre Zeit. Entschuldigen Sie bitte die etwas ungewöhnliche Methode. Das wäre alles.«

Die Frau schien noch etwas sagen zu wollen, schluckte dann aber doch die Worte runter. Mit einem letzten Blick auf Dogdorvich drehte sie sich auf dem

Absatz um und verließ den Raum. Dogdorvich behielt Ria im Auge und ließ die Stille wirken, besonders, nachdem Donaldson gegangen war.

»Sie sind schnell«, sagte sie.

»Wo ich herkomme, muß man das sein.« Er steckte das Messer wieder zurück in die Scheide. »Heißt das, ich bin dabei?«

»Das wird die Zeit zeigen, aber Sie haben einen guten Anfang gemacht. Ich benötige ein echtes Dossier bis acht Uhr morgen früh. Diesmal die Wahrheit. Wir wissen beide, daß Sie ein Pirat waren. Wenn Sie ein Söldner werden wollen, ist das die Chance zu einem neuen Anfang. Das heißt aber auch, daß Sie von diesem Zeitpunkt an die Wahrheit sagen müssen.« Trotz des Größenunterschieds sah Ria Dogdorvich in die Augen. Sie waren beide gleichaltrig, aber da war etwas Unsagbares in seinem Gesicht. Jahre des unerbittlichen Lebens, selbst im Vergleich zum Leben eines MechKriegers, hatten ihn schneller altern lassen.

»Sie werden die Unterlagen Punkt acht haben«, erwiderte er. »Die ganze Wahrheit, wenn es das ist, was sie wollen.« Dogdorvich wandte sich zum Gehen und machte die Andeutung eines Salutes. Ria wußte, daß er sich damit bedanken wollte.

»Noch etwas, Dogdorvich.«

Er hielt an der Tür, als seine Hand den Knauf berührte. »Yuri, wenn es Ihnen nichts ausmacht. Wenn ich Freunde hatte, haben sie mich immer so genannt.«

»Haben Sie wirklich einen *Heuschreck* gesteuert, Yuri?« Er lächelte zum erstenmal, und Ria sah ein plötzliches Funkeln in seinen Augen, von dem sie nicht geglaubt hatte, daß es existierte.

»Jawohl, Madam, hab ich. Tu ich immer noch. Im Augenblick habe ich jedoch keinen Mech.«

»Können Sie sich vorstellen, etwas anderes zu steuern?« fragte sie. Yuri legte den Kopf in den Nacken und dachte einige Sekunden nach, bevor er antwortete.

»Ja. Ich denke schon, daß ich mir das vorstellen kann, aber ich müßte es die größte Verschwendung meines Lebens nennen, keinen schnellen Mech zu steuern. Verstehen Sie, was ich meine?« Yuri sah jetzt wieder runter auf Ria. Er hielt ihrem Blick stand. »Etwas mit mehr Dampf als Panzerung. Das ist der richtige Mech für mich. Wenn es sein muß, nehme ich einen UrbanMech, sollte ich der Meinung sein, das würde mich wieder auf den heißen Stuhl bringen. Ich würde jederzeit einen *Marodeur* gegen einen *Heuschreck* tauschen.«

»Wirklich?«

»Vielleicht nicht.« Er lächelte und wendete sich zur Tür. »Aber ich würde einen *Dunkelfalke* gegen einen tauschen. Paßt besser.« Immer noch lächelnd öffnete er die Tür.

Im Eingang stand ein älterer Herr in grauem Anzug, die Hand zum Klopfen erhoben. Yuri blieb in der Tür stehen, Angesicht zu Angesicht mit dem Fremden. Ria versuchte an der rechten Seite des Kriegers vorbeizusehen, um den Grund seines plötzlichen Stillstandes zu erfahren.

»Guten Tag«, sagte der Mann. »Ich suche nach den Black Thorns. Ich glaube, ich habe sie gefunden.«

4

Harlech, Outreach
Mark Sarna, Vereinigtes Commonwealth

30. Oktober 3056

Ria ignorierte den fragenden Blick von Yuri, als er das Zimmer verließ. Sie bat ihren Gast herein.

»Mein Name ist ...«

»Riannon Rose, Schwester von Jeremiah Rose.« Der Mann beachtete die ausgestreckte Hand nicht, und Ria ließ sie wieder sinken. »Ich hörte, das Personal soll exzellent sein.« Er nickte in die Richtung des umgefallenen Stuhls.

Ria zuckte die Schultern. »Nur ein Eignungstest.«

»Ich verstehe«, antwortete der Mann. Ria betrachtete ihn, wie er durch das Zimmer ging, während er die Bilder inspizierte. Schließlich blieb er am Fenster stehen und spähte durch die Jalousien nach draußen. Er schien die Ruhe zu genießen, ganz im Gegensatz zu Ria.

»Also gut. Wer sind Sie, und woher wissen Sie, wer ich bin?« fragte Ria.

»Sie können mich Priam nennen. Natürlich ist dies nicht mein richtiger Name. Ich kenne Sie, weil es zu meinem Job gehört, jeden zu kennen, den ich eventuell einstellen will.« Ria bemerkte die übertriebene Betonung des Wortes ›eventuell‹, aber sie ließ sich nichts anmerken. Sie hatte sich schon gedacht, daß er ein potentieller Arbeitgeber war. Er sah nicht gerade wie ein MechKrieger aus.

Sein dünner, grauer Anzug war sorgfältig gebügelt und aus der Mode. Der einfache Schnitt und die mittelmäßige Qualität ließen vermuten, daß sein Träger ein Unterfunktionär war oder als solcher erscheinen wollte. Wenn er ein möglicher Brötchengeber war, hatte man ihn auf Verhandlungen dieser Art getrimmt. Als sie zu ihm hinüberblickte, bemerkte Ria, daß er sie anstarrte.

»Haben Sie nachgedacht?« fragte er.

»Sie klingen überrascht«, erwiderte sie.

»Touché.« Priam lächelte zurück. »Ich muß vorsichtig sein bei einem so scharfen Verstand. Eigentlich wollte ich sagen: ›Was haben Sie gedacht?‹«

Ria überlegte einen Moment, dann entschied sie sich für die Wahrheit. »Tja, Priam, ich habe darüber nachgedacht, daß Sie vielleicht mit Verträgen handeln. Vielleicht sind Sie bei mir damit an der richtigen Stelle. Oder Sie haben sich verlaufen.«

»Warum nicht etwas in der Mitte?« unterbrach er sie.

Ria hörte gar nicht auf die Frage. »Sie gehören möglicherweise nicht zur Peripherie, die sind zu schüchtern. Auf gar keinen Fall sind Sie von ComGuard, die kommen immer in voller Montur. Blakes Wort heuert keine Leute an, das Vereinigte Commonwealth kommt ständig zu zweit, Liao permanent zu dritt und Kurita ... Kurita überrascht einen immer.«

»Sie kennen sich anscheinend aus.« Priam wanderte vom Fenster quer durch den Raum auf die Bar zu. »Haben Sie etwas dagegen, wenn ich mir ein Mineralwasser nehme?«

»Erlauben Sie, bitte.« Ria fing ihn an der Bar ab und bot ihm einen der dick gepolsterten Stühle an. Priam nahm Platz, während sie zwei Gläser mit Wasser füllte. Sie setzte beide am Tischende ab und stellte den umgestürzten Stuhl wieder auf. Priam nippte an seinem Getränk und musterte Ria.

»Sie haben ganz recht«, bestätigte sie. »Ich kenne mich aus. Vielleicht sollte ich besser sagen, ich kenne die Raubtiere.«

»Sie müssen ein schnelles Auffassungsvermögen haben«, sagte er lachend.

»Ich glaube nicht, Priam. Ich bin hier seit mehr als sechs Wochen. Alles was ich getan habe, ist arbeiten, schlafen und Söldnern stundenlang unangenehme Fragen stellen. Ich habe mit Hunderten von Kandidaten gesprochen, habe jedes Dossier dreimal gelesen, jedes Fitzelchen Simulatoraufzeichnung angesehen und mit so vielen Arbeitgebern gesprochen, wie mich nur vorgelassen haben.«

»Sechs Wochen ist eine lange Zeit, wenn man eine solche Aufgabe bewältigen muß und dazu keine Zeit für Zerstreuung hat.«

Priam prostete ihr mit dem Glas zu und nahm einen neuen Schluck.

»Es ist erstaunlich«, sprach er weiter. »Es gibt eine Vielzahl Einheiten hier, kleiner als die Ihre, möchte ich betonen, die mehr Leute geschickt haben, um den gleichen Job zu erledigen, den sie allein machen müssen.«

»Ich weiß nicht, was Sie damit andeuten wollen«, sagte sie, »aber ich bin nun mal die einzige Arbeitskraft. Abgesehen davon, habe ich nur die Basis geschaffen. Wenn der Rest der Black Thorns hierherkommt, werden sie mir helfen.«

Priam nahm einen weiteren Schluck und setzte das Glas ab. Bedächtig legte er die Fingerspitzen aneinander, während er Ria einige Sekunden betrachtete. Dann sprach Priam weiter.

»Ich bin, wie Sie schon vermutet haben, ein Unterhändler. Für wen, kann ich zu diesem Zeitpunkt nicht sagen. Ich habe eine Vollmacht, einen Erstauftrag zu vergeben. Vorher möchte ich Ihnen jedoch noch ein paar Fragen stellen.« Priam hielt die Hand hoch, als Ria etwas entgegnen wollte. »Ich erwarte nicht von Ihnen, daß Sie über einen Vertrag entscheiden können. Wie auch immer, Sie können mein Angebot an Ihren Bruder weiterleiten, wenn es denn eins geben sollte.« Priam legte wieder die Finger zusammen und machte eine Pause. Ria nickte, und Priam fuhr fort.

»Zuerst das Schwierige. Der Vertrag verlangt nach einer Einheit nicht unter Kompaniestärke. Soweit ich verstanden habe, vergaben Sie einige Anstellungen, die noch von ihrem Bruder bestätigt werden müssen. Ergeben die noch unentschiedenen Angebote, zusammen mit dem bestehenden Personal, eine komplette Kompanie?«

»Die Black Thorns haben sechs Krieger auf Borghese. Mit mir zusammen sieben. Ich habe vier weitere Offiziere, von denen ich annehme, daß sie akzeptiert werden. Über das letzte Angebot werde ich morgen entscheiden. Wenn Ihnen das reicht, werden die Black Thorns mit zwölf Mann antreten.«

»Der junge Mann, der gerade ging, als ich eintrat, ist er der letzte Pilot?«

Priam kannte die Erwiderung bereits. Ria zögerte jedoch mit der Antwort. Es fiel ihr plötzlich auf, daß Priam sehr spitzfindig wurde, jetzt, wo sich die Situation langsam entspannte. Es war nicht so, daß sie irgendwelche Geheiminformationen preisgegeben hätte, aber ihr wurde klar, daß sie vorsichtiger werden mußte, sonst würde sie diesem gewieften Kerl doch zuviel über die Black Thorns verraten. Sie überdachte die Entgegnung, während ihr Blick auf Priam ruhte. Er verstand die Zwangslage, in der sich sein Gegenüber befand, und durchbrach die Stille.

»Ist auch nicht so wichtig. Vielleicht sollte ich mich wieder meinem Angebot zuwenden. Sie sind intelligent, aber neu in diesem Geschäft. Ich habe eventuell zu sehr mit meinen Informationen hinter dem Berg gehalten. Lassen Sie mich so offen wie nur möglich sein, um jedem Mißverständnis aus dem Weg zu gehen.

Erstens, was ich schon weiß: Der Vertrag zwischen den Black Thorns und Borghese endet in drei Wochen. Zu dieser Zeit wird der Rest Ihrer Einheit an Bord von Käpten McClouds Landungsschiff gehen und nach Outreach zurückkehren – nachdem sie die Verteidigung von Borghese der Gray Death Legion überlassen haben. Nebenher bemerkt, ich bezeichne es als eine große Fügung, daß Prinz Victor entschieden hat, Ihre Teilkompanie durch ein Bataillon zu ersetzen.«

Ria versuchte nicht, auf dieses Kompliment zu reagieren, konnte allerdings ein Gefühl des Stolzes nicht unterdrücken. Die Veränderung der politischen und militärischen Situation auf Borghese waren der eigentliche Grund, warum das Vereinigte Commonwealth entschieden hatte, die Verteidigung des Planeten aufzustocken.

»Für lediglich sieben gelistete Piloten«, fuhr Priam fort, »haben Sie die stattliche Anzahl von zwölf BattleMechs. Die Stützen sind die vier OmniMechs, die die Black Thorns den Jadefalken abgenommen haben. Es sind, so weit ich unterrichtet bin, ein *Masakari*, zwei *Katamarane* und ein *Sprinter*. Die restlichen acht sind je ein *Streitroß, Banshee, Marodeur II, Kampftitan, Kriegshammer, Dunkelfalke, Rabe* und natürlich Ihr eigener *Feuerfalke*. Der *Marodeur* und der *Feuerfalke* stehen derzeit zum Verkauf.«

Er legte eine Pause ein, und Ria griff nach ihrem Glas. Sollte er doch denken, was er wollte. Es stimmte, daß die beiden Mechs zum Verkauf standen, um die riesigen Summen an Instandhaltungskosten für die Omnis aufzubringen. Aber das war bestimmt nicht die Art von Information, die eine Söldnereinheit publik machen sollte.

Priam akzeptierte ihr Schweigen als Antwort. »Abgesehen von den vier Angeboten, die Sie bereits gemacht haben, besitzen zwei der neuen Piloten ihren eigenen Mech. Einen *Merkur* und einen *Panther*, wie man mir sagte. Das erhöht die Kampfkraft der Einheit auf erstaunliche vierzehn Mechs. Nicht schlecht für eine neue Einheit, die gerade ein Jahr Erfahrung gesammelt hat.«

Priam nahm sein Glas auf und prostete Ria stillschweigend zu.

Er hatte recht, dachte Ria für sich. Die Thorns hatten mehr Glück als andere Einheiten. Sie hatten ihre Zahl von Mechs verdoppelt. Das Beste daran waren die ganz neuen Mechs. Die Black Thorns besaßen viele Mechs der schweren und überschweren Klasse. In den meisten Fällen würde dies eine Einheit schwerfällig und langsam machen, abgesehen von der Schlagkraft, aber die vier Clan-OmniMechs glichen das wieder aus.

»Zieht man das Gewicht und die Fähigkeiten Ihrer Mechs in Betracht«, fuhr Priam fort, »wäre Ihre Einheit ideal für jede Aufgabe, die einer Kompanie zusteht. Der einzige Nachteil – und das ist der springende Punkt – liegt in der Stärke.

Mit Ihren vier OmniMechs und den fünf konventionellen Mechs von über sechzig Tonnen werden die Instandhaltungskosten und die Ersatzteile schnell zu einem Problem. Entweder müssen die Black Thorns einen ihrer Mechs verkaufen, um den Nachschub aufrechtzuerhalten, oder Sie müssen sofort einen gut bezahlten Vertrag mit hohem Risiko akzeptieren. Vielleicht sogar ein bißchen von beidem.

Abgesehen davon ist die Verfügbarkeit der Teile nicht das Ausschlaggebende. Sie müssen auch herausfinden, wie man die OmniMechs reparieren kann, da Sie keine Techniker auf Borghese gefangennehmen konnten.« Priam verfiel erneut in Schweigen.

Ria wußte, daß er vollkommen recht hatte. Die Instandhaltung der OmniMechs war ein großes Problem, und das nicht nur im Feld, sondern auch in einem festen Basislager. Die wenigen Techniker der Inneren Sphäre, die überhaupt jemals einen OmniMech gesehen hatten, verlangten astronomische Preise und lukrative Verträge. Selbst die schlechtesten von ihnen waren für die Black Thorns unbezahlbar.

»Wie mach' ich mich soweit?« fragte Priam plötzlich.

»Ganz gut, glaube ich. Aber ich habe nicht bemerkt, daß Sie mir Fragen gestellt haben. Die Zusammensetzung der Einheit ist für jeden Repräsentanten der großen Häuser in der Inneren Sphäre verfügbar. Die

Neuzugänge konnten Sie mit Leichtigkeit im Rekrutierungsbüro erfahren. Was die Instandhaltung betrifft, kommt Ihre Analyse so nah an die Wahrheit wie jede andere. Jedem ist klar, daß es mehr kostet, einen schweren Mech ins Feld zu führen, als einen leichten. OmniMechs fallen in jeder Gewichtsklasse kostenungünstig auf.«

»Sind alle Mechs einsatzfähig?« fragte Priam.

»Ja«, antwortete Ria ohne nachzudenken.

Zu einer Zeit der Verknappung wurden viele BattleMechs zwangsweise auch beschädigt in die Schlacht geworfen. Das war einer der Gründe, warum Techniker so unentbehrlich wurden. Es war nicht ungewöhnlich für einen Söldner, Zugang zu mehreren Mechs zu haben, da immer nur einige für den Einsatz bereit waren.

»Noch etwas Wasser?« sagte sie, als Priam gerade wieder sprechen wollte. Er griff nach seinem Glas, aber Ria war bereits aufgestanden und zur Bar gegangen.

»Wollen Sie weiterhin Ihren *Feuerfalken* steuern?« fragte er. Ria warf einen Blick über die Schulter, aber Priam sah nur ins Leere. Sie kam wieder zurück und überreichte ihm das aufgefüllte Glas.

»Hat das eine Bedeutung für den Vertrag?« entgegnete sie.

»Nein, nicht wirklich. Ich habe mich nur gefragt, ob Sie bei dem Mech bleiben, den Sie kennen, oder ob Sie auch mal einen anderen ausprobieren würden.« Priam nahm einen Schluck Wasser und beobachtete Ria über den Rand seines Glases.

»Da es nichts ändert, bleibe ich bei meinem *Feuerfalken*. Bei all den Reisen hatte ich nie die Gelegenheit, mit einer anderen Klasse zu arbeiten. Jedenfalls bis jetzt nicht. Vielleicht habe ich die Möglichkeit mit einem der anderen Mechs zu trainieren, wenn wir ankommen – wo immer das auch sein wird.«

»Was uns zurück zum Grund meines Besuches

bringt.« Priam drehte sich und sah Ria von der Seite an. »Ich habe eine einmalige Gelegenheit anzubieten, wenn es die richtige Einheit ist. Genaugenommen sind es zwei Kontrakte in einem. Jeder Vertrag bietet volle Bezahlung, und Sie erfüllen den ersten, während Sie den zweiten erledigen.« Priam machte eine Pause. Ria entschied sich jedoch, erst die ganze Geschichte zu hören, bevor sie ihren Kommentar abgab.

»Der erste Vertrag ist Garnisonsdienst. Die Dauer ist ein Jahr, erneuerbar nach den üblichen Vereinbarungen von beiden Seiten. Der untergeordnete Vertrag ist variabel und kann bei Ankunft auf einer neuen Basis beendet werden.« Priam machte erneut eine Pause. Ria gab keine Antwort.

»Einige Punkte des Vertrages sind nicht verhandelbar, und meine Erfahrung sagt mir, ich sollte sie beim ersten Treffen erwähnen. Erstens werde ich nicht den Untervertrag mit Ihnen aushandeln, noch ist er abhängig vom ersten. Es bleiben zwei eigenständige Kontrakte. Zweitens. Der Transport bleibt der Söldnereinheit, in diesem Fall den Black Thorns, vorbehalten, aber es werden auf jedem Landungs- und Sprungschiff Leute des Arbeitgebers anwesend sein. Drittens. Es gibt keine Sonderwünsche während des Garnisonsvertrages. Jede Ausrüstung, die erbeutet wird, wird Eigentum des Arbeitgebers. Sie können natürlich, soweit Ihnen das möglich ist, jede Art von Abkommen für den Zusatzvertag aushandeln. Zu guter Letzt: Jede Kommunikation findet über einen Verbindungsoffizier des Arbeitgebers statt.« Priam lehnte sich auf seinem Stuhl zurück und gab Ria Zeit, alle Punkte zu überdenken.

Sie saß einen Moment lang ganz still und versuchte das Durcheinander von Priams Worten zu ordnen. Ihr Gehirn spielte Hunderte von Möglichkeiten durch, aber sie hatte noch nie davon gehört, zwei eigenständige Kontrakte gleichzeitig anzunehmen. Schon gar nicht von demselben Arbeitgeber. Die Minuten verflogen, während sie das vage Angebot überdachte. Tausend Fragen gingen ihr durch den Kopf, aber nur zwei waren wirklich wichtig.

»Garantieren Sie den Black Thorns den Zusatzvertrag, wenn wir den Garnisonskontrakt annehmen?«

Priam setzte sich nach vorn und stellte sein leeres Glas auf den Tisch. »Es gibt immer Zusatzverträge. Und ich meine, daß der Arbeitgeber wie auch die Söldner darin gerecht behandeln werden. Sie müssen nur noch den Vertrag aushandeln, den Sie sich ausgesucht haben.«

»Sie haben die Vollmacht, einen Garnisonsvertrag zu unterschreiben, richtig?« Priam nickte. »Dann, denke ich, sollten wir eine Nachricht an meinen Bruder auf Borghese senden. Diese sollte den Vertrag und die bisher besprochenen Informationen enthalten. Wenn er zustimmt, kann er mit dem Rest der Einheit direkt zur Garnisonswelt reisen und somit die Kosten, nach Outreach zu kommen, umgehen.«

Priam schien einen Augenblick erschreckt, dann lächelte er. »Das wäre akzeptabel, wenn wir zu einer Einigung über Hyperpulskommunikation kommen.«

Jetzt lächelte auch Ria. Das Geld, das die Black Thorns dadurch sparten, daß sie die unnötige Reise nach Outreach umgingen, würde ihnen helfen, ihre Kosten niedrig zu halten. Wenn ihr Bruder ihr genug Vertrauen entgegenbrachte, die richtigen Rekruten auszuwählen und einen Garnisonskontrakt zu verhandeln, konnte sie die Neuzugänge direkt auf die Garnisonswelt schicken und dort mit dem Rest zusammentreffen.

»Priam, ich glaube, Sie sollten mich zum Abendessen einladen. Wie es scheint, sind Sie mein neuer Boss. Morgen können wir dann einen Funkspruch an Jeremiah schicken und sehen, was er von dem Angebot hält.«

Priam stand bedächtig auf und machte eine leichte Handbewegung zur Tür. »Ich glaube, unten im Restaurant ist ein Tisch für uns reserviert. Es wäre mir ein Vergnügen, Sie heute abend als meinen Gast zu betrachten. Vielleicht können wir sogar noch heute nacht die Nachricht senden.«

5

Nadir-Sprungpunkt, Fort Loudin
Vereinigtes Commonwealth

28. November 3056

Mit einem leichten Zittern erschien das Sprungschiff samt Ladung im Normalraum. Befreit atmeten die Passagiere und Besatzungsmitglieder auf und begaben sich an ihre Arbeit.

»Ich wollte damit sagen, daß ich schon bessere Pläne gehört habe.« Antioch Bell verschränkte die Arme und sah von der Koje auf Rose herunter. Bell und Rose hielten sich mit Händen und Füßen an Riemen fest. Wie bei der Raumfahrt üblich, existierte keine Gravitation an Bord. »Wir wissen einfach nicht genug über das, was wir vorfinden werden.«

»Ich stimme dir in beiden Punkten zu. Das ist nicht der beste Plan, aber es ist das beste Angebot, was wir bekommen konnten. Also ist es eine gute Entscheidung.« Rose verlor allmählich die Geduld mit Antioch. Die Diskussion hatte vor fünfundzwanzig Lichtjahren begonnen. Langsam ging Bell ihm auf die Nerven.

»Gut? Was soll das heißen?« fragte Bell. Rose rieb sich die Augen und sah durch den kleinen Raum auf die gegenüberliegende Wand. »Es bedeutet genau das«, sagte Rose, »was du denkst. Im Moment haben wir nicht viel Auswahl. Wir haben einige der höchstentwickelten Techniken diesseits der Clan-Grenze. Verdammt eindrucksvoll für eine so kleine Einheit, wie die unsere. Aber wir werden gezwungen sein, das meiste davon stillzulegen, wenn wir nicht die Instandhaltungskosten für die OmniMechs aufbringen können.« Rose streckte eine Hand aus, um Bell zuvorzukommen.

»Ich weiß, du verstehst die Probleme mit den OmniMechs, aber das ist gerade der Punkt. Als wir den Vertrag mit Borghese unterschrieben, hatten wir diese noch nicht. Jetzt sind sie aber da. Ein Garnisonsvertrag, selbst ein guter, würde nicht die Kosten decken. Deshalb brauchen wir so schnell wie möglich einen wirklich guten Vertrag. Das, was Priam anbietet, ist nur Garnisonsdienst, aber es wird uns mit Sicherheit nicht schlecht gehen. Wir werden keine zehn oder zwölf Monate arbeitslos sein. Nach zwei oder drei Monaten sind wir aus dem Schneider. Deshalb ist es eine gute Entscheidung. Da keine weiteren Angebote auf dem Markt sind, nehmen wir das mit dem geringsten Ärger.«

Rose wandte sich wieder dem Statusbericht zu, den er vor Beginn der Diskussion gelesen hatte. Bell verstand den Hinweis und schwebte von seinem Schlafplatz. Mit einem Schlag auf den Türöffner verließ er den Raum und segelte in den Flur.

»Hey, Antioch, noch etwas.« Bell hielt außerhalb der Tür an, ohne sich umzudrehen. »Würdest du bitte die Truppen zu einem Treffen im Messeraum in der zweite Ebene zusammenrufen? Ich möchte mit allen reden und sie über die kommende Aufgabe unterrichten.« Bell drehte sich zu seinem Kommandanten um, erstaunt darüber, daß Rose lächelte.

»Weißt du, Antioch. Wenn du schon solche Probleme mit der Situation hast, muß der Rest der Einheit förmlich verrückt sein. Sie wissen ja überhaupt nicht, worum es geht. Wir sollten ihnen die Angst nehmen. Wie wär's in fünfzehn Minuten – und danke.«

»Wofür?« fragte Bell etwas überrascht.

»Dafür, daß du mir geholfen hast, die ganze Sache in den Griff zu bekommen. Wir sind eine Einheit, und ich muß sicher sein, daß das auch jeder weiß. Natürlich erwarte ich, daß jeder meinen Anordnungen folgt, aber wir wissen beide, es ist besser, wenn jeder die Gründe für die Befehle kennt.«

Bell grinste und deutete einen Salut an. »Wir sehen uns. Soll ich auch Käpten McCloud rufen, oder nimmst du das in die Hand? Sie sollte vielleicht dabei sein.« Bells Grinsen wurde noch breiter, als er in den Gang schwebte. Rose würde es nicht zulassen, daß er McCloud von dem Treffen erzählte. Gespräche mit McCloud übernahm Rose immer persönlich.

Während sich die Tür schloß, betätigte er den Knopf der Interkomanlage und rief die Brücke.

»McCloud.«

»Guten Morgen, Käpten – oder ist es bereits Nachmittag?«

»Es ist mitten in der Nacht, soweit ich das beurteilen kann«, sagte sie. »Warum sind Sie denn noch auf?«

»Keine Ruhe für die Gottlosen …«

»… und die Gerechten brauchen keine«, beendete sie den Satz. »Jetzt mal im Ernst, was ist los?«

»Ich habe gerade eine improvisierte Sitzung in der unteren Messe einberufen. Ich dachte, Sie wollen vielleicht dabeisein, wenn ich die Truppe auf den neuesten taktischen Stand bringe.«

»Warum benutzt Ihr Militärtypen eigentlich immer diese komischen Fachbegriffe? Ich nehme an, ›taktischer Stand‹ heißt soviel wie Statusbericht?« fragte sie.

»Genau das«, erwiderte Rose.

»Na, also. Und warum sagen Sie das nicht?«

»Das sagte ich«, antwortete er. Rose lächelte, als er den frustrierten Aufschrei hörte. »Das Treffen findet in weniger als fünfzehn Minuten statt. Ich sehe Sie dann.«

Er versuchte fröhlich zu klingen, nur um McCloud zu ärgern.

»Ich werde dasein«, erwiderte sie. Rose griff nach dem Interkom und hörte gerade noch so etwas wie »Verdammte Soldaten«, bevor die Verbindung unterbrochen wurde.

McCloud sah sich immer noch als Zivilistin, obwohl sie sehr eng mit den Black Thorns zusammenarbeitete. Als Eigner des Landungschiffes – oder Teileigner, wie sie es nannte (den Banken gehörte der größte Teil der *Bristol*) – kümmerte sich Rachel McCloud eher um die Fracht, die sie transportierte, als um politische Situationen.

In diesem Fall hatten die Black Thorns das gesamte Schiff gechartert, um die Reise zu ihrem neuen Stützpunkt zu unternehmen. Obwohl die Thorns nicht den vollständigen Laderaum in Anspruch nahmen, hatte Rose darauf bestanden, daß McCloud angemessen bezahlt wurde. Er wußte, sie brauchte das Geld.

In der letzten Schlacht der Black Thorns gegen die Jadefalken auf Borghese wurde McCloud zweimal abgeschossen, als sie einen konventionellen Frachter steuerte. Rachel hatte Glück gehabt, daß sie den Absturz überlebt hatte, aber ihre Wunden zwangen sie dazu, mehr als zwei Monate im Krankenhaus zu verbringen, und es vergingen einige weitere Monate, bis sie wieder das Kommando über ihr Landungsschiff übernehmen konnte. Der Verlust durch fehlende Frachten hatte McCloud beinahe die *Bristol* gekostet. Rose half ihr, Zeit zu gewinnen, indem er das gesamte Schiff mit dem Vorschuß von Priam charterte. Aber sie war immer noch mit den Zahlungen im Rückstand.

Rose hatte ihr mehrfach angeboten, sie und die *Bristol* in einem der Kontrakte der Black Thorns mit unterzubringen, aber jedesmal hatte sie abgelehnt. Sie war Zivilistin nach eigener Wahl, und sie wollte nicht Teil einer Kampfeinheit werden. Nur die starke persönliche Verbindung zu Rose hatte sie davon abgehalten, die Black Thorns zu verlassen, nachdem sie sich von ihren Verletzungen erholt hatte. Rose wollte es nicht zugeben, aber einer der Gründe, warum er Priams Angebot angenommen hatte, war der Vorschuß. Er gab ihm die Möglichkeit, McCloud noch ein paar weitere Monate bei den Black Thorns zu halten.

Rose nahm die letzte Funksprüche von Riannon und Priam zur Hand und begab sich zur Messe. Während die anderen Thorns nach und nach in die Raum strömten, füllte Rose Kaffee in einen Vakuumbecher. Wie er schon vermutet hatte, waren die meisten Mitglieder der Black Thorns mit irgendwelchen Aufgaben beschäftigt gewesen. Daher trugen sie alle unterschiedliche Kleidung. Die meisten hatten ihre einfache Dienstuniformen angelegt. Nur Eber und Esmeralda trugen schwere Coveralls, ein sicheres Zeichen, daß sie an einem der OmniMechs in der Ladebucht gearbeitet hatten. Als letzte betrat McCloud den Raum. Rose zählte sie trotz allem zu den Black Thorns, egal, was sie darüber dachte.

»Also gut, Leute. Ein paar Informationen. Wenn ihr etwas auf dem Herzen habt, sagt es mir. Ich wünsche ein kurzes, und ich betone kurzes, Treffen bezüglich unserer derzeitigen Lage.« Rose lächelte McCloud an, die mit den Augen rollte. »Wie ihr alle wißt, sind wir mit einer Einzelperson namens Priam einen ungewöhnlichen Handel eingegangen. Ich kann euch jetzt sagen, daß der Vertrag von der Söldnerprüfungs- und Vertragskommission akzeptiert wurde. Wir sind jetzt im Garnisonsdienst.«

»Wir haben jetzt erst die Genehmigung bekommen?« fragte O'Shea. Badicus O'Shea war eines der offensten Mitglieder der Einheit, und so überraschte, beziehungsweise erschütterte Rose die Frage nicht.

»Offiziell, ja. Priam und ich haben das Einverständnis eingeholt, bevor wir von Borghese gestartet sind. So haben wir den Vorschuß bekommen. Das ist der Grund, warum ich bereit war, diese Reise anzutreten. Die Kommission brauchte nur eine Weile, bis sie entschieden hatte, ob das alles legitim war. Ich glaube, den Vertrag über ComStar zu verhandeln und ihn zu beginnen, bevor man eine Erlaubnis bekommen hat, ist vielleicht ein wenig ungewöhnlich.« Rose zuckte mit den Schultern. »Wer weiß? Auf jeden Fall ist es rechtens, soweit es uns betrifft.

Vor wenigen Minuten sind wir am Nadir-Sprungpunkt von Fort Loudin im Vereinigten Commonwealth angekommen. Wir werden einige Tage hier verbringen, bis das Sprungschiff seine Batterien wieder aufgeladen hat. Haben Sie dem noch etwas hinzuzufügen, Käpten McCloud?«

»Nicht unbedingt«, erwiderte sie. »Der Käpten des Sprungschiffes berichtet, daß er hier keine weiteren Landungsschiffe aufnehmen wird, die Segel sind zum Aufladen ausgerollt. Somit verläuft alles normal.« McCloud zuckte mit den Schultern. Alles erfolgte nach Plan. Das bedeutete, es gibt nichts zu sagen.

Jeder in diesem Raum hatte schon viel Zeit an Bord eines Landungschiffs verbracht, während das Sprungschiff seine Batterien auflud, um sie zur nächsten Station zu bringen. Manchmal gab es kleine Unterschiede in den Routinen. Meistens verlief aber alles nach demselben Muster: Sprung, laden, Sprung.

»Also gut. Jetzt erzähl ich euch etwas, das ihr noch nicht wißt.« Rose nickte McCloud zu. Als Käpten des Landungschiffs war sie Jeremiah Rose übergeordnet, während die Einheit im Weltraum war. Daher war McCloud, obwohl es noch einige Dinge gab, die sie nicht wußte, über jedes Detail der Reise, inklusive des Ziels und der besonderen Vereinbarungen, informiert. »Unser nächster Sprung bringt uns nach Pilkhua im Draconis-Kombinat. Von dort machen wir noch einige Sprünge, die uns eventuell zum Kurita-Hauptplaneten Luthien bringen werden.« Rose machte eine Pause, um sich die Gesichtsausdrücke seiner Mitglieder anzusehen.

»Jawohl. Wir sind von den Schlangen angeheuert worden, aber wir sollten sie vielleicht nicht mehr so nennen, da sie jetzt unseren Lohnscheck unterschreiben.« Die Gesamtreaktion der Black Thorns war, wie Rose erwartet hatte: schweigende Akzeptanz. Es war ihnen egal, für wen sie arbeiteten, so lange man sie gut behandelte.

Die Kuritas, deren Symbol der Drache war, hatte eine Zeitlang einen schlechten Ruf unter Söldnern. Das lag nicht nur daran, daß der letzte Herrscher des Kombinats einen ›Tötet alle Söldner‹-Befehl ausgegeben hatte, sondern daran, daß die Kuritas so unberechenbar waren. In früheren Zeiten gab man den Söldnern Bezeichnungen, dic vom notwendigen Übel bis hin zu Mördern reichten. Erst in den letzten Jahren ließ das Kombinat zu, daß Söldner ihren Raum betreten durften, wo sie von einzelnen Auftraggebern gemietet wurden.

»Bedeutet das, wir gehen zur Garnison Luthien?« fragte Ajax, obwohl er die Antwort bereits kannte. Normalerweise sprach er nur, wenn er es für notwendig hielt, und selbst dann waren Worte aus seinem Mund eine Seltenheit. Rose sah den Mann einige Sekunden an, aber der Capellaner saß nur da. In seinem Gesicht spiegelte sich kein Ausdruck wider. ›Eines Tages‹, dachte Rose, ›werde ich herausbekommen, was in deinem Gehirn vorgeht. Dann werden wir sehen, woher du so viel weißt.‹

»Nein, Ajax. Wir werden nicht auf Luthien stationiert.« Rose sah sich im Raum um und ließ das Schweigen wirken. Alle Krieger bemühten sich, ruhig zu bleiben, aber die meisten wollten endlich erfahren, worin ihr Auftrag nun eigentlich bestand. Nur McCloud schien das nicht zu beunruhigen. Sie kannte das Ziel allerdings auch.

»Der Planet, auf dem wir Dienst leisten, heißt Wolcott. Jemand schon mal davon gehört?«

»Jesus Maria«, sagte Badicus mit einem Gesichtsausdruck, als hätte ihn jemand von hinten mit einer Axt geschlagen. Der Rest der Black Thorns schien gleichermaßen überrascht.

»Kein Wunder, daß der Vorschuß so groß war«, sprach Badicus weiter. »Wir werden niemals überleben, um uns den Rest zu holen.«

Rose lachte, aber er konnte genau erkennen, daß der Rest der Thorns mit Badicus einer Meinung war. »Sachte, Leute. Es ist nicht so schlimm, wie es aussieht.« Rose griff nach einem weiteren Vakuumbecher mit Kaffee, während er die Worte wirken ließ.

»Es stimmt, daß Wolcott im Clanraum liegt, aber der Planet ist neutrale Zone und darf nicht angegriffen werden. Als die Clans diese Welt nicht einnehmen konnten, waren sie gezwungen, den Planeten in Ruhe zu lassen. Nach ihrem Ehrenkodex dürfen sie nicht noch einmal versuchen, diese Welt zu erobern. Das bedeutet, daß sie Teddy Kurita und die Vereinigten Soldaten des Draconis-Kombinats als halbwegs sichere Ausgangsbasis für Operationen nutzen können.«

»Halbwegs sicher?« fragte Esmeralda.

»Stimmt. Laut Priam, der übrigens eine gehobene Position im Kurita-Oberkommando hat, können die Clans nicht auf Wolcott landen, aber sie können es belagern und kleinere Überfälle unternehmen. Ich verstehe zwar nicht, wo da der Unterschied zu einem Angriff besteht, aber man versicherte mir, es gibt einen. Bezüglich des Ehrenkodex der Clans können sie Teddy und den Jungs auf dem Planeten zwar das Leben schwermachen, aber keine Invasion starten.«

»Das bedeutet also eine vollständige Blockade, oder?« fragte Esmeralda.

»So sah es aus, bevor wir Borghese verlassen haben«, erklärte McCloud. »Die Nebelparder greifen alles an, was in das System springt, und beschießen es so lange, bis sie entweder zu nah an den Planeten kommen oder von der VSDK vertrieben werden.«

»Das bedeutet, der Anflug wird hart«, sagte Rose. »Aus diesem Grund fliegen wir Richtung Luthien.«

»Die hauptsächliche Anstrengung von Kurita, Wolcott zu versorgen, kommt von Luthien. Schlangen-, 'tschuldigung, Kurita-Sprungschiffe fliegen von Luthien nach Wolcott über einen Piratenpunkt im Wolcott-

System. Die Landungsschiffe koppeln umgehend ab, und das Sprungschiff verschwindet wieder. Das heißt, daß jedes Sprungschiff voll aufgeladen Wolcott erreicht.«

Die Black Thorns waren beeindruckt und ließen es sich anmerken. Es war selten bei einem Sprungschiff, daß die notwendigen Zusatzenergiezellen vorhanden waren, um einen zweiten erfolgreichen Sprung durchzuführen. Die Kosten für die Ausrüstung der Wolcott-Sprungschiffe mußten die Reserven des Kombinats fast aufgebraucht haben.

»Wir werden mit Riannon und den neuen Black Thorns auf Luthien zusammentreffen«, sagte Rose. »Wir werden außerdem einige Kurita-Spezialisten treffen, die die Besatzungen der Landungsschiffe ergänzen sollen. Sie sind mit dem Sprung in das Wolcott-System bestens vertraut und werden einige Vorbereitungen treffen.« Rose vermied es, in McClouds Richtung zu sehen, während er diese Nachricht verlauten ließ. Obwohl sie bereits darüber informiert wurde, daß diese Spezialisten ein Teil des Vertrages waren, gefiel ihr der Gedanke nicht, andere Landungsschiffpiloten auf ihrem Schiff zu haben. Eine Tatsache, die sie mehrmals gegenüber Rose deutlich zum Ausdruck gebracht hatte.

»Wir springen in das Wolcott-System und stoßen durch die Atmosphäre auf die Planetenoberfläche. Wenn wir erst gelandet sind, machen wir unseren Laden auf, und schon beginnt der Spaß. Während wir auf Wolcott Garnisonsdienst schieben, schließen wir einen Zusatzvertrag mit Kurita ab.« Rose machte eine Pause, um die Worte wirken zu lassen. »Genau, ich dachte schon, da würden einige die Augenbrauen hochziehen«, sagte er.

»Und so funktioniert das Ganze. Wir handeln den Zusatzvertrag mit dem örtlichen Söldnerkommando aus. Obwohl dies nicht von der Söldnerprüfungs- und

Vertragskommission abgesegnet wurde, wollen die Kuritas ihren Ruf unter den Söldnern verbessern und werden wahrscheinlich versuchen, so ehrlich wie möglich zu sein. Natürlich wird es weiterhin an uns liegen, nicht den kürzeren zu ziehen.

Während wir den Zusatzauftrag erfüllen – das kann von einem Stoßtrupp bis zur Aufklärung alles sein –, sind wir dem Garnisonsdienst unterstellt. Wir bekommen keinen doppelten Sold, werden aber für die Unternehmungen bezahlt. Und nun zu den schönen Dingen.

Wenn wir den Zusatzvertrag beendet haben, können wir einen weiteren und noch einen und noch einen aushandeln. Wir müssen nicht zurück nach Outreach, um das Geschäft neu zu besprechen. Alle Vorräte und Ausrüstungsteile erhalten wir auf Wolcott. Sobald wir die zwölf Monate in der Garnison erfüllt haben, sind wir nicht verpflichtet, den Vertrag zu verlängern. Wir können einfach weitere Zusatzverträge aushandeln oder schlicht und ergreifend verschwinden, wie es uns beliebt.«

»Da muß doch ein Haken sein«, sagte Esmeralda.

»Natürlich«, antwortete Rose. »Es gibt Hunderte von Möglichkeiten, wie wir bei diesem Job als Verlierer enden können. Auf der anderen Seite haben wir ein unglaubliches Potential. Wenn wir erfolgreich sind, haben wir eine ganze Reihe von sicheren Verträgen. Wir müssen lediglich das Beste daraus machen und unseren Rücken decken. Das wird eine harte Arbeit auf dem Weg nach Luthien, und erst recht, wenn wir auf Wolcott sind.«

Rose preßte die Hände an die Nierengegend, die ein wenig schmerzte. Abgesehen von der fehlenden Gravitation, tat ihm der Rücken von der anstrengenden Besprechung weh. »Fragen?« Er ließ den Blick über jedes Mitglied der Thorns wandern und sah erst dann den nächsten an, wenn jeder mit dem Kopf genickt hatte.

McCloud blinzelte ihm von ihrer Position im hinteren Teil des Raums zu.

»Das ist dann alles. In zwölf Stunden verteile ich die Aufgaben, Leute. Ihr solltet bis dahin etwas schlafen. Danach wird Schlaf für euch purer Luxus sein.«

6

Nadir-Sprungpunkt, Luthien
Draconis-Kombinat

16. Februar 3057

Wie erwartet und befürchtet, blieb die Reise nach Luthien ereignislos.

Für die Zeit des Vertrages waren Rose und die Black Thorns an Bord von McClouds Landungsschiff einquartiert, während das Sprungschiff von Station zu Station flog. Der Vertrag beinhaltete außerdem noch, daß sie mit niemandem außerhalb der Einheit oder der Besatzung des Landungsschiffes sprechen durften. Das beunruhigte Rose sehr, obwohl er wußte, daß es sich um eine Notwendigkeit handelte. Niemand sollte wissen, wo die Einheit am Ende stationiert wurde. Es war schwerlich ein Geheimnis, daß die Kuritas zusätzlich Truppen und Nachschub schickten, aber es gab keinen Grund, laut hinauszuposaunen, um wen es sich dabei handelte. Rose vertraute seiner Einheit, was die Geheimhaltung ihres Bestimmungsorts anging, aber Priam war dieses Vertrauen nicht genug. Somit war der einzige Kontakt, den die Black Thorns hatten, der zu der Besatzung des Landungsschiffes und untereinander.

Priam hatte darauf bestanden, alle Maßnahmen für das Verlassen von Outreach zu treffen. Genaugenommen wurden alle Dinge so schnell und gründlich erledigt, daß Ria sich fragte, ob sie in eine Falle tappen würden. Aber die Unterredungen mit Priam beruhigten sie immer wieder. Das Sprungschiff, mit dem sie reisten, war ein kommerzielles und kein militärisches. Normalerweise zog das Verspätungen nach sich, da das Schiff zur Frachtaufnahme oder zur Entladung während der Reise hätte stoppen müssen. Priam hatte jedoch, genau wie Rose, das gesamte Sprungschiff für den Trip nach Luthien gechartert. Soweit Ria das sehen konnte, kamen die neuen Rekruten mit der Reise besser klar als die Veteranen. Die Frischlinge hatten genügend Arbeit zu erledigen und keine Zeit zum Nachdenken. Nicht nur, daß sie ihr neues Heim bei den Black Thorns kennenlernen mußten, die meisten kannten sich noch nicht einmal untereinander.

Als die *Bristol* das Luthien-System erreichte, war selbst McCloud, die schon einige geschäftige Sprungpunkte kennengelernt hatte, über die Aktivitäten und die erhöhten Sicherheitsmaßnahmen auf der Sprungstation erstaunt. Luthien hatte bereits einen Angriff der Clans überlebt, und die Kuritas hatten nicht vor, ihnen eine zweite Gelegenheit zu bieten. Um die ganze Station verteilt lagen gepanzerte Landungsschiffe, die nur darauf warteten, sich auf jedes ankommende Schiff zu stürzen, das nicht den richtigen Sicherheitscode übermittelte.

Die Steuerdüsen des Sprungschiffs manövrierten das Raumschiff in eine stationäre Position über der Sonne des Systems, als ein Paar Raumjäger das Sichtfeld der *Bristol* kreuzten. Innerhalb einer Stunde nach ihrer Ankunft hatte McCloud ihr Landungsschiff von dem Sprungschiff getrennt, an das sie während der Reise gekoppelt waren. Hier, im interplanetaren Raum, benutzte McCloud die Bremsraketen, die normalerweise nur zur Kontrolle des Schiffes bei einer planetaren Landung verwendet wurden, um der *Bristol* den entsprechenden Schub in Richtung Nadir-Raumstation zu geben.

Rose und einige andere der Black Thorns beobachteten in der Messe über eine Außenbordkamera, wie die Station näher und näher kam. Sie war eine der wenigen noch existierenden, mit einer vollen Besatzung an Arbeitern, Wissenschaftlern und Soldaten. Die Lithiumbattereien eines Sprungschiffs konnten hier innerhalb vierundzwanzig Stunden aufgeladen werden, statt der üblichen zwei Wochen Ladezeit.

Alle Sprungschiffe konnten natürlich ihre Batterien selbst aufladen, indem sie das Sonnensegel setzten. Das Segel sammelte Sonnenenergie und speicherte sie in der Schiffsbatterie, um sie dann bei einem Sprung von einem Stern zum nächsten zu nutzen. Der Sprung durch den Hyperraum geschah ohne Zeitverlust, aber die meisten Sprungschiffe benötigten einen Tag oder länger, um ihr Sonnensegel auszurollen. Wenn das Segel erst einmal gesetzt war, konnte das Sprungschiff seine Energiezellen innerhalb zehn bis vierzehn Tagen wieder aufladen, abhängig von der Qualität des Segels, dem Ladesystem, den Batterien und der Sonne, die die Energie lieferte. Waren die Akkus wieder gefüllt, mußte das empfindliche Segel wieder eingeholt werden, da es niemals einen Sprung überstehen würde. Es war die Ladezeit, die das Reisen mit Überlichtgeschwindigkeit so langsam machte.

Raumstationen, wie die im Nadir-Sprungpunkt, waren konstruiert worden um militärische Schiffe schnell mit Energie zu versorgen. Mit einem riesigen Sonnenkollektor wurde ständig Energie von der Sonne gesammelt und an die Sprungschiffe weitergegeben. Speziell diese Raumbasis war während der dreihundert Jahre andauernden Nachfolgerkriege vielfach angegriffen aber kein einziges Mal erobert worden.

Zu der Zeit, als andere Stationen der Inneren Sphäre zerstört wurden oder ihre Aufgaben nicht mehr wahrnehmen konnten, weil es ihnen an Ersatzteilen fehlte, wurde die Station von Luthien immer wichtiger für das Draconis-Kombinat. Raumjäger sicherten sie vom Weltall her, und Elitetruppen der Kurita-Infanterie durchsuchten die Decks und die äußere Hülle nach Saboteuren oder Angreifern. Aus der Entfernung war die Station die erhabenste Konstruktion, die Rose je gesehen hatte. Als sich die Entfernung verringerte, konnte man

RICK HARRIS ©93

jedoch die Folgen der Vergangenheit und der harten Kämpfe an der Station ablesen.

Während die Black Thorns zusahen, wie die Station wuchs, nahm die Gravitation an Bord des Schiffes langsam ab. Für die meisten MechKrieger war das der schwerste Teil eines Raumflugs. Die fehlende Anziehungskraft machte alles ungewohnt, besonders für jemanden, der diesen Zustand nicht kannte. Wenn die Düsen eines Schiffes ansprangen und es beschleunigten, entstand Gravitation in unterschiedlicher Stärke, abhängig vom Schub. Sobald jedoch der Schub der *Bristol* verringert wurde, verringerte sich auch die Schwerkraft. Rose sah sich im Raum nach Kaffeetassen um, die eventuell ins Schweben geraten könnten, aber die Thorns hatten bereits Ordnung geschaffen.

Die Gravitation fiel aus, und Rose fühlte, wie er davonschwebte. »Bereiten Sie sich auf das Verlassen des Schiffes vor«, kam McClouds Stimme über die Bordsprechanlage. Rose schluckte und half den anderen Thorns, die Ausrüstung im Raum zu sichern.

Rose haßte das Andocken an Raumstationen. Schiffe wie die *Bristol* erschwerten der Besatzung dadurch das Leben. Sie flogen mit der Nase voran und setzten mit den Triebwerken zur Landefläche auf. Luthien war eine Station mit Schwerkraft, die durch Rotation erzeugt wurde. Diese Drehung stellte das gesamte Schiff auf den Kopf, da Zentrifugalkräfte nach außen wirken. Für das Schiff war das nicht von Bedeutung – es gab nicht viele Unterschiede zwischen der Decke und dem Boden –, aber die Leute im Inneren mußten sich darauf einstellen, daß sich ihre Welt umkehrte. Natürlich konnten sich die Raumfahrer an diesen Zustand innerhalb eines Sekundenbruchteils gewöhnen, aber Rose wußte, daß ein kurzer Aufenthalt auf der Station bei seiner Einheit eine Desorientierung hervorrufen würde. Zum Glück waren die BattleMechs bereits so verstaut und gesichert, wie es für diesen Zwischenstop erforderlich war.

Rose und die Thorns beobachteten, wie die sich langsam drehende Station den Bildschirm immer mehr ausfüllte. McCloud war damit beschäftigt, die Flugbahn der *Bristol* der Rotation der Station anzupassen, ähnlich einem kleinen Mädchen, daß sich in einen Reigen tanzender Kinder einfügt. Der Andockring kam in Sicht, aber es war schwer, irgendeine Bewegung auszumachen, bis die *Bristol* angelegt hatte. Das Schiff rang immer noch mit dem Aufprall, als McCloud über das schiffsinterne Kommunikationssystem zu sprechen begann.

»Die *Bristol* hat an der Nadirstation von Luthien angedockt. Wir haben ein paar freie Stunden, während die Behörden die Sicherheitsüberprüfungen durchführen. Die Offiziere sollen sich um Null-Siebenhundert im Besprechungsraum der Station melden. Wir werden dort unsere Mission und die Reise nach Wolcott diskutieren.

Rose, das bedeutet, Sie, ich und noch eine weitere Person. Das übrige Personal bleibt bis auf weiteres an Bord der *Bristol*.

Riannons Schiff wird in etwa vierzehn Stunden hier ankommen. Sie werden neben uns in der Rhoku-Bucht andocken. Das wäre erst einmal alles, und besten Dank, daß Sie mit McCloud geflogen sind, dem freundlichsten Landungsschiff in diesem Geschäft.«

Rose und die anderen Thorns grinsten den Lautsprecher an und schwebten zu ihren Aufgaben. Jedes neu erreichte Ziel bedeutete Arbeit, und keinem der Thorns mußte gesagt werden, was er zu tun hatte. Rose lächelte immer noch vor sich hin, als er McCloud drei Stunden später vor der Tür zur Dockrampe traf.

»Nur wir zwei?« fragte McCloud, als Rose ohne Begleitung auf sie zukam. Er nickte, während er den Kragen seiner Uniform richtete und die Ärmel ausschlug, so das sie sauber herunterhingen.

»Ich wollte eigentlich Antioch fragen, ob er mitkommen will, aber er macht die Landebuchten für Ria und ihre Begleiter fertig. Esmeralda und Ajax…« Rose suchte nach Worten. »Ich weiß einfach nicht. Sie scheinen nicht die Richtigen zu sein.« McCloud trat einen Schritt näher und zog das Vorderteil von Rose' Jacke herunter, bis alle Falten verschwanden. »Nicht, daß ich sie für unfähig halte. Ich dachte mir nur, daß wir zwei das gemeinsam in die Hand nehmen.«

»Gemeinsam. Das ist ein Wort, das ich schon lange nicht mehr gehört habe.« McCloud trat zurück und betrachtete Rose mit einem Lächeln der Zustimmung.

»Das sagst du mir! Antioch ist kein schlechter Zimmergenosse, aber ich bevorzuge die Vereinbarung, die wir auf Borghese hatten.« Rose kam auf McCloud zu, doch sie bewegte sich aus seiner Reichweite.

»Beschwere dich nicht bei mir, mein großer Junge«, lachte sie. »Getrennte Quartiere waren deine Idee, nicht meine. Abgesehen davon waren wir uns während der Reise nicht wirklich fremd.«

Rose schüttelte sich. »Ich dachte, es wäre eine gute Idee, wenn wir die Kommandoebenen getrennt halten, solange wir auf deinem Schiff sind.«

McCloud hob eine Hand, um das Gespräch zu beenden, das sie schon so viele Male zuvor geführt hatten. »Ich weiß. Ich erwarte keine Erklärung.« Sie streckte den Arm aus und drückte den Kontakt für die Luftschleuse. Die innere Tür glitt nach oben. »Es erschien mir zu dem Zeitpunkt einfach sinnvoll, und ich stimme immer noch mit den Gründen überein.«

McCloud stieg die Leiter zur Einstiegsluke der Luftschleuse hoch und drückte den Knopf auf der anderen Seite. Die innere Tür schloß sich in dem Augenblick, als Rose sie durchquerte. Er wollte noch etwas sagen, war sich allerdings nicht sicher, was es sein sollte. Ihre schwankende Beziehung hatte sich nach dem Zwischenfall mit den Jadefalken auf Borghese gefestigt. Ria hatte nach außen hin die Führung der Einheit übernommen und somit Rose und McCloud viel Zeit verschafft, die sie miteinander verbrachten, während McCloud sich wieder erholte. Nachdem Rachel das Hospital verlassen hatte, war Rose erst recht verpflichtet, bei ihr zu bleiben. Er befand sich die meiste freie Zeit in ihrer Nähe, obwohl er nicht wußte, wohin diese Beziehung führen würde.

»Denkst du, ich bin falsch angezogen?« McClouds Frage riß Rose aus seinen Träumereien.

»Falsch angezogen? Nein, ich glaube nicht.« Im Gegensatz zu Rose hatte Rachel McCloud keine formelle Uniform. Normalerweise trug sie Raumfahrer-Coveralls oder zufällig ausgewählte Kleidung. Rose grinste, als er über die formelle Kleidung nachdachte, die sie besaß. Wahrscheinlich würde der Blutdruck aller Männer auf der Station in die Höhe schießen, die sie in dem Aufzug sehen könnten.

»Das sind alles Raumfahrer. Vielleicht denken sie sogar, ich hätte mich zu sehr herausgeputzt.«

Nachdem die Luftschleuse ihre Drehung beendet hatte, öffnete sich die Stationstür und gab den Blick auf einen kahlen Gang frei. Als Rose und McCloud aus der Schleuse traten, standen sie zwei bewaffneten Soldaten in Habt-acht-Stellung gegenüber. Zwischen ihnen stand ein kleiner Mann in einer nichtssagenden, braunen Uniform.

»Ich grüße Sie, Kapitän Rose und McCloud. Ich bin Uroshi, Ihr Führer auf der Luthien Nadirstation. Wenn Sie mir bitte folgen würden, ich werde Sie zu Ihrem Treffen geleiten.« Mit einem Kopfnicken bewegte sich der Mann in den Gang, gefolgt von den zwei Wachen. Rose und McCloud sahen sich kurz an, dann eilten sie ihrem Führer hinterher, um ihn mit einigen ausladenden Schritten einzuholen.

»Die Station hat keine internen Richtungsweiser«, begann Uroshi ohne Vorrede. »Das ist – unglücklicherweise – eine Sicherheitsmaßnahme für den Fall eines Angriffs. Als Führer habe ich die Ehre, einer der wenigen zu sein, der die Wege durch die gesamte Station kennt.«

»Was ist mit den Wachen? Wie finden sie ihren Weg?« fragte McCloud.

Uroshi lächelte. »Sie kennen nur ihre Aufgabe.« Offensichtlich war das Antwort genug. McCloud wartete noch auf mehr, aber der kleine Mann folgte weiterhin seinem Weg, vorbei an unzähligen Türen, durch Korridore und vorbei an endlos identischen Kreuzungen. Rose achtete kaum darauf, wohin er geführt wurde. Seine Gedanken waren immer noch bei dem kurzen Gespräch mit Rachel. Es hatte ihn veranlaßt, über seine Zukunft nachzudenken – seine Zukunft mit ihr.

In Gedanken hing er immer noch dem Gespräch nach, als Uroshi plötzlich vor einer der vielen Türen stehenblieb und nach der Klinke griff. Er trat zur Seite und ließ McCloud und Rose an sich vorbei in den Raum, dann schloß er die Tür hinter ihnen. Rose war nicht überrascht, daß Uroshi ihnen nicht in den Raum folgte. Er war lediglich ihr Führer.

Der rechtwinklige Raum wurde ganz von dem Plastahl-Tisch mit eingebauten Stühlen eingenommen. Obwohl die ganze Station fast normale Schwerkraft hatte, würde ein Fehlen der Gravitation diesen Raum mit Sicherheit nicht beeinträchtigen. Am Kopfende des Tisches standen zwei Männer in VSDK-Uniformen. Aus ihren Abzeichen konnte Rose erkennen, daß jeder von ihnen ein *Chu-Sa* war, ungefähr das gleiche, wie ein Light Colonel im Davion-System. ›Großartig‹, dachte er. ›Und wieder einmal bin ich nicht der höchste anwesende Rang.‹ Mit einem fröhlichen Grinsen verbeugte er sich in aller Form. McCloud folgte seinem Beispiel, aber er wußte, sie ahmte es nur nach.

Die *Chu-Sa*s verbeugten sich ebenfalls, jedoch nicht

so tief wie Rose. Er bemerkte dennoch einen gewissen Respekt in ihrer Haltung. »Guten Tag«, sagte der eine zur Linken mit einem aufkommenden Lächeln. »Ich hoffe, Ihre Reise war angenehm.« Er deutete auf einen Stuhl am Kopfende.

Rose erwiderte das Lächeln. »Ich war in den Händen eines ausgezeichneten Käptens«, sagte er, indem er mit einer Hand auf McCloud wies. »Mit jemandem zu reisen, der so viel Erfahrungen hat, ist immer ein Vergnügen.« McCloud bedankte sich mit einem Kopfnicken für dieses Kompliment, sagte jedoch nichts. Sie folgte Rose und setzte sich neben ihn. Die Kurita-Offiziere nahmen ihnen gegenüber Platz.

»Ich bin *Chu-Sa* Langley«, sagte der erste, der bei ihrem Eintreten gesprochen hatte. »Das ist *Chu-Sa* Vaynes. Wir wurden beauftragt, Ihre Reise nach Wolcott zu koordinieren.« Alarmglocken läuteten in Rose' Kopf, aber er verzog keinen Gesichtsmuskel. *Chu-sa*s der Kurita koordinierten keine Sprungschiffreisen, selbst wenn der Planet hinter feindlichen Linien lag. »Da Sie uns von Priam empfohlen wurden, bezweifle ich, daß es irgendwelche Probleme geben wird. Seine Empfehlungen haben sehr viel Gewicht, und ihre Reputationen bestätigen dies.« Rose wartete ab. ›Es gibt ein Problem‹, dachte er, ›und das werden sie mir gleich präsentieren.‹

»Sie kennen die derzeitige Situation auf Wolcott?« Nachdem Rose genickt hatte, fuhr Langley ruhig fort. »Die Nebelparder halten beide Sprungpunkte besetzt. Das heißt, die Ankunft auf Wolcott kann nur über einen sogenannten Piratenpunkt stattfinden. Sie kennen natürlich diesen Begriff.« Wieder nickte Rose.

Die meisten Hypersprünge endeten entweder weit über oder unter der orbitalen Ebene des Sonnensystems, das bedeutet am Zenith oder am Nadir. Die Positionen der beiden ›offiziellen‹ Sprungpunkte waren sehr genau festgelegt, was wiederum von der Größe der Sonne abhängig war. Piratenpunkte waren da etwas ganz anderes.

Basierend auf einem komplizierten mathematischen Modell des Sonnensystems, lagen die Piratenpunkte irgendwo innerhalb des System, bedingt durch die jeweilige Stellung der Planeten. Selbst in den günstigsten Augenblicken waren diese Punkte nicht sicher. Die Anziehungskraft nahegelegener Planeten konnte schon den kleinsten Fehler zu einer Katastrophe werden lassen. Auf Borghese hatten Clanfreunde das System über Piratenpunkte verlassen, um mit den Jadefalken als Invasoren zurückzukehren.

»Wegen der starken Präsenz der Nebelparder im Wolcott-System werden Sie über den Piratenpunkt dort ankommen.« Rose begriff die Notwendigkeit, aber er konnte sich mit dem Gedanken nicht anfreunden. Er hatte niemals einen Piratenpunkt benutzt, und er bezweifelte, daß McCloud je einen benutzt hatte. »Wir verwenden Piratenpunkte, seit uns die Claninvasion erreichte. Der Zeitablauf und eine fehlerlose Durchführung des Sprungs sowie des Anflugs auf den Planeten sind kritische Phasen für den Erfolg der Mission.«

»Sie meinen, wir müssen uns den Weg nach Wolcott freikämpfen«, sagte Rose.

Longley nickte langsam. »Wie ich schon sagte, wir tun das seit einigen Monaten, aber es sind immer noch einige Risiken dabei. Ein bestimmter Piratenpunkt existiert immer nur für kurze Zeit. Wenn ein solches Fenster geschlossen wurde, kann sich das nächste auf der anderen Seite des Sonnensystems oder weit draußen im Raum befinden.« Rose runzelte die Stirn und blickte McCloud an, die schnell einsprang und erklärte. »Mit den Worten eines Laien«, sagte sie, »ein Piratenpunkt wird durch die Zeit und den Raum bestimmt. Wir machen uns Gedanken über den Punkt, der sich zwischen Luthien und Wolcott zu einer bestimmten Zeit öffnen soll. Wenn wir diesen Zeitpunkt verpassen, öffnet sich ein anderes Feld, aber an einem vollkommen anderen Ort.«

»Sie sehen also das Problem«, fuhr Langley fort. »Die Nebelparder wissen, daß wir kommen, aber das Gebiet ist einfach zu groß, um es zu kontrollieren. Selbst sie haben nicht die Möglichkeit, ankommende Sprungschiffe zu orten. Das Sprungschiff ist ein beträchtliches Risiko, wenn es in dem System angekommen ist. Der Käpten muß seinen exakten Ankunftsort berechnen und einen zweiten Sprung programmieren, bevor er entdeckt wird.

Normalerweise dauert das einige Stunden. Während des Programmierens starten die Landungsschiffe. Jedes erreicht den Planeten auf einer eigenen Route, inklusive Kurswechsel. Auf diese Art können die Landungsschiffe nicht verfolgt werden, wenn das Sprungschiff gesichtet wird. Landungsschiffe, die zurück wollen, folgen derselben Prozedur hin zum Mutterschiff. Sobald die neuen Schiffe am Sprungschiff angedockt haben, verläßt dieses das System.«

»Ihre Batterien sind dann endgültig leer«, bemerkte Rose.

»Das stimmt«, sagte Langley. Beide Männer bestätigten schweigend die Gefahr eines solchen Unternehmens. Sollte das Schiff einen Fehlsprung machen, wäre es für immer verloren.

»Ganz schön hohes Risiko«, kommentierte Rose.

»Ganz schön hoher Einsatz, Kapitän Rose«, sagte Langley. »Darum haben wir so viele Sicherheitsmaßnahmen für einfliegende Einheiten geschaffen. Deshalb arbeiten zwei der besten Logistikexperten des Kurita-Raums an den zwei schnellsten Rechnern der Inneren Sphäre, um mit den logistischen Anforderungen auf Wolcott Schritt zu halten.« Rose konnte sich mit Leichtigkeit vorstellen, was das für Probleme bedeutete. Er und Riannon hatten schon genug Ärger, den Nachschub und die Ausrüstung für die Black Thorns zu koordinieren.

»Und das«, sagte Langley, der endlich zur Sache kam, »ist der Grund, warum die *Bristol* eine interne Sicherheitstruppe an Bord nehmen wird.«

7

Nadir-Sprungpunkt
Luthien-System, Draconis-Kombinat

16. Februar 3057

»Was, zum Teufel, sagen Sie da!«

Rose packte McCloud am Arm, als sie aufsprang. Sie sah ihn nicht einmal an, als sie sich losriß.

»Mein Schiff, meine Besatzung. Das ist alles. Ende der Diskussion.« McCloud deutete anklagend mit dem Finger auf die beiden Kombinatsoffiziere, die ihren Ausbruch mit Gelassenheit nahmen. Sie saßen ganz ruhig auf ihren Plätzen und warteten, bis sie sich wieder beruhigte oder zumindest so lange aufhörte zu brüllen, daß sie ein Wort sagen konnten. Ihr Entschluß, überhaupt nicht zu reagieren, spornte McClouds Wut erst recht an, und es dauerte einige Minuten, bis McCloud sich ausgetobt hatte.

»Es tut mir leid, daß Sie das so sehen, Käpten«, sagte Langley. Rose wußte, daß sie die Schlacht verloren hatte, bevor diese überhaupt begann. »Sie haben ganz recht«, fuhr er fort. »Damit ist die Diskussion beendet, aber Sie liegen vollkommen falsch, wenn Sie darauf bestehen, daß die *Bristol* keine komplette Gruppe ISA Agenten an Bord nimmt, um die Geschütze des Landungsschiffes zu besetzen und um sicherzustellen, daß der Flug nach Wolcott planmäßig verläuft.«

»Sie haben kein Recht dazu«, konterte sie einfach. Mit Nachdruck schlug sie mit der Faust auf den Tisch.

»Wir haben alle Rechte«, sagte Langley mit einem Lächeln. »Die Black Thorns haben einen Vertrag mit der Regierung des Draconis-Kombinats unterzeichnet. Dieser Vertrag legt ganz genau die Kommandoebenen fest. Wir waren uns von Anfang an darüber im klaren, daß es sich um eine militärische Verbindung handelt. Das gesamte Wolcott-System ist Militärgebiet und somit unter Kontrolle der dortigen Befehlshaber. Sobald Sie nach Wolcott gesprungen sind, stehen Sie unter militärischem Befehl. Das bedeutet, wir haben das Recht und die Verpflichtung, Ihr Schiff unter unsere Kontrolle zu bringen und es mit den Leuten zu besetzen, die wir für geeignet halten.«

Während Langley sprach, überlegte Rose, wie er die Situation retten konnte. Im Gegensatz zu McCloud hatte er keine persönlichen Gefühle bezüglich der *Bristol,* noch fühlte er sich unwohl, Befehle von einer rechtmäßig eingesetzten militärischen Einrichtung entgegenzunehmen.

»*Chu-Sa*«, sagte er mit einem etwas gequälten Lächeln, »mit Sicherheit werden sie Käpten McCloud nicht das Kommando entziehen.« Rose bot Langley ein Möglichkeit an, den Konflikt zu beenden und hoffte, der Mann würde darauf eingehen. Langley hatte gar nicht die Möglichkeit, diese Chance zu nutzen.

»Käpten McCloud«, sagte Vaynes, der bislang geschwiegen hatte. »Bitte versuchen Sie unsere Position zu verstehen. Wolcott bedeutet für das Draconis-Kombinat einen großen militärischen Vorteil. Es ist vielleicht unser einziger Vorteil. Wir können es uns nicht erlauben, daß dieser Planet fällt, und darum müssen wir so strenge Maßnahmen ergreifen.«

Vaynes hatte recht, dachte Rose. Wolcott lag tief im vom Clans besetzten Raum, und das Kombinat würde den Planeten nicht durch irgendeine Nachlässigkeit verlieren. Obwohl die Nebelparder durch ihre Ehre gebunden waren, den Planeten nicht anzugreifen, war in dem System alles andere zum Abschuß frei. Wenn sie die Verteidiger aushungerten, konnten sie den Planeten immer noch erobern und würden ihre Ehre behalten. McCloud fing an, den Argumenten Vaynes zu widersprechen, aber der *Chu-Sa* unterbrach sie mit einer Handbewegung.

»Natürlich, Kapitän Rose, würden wir niemals einem Käpten sein Schiff nehmen oder das Recht, es zu fliegen. Wir bestehen lediglich darauf, daß eine zusätzliche Besatzung, hauptsächlich Kanoniere, während der Reise an Bord geht. Käpten McCloud wird das Kommando behalten, und alle internen Sicherheitsagenten werden ihr Bericht erstatten.«

Rose wußte, daß die interne Sicherheitsagentur, oder ISA, eine spezielle Elitetruppe des Geheimdienstes des Kombinats war. ISA-Agenten wurden in einer Vielzahl von Einsätzen ausgebildet, und diese Aufgabe war genau auf sie zugeschnitten. Es gab keinen Zweifel für Rose, daß die Kanoniere der ISA ihre Arbeit bestens erledigen würden.

»Wer wird außer den Kanonieren noch an Bord der *Bristol* kommen?« fragte McCloud. Rose konnte hören, wieviel Überwindung sie diese höfliche Frage kostete. Sie kämpfte weiter um ihre Disziplin. Rose konnte sehen, wie die Vene an McClouds Hals langsam abschwoll, und hoffte auf einen ruhigen Ausgang des Treffens.

»Zusätzlich zu den Kanonieren kommt noch ein Funker und ein Pilot an Bord. Der ISA-Pilot wird als Kopilot auf der *Bristol* dienen.«

»Wofür wird er benötigt? Ich habe keinen Platz für zwei Piloten.«

»Der Pilot, an den wir denken, hat den Flug nach Wolcott schon vierzehnmal gemacht. Er ist so etwas wie eine Legende hier auf Luthien«, sagte Langley. »Seine einzige Aufgabe ist es, Sie zu dem Planeten zu bringen, falls es Probleme gibt. Wenn alles nach Plan verläuft, braucht er keinen Finger krummzumachen. Natürlich ist er da, wenn Hilfe gebraucht wird.«

»Wetten Sie nicht darauf«, preßte McCloud leise hervor. Rose entschied, daß es Zeit war einzugreifen.

»Danke, meine Herren, für Ihre Zeit und Anstrengungen.« Rose stand auf und reichte jedem Mann die

Hand. »Ich bin sicher, daß es von jetzt an keine Probleme mehr geben wird.«

»Ich sehe, Sie möchten das hier so schnell wie möglich hinter sich bringen, Kapitän«, sagte Langley, während er an McCloud vorbei auf Rose blickte. »Wir haben der *Bristol* und ihrer Fracht Priorität eingeräumt.« Damit hatten McCloud und Rose nicht gerechnet. Langley lächelte.

»Der Rest der Black Thorns wird pünktlich eintreffen und so schnell wie möglich auf die *Bristol* wechseln. Sobald die letzten ihrer BattleMechs an Bord sind, wird das ISA-Team kommen, und wir werden sie dem nächsten Sprungschiff zuweisen, das nach Wolcott fliegt.«

»Flugstationen und Pläne?« fragte McCloud.

»Das wird alles über die Stationskontrolle abgewickelt«, sagte Langley.

»Die Sprünge nach Wolcott verlaufen nach einem sich wiederholenden Muster«, erklärte Vaynes ihr, »aber eine neue Mech-Einheit auf die Oberfläche zu bringen, ist keine Routine. Wenn eine neue Einheit nach Wolcott unterwegs ist, versuchen wir ihr die Reise so angenehm und einfach wie eben möglich zu machen. Ihr Verbleib wurde auf zirka fünf Tage festgelegt, basierend auf der Ankunft der restlichen Thorns, dem Sprungschiff und dem Piratenpunkt.«

Rose nickte zustimmend. McCloud starrte Vaynes nur an. Während sie noch so dastand, öffnete sich die Tür, durch die sie den Raum betreten hatten. Uroshi blieb im Türrahmen stehen und verbeugte sich tief vor ihnen.

»Wenn Ihnen das hilft, Käpten McCloud, Sie sind nicht der erste Käpten eines Schiffes, der sich gegen die Auflagen des Wolcott-Fluges wehrt.« McCloud gab sich nicht die Mühe, auf diese Bemerkung zu antworten. Sie ging schweigend aus dem Raum und ließ Rose stehen.

»Ich wette mit Ihnen, sie grollt länger, als alle vor ihr«, sagte Rose leise, während er den Raum verließ.

Langley kicherte, und Vaynes schüttelte den Kopf. Jeder weitere Kommentar ging im Geräusch der sich schließenden Tür unter, als Rose versuchte, Uroshi und McCloud einzuholen.

Rose entschloß sich, auf dem Rückweg zur *Bristol* kein Wort zu sagen. Ein Entschluß, der letztlich durch McCloud bestärkt wurde. Als sie die Luftschleuse passierten, dachte Rose, die Spannung hätte sich gelegt. Er hatte damit unrecht. Es war offensichtlich, daß McCloud das Treffen und die daraus resultierende Konsequenz, bei den Black Thorns zu bleiben, nicht vergessen würde. Als sich die innere Tür öffnete, ging sie in Richtung der oberen Mannschaftsdecks. Rose folgte ihr nicht. Statt dessen begab er sich zu den Passagierdecks in der Nähe der Bordmaschinen.

Obwohl nur noch wenig Zeit bis zum Start blieb, hatten die Black Thorns fast nichts zu erledigen. McCloud konnte alle Landungsschiffmanöver und die hereinkommenden Kommandos von der Verkehrskontrolle der Station verarbeiten. Rose war sich sicher, daß alle Fluginformationen, die sie benötigten, um von dem Piratenpunkt zur Planetenoberfläche zu kommen, in das Computersystem der *Bristol* übertragen worden waren. Aber um diese Details kümmerte sich der Rechner.

Zu guter Letzt entschied er sich, ein wenig Schlaf nachzuholen, und empfahl den restlichen Black Thorns das gleiche. Nach einigen Stunden dringend benötigter Ruhe begab sich Rose in die Messe, um etwas Kaffee zu trinken. Er war immer noch bei der ersten Tasse, als Riannon und die neuen Mitglieder der Einheit mit viel Lärm und großem Hallo ankamen. Jeder der Black Thorns versuchte zur selben Zeit mit ihm zu reden, mit Nachdruck Antwort auf ihre oder seine Fragen zu bekommen. Rose unterbrach die allerorten stattfindenden Vorstellungen.

Schnell waren alle Thorns, alte wie neue, in der Messe versammelt und lauschten Riannon, wie sie Geschichten aus der Zeit auf Outreach erzählte. Rose verlor schnell das Gefühl für die Zeit und war überrascht, als er McClouds Stimme über das schiffsinterne Interkomsystem hörte. Die *Bristol* sollte in zehn Minuten die Station verlassen, und sie hatten die neuen BattleMechs noch nicht verstaut. Rose gab Eber, Esmeralda und Badicus den Befehl, sich darum zu kümmern, während Antioch und Ria den neuen Mitgliedern ihre Quartiere zeigten und die letzten Vorbereitungen zum Verlassen der Station abschlossen.

Rose erreichte die Luftschleuse in dem Augenblick, als sich die innere Tür öffnete und die Besatzung der ISA an Bord kam. McCloud war ganz offensichtlich wütend, behielt jedoch einen ruhigen, professionellen Ton bei, während sie mit den Kanonieren und der Brückenbesatzung der ISA sprach. Rose begleitete die kleine Gruppe auf ihrer Tour durch das Landungsschiff, sprach jedoch kein Wort.

Da die ISA-Agenten nur für kurze Zeit an Bord blieben, hatte sich McCloud keine Mühe gemacht, besondere Vorkehrungen für deren Unterbringung zu treffen. Jeder Kanonier bekam eine Liege in der Nähe seines Geschützes. Die Brückenbesatzung, die aus einem Kommunikationstechniker und einem zweiten Piloten bestand, wurde in einer der Frachtkabinen untergebracht. Rose und McCloud hätten es vorgezogen, die beiden in einer richtigen Kabine einzuquartieren, aber die zwei bestanden darauf, daß die Frachtkabine gerade so weit von der Brücke entfernt war, wie sie es noch akzeptieren konnten. McCloud zuckte nur mit den Schultern und ließ ihnen ihren Willen.

Während des Rundgangs bewegte sich die *Bristol* in Richtung des Sprungschiffes, das sie nach Wolcott bringen würde. Rose wollte zuerst auf der Brücke bleiben, entschied sich dann jedoch, bei seinen Leuten zu sein. Er verließ McCloud und die ISA-Agenten, die einen halbwegs vertretbaren Waffenstillstand ausarbeiteten, und begab sich zu den unteren Decks, wo er feststellte, daß Ria und Esmeralda die Situation im Griff hatten. Als endlich alles für den Sprung bereit war, rief Rose die gesamte Einheit in die Messe.

Die Black Thorns schwebten zu zweit oder allein in den Raum. Lediglich die Rekruten erschienen als Gruppe. Rose wartete, bis alle einen Platz gefunden hatten und still waren, bevor er sprach.

»Ich mach' es kurz und schmerzlos. Paßt also gut auf.« Er musterte die versammelten Gesichter und fühlte eine Welle der Aufregung, ein Gefühl, das er nicht erwartet hatte.

»Während wir hier sprechen, bewegen wir uns auf das Sprungschiff zu. Das ist nichts Neues. Neu ist die Tatsache, daß wir springen, sobald wir dazu bereit sind.« Etliche Köpfe flogen überrascht hoch. »Wolcott ist so etwas wie ein bewaffnetes Ausbildungslager, also machen wir den Sprung in unseren Mechs. Sollte die *Bristol* einen Treffer abbekommen, werden die Battle-Mechs euch mit genügend Sauerstoff versorgen, bis ihr entweder gerettet oder gefangengenommen werdet.« Einige der Veteranen runzelten die Stirn. »Ich weiß, daß das kein erfreulicher Gedanke ist«, fuhr Rose fort, »aber es ist besser, als langsam zu sterben. Wenn wir also losfliegen, sollte jeder in seinem Mech sitzen.

Wir steuern einen Piratenpunkt an. Die Raumfahrer wissen, wo. Wir müssen ihnen einfach vertrauen, daß sie uns zu dem Planeten bringen. Wenn der Sprung fehlerfrei verläuft, gebe ich das Freizeichen, und wir können wieder normal weitermachen. Bleibt jedoch ständig in Alarmbereitschaft. Ich möchte, daß jeder der neuen Leute mit einem Veteranen zusammenarbeitet.« Rose legte eine Pause ein und lächelte die neuen Mitglieder an. Einige schienen durch diese Bemerkung beleidigt.

»Seht mal, ich weiß, daß ihr alle auf die eine oder andere Art und Weise Veteranen seid, aber so lange wir noch nicht miteinander gearbeitet haben, verzeiht mir diese Maßnahme.« Rose hob den Daumen in Rias Richtung, die bestätigend nickte. Er wußte, das Zusammenstellen der Zweiergruppen würde keine Probleme bereiten. Es war wunderbar, sie wieder bei der Einheit zu haben.

»Sobald wir auf der anderen Seite sind, werden wir mehr Zeit zum reden haben. Alles andere kann bis dahin warten. Fragen? Nein? Sobald ich mehr Informationen habe, werde ich sie an euch weiterreichen.«

Wie auf ein Stichwort kam McClouds Stimme über die Bordsprechanlage. »Achtung! An alle Besatzungsmitglieder und Passagiere. Hier spricht der Kapitän.« Rose hielt es für eine gute Idee, daß sich McCloud den neuen Leuten an Bord der *Bristol* selbst vorstellte. »Die *Bristol* hat die letzten Andockmanöver an das Sprungschiff *Ellyohippus* abgeschlossen. Wir springen in neununddreißig Minuten.« Rose sah auf die Uhr, wie die meisten anderen Black Thorns. Wichtigste Grundlage im Training der Soldaten war es, immer seinen Zeitplan zu kennen, und Rose war erfreut, daß jeder sich an die Grundlagen erinnerte.

»Ich werde wie üblich den Zehn-Minuten-Countdown ankündigen. In der Zwischenzeit bereiten Sie sich auf den Sprung vor. Flugbesatzung, bemannen Sie Ihre Sprungstationen.«

Rose wartete, bis sich der Lautsprecher abgeschaltet hatte, dann sah er sich seine Truppe an. »Das gilt auch für uns. Begebt euch zu euren Mechs und bereitet euch auf einen heißen Ritt vor, Black Thorns. Jetzt geht's rund.«

8

Landungsschiff *Bristol,*
Piratenpunkt 3A/LU2334Zulu
Wolcott-System, Draconis-Kombinat

17. Februar 3057

Ein leichtes Wabern im Raum kündigte das Sprungschiff *Ellyohippus* im Wolcott-System an. Aus dem Nichts des Hyperraums kommend, erwachte das Schiff zu neuem Leben. Die meisten der Passagiere und Besatzungsmitglieder hatten noch gar nicht begriffen, daß der Sprung von Luthien nach Wolcott beendet war, als der Käpten der *Ellyohippus* die *Bristol* freisetzte.

Rose fühlte, wie ihm eine Schweißperle die Stirn hinunterlief. Konzentriert lauschte er der Komverbindung seines BattleMechs. Tief innerhalb der *Bristol* hatte er keine Möglichkeit, mit seinen Scannern einen Eindringling rechtzeitig festzustellen, also blieb ihm nur das Warten. Er hatte den Thorns erlaubt, einige private Kanäle zu öffnen, damit sie sich untereinander verständigen konnten. Sie durften jedoch nicht das Breitband der Kompanie benutzen, solange sie nichts wirklich Wichtiges mitzuteilen hatten. Im Gegensatz zu den anderen BattleMechs hatte Rose' *Masakari* eine Direktverbindung zur Brücke. Er hatte alle Kanäle geöffnet, gab jedoch keinen Funkspruch ab. Statt dessen konzentrierte er sich aufs Zuhören.

Rose war kein Raumfahrer, obwohl er als MechKrieger einen stattlichen Teil seiner Zeit damit verbracht hatte, in einem Raumschiff von einem Planeten zum nächsten zu fliegen. Vor langer Zeit hatte er bereits begriffen, daß man eine ganz besondere Art von Mensch sein mußte, um die Einsamkeit des Alls zu bewältigen. Rose liebte seine Privatsphäre, er erfreute sich sogar an ihr, aber der Weltraum war zu groß für ihn.

Abgesehen von all dem, hatten ihm seine früheren Erfahrungen und die besondere Beziehung zu McCloud die Möglichkeit gegeben, einiges über die Landungsschiffe zu lernen. Daher verstand er die meisten Dinge, die auf der Brücke passierten, obwohl er nicht direkt in die Gespräche mit einbezogen war. Als sich einer der ISA-Agenten nach der Möglichkeit feindlicher Streitkräfte in dieser Region erkundigte, gab ihm McCloud sehr deutlich zu verstehen, daß sie absolut nichts entdecken konnte. Rose konnte sich McCloud vorstellen, wie sie den ISA-Kanonier verwies, seine Pflichten wahrzunehmen und sie mit den ihren allein zu lassen.

Zehn Minuten verstrichen, in denen die *Bristol* langsam von dem Sprungschiff wegtrieb. Der Käpten der *Ellyohippus* war bereits damit beschäftigt, fieberhaft den Kurs für den Rücksprung nach Luthien in den Computer zu programmieren, basierend auf der jetzigen Position und Zeit. Rose nahm an, daß die Besatzung des Sprungschiffes genauso hart arbeitete wie ihre Computer, aber er konnte nur Vermutungen anstellen, was an Deck eines interstellaren Schiffes vor sich ging.

Sprungzeit plus zwanzig Minuten. Die Bildschirme waren immer noch leer. Rose entschloß sich, das Freizeichen etwas eher zu geben, da die Clans das Sprungschiff im System wohl nicht entdeckt hatten. Seine MechKrieger kletterten aus ihren Cockpits und schwebten in der Messe ein, die zum Hauptquartier der Kompanie geworden war. Rose zögerte noch ein bißchen, bevor er McCloud informierte. Er war überrascht, als sie ihn bat, schnellstens zur Brücke zu kommen.

Während er die Leiter seines OmniMechs hinunterglitt, überlegte er, als erstes in seine Kabine zu gehen und dort einen Coverall anzuziehen, ehe er sich zur Brücke aufmachte. Schließlich entschied er sich dagegen. Seine MechKriegerkleidung würde ihm helfen, sich in der ungewohnten Umgebung der Brücke wohlzufühlen. Sicherlich würden die Raumfahrer das verstehen.

Der Umstand, daß ihm nicht ganz wohl auf der Brücke der *Bristol* war, erschien Rose widersinnig. Auf anderen Fahrten, an Bord anderer Schiffe war er dafür bekannt, daß er einigen Kapitänen aus den verschiedensten Gründen das Leben zur Hölle gemacht hatte. Bei McCloud war es das Gegenteil. Er war immer bereit zuzugeben, daß er unrecht hatte, wenn er auf der *Bristol* war, besonders auf der Brücke. Zuerst dachte er, es würde an der Beziehung zu Rachel liegen. Möglicherweise war das nur einer der Gründe.

Bis zu dem Zusammentreffen mit McCloud hatte Rose keinem Landungsschiffkäpten getraut, mit dem er gereist war. Innerlich glaubte er, daß sie kompetent, sogar akzeptabel in ihren Fähigkeiten waren, aber er hätte keinem von ihnen sein Leben wirklich anvertraut. Mit einer Ausnahme: McCloud. Als Soldat war Vertrauen das größte Kompliment, das er jemand anderem machen konnte, aber Rachel hatte es als seine romantische Ader abgetan. Er würde Zivilisten niemals verstehen.

Vor der Tür zur Brücke hielt Rose kurz an und fuhr sich mit der Hand durch die Haare, dann trat er ein. Der große Raum schien irgendwie kleiner, dann bemerkte er die zwei ISA-Agenten, die an Hilfskonsolen saßen. Im Vergleich zu McCloud und ihrer Besatzung nahmen sie einen großen Teil des Freiraumes auf der Brücke ein. Rose ging rüber zu McCloud und sah ihr über die Schulter auf den Langstreckenscanner. Obwohl sie nicht aufgeblickt hatte, wäre es ihm nie in den Sinn gekommen, sie könnte ihn nicht bemerkt haben.

»Wir haben gerade zwei ankommende Objekte am Rand unserer Scannerreichweite ausgemacht«, sagte sie wie beiläufig.

»Clans?«

McCloud schüttelte den Kopf. »Ich glaube nicht,

aber ich habe die Kanoniere in Alarmbereitschaft versetzt. Wenn wir Glück haben, sind es die beiden Landungsschiffe, die wieder nach Luthien zurückwollen.« Rose hatte nicht gewußt, daß es zurückkehrende Landungsschiffe gab, aber es ergab einen Sinn. Warum sollte man die Zeit und den Nutzen eines Sprungschiffes verschwenden, indem man es leer zurückkehren ließ.

»Ich bin froh, daß du Begleitung mitgebracht hast«, fügte sie hinzu. Rose war verwirrt, bis er McClouds Blick folgte, der auf die Laserpistole an seiner linken Hüfte gerichtet war. Die Pistole gehörte zu seiner Standardausrüstung wie etwa der Neurohelm und der Kühlanzug.

Rose legte die Stirn in Falten. »Erwartest du Ärger?« Er folgte McClouds Augen, die zu den zwei ISA Agenten wanderten. Sie arbeiteten, durch Zufall oder Planung, Seite an Seite.

McCloud grinste. »Ich will's mal so sagen. Vorsicht ist die Mutter der Porzellankiste.«

Rose grinste ebenfalls. »Lady, du holst nur dann das Porzellan aus dem Schrank, wenn du weißt, daß die Kinder außer Haus sind.« Einige Minuten lang beobachtete er die Objekte auf dem Schirm, wie sie näher kamen. Gerade als die Besatzung sie als Landungsschiffe der Overlord-Klasse identifizierte, blinkte das rote Licht am Langstreckenscanner auf.

»Was haben Sie?« fragte McCloud. Rose konnte fühlen, wie die Spannung in dem Raum zunahm, aber McCloud schien ganz ruhig.

»Vier ankommende Schiffe. Vom Schubprofil her sehen sie aus wie Jäger«, erwiderte der Mann am Scanner.

»Haben sie uns schon bemerkt?« fragte McCloud. Rose dachte gar nicht erst an die Möglichkeit, daß sie die *Bristol* noch nicht entdeckt haben könnten. Landungsschiffe besaßen bessere Sensoren als Jäger, aber die Sensoreninformationen waren nicht immer verläßlich, da die Jäger häufig auf einem vorbestimmten Kurs flogen. Im interplanetaren Raum konnte das einem Schiff genügend Zeit einbringen und einen großen Unterschied machen.

»Nein, bis jetzt noch nicht. Selbst bei der Technologie der Clans haben wir noch ein oder zwei Minuten.«

»Kurs zwei-drei-drei, und verringern Sie die Geschwindigkeit.«

Rose und McCloud standen wie angewurzelt und starrten den ISA-Piloten an, der plötzlich das Kommando übernommen hatte.

»Verdammt noch mal, warten Sie einen Augenblick, mein Herr. Ich gebe hier die Befehle«, brüllte McCloud den Mann an.

»Wir haben keine Zeit. Wir müssen unseren Kurs ändern, bevor sie uns erfassen. Bei unserer derzeitigen Richtung können sie Rückschlüsse auf den Standort des Sprungschiffes ziehen.«

»Ist das wahr?« fragte McCloud

Der Mann am Scanner nickte. »Sie nähern sich den beiden Landungsschiffen. Bei ihrer derzeitigen Geschwindigkeit werden sie an den Schiffen vorbeischießen und dann das Sprungschiff entdecken.«

»Können sie beide Schiffe gleichzeitig angreifen?« fragte McCloud.

Der Mann zögerte. »Ich glaube nicht. Sie sind zu schnell, und die Landungsschiffe haben noch nicht ihren endgültigen Kurs zum Sprungschiff eingeschlagen. Sie können nur eines von beiden angreifen.« Die Jäger beschleunigten konstant, um die flüchtenden Landungsschiffe einzuholen, aber ihr jetziges Tempo war eine schwerwiegende Behinderung bei einem Angriff. Die kleinen Schiffe besaßen nicht die entsprechenden Steuerdüsen, um bei einer solchen Geschwindigkeit den Kurs zu wechseln. Wenn sie endlich gewendet hätten, um einen zweiten Angriff zu fliegen, wären die

Landungsschiffe bereits weit entfernt. Das gleiche galt wahrscheinlich auch für das Sprungschiff.

»Bringen Sie uns rum«, wiederholte der ISA-Agent an den Piloten gewendet.

»Das ist nicht unser Problem«, stimmte McCloud zu. »Ob wir nun den Kurs ändern oder nicht, die Jäger werden das Sprungschiff passieren.«

»Vielleicht nicht. Wenn die Landungsschiffe wissen, daß ihnen die Jäger folgen, werden sie den Kurs ändern und sie von dem Sprungschiff weglocken«, sagte der ISA-Pilot.

»Das ist Selbstmord«, sagte McCloud. »Sie werden das Sprungschiff niemals erreichen, bevor es das System verläßt.«

»Sie werden eher den Köder spielen, als daß sie das Sprungschiff riskieren. Bringen Sie uns auf den neuen Kurs.«

»Auf gar keinen Fall, mein Herr«, sagte McCloud. »Ihr Kurs wird uns von Wolcott wegbringen. Das kann verheerende Folgen haben, selbst wenn wir nicht auf die Clans treffen. Wenn wir wieder auf dem alten Kurs sind, kann es sein, daß wir nicht mehr genug Treibstoff haben, um es bis zum Planeten zu schaffen.«

Rose konnte sich nicht einmal an den Namen des ISA-Piloten erinnern, aber er hatte plötzlich eine große Bedeutung für seine Zukunft. Das Gespräch stieg ihm schnell über den Kopf. Es gab jedoch keinen Zweifel, wen er unterstützen würde. Er bewegte sich ganz langsam und öffnete den Sicherungsriemen seines Holsters.

Der ISA-Agent wischte mit einer Handbewegung ihre Einwände beiseite. »Wir sind nicht so wichtig wie das Sprungschiff. Dieses Schiff ist nur eines von wenigen Schiffen, die mit Lithiumbatterien bestückt sind. Sein Verlust wäre unersetzlich. Wenn wir uns selbst opfern müssen, soll es so sein.« Während er sprach, bewegte sich der Agent auf den Pilotensitz zu. Rose wußte, daß es an der Zeit war zu handeln. Mit einer einzigen fließenden Bewegung zog er den Laser und trat auf den zweiten Mann zu.

»Nicht so schnell«, gab er dem Piloten zu verstehen, der für einen Moment in seiner Bewegung erstarrte, als Rose mit dem Laser auf seinen Bauch zielte. »Zurück auf Ihren Posten.« Rose wartete darauf, daß sich der Mann rührte. Mit großer Willensanstrengung unterdrückte er die Versuchung, noch näher an den Mann heranzutreten. Während seiner Zeit auf Luthien hatte er gelernt, daß alle ISA-Agenten, vom Meuchelmörder bis zum Ober, im Nahkampf ausgebildet waren. Rose war klar, daß er sich besser außerhalb seiner Reichweite aufhalten sollte. Der Pilot schwankte, und Rose wußte, daß er gewonnen hatte.

»Gehen Sie zurück«, sagte Rose und deutete auf den freien Sessel. Der Pilot, der noch vor wenigen Momenten den Tod durch Ersticken mit einer Handbewegung abgetan hatte, änderte seine Meinung angesichts des sicheren Todes durch einen Laser.

»Sie untergraben meine Kommandorechte«, beschwerte sich der Pilot.

McCloud lachte. »Und ich dachte immer, dies sei mein Schiff.«

»Aber das ist meine Mission. Ich bin hier, um solche und andere Entscheidungen zu treffen. Darum bin ich an Bord.«

»Dann nennen Sie es doch Meuterei«, sagte McCloud tonlos.

»Funker, warnen Sie das Sprungschiff, daß es eventuell Besuch kriegt«, fuhr sie fort. »Navigator, wir gehen wie geplant rein.« McCloud drehte sich zu dem Scanner um. »Die Jäger sind keine Gefahr für uns. Wir sind außerhalb ihres Operationsfeldes. Es kann höchstens sein, daß noch mehr kommen, bevor dies vorbei ist.« Rose behielt die zwei ISA-Agenten im Auge, nachdem McCloud in Schweigen verfallen war. Er vermutete, daß sie den Scanner betrachtete, wendete jedoch nicht den Blick von den zwei Männern, um sich zu vergewissern. »Die Jäger müßten uns jede Sekunde entdecken«, sagte McCloud. Rose zählte stumm bis zehn, aber McCloud sprach nicht weiter. »Sie kleben an den zwei Schiffen, die das System verlassen wollen.«

»Kannst du das Sprungschiff noch auf dem Scanner ausmachen?« fragte Rose.

»Nein«, sagte McCloud »Es ist außer Reichweite. Keines der Landungsschiffe hat bislang den endgültigen Kurs zu dem Sprungschiff eingeschlagen, und das Operationsfenster schließt sich bald. Ah, einer bricht aus.«

»Was ist mit den Jägern?« fragte Rose. Obwohl er nicht an der Schlacht teilnahm, hoffte Rose doch, daß keines der Landungsschiffe so verrückt war, das selbstmörderische Risiko auf sich zu nehmen, sich und die Besatzung bei einem Angriff auf das Sprungschiff aufs Spiel zu setzen.

»Sie bleiben bei dem ersten Schiff«, berichtete McCloud. »Sieht so aus, als würde es das zweite Schiff noch rechtzeitig zum Sprungschiff schaffen.«

»Was ist mit dem ersten?« fragte Rose.

McCloud ließ einen langen Seufzer hören. »Wir haben sie verloren. Wir sind außer Scannerreichweite.«

Rose ließ die Waffe sinken und leise im Holster verschwinden. »Hatten sie noch genug Zeit?« fragte er McCloud, als er sich zu ihr umdrehte.

Sie zuckte mit den Schultern. »Kann sein. Möglicherweise. Vielleicht auch nicht. Ich weiß es nicht.« Es gelang ihr, ein scheues Lächeln aufzusetzen.

»Navigator, legen Sie den Kurs fest. Bereiten Sie sich auf die erste planmäßige Korrektur vor.«

Rose verließ die Brücke wieder und ging zu seiner Kabine. Das Landungsschiff ging ihm einfach nicht aus dem Kopf.

9

Landungsschiff *Bristol*, Wolcott, Raumhafen Wolcott-System, Draconis-Kombinat

17. Februar 3057

McCloud verlebte die nächsten drei Tage auf der Brücke der *Bristol*. Es tauchten jedoch keine weiteren Jäger auf. Glücklicherweise war der Piratenpunkt weit genug von den Clans entfernt und wurde daher nur wenig patrouilliert. Die beiden abfliegenden Landungsschiffe hatten entweder nur Pech gehabt oder einen Fehler begangen, als sie von den Clan-Raumjägern erfaßt wurden.

Die ISA-Agenten behandelten die Black Thorns und die Besatzung des Landungsschiffes wie Leprakranke. Das beruhte auf Gegenseitigkeit. Die Agenten hatten eingesehen, daß es nichts mehr für sie zu tun gab, was das Befehligen der Mannschaft der *Bristol* betraf; somit erledigten sie ihre Aufgaben zusammen mit den anderen Besatzungsmitgliedern und warteten zuversichtlich auf den Tag der Abrechnung, wenn sie Wolcott erreichen würden.

Als die *Bristol* den Schutzschirm der auf Wolcott stationierten Kurita-Raumjäger erreichte, glaubte Rose, McCloud würde tot umfallen. Die Jäger, unter deren Schutz sie einflogen, waren eine Schwadron mittelschwerer *SL-17 Shilone*. Wie erwartet, begann das ISA-Personal sofort damit, die Umstände, unter denen die *Bristol* das System erreichte, per Funk zu berichten. Rose war beinahe davon überzeugt, daß das planetare Kommando eine Truppe BattleMechs auf dem Landefeld versammelt hatte, um das Landungsschiff zu begrüßen, wenn es aufsetzte. Aber nichts Außergewöhnliches geschah.

Wie üblich, wenn man auf einem neuen Stützpunkt

RICK HARRIS ©93

ankam, verließen Rose und sein Kommando das Landungsschiff in ihren BattleMechs. Ein Mech war auf dem Raumhafen von Wolcott mit Sicherheit nichts Besonderes. Um so mehr erfreute sich Rose an den Blicken, die den Black Thorns folgten. Er grinste hinter der Frontscheibe seines Neurohelms. Die Black Thorns waren vielleicht nur eine kleine Einheit, aber sehr gut ausgerüstet.

Rose führte sie in seinem *Masakari* an, dem Besten, was sie den fliehenden Jadefalken auf Borghese abgenommen hatten. Einer der Gründe, warum die Clans im Kampf so gefährlich waren, bestand in der modularen Waffentechnologie, die es ihnen ermöglichte, in weniger als zwei Stunden ihre OmniMechs mit neuen Waffen zu bestücken. Obwohl der *Masakari* eine Siegestrophäe war, hatten die Black Thorns nicht genug Ersatzteile erobert, um ihn waffentechnisch variieren zu können.

Der *Masakari* hatte in etwa humanoide Umrisse, seine Schultern waren jedoch weit über dem Kopf positioniert, was daher der fünfundachtzig Tonnen schweren Maschine das Aussehen eines Buckligen verlieh. Die Hauptwaffensysteme des Mechs waren Zwillings-PPKs, die dort angebracht waren, wo sich normalerweise die Hände befanden, plus einer Abschußvorrichtung für Langstreckenraketen, die zehn Raketen in weniger als drei Sekunden abfeuern konnte. Die Werfer waren über dem Kopf des Mechs plaziert. Rose hatte fast einen Herzschlag bekommen, als die Raketen beim ersten Test mit einem lauten Kreischen die Rohre verließen. Mittlerweile hatte er sich an den Lärm und den Rauch gewöhnt. Trotzdem verstand er nicht, warum die Konstrukteure die Abschußanlage so nah über dem Kopf des Mechs plaziert hatten.

Direkt hinter Rose kam Antioch Bell mit seinem *Banshee*. Der *Banshee* war eine herkömmliche Konstruktion, jedoch mit der neuesten Technologie ausgestattet, was ihm ein neues Profil und gesteigerte Kapazitäten verlieh. Als Leibwächter des Kommandanten war Bell immer in Rose' Nähe, aber niemals so nah, daß er ihm im Weg stand. Auf dem Schlachtfeld deckte er Rose den Rücken, während dieser sich um den Rest der Einheit kümmerte. Bell hatte schon einmal Rose' Leben gerettet, und die Veteranen der Einheit wußten, er würde seinen Kopf erneut riskieren, um es wieder zu tun.

Als nächstes verließen die beiden *Katamarane* das Landungsschiff. Zwei weitere erbeutete OmniMechs, die perfekten Zwillinge. Obwohl die beiden Mechs ihre siebenundfünfzig Tonnen wogen, konnten die langen, straußenähnlichen Beine – durch die von den Clans entwickelten extraleichten Fusionsreaktoren – mit den anderen leichten Mechs mithalten. Der kompakte Körper des *Katamaran* besaß zwei übergroße lange Arme, die in einer schweren Waffe statt einer Hand, endeten. Jeder Aufsatz bestand aus einem von den Clans entwickelten großen und einem mittelschweren Laser mit vergrößerter Reichweite. Die Hülle war eine spezielle Konstruktion, die einen Teil der entstehenden Hitze ableitete. Auf jeder Schulter befand sich eine Abschußvorrichtung für zwanzig Langstreckenraketen, die mit denen des *Katapult* identisch waren. Esmeralda steuerte den ersten *Katamaran*, während sie Jamshid sehr genau im Auge behielt. Obwohl er diesen Mech zum erstenmal steuerte, ging er damit sehr geschickt um.

Badicus O'Shea, Eber und Ajax kamen durch eine zweite Ladeluke und umrundeten das Landungsschiff. Dann vereinigten sie sich mit den führenden Black Thorns. O'Shea kontrollierte Esmeraldas *Kriegshammer*, der unter der Führung des großen Mannes stolzierte. *Sieht aus wie auf einer Parade*, dachte Rose. Hoffentlich übertrieb er nicht noch mehr. O'Shea hatte noch nie einen so großen Mech gesteuert, und Rose fragte sich, ob ihm die zusätzliche Feuerkraft wohl zu Kopf gestiegen sei. Er entschied, daß ein kurzes Gespräch unter vier Augen angebracht war. Eber und Ajax folgten O'Shea respektvoll in ihrem *Kampftitan* und dem *Raben*.

Der *Rabe* sah eher wie ein Spielzeug zwischen den beiden Mechs aus, weniger wie eine Kampfmaschine. Im Gegensatz zu seinen beiden Kumpanen war der *Rabe* für Scoutmissionen gebaut – sein zerbrechliches Aussehen zeugte davon. Die Aufgabe eines Scoutpiloten war das Gefährlichste, was es in der Inneren Sphäre gab. Der Pilot mußte nah genug an den Feind heran, um ihn zu identifizieren, und doch weit genug entfernt sein, um sich zurückzuziehen, bevor man ihn entdeckte und vernichten konnte. Rose wußte, daß Ajax gut war. Vielleicht der beste Aufklärer, den er je gesehen hatte.

Ria war an vorderster Position der letzten Gruppe, die aus den Frachtluken kam. Sie versuchte die Führung zu übernehmen. Da die Rekruten jedoch noch nie zusammen gearbeitet hatten, sahen sie eher wie eine wilde Horde aus, als sie sich den restlichen Thorns anschlossen. Rose konnte hören, wie Ria Befehle rief, aber Taktik und strategische Weisungen waren nicht ihre starke Seite. Nachdem er sich die vielen fehlgeschlagenen Versuche schweigend angesehen hatte, übergab Rose Esmeralda die Gruppe und beauftragte Ria, die Kom-Kanäle zu beobachten.

Esmeralda formierte, unterstützt durch O'Shea, die Rekruten in einer Reihe. Das war ihre Spezialität. Esmeralda war Führerin von O'Sheas alter Lanze auf der Spielwelt Solaris gewesen, wo sie zum erstenmal auf Rose getroffen war. Sie war sogar Rose' Kommandantin während einer der Mechduelle gewesen, die er dort bestanden hatte. In dieser Zeit hatte Rose nicht nur bemerkt, daß Esmeralda eine gewitzte Taktikerin war, sondern auch eine hervorragende Führerin. Nachdem die Black Thorns auf Borghese eingetroffen waren, stellte sie sich ebenfalls als gute Lehrerin heraus. Esmeralda war für das Training der örtlichen Miliz während ihres Kontraktes zuständig. Eine Aufgabe, die sie ohne Probleme erledigte.

Ria war der Kommunikationspezialist und erste Offizier der Einheit. Obwohl sie ein Neuling im Kampf war, konnte man sie als ein Logistikgenie bezeichnen. Ihre Fähigkeit, mehrere Dinge gleichzeitig zu verarbeiten, sorgte für den Nachschub in der Basis und für die Informationen, wenn sie im Feld waren. Sie bemühte sich auch um unzählige Kleinigkeiten, damit die Black Thorns jederzeit einsatzbereit waren. Rose mußte zugeben, daß er es auch nicht besser hätte machen können.

Alle anderen Mitglieder hatten ebenfalls ihre speziellen Aufgabenbereiche. Jeder war dazu angehalten, etwas über BattleMechs und Reparaturen im Feld zu lernen. Die MechKrieger unterrichteten sich gegenseitig in den verschiedenen Fähigkeiten. Es war nichts Ungewöhnliches, wenn sich im Laufe eines Tages die Rollen von Lehrer und Schüler mehrfach änderten.

Ein Fahrzeug des Kurita-Stabes erschien zwischen zwei Gebäuden des Raumhafens. Während Rose den näherkommenden Wagen noch musterte, informierte ihn Ria, daß sich ihr neuer befehlshabender Offizier in dem Fahrzeug befand. Wer auch immer im hinteren Teil saß, er würde die Black Thorns offiziell begrüßen. Ohne sich um die Kompanie zu kümmern, übernahm das Fahrzeug die Spitze und bewegte sich in Richtung des Haupttors. Es gab nicht viel, was Rose hätte tun können. Also gab er allen das Signal zu folgen.

Der Wagen führte Rose vom Gelände des Raumhafens zu einer Unterbringung, wie sie laut Vertrag vereinbart war. Das Gelände war etwa zwanzig Kilometer entfernt, am Rand eines der Sümpfe auf Wolcott. Ihr neues Heim war früher einmal ein Fabrikzentrum gewesen, aber die Inneneinrichtung war durch die Kämpfe um den Planeten vollkommen zerstört. Statt alles wieder hinter den feindlichen Linien aufzubauen, hatten sich die Besitzer für einen Neustart auf einer anderen Welt entschieden. Das Gelände war durch einen Stahlmaschendraht gesichert. In einer der Ecken befand sich ein dreistöckiger Wachturm, der jedoch noch nie benutzt worden war, seit man dieses Gelände zu einer militärischen Anlage umgebaut hatte. Ein riesiges Warenhaus mit enormer Grundfläche dominierte das gesamte Gebiet. Der Gebäudekomplex war halb zerstört und abgetragen. Es gab keine Wände mehr, aber das Dach schien sehr solide und ruhte auf vielen roten Eisen-T-Trägern. Für die Mechs und ihre Piloten ein ausreichender Schutz vor dem Wetter.

Entlang der nördlichen Seite des Warenhauses waren die Überreste des Fabrikkomplexes zu sehen. Beim Betreten der Anlage konnte Rose nur raten, was hier einst produziert wurde, bevor die Claninvasoren die Fabrik in Schutt und Asche verwandelt hatten. Die meisten Dinge lagen noch da, wo sie vor sechs Jahren hingefallen waren. Unbeachtet und vergessen von den Leuten, die dieses Gelände nutzten.

Neben den Überresten der Fabrik, in der nordöstlichen Ecke, befanden sich die Baracken, angelegt in Sichtweite des ehemaligen Fabrikbüros. Die grauen Stahlbetonwände waren so langweilig und leblos wie in jeder anderen Militärunterkunft, die Rose gesehen hatte. Funktion ist wichtiger als Form – das war schon immer die Devise der Militärs, und das neue Heim der Thorns machte da keine Ausnahme.

Die endgültige Einteilung der Lanzen stand noch nicht fest. Rose führte die Gruppe auf das Gelände zum Warenhaus hinüber. Die Anlage hatte bereits früher schon als Quartier für eine Kompanie gedient, was man an den auf dem Boden aufgezeichneten Buchten erkennen konnte, die ein geordnetes System zum Abstellen der Mechs aufwiesen. Rose belegte die Position 1–1. Bell die Position 1–3. Damit blieb der Stellplatz 1–2 frei für Riannon, wenn sie ankam. Als Anführer der zweiten Lanze übernahm Esmeralda die Bucht 2–1. Die

Plätze 2–2 und 2–3 wurden bald durch O'Shea und Eber ausgefüllt. Ajax stellte sich auf die Position 3–1. Die Rekruten begaben sich in die nahen noch freien Buchten. Während die Mechs abgeschaltet und gesichert wurden, versammelten sich die Piloten zu Füßen von Rias *Feuerfalke*, wo Rose und Eber miteinander sprachen.

Rose wartete, bis die gesamte Kompanie zusammengekommen war. Er unterhielt sich kurz mit jedem ankommenden Piloten. Obwohl die erste Zusammenarbeit nicht so verlaufen war, wie man es erwartet hätte, war jeder einzelne Black Thorn schnell wieder in seinen Rhythmus verfallen, und der Spaziergang zu der Anlage konnte als effektiv bezeichnet werden – vielleicht sogar als perfekt.

»Nicht schlecht, Leute«, sagte Rose, derweil Ria noch von ihrem Mech herunterkletterte, um sich der Gruppe anzuschließen. »Wir haben noch einiges zu erarbeiten, aber immerhin hat sich die Einheit auf dem Weg hierher nicht lächerlich gemacht.« Einige Piloten wußten, daß dies nicht der Wahrheit entsprach, und unterdrückten ein Lachen.

»Wir haben anstrengende Tage vor uns. Aber da sich jeder während der freien Zeit im Raum bestens erholt hat, ist die harte Arbeit jetzt genau das richtige, um wieder in Form zu kommen.« Vereinzelt war ein Gähnen zu hören. Von dem Augenblick an, wo sie an Bord des Landungsschiffes gegangen waren, hatten die meisten Veteranen ohne Unterbrechung gearbeitet. Entweder hatten sie ihre Mechs repariert, taktische Übungen gemacht oder ihre Praxis im Simulator verbessert. Rose wußte, daß die Rekruten ebenso hart gearbeitet hatten, vielleicht nicht aus denselben Gründen.

»Als allerersten müssen wir die Anlage sichern. Ajax, nimm dir zwei Freiwillige und fang damit an. Bis zum Einbruch der Nacht muß das erledigt sein. Du mußt mit dem Verstauen deiner Ausrüstung warten. Dafür kannst du dir als erster eine Schlafstelle aussuchen. Sieht so aus, als ob du heute nacht lange wach bleibst.«

Ajax lächelte sanft und nickte. Mit einem Blick auf die Black Thorns zeigte er auf Yuri und Kätzchen. »Ich werde die beiden als Hilfe mitnehmen.«

»Ah, wir lieben Freiwillige«, sagte O'Shea.

Rose schmunzelte über diesen alten Militärwitz, dann fuhr er fort. »Ria, du nimmst dir zwei Leute und baust den Kommandostand auf. Du kannst deine Sachen vorher noch wegräumen, aber wir müssen schnellstens einsatzfähig sein.« Riannon nickte und wählte Leeza und Greta aus.

»Antioch«, sprach Rose weiter. »Ich möchte, daß du und Jamshid die Quartiere für die Besatzungsmitglieder des Landungsschiffes fertig machst. Nach dem Fiasko auf Borghese will ich nicht, daß sie ungeschützt sind.« Die Veteranen stimmten mit einem ernsten Nicken zu. Die Thorns waren in der Nähe des Raumhafens gewesen, hatten aber trotzdem nicht verhindern können, daß die *Bristol* entführt wurde. Rose war entschlossen, so etwas nicht noch einmal passieren zu lassen.

»Ist McCloud damit einverstanden?« fragte Esmeralda.

Rose wollte nicken, zuckte dann jedoch die Schultern. »Sie stimmt der Idee zu, aber ich weiß nicht, wie lange sie davon begeistert sein wird. Sie ist noch immer kein offizielles Mitglied der Einheit und mag den Gedanken nicht, so nah bei uns zu sein. Wenn wir ihr auch nur den geringsten Grund geben, wird sie packen und mit ihrer Besatzung auswandern. Darum will ich, daß wir uns um die Raumfahrer kümmern.«

»Wir können die Räumlichkeiten der Techniker und niederen Dienstgrade in der nördlichen Hälfte der Baracke nutzen«, schlug Ria vor. Rose hielt das für einen guten Einfall. Die meisten Söldnereinheiten, selbst solche, die kleiner als die Black Thorns waren, reisten mit zusätzlichem Personal, das nicht zur kämpfenden Truppe gehörte. Wenn die Einheit Glück hatte, war die größte Zahl der Leute Techniker, manchmal beinhaltete diese Gruppe aber auch Familien, Dienerschaft oder anderes vielseitiges Personal. Die Black Thorns hatten nur sich selbst.

Auf ein Kopfnicken von Eber hin drehte sich Rose um und sah den Stabsoffizier auf den Pulk der Black Thorns zukommen. »Sieht so aus, als wenn wir uns zum Dienst melden sollten«, murmelte Rose. Die näherkommende Gestalt sah alt und übergewichtig aus. Nach ihrem Gang zu urteilen, mußten ihr nicht nur die Beine, sondern der ganze Körper Schmerzen bereiten. Rose entschloß sich, dem Mann seinen Weg zu erleichtern und trat ein paar Schritte vor. Der Stabswagen parkte am Haupttor.

»Kapitän Jeremiah Rose meldet sich zum Dienst.«

Der korpulente Mann nickte und winkte Rose zu. Man konnte diese Geste mit dem besten Willen nicht Salut nennen.

»Ich bin froh, Sie hier zu haben, Kapitän Rose«, erwiderte der Mann gefühllos. Er übergab Rose eine abgegriffene Botentasche aus Plastik und wartete darauf, daß Rose einen Blick hineinwarf, bevor er weitersprach. »Das sind die Schlüssel zu dem Gelände und ein kurzer Standardbericht über die derzeitige Situation auf Wolcott. Nichts davon ist wirklich neu, aber jetzt ist es offiziell. Sie sind hiermit ein Teil der diensttuenden Soldaten.«

»Danke …«, begann Rose.

»Sparen Sie sich das. Dies ist eine Formalität, die ich nicht mag. Sie sind nun verantwortlich für die Basis und was darin ist. Für den Fall, daß Wolcott angegriffen wird, bevor Sie mir Bericht erstatten, finden Sie alle erforderlichen Maßnahmen in der Tasche. Ich hoffe, Sie kommen auf die glorreiche Idee, das geschriebene Material zu vernichten, nachdem Sie es gelesen haben.«

Rose nickte, aber der Mann machte noch nicht einmal eine Pause, um seine Antwort abzuwarten.

Er leierte noch einige Minuten weiter, doch Rose hörte nicht mehr zu. Der Mann kam anscheinend noch aus der alten Schule des Kombinats. Für ihn waren Söldner nicht mehr als Kanonenfutter. Man behandelte sein Futter nicht mit Respekt.

»Fragen?« sagte der Mann, nachdem er seine Ansprache endlich beendet hatte.

»Nur eine«, sagte Rose. »Der Großteil unserer Ausrüstung befindet sich noch auf der *Bristol*. Können wir einen Transporter bekommen, um es auf das Gelände zu schaffen?«

Der Mann machte eine abfällige Handbewegung. »Natürlich. Sie finden alle notwendigen Informationen über die Fahrzeugeinheiten in ihrer Tasche. Ist das alles?«

Rose überlegte einen Moment und nickte dann. Der Mann erwiderte Rose' Nicken, drehte sich um und ging ohne ein weiteres Wort. Rose sah ihm noch nach, dann wandte er sich mit einem leichten Kopfschütteln wieder seinen Black Thorns zu.

»Ich glaube, wir verstehen uns ganz gut mit den örtlichen Behörden«, bemerkte Eber.

»Ah, wie in alten Zeiten«, lachte O'Shea.

»Wir wollen hoffen, daß es nicht so schlecht ist«, sagte Rose. »Badicus, du und Ria organisiert den Transport unserer Ausrüstung. Dann sieh zu, ob du ein paar Leute bekommen kannst, die uns hier auf dem Gelände helfen. Köche, einige Wachen für das Haupttor und die Anlage, wenn wir nicht hier sind, und ein Fahrer. Das muß reichen.«

»Es wird mir ein Vergnügen sein«, sagte O'Shea mit einer tiefen Verbeugung. »Könnten wir nicht vielleicht auch noch ein Putzmädchen gebrauchen?«

»Damit du verweichlichst und faul wirst?« sagte Rose. »Ich glaube nicht.« Eber stieß O'Shea in die Rippen. Irgend etwas ging zwischen den zwei Männern vor. Eber grinste wie ein Idiot. O'Shea ebenfalls. Rose wußte, daß sie etwas ausgeheckt hatten. Er beachtete die beiden nicht weiter.

»Esmeralda, das bedeutet, daß du und ich die Dienstpläne und Kontakte zu den örtlichen Behörden aufstellen«, sagte Rose. Esmeralda nickte einmal. »Fragen?«

»Was ist mit den Unstimmigkeiten, die wir mit den ISA-Jungs an Bord hatten«, fragte Eber. »Habt ihr noch nichts gehört?«

Rose schüttelte den Kopf. Das örtliche Kommando hatte mehr als drei Tage Zeit, auf die Berichte der ISA und McClouds Gegendarstellung zu reagieren. Er hatte bis zur Landung etwas herauszufinden versucht. Wer auch immer für die Söldnerangelegenheiten verantwortlich war, schwieg über den Zwischenfall.

»Wir müssen einfach warten«, sagte Rose. »Morgen melden wir uns zum Dienst. Vielleicht erfahren wir dann etwas Neues. Sonst noch etwas?«

Er sah sich den Haufen Krieger an. Sie waren wie eine Horde Bluthunde, die nur auf die Jagd wartete. Selbst die langweiligsten Aufgaben, die er ihnen geben konnte, wurden mit Eifer erledigt.

»Prima«, sagte er. »Dann wird es Zeit, daß wir loslegen. Ese, nimm deine Ausrüstung und folge mir.«

10

Söldnergarnisonsanlage
Wolcott, Draconis-Kombinat

20. Februar 3057

Wie sich herausstellte, verließ Rose das Gelände an keinem der drei folgenden Tage. Nachdem Ajax die Umgebung gesäubert hatte, wurde die gesamte Einheit benötigt, die Baracken herzurichten, die ihre Vorgänger gründlich vernachlässigt hatten. Eber besorgte eine Menge Arbeiter, die er für die grobe Reinigung einsetzte, aber das technische Verständnis der Black Thorns war vonnöten, um die Einrichtungen der Anlage wieder herzustellen.

Rose nahm eine gleichwertige Rolle in den Vorbereitungen ein. Nachdem Ria die Funkzentrale soweit hatte, daß sie mit dem Notstrom von Ajax' *Rabe* arbeitete, berichtete Rose dem Büro des Verbindungsoffiziers, daß sich die Einheit um einige Tage verspäten würde, bevor sie den Dienst antreten konnte. Rose hatte eigentlich Widerstand erwartet, statt dessen bekam er jedoch weitere drei Tage, um alles zu erledigen. Vollkommen verwirrt reichte er Riannon das Sprechgerät zurück. Als er auf Luthien stationiert war, behandelten die Kuritas Söldner, als wären sie sozial und intellektuell unterentwickelt. Im Vergleich dazu rollte man hier den roten Teppich für sie aus.

Gott dankend für die kleinen Gefälligkeiten, begab sich Rose wieder an die Arbeit. Er war verärgert und amüsiert zugleich über die Zustände, oder wie Ria es so gerne nannte, die Situation, die die Einheit vorgefunden hatte. Yuri und Leeza hatten die Elektrizität zu den Baracken erneut hergestellt und kamen mit Schlick und Schlamm bedeckt von ihrer Arbeit zurück. Die Energiezufuhr blieb stabil. Kurz nach Einbruch der

Dunkelheit kam ein kleiner Konvoi mit der schweren Ausrüstung der Thorns vom Raumhafen an. Wenige Minuten nach zwei Uhr morgens befahl Rose jedem, ins Bett zu gehen.

Eber beugte sich dem Befehl, schlich sich jedoch aus den Quartieren, als er hörte, wie Rose die Tür schloß. Mit der Hilfe von Esmeralda verbrachte er die erste Nacht damit, die Rohrleitungen der Anlage zu reparieren. Obwohl sie es nicht schafften, das Abwassersystem zu reinigen, hatte die Basis am nächsten Morgen sauberes Wasser, als der Rest der Einheit aus ihren Betten kletterte. Rose war erfreut über das frische Wasser. Trotzdem entschloß er sich, die beiden Nachtarbeiter voll in den Tagesplan einzubinden. Das Mißachten von Befehlen verlangte nach einer Bestrafung.

Rose und Ajax verbrachten den ganzen Tag damit, an den Verteidigungsanlagen zu arbeiten. Mit der Hilfe von Jamshid und Riannon in der Funkzentrale schafften sie es, das neue Sicherheitssystem der Einheit zu installieren. Nach dem Angriff auf die Basis auf Borghese hatte Rose eine Menge Geld für eine Überwachungsanlage ausgegeben. Das System hatten die Black Thorns von Borghese mitgenommen. Nach Einbruch der Nacht konnte Ria das ganze Gelände visuell und akustisch überwachen. Das Passiv-System war zwischen dem Schutt verborgen, die aktive Verteidigung war jedoch für jeden zu sehen. Ajax meinte, daß die sichtbaren Minen einige Kriminelle abschrecken würden.

Als Rose und Ajax zum Abendessen zurückkehrten, stellten sie fest, daß die gesamte Baracke wieder in Ordnung war. O'Shea hatte entweder einen der städtischen Kanalarbeiter bedroht oder umworben, das Abwassersystem zu reparieren. Der Bau war wieder bewohnbar. Yuri hatte es sogar geschafft, Strom zu dem Mech-Warenhaus zu legen. Während des Essens informierte Ria die Black Thorns über die neusten Ereignisse auf

Wolcott, die sie den ganzen Tag in der Funkzentrale mitgehört hatte. Nach dem Mahl fingen die Thorns an, den Rest ihrer Ausrüstung auszupacken. Einige der Rekruten waren erstaunt, wie viele Dinge man benötigte, um die Black Thorns ins Feld zu schicken. Die meisten Zivilisten dachten genauso.

Die militärischen Einheiten vertrauten darauf, daß ihr kommandierender Offizier sie mit allem versorgte, was sie im Kampf und zum Überleben brauchten. Kommandeure von Kompanien würden zum Bataillon gehen, Kommandeure von Bataillonen würden zum Regiment gehen und so weiter, bis alle Anträge ausgefüllt waren und die Ausrüstung geliefert wurde. Die Black Thorns hatten diesen Luxus nicht. Sie mußten sich selbst versorgen.

Damit waren in erster Linie Essen, Kleidung und das Wichtigste für den Mech gemeint, aber die meisten Leute bedachten solche Nebensächlichkeiten nicht. Damit alle Komponenten richtig arbeiten konnten, benötigte man eine Reihe von Quellen. Abgesehen von der Grundausstattung mußten sich die Black Thorns um ihre eigene Sicherheit, Erste Hilfe, Mechreparaturen, primäre Ausrüstung, Munition, Ersatzteile sowie zusätzlich Ausrüstung, interne Sicherheit, Training und eine nicht endenwollende Zahl von anderen Dingen kümmern, die Riannon ihrem Bruder immer wieder gern aufzählte.

Rose und der Rest der Kompanie verbrachten den nächsten Tag damit, die Ausrüstung im Warenhaus auszupacken. Esmeralda und Eber richteten das Reparaturzentrum her, während der Rest der Thorns sich selbständig anderen Aufgaben zuwandte. Obwohl die Thorns keine großartigen Reparaturen erledigen konnten, hatten sie hier die Möglichkeit, kleinere und mittlere Schäden zu beheben. Ria erklärte, sie habe ein Übungsgebiet östlich des Geländes abgegrenzt, wo die Einheit kleinere Manöver erproben konnte. Rose gab

Esmeralda die Anweisung, die Kompanie zu einer größeren Übung dort hinzubringen, während er und Jamshid dem Verbindungsoffizier Bericht erstatteten. Er bekam einige fragende Blicke von den Thorns zugeworfen, was die Wahl des Zeitpunkts betraf, aber keiner sagte etwas.

Nachdem am nächsten Morgen die meisten Mitglieder der Einheit aufgewacht waren, machten sich Rose und Jamshid in ihren Mechs auf den Weg zum Büro des Verbindungsoffiziers. Der Rest der Thorns versammelte sich auf dem Übungsgelände, wo sie mit desaktivierten Waffen ein computersimuliertes Trainingsprogramm absolvierten. Auch wenn das System nicht so gut war, wie das von Wolfs Dragonern, hatte es ihnen auf Borghese gute Dienste geleistet. Esmeralda führte die Gruppe in den Sumpf und stellte sie zu einem Kampf jeder gegen jeden auf. Nach fünfzehn Minuten Drill war der erste Mech der Black Thorns vernichtet.

Rose feuerte den Schuß ab. Sein *Masakari* tauchte aus einer Senke auf und traf Gretas *Streitroß* mit allen vier PPKs. Jeder der vier Schüsse schlug im Torso ein. Der Computer blendete Stück für Stück die zerstörten Teile der Panzerung aus, während sich der kombinierte Angriff zum Herzen des Mechs durch den Antrieb und den Gyro vorarbeitete. Gretas Computer erklärte sie für tot, bevor der Rest der Black Thorns den Angriff überhaupt bemerkt hatte.

Obwohl Esmeralda nichts von Rose' Überraschungsangriff wußte, hatte sie etwas ähnliches erwartet, da er Jamshid als Begleitung ausgewählt hatte. Die zwei in ihren OmniMechs waren für die restlichen Thorns exzellente Trainingspartner. Nachdem Greta tot war, feuerte Esmeralda auf Rose und erzielte einige Treffer mit dem großen Laser und mehreren Raketen. Als jedoch Jamshid aus dem Wasser zu ihrer Rechten auftauchten, wurde ihr klar, daß die beiden sie in die Zange genommen hatten.

Esmeralda hatte den Rücken ihres Mechs Jamshid als Zielscheibe präsentiert. Der feuerte jede verfügbare Waffe seines *Katamaran* auf sie ab. Die Entfernung war nicht ideal, aber er schaffte es doch, mit nahezu jeder Waffe einen Treffer zu erzielen. Ein schwerer Laser brannte ein Loch in den Rücken des *Katamaran* und wanderte weiter über den rechten Torso, während der andere das rechte Bein abtrennte. Weitere Laserschüsse trafen den Mech, bevor die Staffel Raketen dröhnend herankam und einschlug. Ihr Computersystem zeigte fünf Langstreckenraketen, die rund um das Laserloch im rechten Torso explodierten. Eines der Geschosse löste eine Kettenreaktion aus, die die gesamten Langstreckenraketen auf der rechten Seite vernichtete.

Eine Detonation, und die rechte Seite des Mechs verschwand in einem Nebel aus computergeneriertem Rauch. Das zellulare Munitionslagersystem hielt aus unerfindlichen Gründen stand und begrenzte dadurch die Zerstörung auf diese Torsohälfte. Die Anzeige der Hitzeskala schoß in die Höhe, als die Komponenten des extraleichten Reaktors in dem vernichteten Teil des Mechs aussetzten. Obwohl die Clantechnologie sie davor bewahrte, sofort den Weg alles Irdischen zu gehen, konnte sie in den weiteren Kampf nicht mehr eingreifen.

Das Ende dauerte länger als nötig, aber es gab keinen Zweifel über den Ausgang. Rose und Jamshid kämpften ohne Rücksicht auf ihre eigene Sicherheit. Die verbliebenen Black Thorns kreisten sie von allen Seiten ein, aber das Duo stand Rücken an Rücken dem Rest der Kompanie gegenüber und erzielte einen Treffer nach dem anderen. Als Rose endlich das Ende der Übung ausrief, waren er und Jamshid beide tot, aber das waren Esmeralda, Greta, Kätzchen, Ajax, Badicus, Leeza und Riannon auch.

»Versuchen wir es noch mal, Leute«, sagte Rose über den kompanieinternen Sprechfunk. »Ajax, führe sie zurück zur Basis und warte dort zwanzig Minuten. Dann kommt ihr wieder her. Esmeralda, du bleibst bei Jamshid und mir.« Die Schlachten wiederholten sich den ganzen Tag mit immer neuen Ausgängen. Obwohl die Black Thorns immer wieder Mechs verloren, kämpften sie nach und nach wie ein Team. Bei Einbruch der Dämmerung führte Rose sie zu der Anlage, wo mittlerweile die Besatzung des Landungsschiffs angekommen war.

Das Abendessen mit McCloud und ihren Leuten war eine wunderbare Abwechslung, aber Rose konzentrierte die Gespräche auf die Begebenheiten des Tages. Selbst die Mitglieder des Landungsschiffs blieben nach dem Essen, um sich die Nachbesprechung der Ereignisse im Feld anzuhören. Die meisten MechKrieger sprachen nicht gerne über ihre Kämpfe, aber eine Simulation schien nicht in diese Sparte zu fallen, und so teilten sie bald Erfolg und Mißerfolg mit den Raumfahrern. Stunden später stand Rose auf, um sich zur Ruhe zu begeben.

»Morgen werden Käpten McCloud und ich dem Verbindungsoffizier Bericht erstatten. Jamshid, aufgrund deiner außerordentlichen Leistung im Verlauf des Tages möchte ich dich bitten, uns zu begleiten.« Der schlanke Mann grinste und nickte zustimmend enthusiastisch. »Esmeralda, du hast das Kommando. Versuchen wir einige weitere Übungen, aber paßt gut auf. Vielleicht warten wir wieder auf euch.« Mit einem Kopfnicken verließ Rose die Messe und ging auf sein Zimmer. Er war nicht sonderlich überrascht, als sich wenige Minuten später McCloud zu ihm gesellte.

»Alles bereit?« fragte er. McCloud zuckte mit den Schultern. Eine vertraute Geste, wenn sie am Boden war. Im Weltraum war sie der unumstrittene Führer, aber auf der Erde schien sie oft unsicher.

»Probleme?«

McCloud schüttelte den Kopf und ging rüber zum

Bett, auf das sie sich warf. Rose drehte sich vom Tisch weg und sah, wie sie sich auf seiner Schlafstätte räkelte.

»Weißt du«, sagte sie, »das einzige, was ich auf Planeten vermisse, ist der Platz. In diesem Raum ist mehr Platz verschwendet als auf meinem ganzen Landungsschiff.« Rose lachte. »Dieser ganze Platz – und man kann nichts damit anfangen.«

»Viel Platz haben ist wundervoll«, stimmte Rose zu, »aber Nähe kann auch sehr schön sein.« Er stand vom Stuhl auf und legte sich neben McCloud auf das Bett. Als sie sich unerwartet aufsetzte, war Rose verwirrt. Er rollte mit den Augen, eine Geste, von der er hoffte, daß McCloud sie als Aufforderung verstand.

»Denkst du über etwas nach?« fragte er. Jeremiah rollte sich zu ihr hinüber und setzte sich neben sie auf den Rand.

»Ja«, sagte McCloud, während sie die Decke streichelte. »Was tun wir hier?«

Rose rieb sich das Kinn. Wie konnte er der Frage ausweichen? Zeit schinden war alles, was ihm einfiel. »Tun? Was meinst du mit tun?«

»Ich meine, wo werde ich Quartier beziehen, so lange wir auf diesem Planeten festsitzen?«

»Oh.« Rose hatte bereits alle Möglichkeiten durchdacht und wußte, was er wollte. Er war sich nur nicht sicher, wie McCloud reagieren würde. Es vergingen einige Momente des Schweigens, bevor er seinem Herzen und nicht seinem Verstand folgte. »Du solltest hier bei mir bleiben.«

Es vergingen einige Sekunden, bis McCloud antwortete. »Das gefällt mir.« Rose entspannte sich innerlich. Er konnte nur selten vorhersehen, wie McCloud reagierte. Diesmal hatte er jedoch den Nagel auf den Kopf getroffen.

»Es wird einige Regeln geben müssen«, sagte sie. ›Oder auch nicht‹, dachte er. »Erstens«, sprach sie weiter, »meine Besatzung bleibt unter meiner Kontrolle. Sie haben bei mir und nicht bei den Black Thorns unterschrieben. Ich bin diejenige, die für sie maßgeblich Verantwortung trägt. In Ordnung?«

Rose hatte nie etwas anderes erwartet. Sein einziges Wissen über Raumfahrer hatte er von McCloud. ›Ich weiß noch nicht einmal die Hälfte ihrer Namen‹, dachte er. ›Für mich sind sie nur die Besatzungsmitglieder.‹

»Einverstanden«, antwortete Rose einfach.

»Weiter. Die *Bristol* ist kein Teil der Black Thorns. Ich habe es zugelassen, daß du mich in den Bann gezogen hast, das liegt jedoch auf einer privaten Ebene. Es gibt Orte, zu denen ich dir folgen werde, die *Bristol* jedoch nicht.«

Rose fühlte sich plötzlich unwohl bei diesem Gedanken. Er wußte, was er für McCloud empfand, aber er hatte sie nur selten über ihre Gefühle sprechen gehört, zumindestens nicht in einem Gespräch wie diesem. Er wollte einen Witz machen, um seine eigene Unsicherheit zu überspielen, doch die Diskussion war viel zu ernst für McCloud und ihn, als daß er sie auf die leichte Schulter nehmen konnte.

»Woran denkst du?« war alles, was ihm in den Sinn kam.

»Ich bin jetzt ein großes Mädchen. Niemand hat in den letzten zehn Jahren versucht, für mich die Mutter zu spielen, und das gefällt mir auch so. Ich habe echte finanzielle Probleme seit dem Unfall auf Borghese. Selbst nach dieser Reise hier besteht für mich immer noch die Gefahr, die *Bristol* an meine Kreditgeber zu verlieren. Ich könnte mich auf die Flucht begeben, aber das ist nicht das Leben, das ich mir und meiner Besatzung zumuten will.

Die Black Thorns waren immer gut zu mir, ich will allerdings eine Sache klargestellt haben: Ich gehöre nicht zum Militär. Das war nie so, und das wird auch nie so sein. So schwer das auch für manche Leute zu verstehen ist. Ich mag es nicht, wenn man auf mich schießt, und ich mag keine Soldaten auf meinen Mannschaftsdecks.«

»Aber du hast schon vorher Mechs transportiert«, unterbrach Rose.

»Transportiert, ja. Aber ich stand noch nie so kurz vor einer Schlacht. Selbst meine drei Begegnungen mit Piraten waren nichts weiter, als der Austausch freundlicher Worte über große Entfernung. Diese Clan-Jäger waren einfach zu nah an mir dran.«

»Aber du hast die Situation perfekt gemeistert«, widersprach Rose.

McCloud schnaubte. Überrascht stellte er fest, wie ihr Tränen in die Augen traten. »Nachdem du gegangen warst, bin ich zurück zu meinem Quartier und habe mindestens eine Stunde lang geheult.«

Rose war erschrocken. Er starrte Rachel ungläubig an. Es war nicht ihre Reaktion, die ihn verblüffte. War ihm nicht das gleiche widerfahren, nachdem sein Kommando auf Tukayyid zerstört wurde? Was ihn erstaunte, war die Tatsache, daß sie ihn nicht gebeten hatte, bei ihr zu sein.

»Warum sagst du mir das erst jetzt?« fragte er. Seine Stimme wurde dabei lauter.

»Weil wir jetzt nicht auf der *Bristol* sind«, schrie sie ihn an. Rose sah sie mit einem durchdringenden Blick an und versuchte hinter ihre Tränen und seine eigene Frustration zu sehen. McCloud hielt seinem Blick mit der gleichen Intensität stand. Keiner rührte sich. Rose wußte nicht, wieviel Zeit vergangen war; plötzlich wurde ihm klar, warum sie ihn nicht gerufen hatte. Das Verständnis für diese eine Handlung wehte durch ihn hindurch wie ein kalter Wind. Plötzlich begriff er einige Dinge, die McCloud und ihn selbst betrafen. Dinge, die er vorher niemals hätte erkennen können. Er war sich nicht sicher, ob es sich in Worte fassen ließ, aber sein Herz hatte verstanden, und nur das zählte.

Er nahm ihre Hand und lächelte. »Ich verstehe. Dein Schiff, dein Kommando, deine Entscheidung.«

McCloud schloß die Augen und wischte sich ein paar Tränen aus den Augenwinkeln. »Wenn ich finanziell wieder besser gestellt bin, werde ich den Black Thorns das Geld zurückzahlen, das ihr in die *Bristol* investiert habt. Damit mußt du einverstanden sein.«

Rose lächelte und nickte. »Gut.« Es war die leichteste Entscheidung, die er je getroffen hatte. »Sonst noch etwas?«

»Ja.« Sie lächelte jetzt wieder, da sich die Spannung im Raum gelöst hatte. »Du kannst mir helfen, hier einzuziehen. Dann können wir endlich unser neues Zuhause einweihen.«

11

Söldnergarnisonsanlage
Wolcott, Draconis-Kombinat

28. Februar 3057

Rose ließ sich am nächsten Morgen einen Wagen kommen und fuhr bestens gelaunt zum Verbindungsbüro. Wenn Jamshid, der zwischen Rose und McCloud auf dem Rücksitz eingequetscht war, etwas davon bemerkte, zeigte er es nicht. McCloud hatte ebenfalls beschlossen zu schweigen und starrte aus dem Seitenfenster.

Der Wagen setzte sie am Vordereingang des Gebäudes ab, wo das Trio sich die Zeit nahm, ihre Felduniformen zu glätten, bevor sie die breite Marmortreppe erstiegen. Trotz der frühen Morgenstunde war der Platz mit Kriegern in den unterschiedlichsten Uniformen überfüllt. Die meisten gingen geschäftig ihren persönlichen Interessen nach, aber einige lungerten auch entlang des Platzes herum und nahmen jeden intensiv in Augenschein. Rose war geneigt zu glauben, es würde sich um Sicherheitsbeamte handeln. Aber es waren nur heimatlose Krieger.

Beim Betreten der Lobby dachte Rose, er würde sich in dem Bürogebäude einer Firma befinden und nicht in einem militärischen Bau. Es gab sogar einen Informationsschalter gegenüber der Eingangstür. Rose nannte der freundlichen Dame hinter dem Tresen seinen Namen und sein Ziel, dann wartete er geduldig, bis sie ihn angekündigt hatte. Er war überrascht, als sie ihn zu einer Treppe wies, die gerade noch durch den engen Torbogen auf der rechten Seite zu sehen war. Er hatte schärfere Sicherheitsvorkehrungen erwartet.

McCloud zuckte die Schultern, und Jamshid zeigte sein bekanntes Lächeln. Drei Treppenfluchten später erreichten sie eine einzelne Stahltür, die sich gegenüber dem Treppenabsatz befand. Jamshid öffnete die Tür für McCloud und Rose und folgte ihnen dann. Weiter hinten im Gang stand eine kleine Frau, die ein Bündel Papiere gegen die Brust drückte.

»Kapitän Rose«, sagte sie mit einem scheuen Lächeln. »Ich bin *Chu-i* Reiza Myoto.« Sie verbeugte sich so tief, wie es die Papiere zuließen, dann streckte sie nervös die rechte Hand aus. Die Papiere drohten auf den Boden zu fallen. Sie verhinderte das, indem sie schnell die angebotene Hand wieder zurückzog. Mit einem Lächeln schob sie die Papiere bis zu ihrer Schulter und streckte ihre Hand erneut aus. Rose nahm sie schnell. Sie war warm und leicht verschwitzt, aber die Kraft ihres Griffes verblüffte ihn.

»*Chu-i* Myoto, darf ich Ihnen Käpten McCloud vom Landungsschiff *Bristol* und MechKrieger Jamshid Al-Kalibi vorstellen?«

Myoto verbeugte sich vor jedem einzelnen, dann deutete sie mit der rechten Hand auf den Gang, bevor die Papiere sich auf dem Fußboden verteilten.

»Wenn Sie mir bitte folgen wollen. Ich werde Sie zu einem Treffen mit *Tai-sa* Zimmer und seinem Stab begleiten.« Rose stolperte mitten im Schritt, als der Name Zimmer fiel. McCloud sah ihn erstaunt an, aber Rose schüttelte den Kopf. »Ich habe Ihre Besprechungsunterlagen hier«, fuhr Myoto fort. »Der Einband war noch nicht fertig. Ich dachte mir, die Papiere sind wichtiger als der Buchdeckel.«

»Danke sehr, *Chu-i*. Jamshid, würdest du ihr bitte beim Tragen helfen, da die Papiere für uns gedacht sind?« Jamshid stürmte vor und nahm den Großteil der Unterlagen, so daß Myoto nur noch etwa ein Dutzend Blätter zu tragen hatte. Wieder verbeugte sie sich, und Jamshid tat es ihr reflexartig nach.

»Zimmer ...«, sagte Rose. »Ist das etwa Adrian Zimmer?«

RICK
HARRIS
©93

»Ja. Warum?« fragte Myoto, überrascht darüber, daß Rose den *Tai-sa* kannte. »Er ist der Chef der Abteilung für Söldnerverbindung des VSDK auf Wolcott. Oberster Kommandant aller hier stationierten Söldner.«

Rose knirschte frustriert mit den Zähnen. »Mit Zimmer zusammenarbeiten!« sagte er zu sich selbst. »Und ich hatte mir geschworen, daß ich das nie wieder wollte.«

»Kapitän?« fragte Myoto.

»Nichts, *Chu-i*. Der *Tai-sa* und ich sind alte Bekannte.« Rose arbeitete immer noch daran, den Krampf in seinem Kiefer zu lösen, als Myoto mit einer einladenden Handbewegung auf eine offene Tür zur linken Seite des Gangs wies. Sie führte in einen Raum, der bereits von zwei Männern und einer Frau belegt war.

»Rosie!« Der Größte der drei kam mit ausgestreckter rechter Hand auf ihn zugestürzt. Als Rose danach griff, zog der Mann ihn mit einer plötzlichen Bewegung gegen seine voluminöse Brust und umarmte ihn. »Rosie, ich habe gewußt, daß du zu mir zurückkommen würdest.«

Rose ließ die Begrüßung schweigend über sich ergehen und wartete, bis Zimmer ihn losließ, bevor er antwortete. »Zimmer«, sagte er kühl. »Ziemlich lange her. Wie geht es dem Auge?«

Zimmer berührte die Seite seines Gesichts. »Gott! Das verdammte Ding fokussiert nie richtig, und ich bekomme tierische Kopfschmerzen. Und solange die Mediziner das Problem nicht lösen, können sie auch den künstlichen Kieferknochen nicht mit synthetischer Haut überziehen.«

»Gut!«

»Bitte«, sagte Zimmer mit einem plötzlichen starren Blick.

»Ich sehe, du hast Essen mitgebracht«, sagte Rose mit einem halbherzigen Grinsen. »Wird das ein längeres Treffen?«

»Nein«, entgegnete Zimmer. Seine Augen wurden unvermutet schmal. »Nur meine Art, dich willkommen zu heißen. Wen haben wir hier?«

»*Tai-sa* Zimmer, darf ich vorstellen: Käpten McCloud, Kommandant des Landungsschiff *Bristol*.« McCloud reichte ihm eine Hand, die Zimmer an seine Lippen führte. Gerade, als er sie küssen wollte, zog sie die Hand zurück.

»Ich freue mich, Sie kennenzulernen, *Tai-sa* Zimmer.«

»Oh, das ist nicht notwendig. Meine Freunde nennen mich Pauly-o.«

»Welche Freunde?« fragte Rose mit einem Grinsen.

Zimmer drehte sich zu Rose um und blickte ihn durchdringend an. »Hegst du immer noch deinen Groll, Rose? Ich dachte, die Zeit heilt alle Wunden.«

»Wunden, ja«, stimmte Rose zu. »Doch Tote vergißt man nicht. Es tut mir leid, aber die Zeit kann so etwas nicht aus dem Gedächtnis löschen.«

»Wir alle haben Freunde auf Tukayyid verloren, Rosie«, entgegnete Zimmer. »Du hast nicht das Recht zu glauben, du wärst der einzige.«

Der große Mann trat einen Schritt auf Rose zu. Es sah so aus, als wollte er eine Schlägerei beginnen. Rose blieb stumm, aber McCloud konnte sehen, wie er seine Füße nach innen drehte. Ein Zeichen, daß er zum Kampf bereit war. Unerwartet entspannte sich Zimmer und lächelte. »Weißt du, Rosie, ich habe nie verstanden, warum du mich nicht magst.«

»Hast du 'ne Stunde Zeit?« fragte Rose.

Zimmer grinste über diese Bemerkung. Es spielte keine Rolle, daß dieser Mann den Schlaf der Unschuldigen schlief, Rose machte Zimmer und alle, die ihm ähnlich waren, für die Zerstörung seines Kommandos auf Tukayyid verantwortlich. Weit weg, in Sicherheit, hatten sie sich in ihren Stühlen zurückgelehnt und Befehle erteilt. Rose und seine Männer kämpften, und viele starben, weil sie die Befehle ausführten. Zimmer gehörte zu einer Handvoll leitender Offiziere, denen nie wieder zu begegnen er geschworen hatte.

Eine honigsüße Stimme unterbrach Rose' Gedanken.

»Vielleicht könnten Sie uns vorstellen, *Tai-sa*«, sagte die bisher unbekannte Frau, die jetzt den Raum durchquerte. Die Stimme hatte nicht viel Effekt auf Rose, aber sie ließ Zimmer sofort verstummen. Während er sie noch betrachtete, fragte sich Rose, ob ihm jemals eine so wunderschöne Frau untergekommen war. Ihr langes schwarzes Haar war seidig und schimmerte im Glanz der Lampen des Besprechungszimmers. Sie hatte einen klassischen orientalischen Einschlag: das leicht runde Gesicht und die mandelförmigen Augen, in denen sich die Erfüllungen ungeahnter Wünsche widerspiegelten. Ihre reguläre VSDK-Uniform paßte perfekt, was nicht nur auf einen exzellenten Schneider zurückzuführen war.

»Rosie, das ist *Tai-i* Siriwan Toshirov. Sie ist der Chef meines Stabes. Der Mann hinter ihr ist *Tai-i* Joseph Patti. Er kümmert sich um Missionsvereinbarungen, Kompaniekontrakte und so weiter. Das ist doch das, was du jetzt leitest, richtig, Rosie? Eine Kompanie?«

Rose nickte kühl und hielt seine Aufmerksamkeit auf Zimmer gerichtet. Toshirov war zweifellos eine Ablenkung, und Rose war fest entschlossen, daß ihre Anwesenheit sein Denken nicht vernebeln sollte. Er dankte Gott stillschweigend, daß sich seine Beziehung zu McCloud letzte Nacht geklärt hatte. Das gab ihm eine Art Rüstung gegen derartige äußere Einflüsse, wie Toshirov sie darstellte.

»Ich nehme an, wir sind jetzt beim Geschäftlichen angekommen«, sagte Zimmer. Er begab sich zum Tisch und griff nach einem Stück Gebäck auf dem Weg zum Sessel. Er lehnte sich in seinem Stuhl am Kopfende zurück und stopfte sich den Kuchen mit zwei Bissen in den Hals. Während die Black Thorns ihre

Plätze einnahmen, wischte er sich Puderzucker von den Händen.

»Wie ich schon sagte, übernimmt Patti eigentlich solche Treffen, aber da wir uns schon so lange kennen, Rosie, dachte ich mir, ich komm' persönlich vorbei.« Zimmer lächelte, und Rose fühlte eine Gänsehaut auf dem Rücken. Zimmer hatte wieder volle Kontrolle über sein Schicksal. »Wir sind alte Kumpel, Rosie, daher können wir gleich zu den schönen Dingen kommen. Deine Aufgabe lautet wie folgt:

Das Kombinat führt diesen Planeten mit Nachsicht. Sie mögen Söldner nicht wirklich – und damit bist natürlich du gemeint –, aber sie haben begriffen, daß sie ein notwendiges Übel sind.« Zimmer machte eine Pause, damit er sicher sein konnte, daß Rose das Wort ›Übel‹ deutlich gehört hatte. »Da komme ich ins Spiel. Ich arbeite für Kurita, und du arbeitest für mich.« Rose wollte einen Einwurf machen, aber Zimmer wehrte mit einer Hand ab.

»Ich weiß, ich weiß. So steht das nicht in deinem Vertrag, aber so funktioniert das nun mal in der Praxis. Wir haben eine einzigartige Situation hier, und das bedeutet Kreativität bei der Behandlung der Probleme, wenn sie aufkommen.«

Rose wußte genau, was Zimmer damit meinte. Als sie beide noch Mitglieder der ComGuards waren, hatte Zimmer seine Finger in mehr Operationen als irgendein anderer. Es schien, als ob er immer etwas am Laufen hatte und daß er dem Feind immer einen Schritt voraus war. Kreatives Denken und das fehlende Gewissen waren Zimmers Spezialitäten.

»Was du jetzt hast«, fuhr Zimmer fort, »ist ein Standardgarnisonsvertrag. Wir wissen beide, daß der Sold dich zwingen wird, einen deiner wundervollen Omni-Mechs zu verkaufen, bevor der Vertrag ausgelaufen ist, und das nur, damit du die anderen instandhalten kannst.« Zimmer lehnte sich über den Tisch.

»Oder möchtest du sofort einen verkaufen. Ich kann dich mit jemandem vom Vermittlungsbüro zusammenbringen. Sie werden dir sogar für den *Sprinter* ein gutes Angebot machen.«

Rose knirschte mit den Zähnen und schüttelte den Kopf. Seine Kehle war trocken.

»Oh, nun, macht nichts. Tatsache ist, wenn du einen Vertrag mit uns eingehst, mußt du früher oder später verkaufen. Entweder die Mechs oder den Firmenladen.«

Der ›Firmenladen‹ war ein Ausdruck, der von den meisten Söldnern der Inneren Sphäre gefürchtet wurde. Für die Black Thorns stellte der Firmenladen ein Problem dar. Die meisten Arbeitgeber waren damit einverstanden, wenn Söldner Güter und Nachschub mit Krediten einkauften, die durch den Vertrag abgesichert waren. Manchmal überzogen Söldnereinheiten ihr Konto. Eine große Schlacht zum Beispiel konnte eine Einheit zwingen, jahrelang für denselben Arbeitgeber zu arbeiten, nur um die Reparaturkosten der Schäden zu decken.

Ein skrupelloser Auftraggeber konnte ein solches Problem für sich ausnutzen. Der neue Boss konnte sie Lichtjahre weit entfernt und somit von jedem Nachschub abgeschnitten stationieren. Er selbst konnte dann für den Nachschub sorgen, allerdings zu übertrieben hohen Preisen. Der Erwerb von Ausrüstungsteilen, Nachschub und technischem Knowhow vom Arbeitgeber gehörten zum Firmenladen. Eine Praxis, die schon viele Söldnereinheiten zu Hauseinheiten ihres Brötchengebers gemacht hatte. Wenn das der Fall wurde, konnte die Söldnereinheit zwar ihren Namen behalten, doch er hatte keine Bedeutung mehr.

»Das alles bringt uns wieder zu Wolcott«, sagte Zimmer, »und die einmaligen Möglichkeiten, die wir hier haben. Patti, was ist Ihr derzeit lukrativster Vertrag?«

»Operation ›Weißer Ritter‹, Sir. Es ist eine Rettungsmission am Rande unseres Operationsgebietes. Wir bieten es seit drei Monaten an, doch niemand will den Auftrag durchführen.«

»Und warum, Patti?« fragte Zimmer, ohne den Blick von Rose zu wenden.

»Das Zielobjckt wird von einer ganzen Galaxis Nebelpardern bewacht, Sir. Es ist Selbstmord, außer die Clans verringern ihre Verteidigung.«

»Danke für diesen scharfsinnigen Kommentar, Patti. Wie hoch ist die Bezahlung?« fragte Zimmer.

»Lohnstufe Alpha-Eins, Sir«, würgte Patti als Antwort hervor.

»Rosie, hörst du das. Du kannst die Summe bestimmen. Sag mir deinen Preis, und ich akzeptiere ihn – oder lehne ab. Und weißt du, was das Beste ist? Der Teil, der von der Erfüllung dieses speziellen Vertrags abhängt?« Rose schüttelte den Kopf, obwohl er sich denken konnte, wie die Antwort ausfallen würde. »Das Beste daran ist, ich habe noch ein Dutzend andere Kontrakte wie diesen.

Wir schicken fast jede Woche Söldner auf solche Missionen: Stoßtruppunternehmen, Aufklärung, selbst ein kleiner Sturmangriff oder zwei. Garnisonstruppen packen ihre Sachen und verschwinden für einige Monate, dann kommen sie zurückgehumpelt. Zumindest sind die Glückspilze noch in der Lage zu humpeln. Sie verwenden ihre Bezahlung für die Reparaturen ihrer Mechs, und schon sind sie wieder unterwegs. Es ist wie eine verdammte Drehtür.«

Rose nickte. Söldner erledigten eine Reihe hochriskanter, hochbezahlter Kontrakte von Wolcott aus und leisteten zusätzlich noch Garnisonsdienst.

»Was die Zusatzmissionen betrifft, arbeitet ihr Jungs unabhängig von der Söldnerprüfungs- und Vertragskommission«, bemerkte Rose. »Woher soll ich wissen, daß wir bezahlt werden, wenn wir zurückkehren?«

Zimmer grinste, aber es war Toshirov, die antwortete. »Das Geld wird in einer Bank auf Outreach unter Ihrem Namen deponiert. Es liegt in einem Schließfach, an das Sie während ihrer Mission nicht rankommen.« Sie lächelte jetzt ebenfalls, als wäre es mit Zimmer so abgesprochen. »Nachdem der Vertrag erfüllt wurde, kommt das Geld auf leisen Sohlen zu Ihnen.«

»Keine Haken?« wollte Rose wissen.

Zimmer lachte. »Wir brauchen keinen, Rosie. Es ist ganz einfach. Wenn du es nach Wolcott zurück geschafft hast, verdienst du vielleicht die Hälfte des Geldes. Jeder Vertrag hat ein primäres und ein sekundäres Ziel. Wenn offensichtlich ist, daß du das primäre Ziel erreicht hast, bekommst du alles. Hast du nur das sekundäre Ziel geschafft, erhältst du zwei Drittel.«

»Was ist, wenn ich es nicht mehr zurück schaffe?« fragte Rose.

»Tja, das ist dann Pech«, sagte Zimmer mit einem Grinsen. Es war ihm in Wirklichkeit egal. »Wenn du nicht wiederkommst, behält das Kombinat das ganze Geld.«

»Was ist mit einer Versicherungsklausel?«

»So was gibt es nicht auf Wolcott, Rosie. Oh, dabei fällt mir ein ... es gibt auch keinen Vorschuß.«

»Klingt zu schön, um wahr zu sein«, bemerkte McCloud.

»Es ist ein erster Einblick«, sagte Toshirov, »aber wenn Sie es genauer betrachten, werden Sie feststellen, daß die Kontrakte uns einige Vorteile bieten. Wenn Sie es zurück schaffen, wird das Draconis-Kombinat dies belohnen, selbst wenn Sie keines der beiden Ziele erreicht haben. Sollten Sie nicht zurückkehren, entstehen ein paar unbedeutende Kosten, das ist der kleine Unterschied zu einem Standardvertrag.«

»Was hält Sie davon ab, das vereinbarte Geld nicht

anderweitig zu verwenden, sobald wir im Clanraum sind?« fragte Rose.

»Ein guter Gedanke, Rosie«, erwiderte Zimmer. »Wenn wir erst einmal eine Söldnereinheit betrogen haben, wird es das letzte Mal sein, daß wir mit diesen Leuten zusammengearbeitet haben. Wolcott muß auf seinen guten Ruf vertrauen. Theodore Kurita selbst hat diese Anordnung getroffen, und keiner hier will das Risiko eingehen, sich mit ihm anzulegen. Also, was meinst du?« Zimmer grinste. Er kannte die Antwort, aber er wollte sie laut und deutlich hören.

»Wir sind dabei«, sagte Rose.

»Ich wußte es die ganze Zeit, Rosie. Du suchst die Gefahr. Patti, sehen Sie zu, daß Kapitän Rose eine Kopie aller ausstehenden Kontrakte und eingehender Berichte erhält, die er benötigt.«

Patti verwies auf Myoto, die man anscheinend vergessen hatte. »*Tai-i* Myoto hatte alle betreffenden Informationen, Sir«, sagte Patti.

»Myoto, ich habe Sie fast vergessen. Bitte entschuldigen Sie«, sagte Zimmer, dann wandte er sich wieder Rose zu. »Rosie, ich bin mir sicher, du erinnerst dich an den Verbindungsoffizier, der in dem Vertrag erwähnt wird.« Rose schloß die Augen und betete, daß er nicht das hören würde, was er befürchtete. »Myoto wird dieser Offizier sein. Behandle sie liebevoll, Rosie, es ist ihr erster Auftrag.« Rose krümmte sich etwas zusammen, und Zimmer brach in schallendes Gelächter aus.

»Wende dich an Patti, sobald du einen Auftrag ausgewählt hast. Er wird alles für dich arrangieren.« Zimmer drehte sich zu Patti um. »Was immer diese Leute wollen, geben Sie es ihnen.« Zimmer wandte sich wieder Rose zu, während er weiter mit Patti sprach. »Wir sind, trotz allem, alte Freunde.«

Gefolgt von Jamshid und McCloud stand Rose auf. Nachdem er sich kurz vor den Offizieren des Kombinats verbeugt hatte, ging er zur Tür. Myoto, McCloud und Jamshid taten es ihm gleich. Als er die Tür öffnen wollte, rief Zimmer nach ihm.

»Nimm dir bei der Auswahl ruhig Zeit, Rosie. Wenn du lang genug wartest, kaufe ich dir vielleicht deine Mechs ab.« Zimmer lachte immer noch, nachdem Jamshid die Tür bereits geschlossen hatte.

12

Söldnergarnisonsanlage
Wolcott, Draconis-Kombinat

1. März 3057

Während der Rest der Einheit auf der Basis arbeitete und mit ihren Trainingsstunden fortfuhr, konzentrierte sich Rose auf die Auswahl einer Zusatzmission. Wenn ihm die Aufgabe schwerfiel, dann nur, weil er zu viele Informationen hatte, die er verarbeiten mußte. In vielen Fällen zählten die Berichte die Namen der Clangegner eines jeden einzelnen Sterns auf, die Standardeinheit der Clans. Man konnte sie in etwa mit einer Lanze der Inneren Sphäre vergleichen.

Rose hatte vehement protestiert, als Myoto am Morgen nach dem Treffen an den Kontrollen eines *Großdracon* auf dem Gelände erschien. Während sie ruhig in ihrem Mech abwartete, trat Rose mit dem Verbindungsbüro in Kontakt. Er wollte wissen, warum sie auf seinem Gelände war und warum sie darauf bestand, ihren eigenen Mech mitzubringen. Doch Brüllen und Toben brachte nichts. Ebenso war die freundliche Bitte, den Mech auf dem Kuritagelände zu belassen, ergebnislos. Nach über einer Stunde ›Konversation‹ mit dem Verbindungsoffizier, blieb Rose am Ende nichts anderes übrig, als die Postierung von Myoto bei den Black Thorns zu tolerieren.

Es war nichts Persönliches, weswegen Rose Myotos Abkommandierung ablehnte. Sie war kompetent genug, wenn auch manchmal ein wenig schwerfällig, und die Berichte, die sie für die Black Thorns zusammengetragen hatte, waren aufschlußreich. Rose wollte lediglich keinen Verbindungsoffizier so nah bei der Einheit haben. Er hatte sich mit dem Gedanken als solchem angefreundet, sogar den Zeitpunkt auf eine gewisse Art und Weise erwartet. Nach seinem Wissen schienen alle Verbindungsoffiziere der Com Guards etwas ungewöhnlich zu sein. Meistens waren sie Einzelgänger am Ende ihrer militärischen Karriere, deren einziges Interesse darin bestand, ihren Dienst in Ruhe zu beenden. Manchmal traf er auf einen jungen Hitzkopf oder einen unliebsamen Krieger, den man zu einer Problemeinheit versetzt hatte, aber das waren die Ausnahmen. Es brauchte eine Person mit Erfahrung und Talent, um zwischen dem Arbeitgeber und einer Söldnereinheit zu stehen, außer der Auftraggeber wollte die Söldner tot sehen.

Selbst unter solchen Umständen war es nicht sonderlich schwer für eine Söldnereinheit, einige Vorteile zu erlangen. Es gab immer einen Schwarzmarkt für Ersatzteile, auf den sich die Söldner verlassen konnten, wenn es darum ging, ihre Mechs in Schuß zu halten. Teile, die man um keinen Preis vom Auftraggeber bekam, konnte man oft vom Markt beziehen. Natürlich war es gefährlich, auf dem Schwarzmarkt Geschäfte zu machen, da die meisten annahmen, man würde Einbruch und Diebstahl unterstützen. Mit Myoto im Nakken, mußten Rose und Riannon Überstunden einlegen.

Rose wußte, daß Myoto jedes Recht hatte, auf dem Gelände einquartiert zu werden, aber er konnte sich nicht daran gewöhnen. Die meisten Verbindungsoffiziere ziehen ihren eigenen Grund und Boden vor, der in der Regel besser möbliert und komfortabler war. Rose war bewußt, daß, selbst unter militärischen Gesichtspunkten betrachtet, die Postierung Myotos bei den Black Thorns eine Beschneidung ihres Lebensstils war.

Myoto war mit Sicherheit nicht alt, noch zeigte sie die typischen Charakteristika eines aufgehenden Sterns, also tat Rose sie als Fehltritt ab. Sie hätte auf dem Höhepunkt sein sollen, aber die meisten empfanden Verbindungsarbeit nicht als einen außerordentlichen Fortschritt in ihrer Karriere. Schon gar nicht jene im Dienst des Draconis-Kombinats.

Rose gab O'Shea ein Zeichen, Myoto durch das Tor zu lassen. Während Antioch Bell sie zum Warenhaus führte, entschied er, was zu tun war. Da Myoto sich nun auf dem Gelände befand, mußte er seine Strategie bezüglich der Verhandlungen mit dem Draconis-Militär und Zimmer neu überdenken. Der Mann war ein Feigling und eine Schlange. Jemand, der mit Sicherheit Probleme machen würde, bevor das hier vorüber war. Rose konnte das in den Knochen spüren. Er konnte im Augenblick jedoch nichts dagegen machen. Mit einem tiefen Seufzer ergab er sich in sein Schicksal und ging, um Myoto zu begrüßen und sich für die Verspätung zu entschuldigen.

Rose nahm während der nächsten Woche an drei Übungen zusammen mit dem Rest der Einheit teil. Er ergänzte die Informationen des Lanzenkommandeurs durch seine eigenen Analysen. Myoto stellte sich als ein hervorragender Pilot heraus, aber als einer der schlechtesten Kanoniere, die Rose je in seinem Leben an den Kontrollen eines schweren Mechs gesehen hatte. Wenn sie die Zeit hatten und sie einwilligte, wollten die Black Thorns das ändern, bevor sie in die Schlacht zogen.

Eine Woche nach dem ersten Treffen mit Zimmer war Rose wieder in Pattis Büro. Einen dünnen Ordner in der Hand und ein grimmiges Lächeln auf den Lippen. Es war ein Grinsen, das Patti mit ihm teilte.

»Ich habe ein Mission ausgewählt«, sagte Rose. Er überreichte Patti den Schnellhefter.

Der hagere Mann nahm den Ordner, las den Namen am oberen Rand des Einbandes und pfiff leise. »Sie sind nicht gerade schüchtern, Rose, oder?« sagte er, als sein Daumen die einzelnen Blätter umlegte. Dann warf er den Hefter auf den Tisch.

»Der Geheimdienst behauptet, die Berichte wären akkurat und auf dem neuesten Stand. Ich denke, es gibt nichts weiter, was ich Ihnen geben kann.«

»Ich weiß. *Chu-i* Myoto versorgte mich gestern nacht mit den neuesten Informationen, während ich meine letzte Entscheidung traf. Sie hat sich als sehr wertvoll auf diesem Gebiet erwiesen.« Rose legte eine kurze Pause ein, weil ihm eine Idee gekommen war. »Sagen Sie mir, wer ist *Chu-i* Reiza Myoto?«

Patti blickte von seinem Schreibtisch auf, wo er gerade ein Formblatt ausfüllte. »Was, sie hat es Ihnen nicht erzählt?« Patti rieb sich das Kinn und dachte darüber nach. »Das ist interessant.« Er schüttelte plötzlich den Kopf und wackelte mit dem erhobenen Zeigefinger vor Rose hin und her. »Wenn sie es nicht getan hat, werde ich es auch nicht tun.« Patti kicherte in sich hinein und schrieb weiter. Rose saß schweigend da und beobachtete den Mann, wie er das Formular ausfüllte und es ihm dann über den Tisch schob.

»Das ist ein vorläufiger Vertrag. Er besagt, daß beide Seiten in gutem und ehrlichem Willen agieren und aus freien Stücken dem Vertrag zustimmen. Irgendwo da drinnen steht auch, was die beiden Parteien – das sind die Black Thorns und das Draconis Kombinat – tun und nicht tun werden. Außerdem steht darin etwas über die Zahlungsmodalitäten, Bergungsrechte, Kommandorechte, Transport et cetera.« Patti lehnte sich zurück und holte eine Pfeife aus einer seitlichen Schublade, während Rose stillschweigend den Text studierte.

Rose hatte die Hälfte der ersten Seite durch, als Pattis Pfeife endlich brannte. »Da Sie ein sehr enger, persönlicher Freund meines berühmten Kommandanten sind«, sagte Patti, »gibt es nur wenig Verhandlungsspielraum. Sie bekommen von Anfang an unsere besten Geschäftsbedingungen. Es wird also keine weiteren Verhandlungen geben. Ich kann ihnen die Namen von einigen anderen Kompanieführern nennen, damit sie meine Aussage überprüfen können. Ich bezweifle jedoch, daß Sie ihnen freiwillig sagen werden, was sie bislang verdient haben. Sie müssen sich wohl auf mein Wort verlassen.«

Rose lehnte sich plötzlich nach vorn und sah von dem Vertrag auf. Patti starrte ihn gelangweilt an. »Ich entnehme Ihrer Reaktion, daß Sie den Teil mit der Entlohnung gelesen haben. Ziemlich übertrieben.«

Rose lehnte sich zurück und überdachte die Darstellung. ›Übertrieben‹ traf es nicht genau. Der Vertrag würde das Vierfache dessen bringen, was sie auf Borghese verdient hatten, und das in nur vier Monaten. Außerdem würden die Black Thorns alle Rechte an dem Bergungsgut erhalten, dessen sie auf dieser Mission habhaft werden konnten.

Rose sah wieder Patti an, der jedoch zur Decke starrte. Er hatte diese Reaktion offensichtlich schon unzählige Male gesehen und sich immer noch nicht daran gewöhnt. Rose las weiter.

Der Vorschuß war mies, aber Zimmer und Priam hatten ihn gewarnt. Die Thorns konnten den Vertrag bis zu dreiundvierzig Prozent seines Werts beleihen, allerdings mit einer Zinsrate von zweiundzwanzig Prozent. Rose betete, daß sie diesen Kredit nie in Anspruch nehmen mußten. Er las weiter, beendete die erste Seite des Vertrages und blätterte um.

»Sie mögen Zimmer nicht besonders, Kapitän, oder?« Rose schnaubte ohne aufzublicken. »Aus einem bestimmten Grund?«

Rose nickte. »Wegen ihm sind eine Menge guter Leute auf Tukayyid gestorben.«

Patti schüttelte den Kopf. »Wie ich schon sagte, Sie sind nicht gerade schüchtern.«

»Nur die Wahrheit«, antwortete Rose.

»Aber die ComGuards haben gewonnen.«

Rose legte den Vertrag beiseite und machte eine kurze Pause, bevor er in Pattis Augen blickte.

»Wir haben den Krieg gewonnen. Aber wir haben verdammt viele Schlachten verloren. Es war Krieg bis zum Letzten. Uns wurde nichts geschenkt. Wer am Ende der Schlacht nicht mehr aufrecht stand, war tot. Zimmer war einer der Männer, die die Fäden in der Hand hielten. Er war für die meisten Schlachten verantwortlich, an denen ich teilnahm.«

»Aber Sie sind ein Krieger. Man erwartet von Ihnen, daß Sie kämpfen«, entgegnete Patti.

»Kämpfen, ja. Sich abschlachten lassen, nein.« Rose machte eine Pause, seine Gedanken verloren sich in Erinnerungen. Als er wieder sprach, blickten seine Augen in unbekannte Fernen. »Möchten Sie etwas über Zimmers besten Plan erfahren? Seine meisterhafte Taktik?« Rose' Stimme troff vor Sarkasmus. Patti nickte nur kurz.

»Die mobile Wand. Eine wahrhaft simple Taktik. Einfach in den Weg der Clans stellen und zu Schlangenschleim zertreten lassen. Laß dich zusammenschießen, dann fall zurück. Möglicherweise wurden die Clans unvorsichtig und stießen zu schnell vor. Verdammt, vielleicht wurden sie sogar übermütig. Sie vergaßen alle Vorsicht, und andere Guard-Einheiten schnitten sie von ihrem Nachschub ab.

Großartiger, blutiger Sieg. Natürlich waren die meisten der Piloten, die als Kanonenfutter unterschrieben hatten, nicht mehr bei den anschließenden Feierlichkeiten dabei.«

Rose machte eine Pause, aber der Mann sagte nichts. Er nahm den Vertrag auf und starrte einige Minuten auf das Blatt, bevor er wieder weiterlas. Jeremiah wollte sich schon eingestehen, daß dies der beste Vertrag war, von dem er je gehört hatte, als er plötzlich stutzte.

»Warten Sie einen Augenblick, verdammt noch mal.« Rose warf den Vertrag auf Pattis Tisch und sprang auf. »Ich habe bereits ein Landungsschiff und eine Besatzung. Ich brauche keinen Transport durch das Kombinat.«

Patti lehnte sich vor und stellte seine Pfeife in einem Ständer zur Linken ab. Er sah Rose noch nicht einmal an, als er den Vertrag wieder über den Tisch schob.

»Ich habe gesagt, es wird nicht verhandelt.«

»Dann bin ich draußen. Die Black Thorns sind draußen. Ich werde die anderen offenen Kontrakte ein weiteres Mal überdenken und komme Ende der Woche wieder.« Rose wandte sich zum Gehen.

»Die Transportklausel, die Sie hier vorfinden, steht in jedem Vertrag, den wir Ihnen anbieten. Sie kleben förmlich am Kurita-Transport, ob Sie es nun wollen oder nicht.«

Rose hielt an der Tür an und drehte sich um. Er wußte, daß er über kurz oder lang einen Zusatzvertrag abschließen mußte. Patti und Rose wußten, ebenso wie Zimmer, daß die Thorns den Extrasold brauchten, um die Einheit am finanziellen Leben zu halten. Aber daß man ihm nicht gestattete, mit McCloud zu arbeiten, hatte er nie in Betracht gezogen.

»Warum kann ich nicht mit McCloud zusammenarbeiten?« fragte Rose. Pattis Gesicht entspannte sich, und er griff nach seiner Pfeife. Er sah wie ein alter Soldat aus, den man zu seiner Aufgabe zwang, obwohl sie ihm keinen Spaß machte. Wenn Rose diesen Trick nicht schon früher gesehen hätte, wäre er wahrscheinlich darauf reingefallen.

»Es hat nichts mit mir oder Zimmer zu tun. Der Grund ist schlicht und ergreifend, daß McCloud keine Freigabe für die Arbeit im Clanraum besitzt. Sie kann immer noch den Sprung von Wolcott in jedes andere Kombinat-System durchführen, aber sie hat keine Erlaubnis, Truppen bei irgendeiner Mission zu transportieren.«

»Dann besorgen Sie ihr eine solche Genehmigung«, verlangte Rose.

Patti schüttelte den Kopf. »Kann ich nicht«, sagte er

lakonisch. »Der kleine Stunt beim Eintritt in das System hat sie den Ruf gekostet. Die interne Sicherheitsagentur hat sie auf die schwarze Liste gesetzt, als sie den Befehlen des ISA-Piloten zur Kurskorrektur Widerstand leistete. Ich glaube, selbst ein Befehl von Theodore Kurita könnte ihr keine Freigabe einbringen.«

»Aber sie konnte nichts anderes tun«, widersprach Rose. »Ihre Entscheidung, den Kurs nicht zu wechseln, konnte die Clanjäger in keiner Weise beeinflussen.« Rose wußte, daß es keinen Sinn hatte, mit Patti zu argumentieren, aber er mußte es wenigstens versuchen.

»Ich weiß, Rose. So wurde niemand verletzt. Das Sprungschiff ist ohne Probleme aus dem System gekommen, eines der Landungsschiffe ebenfalls.«

»Und das andere?« fragte Rose, der die Antwort bereits kannte.

Patti schüttelte den Kopf. »Die Clanjäger hatten schnell herausbekommen, daß das Schiff mit dem geänderten Kurs der Köder war, also hängten sie sich an das führende Schiff. Als die Jäger außerhalb der Reichweite des Sprungschiffes waren, verlangsamte das Landungsschiff und koppelte an. Alle sechs Clanjäger wurden zerstört und das Landungsschiff auch.«

Patti schüttelte weiterhin den Kopf. »Das ist der Preis dieser Invasion. McCloud wurde von der ISA ausgeschlossen, weil sie sich den Befehlen des Agenten widersetzt hat. Ich brauche Ihnen nicht zu sagen, daß die Befehlskette das Wichtigste ist, Kapitän Rose.«

Rose nickte und akzeptierte seine Niederlage. Er wußte, McCloud würde wütend sein. Sie wollte nie an einer Schlacht teilnehmen, aber jetzt, wo man sie aussperrte, war Rose klar, würde sie verärgerter denn je sein.

»In Ordnung, *Tai-i*, ich akzeptiere den Vertrag.« Rose langte über den Tisch und unterschrieb auf der letzten Seite. Ein Teil von ihm fühlte sich, als hätte er McCloud betrogen. Als Kommandant der Black Thorns konnte er es sich jedoch erlauben, die Einheit vorrangig zu behandeln. Dieser Vertrag war wichtig für den Fortbestand der Einheit. Er konnte diese Tatsache nicht einfach übersehen.

»Ausgezeichnet, Kapitän Rose«, sagte Patti, der krampfhaft versuchte, nicht überheblich zu wirken, dabei jedoch völlig versagte.

Rose wußte, daß dieser Vertrag den Neid eines jeden Söldners der Innere Sphäre wecken würde, trotzdem fühlte er sich, als hätte er die wichtigste Schlacht seines Lebens verloren. Das Schlimmste daran war, er hätte es nicht ändern können.

Patti nahm den Vertrag und legte ihn in eine Schreibtischschublade. »Die endgültigen Papiere erhalten Sie später, und die Bezahlung wird, wie beim Treffen letzte Woche mit *Tai-sa* Zimmer besprochen, auf Ihr Konto auf Outreach transferiert.«

»Wir werden sofort mit dem Training beginnen«, sagte Rose.

»Von einem Mann in Ihrer Position habe ich nichts anderes erwartet«, sagte Patti. »Ich werde zusehen, daß Sie die kompletten Geheimdienstberichte erhalten, sobald die endgültigen Kontrakte unterschrieben sind. Gibt es sonst noch etwas?«

»Wann können wir mit der Besatzung des neuen Landungsschiffs üben?« fragte Rose. Obwohl er sich hundsmiserabel fühlte, war da noch ein kleiner Teil seines Gehirns, das wie der Kommandant der Black Thorns arbeitete.

»In zwei, vielleicht drei Wochen.« Patti blätterte mehrere Unterlagen durch, dann nickte er. »Der Vertrag erfordert eine Landung der gesamten Kompanie unter Kampfbedingungen. Myoto kann sich um die Flug- und Landungsfreigabe kümmern. Ich denke, das gibt Ihnen genügend Zeit für besondere Vorbereitungen.« Patti lächelte. Rose beschlich das unbändige Gefühl, den Raum fluchtartig verlassen zu müssen. Statt dessen zwang er sich, langsam aufzustehen und seinem Gegenüber die Hand zu schütteln.

»Wir bleiben in Kontakt«, sagte Rose, als er sich umdrehte und ging.

Patti wartete fünf Minuten, nachdem Rose gegangen war, dann nahm er den Hörer ab und tippte eine Nummer ein.

Eine tiefe Stimme antwortete ihm am anderen Ende. »Zimmer. Was haben Sie, Patti?«

»Rose, Sir. Er hat einen Auftrag ausgewählt, und ich habe ihn über McCloud aufgeklärt.«

»Wie hat er es aufgenommen?« fragte Zimmer.

»Als hätte man ihm mit einer PPK durch den Kopf geschossen, Sir. Er hatte keine Ahnung und wußte nicht, wie er reagieren sollte.«

Zimmer antwortete nicht sofort, und Patti konnte ihn regelrecht denken hören. »Was ist mit dem Geld?«

Patti fühlte plötzlich einen Knoten im Hals. »Ich habe ihm den ganzen Betrag zugestanden, Sir.«

»Schön. Er hat ihn sich verdient, wenn er überlebt.« Erneut trat ein Moment des Schweigens ein. Patti fühlte, wie ihm der Schweiß über die Stirn lief.

»Er mag Sie nicht besonders, Sir«, versuchte Patti das Gespräch in Gang zu halten. »Er macht Sie verantwortlich für das, was seinen Männern auf Tukayyid passiert ist.«

»So etwas habe ich mir schon gedacht«, sagte Zimmer, mehr zu sich selbst als zu Patti. »Das ist nicht mein Problem. Solange er seine Arbeit macht, kann er von mir aus den Boden hassen, auf dem ich wandle.« Dann war die Verbindung tot.

Patti brauchte einen Augenblick, um sich wieder zu sammeln. Er griff in die Schreibtischschublade und holte einen roten Hefter hervor. Er mußte nur noch eine einzige Sache erledigen: ein Landungsschiff und einen Käpten für die Black Thorns finden. Sobald er das getan hatte, war er aus der Schußlinie zwischen seinem Kommandanten und den Söldnern. Patti nahm das erste Blatt seiner Akte. Er nickte zustimmend und heftete es in den Ordner mit Rose' Vertrag. Was ihn betraf, war damit alles entschieden.

13

Söldnergarnisonsanlage
Wolcott, Draconis-Kombinat

2. *März 3057*

Rose lehnte sich in seinem Stuhl zurück, während er beobachtete, wie die Black Thorns nacheinander die Messe betraten. Im Gegensatz zu den bisherigen Treffen wurde nur wenig gesprochen und noch weniger gelacht. MechKrieger und Besatzungsmitglieder traten in den Raum, setzten sich und warteten.

Rose sah rüber zu McCloud, die trotz ihres Lächelns sehr müde aussah. Sie hatte darauf bestanden, bei dem Treffen anwesend zu sein, zusammen mit der gesamten Besatzung. Rose hatte schließlich zugestimmt. Er erwiderte ihr Lächeln, aber seine Augen beobachteten den Raum.

Rose war am vergangenen Tag von dem Treffen mit Patti zurückgekehrt. Er hatte jedoch nicht sofort eine Zusammenkunft einberufen, sondern war direkt zu McCloud gegangen. Bis zum Mittagessen, das Rose für beide ablehnte, hatte sie niemand gestört. Da Esmeralda den Dienstplan aufstellte und Riannon die Informationskanäle überwachte, wurde er nicht wirklich gebraucht, aber sein Verhalten war dennoch befremdend. Am nächsten Tag hatte er am morgendlichen Training teilgenommen, jedoch gleich gesagt, er würde den Ausgang des Gespräches mit Patti erst später am Tag diskutieren. Die Zeit verging, und die üblicherweise hohe Moral der Truppe ging immer mehr in den Keller.

Obwohl die Black Thorns die Situation auf Wolcott sehr genau verstanden, wußten nur Rose, Riannon, Bell und die zwei Lanzenkommandeure genau, was los war. Rose hatte natürlich die Meinungen der Kompanieführer eingeholt, aber die endgültige Entscheidung über den

Vertrag blieb ihm vorbehalten. Als er mit enttäuschter Miene von dem Treffen zurückkam, hatten die Thorns bereits das Schlimmste erwartet, und ihre Gesichter spiegelten die verschiedensten Schattierungen von Pessimismus wider. Riannon war wie immer die letzte, die den Raum betrat. Sie nahm auf dem Stuhl neben der Tür Platz und überwachte mit dem drahtlosen Ohrstecker die Kommunikationszentrale. Als Rose sah, daß sie sich gesetzt hatte, stand er auf und sprach.

»Wie ihr alle wißt, habe ich nach einem Zusatzvertrag für die Einheit gesucht, während wir hier auf Wolcott sind. Einige von euch haben sich in diesen Prozeß eingebracht, und ich danke euch für eure Meinungen und Vorschläge. Die Entscheidung ist gefallen.

Gestern habe ich einen Vertrag für die Black Thorns unterschrieben. Die Operation heißt Grüner Dolch.« Rose pausierte und ließ den Blick über die schweigende Gruppe schweifen. »Ich versichere euch, ich habe die Mission nicht aufgrund ihres farbenprächtigen Namens ausgewählt.« Rose bemerkte einige Leute, die schmunzelten, aber die meisten Krieger sahen konzentriert aus.

»Diese Mission ist eine einfache Sache. Wir haben uns verpflichtet, einen Sturmangriff auf eine von den Clans gehaltene Fabrik auf Courcheval zu unternehmen. Obwohl das Kombinat die Fabrik anfangs zurückerobern wollte, haben sie jetzt ihre Meinung geändert.« Rose schritt durch den Raum.

»Wir erreichen das System über einen Piratenpunkt hinter den Verteidigungslinien der Clans. Ich weiß, daß wir bodenständigen Typen dies nicht verstehen, aber man hat mir gesagt, es würde funktionieren. In jedem Fall tauchen wir hinter ihnen auf und gleiten auf den Planeten hinab. Das Sprungschiff wartet geschickt versteckt auf unsere Rückkehr.« Jetzt schmunzelten ein paar Leute mehr. Das war ein gutes Zeichen.

»Die Black Thorns werden eine Landung unter Kampfbedingungen nahe der Fabrik vornehmen. Am

Boden werden wir alles vernichten, was uns unter die Augen kommt. Was wir nicht zerstören können, tragen wir davon.«

»Und was man noch auseinandernehmen kann, ist nicht wirklich zerstört.«

Rose drehte sich um und sah Eber an. Wie üblich war er der erste, der seine Meinung äußerte. Rose grinste und nickte.

»Exakt«, sagte er. »In der Zwischenzeit wird das Landungsschiff einige hundert Kilometer entfernt in einer zerstörten Fabrik landen. Sie wird wahrscheinlich nicht verteidigt, da sie bereits dem Erdboden gleichgemacht wurde. Bei einem Anflug unter dem Radar hindurch, wird das Landungsschiff seinen Landeplatz weitestgehend verschleiern können. Die Trümmer der Fabrik sollten die Landung zusätzlich verdecken.

Die Black Thorns werden sich am Boden im Zickzackkurs dem Landungsschiff nähern, um die Chance einer Entdeckung zu minimieren.« Rose lief im Raum herum und erklärte einzelnen MechKriegern weitere Teile der Mission. Das gab jedem das Gefühl, Rose würde nur zu ihm persönlich sprechen. Rose tat dies instinktiv, um das Team zusammenzuschweißen. Dann stand er wieder in der Mitte des Raums.

»Wenn wir wieder sicher im Landungsschiff sind, starten wir und nehmen Kurs auf das versteckte Sprungschiff. Wir klinken uns ein und erleben einen weiteren, aufregenden Flug nach Wolcott.« Rose stemmte die Hände in die Hüften und grinste.

»Einfacher geht es wirklich nicht«, sagte er. »Aber die gesamte Operation verlangt einen perfekten Zeitplan für jeden Beteiligten. Das bedeutet, wir müssen in Bestform sein, wenn wir uns einschiffen.«

»Was für ein Glück, daß wir McCloud haben«, bemerkte O'Shea. Rose legte den Kopf in den Nacken und betrachtete die Decke, bevor er sich zu ihm umdrehte.

»Einen Augenblick. Heißt das, McCloud ist nicht dabei?« fragte der große Mann.

»Irgend etwas sagt mir, daß da Sand im Getriebe ist«, sagte Eber zu Greta. Rose warf Eber einen düsteren Blick zu. McCloud stand abseits und zog jedermanns Aufmerksamkeit auf sich.

»O'Shea hat recht. Die *Bristol* ist nicht Teil dieser Mission. Nachdem ich mich endlich dazu entschlossen habe, Teil des Militärs zu sein, wollen mich die Schlangen nicht.« Sie senkte beschämt den Kopf, dann sah sie wieder die Gruppe an.

»Anscheinend bin ich ein paar Leuten während unsere kurzen Aufenthalts auf Wolcott auf die Zehen getreten. Deswegen habe ich keine Freigabe zum Transport militärischer Einheiten bekommen.« Rose konnte die Anspannung in ihrer Stimme hören. Er hoffte, der einzige zu sein, weil er McCloud so gut kannte. Die kurze Stellungnahme kostete sie allerhand Überwindung, aber sie sprach weiter.

»Ich wünschte, es gäbe einen anderen Weg, aber ihr müßt ein anderes Landungsschiff nehmen. Solange ihr unterwegs seid, wird die *Bristol* einige Flüge zurück ins Kombinat unternehmen.« McCloud setzte sich abrupt hin. Rose hatte gehört, wie ihre Stimme langsam brach, während sie die letzten Worte formulierten.

Er fuhr dort fort, wo sie aufgehört hatte. »Die *Bristol* verläßt uns nicht, jedenfalls nicht für immer. Wir haben alle Rechnungen zu bezahlen, und Raumfahrer sind da keine Ausnahme. Die *Bristol* und ihre Besatzung bleiben weiterhin auf Wolcott stationiert, aber sie wird eine Weile ihre eigenen Wege gehen.«

Als Rose geendet hatte, erfüllte Stille den Raum. Obwohl sich die *Bristol* und ihre Besatzung nicht auf immer verabschiedeten, hatten die Veteranen der Thorns das Gefühl, einen alten Freund zu verlieren. McCloud hatte nicht bei den Thorns unterschrieben, aber jeder Krieger der Einheit sah sie und ihre Besatzung als Teil dieser großen Familie an.

Rose erlaubte seinen Leuten, einen Augenblick lang ihre Gedanken zu sammeln, dann sprach er weiter. »Wie dem auch sei. In ein paar Wochen haben wir ein neues Landungsschiff mit Besatzung. Danach stehen uns einige Monate Training auf dem Boden und auf dem Schiff bevor. Das ist nicht viel Zeit, und ihr wißt das. Ich sage es euch trotzdem.« Rose' Stimme wurde lauter und zog die Aufmerksamkeit jedes Kriegers im Raum auf sich.

»Ab morgen werden wir freiwillig für diese besondere Mission üben. Wie es der Zufall will, habe ich die Lanzenaufstellung hier. Das heißt, wir kämpfen von jetzt an nur noch als Lanze. Ich weiß, daß wir ziemlich zwanglos mit der Führung umgegangen sind. Das wird sich jedoch mit sofortiger Wirkung ändern.« Rose sah sich im Raum um und war froh, daß ihm jeder seine ungeteilte Aufmerksamkeit lieh. »Jeder Krieger meldet sich im Anschluß an dieses Treffen bei seinem Lanzenkommandeur.

Scoutlanze unter dem Kommando von Lieutanent Ajax. Yuri, du übernimmst das Kommando über den *Sprinter*. Sei nett zu ihm. Leeza, du hast deinen eigenen *Merkur*, also wird es dich nicht überraschen, daß ich dich der Aufkärungslanze zugeteilt habe. Viel Glück. Kätzchen, du und dein *Panther* runden die Lanze ab. Ajax, du hast nichts weiter als formlosen Lehm, mit dem du arbeiten mußt.«

»Ich werde ein Töpfer sein«, antwortete er, ohne die Spur eines Lächelns.

Rose fuhr fort. »Die Scoutlanze ist auf Geschwindigkeit getrimmt, aber trotzdem ist sie nicht schutzlos. Dafür sorgen der *Panther* und der *Sprinter*. Vergeßt niemals, daß es in erster Linie Aufgabe der Mechs ist, den Feind zu lokalisieren und den anderen zwei Lanzen darüber Meldung zu machen.

Das bringt mich zu der Mechlanze unter dem Kommando von Esmeralda. Eber und O'Shea, ihr behaltet eure bisherigen Posten auf dem *Kampftitan* und dem *Kriegshammer*. Erinnert euch, warum wir dort draußen sind?« Rose sah alle drei Mitglieder der Mechlanze an und versicherte sich, daß O'Shea den Ernst der Lage begriffen hatte. Er war froh zu sehen, daß der Mann verständnisvoll nickte. »Greta wird in ihrem *Streitroß* zu dir stoßen.«

Rose wandte sich an Greta. »Früher war das mal mein Pferd, behandle es also gut.«

»Ich behandle es, als wenn es mein eigenes wäre«, sagte Greta.

»Es wäre mir lieber, du würdest es so behandeln, als wenn es deinem kommandierenden Offizier gehörte«, entkräftete Rose ihre Antwort mit einem Lächeln und zwinkerte ihr zu. An ihrem Gesichtsausdruck konnte er sehen, daß sie den Witz nicht verstanden hatte, bis Eber ihr den Ellenbogen sanft in die Rippen rammte.

»Das bedeutet, daß der ganze Rest in die Befehlslanze kommt. Ich bleibe weiterhin der Anführer, und Antioch Bell wird dafür sorgen, daß ich lange genug am Leben bleibe, um mich dieser Position zu erfreuen. Riannon wird sich um die Kommunikation kümmern. Damit bleibt Jamshid, unser jüngstes Mitglied, übrig. Er wird den zweiten *Katamaran* steuern.«

Jamshid sah aus, als müßte er jeden Augenblick vor Stolz über die neue Position platzen. Rose konnte sich nicht helfen, er mußte dem Gefühl beipflichten.

»Irgendwelche Fragen?« Sein Blick wanderte durch den Raum.

»Nur eine«, sagte Esmeralda. »Falls es nicht gegen die Sicherheit verstößt. Gegen welchen der Clans wird es gehen?«

Rose überdachte die Frage einen Moment. »Nun, ich glaube nicht, daß ich zuviel verrate, wenn ich euch sage, daß es gegen die Novakatzen geht.«

»Ha!« kläffte Yuri quer durch den Raum und wurde plötzlich unter Rose' Blick klein. »Oh. Entschuldigung, Sir.«

»Hast du Geld gewonnen, mein Sohn?« fragte Rose.

Yuri grinste und schüttelte den Kopf. »Nein, Sir. Etwas viel Besseres. Ich habe jemanden, der eine Woche lang mein Bett macht.« Rose sah ihn überrascht an, während alle anderen Esmeralda anstarrten, die nur mit den Schultern zuckte und hilflos die Hände in die Höhe hielt.

»Ich hatte die besseren Aussichten. Einen Monat gegen eine Woche. Ich hätte es wissen sollen.« Esmeralda sah vollkommen verloren aus, aber die Veteranen kannten sie besser und kauften ihr daher das Schauspiel nicht ab. Sie wußten, daß Esmeralda es Yuri wahrscheinlich noch vor Ende der Woche heimzahlen würde. Rose konnte nur dastehen und mit dem Kopf schütteln.

»Das ist alles. Raus mit euch. Glücksspiel in einer Söldnereinheit. Ich werde zum Gespött der Menschheit.« Rose winkte mit gespielter Betrübnis ab. Amüsiert sah er, wie sich fast alle um Yuri scharten. Innerhalb weniger Sekunden blieben nur noch Rose und McCloud übrig.

»Ich glaube, das ging ganz gut«, sagte er, während er den Raum durchquerte und sich neben sie setzte. Sie nickte. Einen Augenblick lang sagte sie kein Wort.

»Ich habe darüber nachgedacht und glaube, ich weiß jetzt, was ich zu tun habe.« McCloud benahm sich sehr feierlich, ein starker Kontrast zu der Gruppe, die eben gegangen war.

»Und das wäre?« stichelte Rose.

»Ich muß einen Vertrag bekommen, eine Kompanie nach Luthien oder irgendwo anders hinbringen. Etwas tun, wozu ich freigegeben bin.« Die Worte trieften vor Verachtung.

»Du könntest ein paar Wochen warten. Dann hätten wir ein wenig Zeit zusammen am Boden.«

McCloud lächelte. »Das meinst du doch nicht im Ernst. Jetzt, wo du eine Aufgabe hast, wirst du dich auf sie stürzen. Früh aufstehen und spät ins Bett und dann zu müde, noch irgend etwas anderes zu tun, außer zu schlafen.«

Rose setzte sich gerade hin. »Niemals. So müde werde ich nie sein.«

McCloud schmunzelte und lehnte sich so weit gegen ihn, daß er seinen Arm um sie legen mußte, um nicht das Gleichgewicht zu verlieren. »Nun, ich nehme an, wir werden es abwarten müssen, aber ich weiß, ich kann nicht mehr sehr lange auf einen Vertrag warten. Ohne das Geld für den Transport der Thorns werde ich in Zahlungsschwierigkeiten kommen, wenn ich nicht schnell etwas aufreiße.« Rose wollte etwas sagen, das die Situation nicht so hoffnungslos erscheinen ließ, aber McCloud hatte das Problem sehr genau beschrieben.

»Also gut«, sagte er und akzeptierte damit McClouds sofortigen Abflug. »Ich verstehe, daß du Pflichten hast, bei denen ich nicht vorkomme, aber gib mir etwas Zeit. Ich habe mich gerade daran gewöhnt, dich in meiner Nähe zu haben. Ich glaube nicht, daß ich bereit bin, dich schon wieder zu verlieren.« Rose fühlte, wie sich seine Brust zusammenzog. Wenn Rachel nach Luthien flog, mußte sie die Blockade der Nebelparder durchbrechen. Patti hatte ihm bereits gesagt, daß dies keine Kleinigkeit war.

»Mach dir keine Sorgen«, sagte sie, als hätte sie seine Gedanken gelesen. »Ich bin mit dir noch nicht fertig.« Sie legte eine Hand auf seinen Arm. »Ich bin zurück, bevor du zu dieser Mission Grüner Dolch startest.«

»Ich zähl auf dich«, sagte er. Was würde passieren, wenn Rachel in Gefahr geriet. Er konnte ihr nicht helfen. Schon in der Vergangenheit hatte er sich mit der Möglichkeit abfinden müssen, sie zu verlieren, aber er fand es jedesmal unerträglich. Der Gedanke, McCloud könnte jetzt sterben, erschreckte ihn zu Tode.

»Laß uns zu Bett gehen«, sagte McCloud, als sie langsam aufstand. »Können sie die Nacht ohne dich überleben?«

Rose nickte und stand ebenfalls auf. »Die Lanzenkommandeure werden schon mit allen außer Jamshid fertig. Und um den kümmert sich Antioch.« Er grinste. »Sieht so aus, als hätte ich den Abend frei.«

»Dann wollen wir ihn auch nicht verschwenden.« Sie drehte sich um und ging zurück zu ihrem Zimmer. Rose hatte nur eine Möglichkeit: ihr zu folgen und sicherzugehen, daß die Nacht unvergeßlich wurde.

14

Söldnergarnisonsanlage
Wolcott, Draconis-Kombinat

15. März 3057

Die nächsten zwei Wochen vergingen wie im Flug, besonders für Rose. Jeden Tag ging die Kompanie, zu der jetzt auch Myoto zählte, in die Sümpfe, um dort von morgens bis abends zu üben. Wenn die armen Teilnehmer wieder in die Unterkünfte kamen, durften sie zuerst ihre BattleMechs abspritzen, bevor sie sich zum Dienst meldeten. Während der Rest der Kompanie mit seinen Aufgaben beschäftigt war, arbeitete Rose zusammen mit Riannon den Dienstplan für den nächsten Tag aus.

Ria war großartig. Was jedoch die aktuellen Zahlen betraf, so konnte sie nicht vorhersehen, wie der Nachschub außerhalb der Basis zu organisieren war. Jetzt, da Rose die Mission kannte, die sie erfüllen mußten, sah er sich nach ganz bestimmten Ausrüstungsteilen und Geschützen um. Sobald er wußte, was er wollte, erledigte Ria die nötigen Vorkehrungen, damit die Gegenstände rechtzeitig eintrafen.

Normalerweise verbrachte Rose nach dem Abendessen einige Zeit mit diversen Mitgliedern der Kompanie, was jedoch von den täglichen Aktivitäten abhing. Er freute sich besonders über die Gesellschaft von Bell und Eber. Allerdings traf er sich auch mit den anderen Mitgliedern der Kompanie, um sie besser kennenzulernen. Die Abende verbrachte Rose mit McCloud. Manchmal luden sie auch Esmeralda oder einzelne Rekruten zu sich ein, meistens waren sie allein. So war es Rose auch am liebsten.

McCloud verlebte ihre Tage, indem sie Verträge sichtete, und Rose war nicht sonderlich erstaunt, als sie ihm eines Nachts erklärte, sie hätte eine Mission angenommen. Ihr Auftrag war es, eine BattleMech-Kompanie nach Pescht zurückzubringen. Rose hatte die ganze Nacht wach gelegen und die dunkle Decke angestarrt, während er zuhörte, wie McCloud neben ihm schlief. Obwohl sie es nicht sagte, war ihm bewußt, daß sie von jetzt an bis zum endgültigen Start auf der *Bristol* leben würde.

Er wollte sie bitten, bei ihm zu bleiben, aber er kannte die Antwort bereits. Er dachte auch darüber nach, ihr von seinen Gefühlen und Hoffnungen zu erzählen, die er an ihre Beziehung knüpfte, aber es scheiterte wieder einmal an den richtigen Worten. Am Ende half er ihr, die Sachen zu packen, und sah zu, wie sie zum Raumhafen fuhr. Sie wollten sich vor dem Start noch einmal sehen, aber zu dem Zeitpunkt würde sie wieder ganz der Käpten sein und ihm nicht die Gelegenheit geben, über Dinge zu sprechen, die ihm wichtig erschienen. Später am Morgen bekam Rose einen Anruf vom Flughafen. Erst dachte er, es wäre McCloud, aber die Nachricht war von ihrem neuen Landungsschiffkäpten, Sinclair Danes. Rose wurde zu einem Treffen mit dem Käpten eingeladen, um die speziellen Übungen und die bevorstehende Mission zu besprechen. Er war sich nicht sicher, ob er verärgert über die Aufforderung sein sollte, zum Raumhafen zu kommen. Schließlich wußte Danes, wo er zu finden war. Genaugenommen spielte es jedoch keine Rolle. Er verließ die tägliche Übung und machte sich allein auf den Weg zum Raumhafen. Rose war so sehr in Gedanken vertieft, daß der Fahrer seinen tagträumenden Passagier schütteln mußte, um ihn wieder in die Gegenwart zu holen. Während das Fahrzeug sich entfernte, studierte Rose das Landungsschiff, in dem er und seine Black Thorns zu ihrer Mission und wieder zurück fliegen würden. Er war sich nicht sicher, ob er lachen oder weinen sollte.

Das Landungsschiff gehörte zur selben Klasse wie

die *Bristol*. Aber damit endeten auch schon alle Ähnlichkeiten. Das namenlose Schiff stand auf seinen vier Stützen, neigte sich jedoch bedenklich gen Norden. Rose konnte erkennen, daß die Verstrebungen an der nördlichen Stütze ziemlich verbogen waren. Die meisten Bauteile des unteren Schotts waren entfernt worden – vielleicht abgeschossen, dachte Rose. Drei Techniker waren damit beschäftigt, die Schäden zu reparieren. Er bemerkte einige gigantische Panzerplatten, die man vor kurzem ersetzt hatte. Die Stütze benötigte allerdings immer noch welche.

Während Rose sich weiter auf die Hauptfrachtschleuse zubewegte, inspizierte er das Landungsschiff Stück für Stück. Jetzt konnte er die Einschüsse von Handfeuerwaffen um die Frachtluke herum sehen. Die untere Reihe Scharniere war etwas verbogen und die gesamte Rampe überzogen mit Hitzeblasen und verschmorten Leitungen. Möglicherweise handelte es sich um einen Treibstoffbrand, überlegte Rose, viel eher rührte der Schaden jedoch von einer selbstgemachten Granate her. Er lächelte in sich hinein. Offenbar hatte auch Danes schon so manchen feurigen Abschied hinter sich.

Während er die Rampe erklomm, sah Rose weitere Auswirkungen kleiner Handfeuerwaffen und die Versuche, diese zu reparieren. Man konnte nicht sagen, wie alt einige der Arbeiten waren, aber offensichtlich war jedes sichtbare Teil des Schiffes mindestens einmal ausgebessert worden. Als er den Frachtraum betrat, sah er, daß die Schäden im Inneren nicht geringer waren.

Der Raum war leer, bis auf zwei Männer, die in einem Schrotthaufen standen. Rose konnte kein Wort verstehen, aber ihre Gesichter und die Gesten, die die Konversation begleiteten, ließen eine heiße Diskussion vermuten. Als er näher kam, warf der kleinere der beiden Männer seinen Kopf angewidert nach hinten und stolzierte in Richtung der Ladetür. Er rauschte an Rose vorbei, ohne ihn weiter zu beachten.

Der andere Mann wandte sich in dem Moment um, als der Söldner sprechen wollte. Wie ein Blitz schoß es Rose durch den Kopf, daß er der Käpten des Landungsschiffes sein mußte, das ihn und seine Männer nach Courcheval bringen sollte.

Der Mann war so groß wie Rose, jedoch viel schmaler in der Hüfte und der Taille. Er hatte breite Schultern, trotzdem war sein Brustumfang nicht mit dem des Söldners zu vergleichen. Im Gegensatz zu den Standard-Coveralls, die man immer in Verbindung mit den Landungsschiffen brachte, trug dieser Mann schwarze Arbeitshosen und ein rotes Hemd, das er bis zum Bauchnabel aufgeknöpft hatte. Er studierte Rose einen Augenblick, während er an seinem Schnurrbart zog. Dann lächelte er und stieg von dem instabilen Trümmerberg. Die letzten paar Meter brachte er mit einem Sprung hinter sich. Eine Hand strich lächelnd durch das Haar, während er die andere Rose entgegenstreckte.

»Sinclair Danes. Sie müssen Jeremiah Rose sein.« Sein Griff war fest, aber nicht so stark, wie Rose es erwartet hatte. Nach einem einfachen Händeschütteln zog er seine Hand zurück. »Ich freue mich so sehr, Sie zu treffen.« Jeremiah war überrascht. Die Begrüßung schien offen und ehrlich.

»Ich hoffe, Sie hatten keinen Ärger«, sagte Rose und deutete auf den Mann, der gerade die Rampe verließ.

Danes lachte. »Nichts dergleichen. Das war mein erster Maat. Er hat eben gekündigt.« Roses Herz rutschte in die Hose, aber Danes grinste nur noch breiter. »Genau richtig, denke ich. Der Mann hatte keine Klasse.«

Danes legte einen Arm um Rose' Schulter und führte ihn zur Innentür des Schiffes. »Warum machen wir nicht einen kleinen Rundgang?« Rose nickte nur. »Sie sind neu auf Wolcott, oder? Kein Grund zur Sorge. Ich bin hier, seit dieses blutige Geschäft begonnen hat.« Danes klopfte Rose freundschaftlich auf die Schulter. »Ich kann mich nicht daran erinnern, wie oft ich schon diesen Flug durch die Nebelparder gemacht habe.

Stört es Sie, wenn ich rauche. Schlechte Angewohnheit, ich weiß. Aber es ist leider eine Schwäche von mir.« Danes knuffte Rose in die Seite. »Eine von vielen, muß ich mit Bedauern zugeben.« Er zog eine lange, braune Zigarette aus einer Schultertasche. Nachdem er ein altertümliches Feuerzeug entzündet hatte, verschwand Danes in einer Wolke blauen Qualms.

»Es gibt nichts Besseres, leider. Möchten Sie auch eine?« Rose schüttelte den Kopf. »Sie sagen mir, es würde mich umbringen, aber wer will schon ewig leben?«

Rose entschloß sich, seine Meinung für sich zu behalten und konzentrierte sich auf den Fortgang der Führung durch Danes' Schiff. Es war genauso schlimm, wie er es befürchtet hatte. Danes stellte ihm einige Besatzungsmitglieder vor, deren Namen Rose sofort vergaß. Raumhafentechniker wieselten herum und boten den verschiedenen Reparaturteams, die anscheinend auf dem ganzen Schiff verteilt waren, ihre Hilfe an. Sinclair sprach ununterbrochen über das Schiff, die Clans, die Kuritas und alles mögliche andere, das ihm in den Sinn kam. Rose schwieg, da er der Meinung war, Danes wollte in seinem Monolog nicht unterbrochen werden. Alles, woran er denken konnte, war, sofort nach Verlassen des Schiffes Patti zu kontaktieren und einen neuen Käpten zu verlangen. Daran gab es keinen Zweifel.

Rose wollte sich gerade der Tür zum Laderaum zuwenden, die hier irgendwo in der Nähe sein mußte, als ihn Danes am Ellbogen packte und sanft in einen Durchgang schob. Zuerst dachte Rose, daß es sich um einen weiteren Arbeitstunnel handeln würde, aber nach ein paar Metern kamen sie an eine zweite Tür. Er folgte

Danes durch die Luke und stand in einer Luxuskabine. Danes schloß die Tür hinter ihnen, dann schaltete er auf Rotlicht, während er zur Bar ging.

»Mein Gott, bin ich ausgetrocknet.« Danes füllte zwei Trinkgläser mit einer bernsteinfarbenen Flüssigkeit und reichte eins an Rose weiter. »Zu früh?« fragte er. Rose überdachte den Zeitpunkt. Es war kurz vor Mittag, die richtige Zeit für einen Drink. Er nahm das Glas und wartete, bis Danes seines langsam angehoben hatte.

»Auf Kriegskameraden«, sagte der Mann feierlich. Im ersten Moment dachte Rose, der Toast würde ihm gelten, dann sah er in Danes' Gesicht, daß er jemanden weit weg, vielleicht in der Vergangenheit, meinte. Rose erwiderte den Trinkspruch und nippte an dem Alkohol. Scotch. Vielleicht war Danes doch kein so übler Kerl.

»Sie hätten mir aushelfen können, wissen Sie?« sagte Danes. Rose sah ihn verwirrt an. »Ich meine, ich mußte die ganze Zeit reden. Nicht, daß ich das nicht könnte, verstehen Sie. Aber die Kehle wird dabei immer so trocken.« Danes nahm einen zweiten Schluck.

»Entschuldigung«, sagte Rose. »Ich dachte, Sie hätten Spaß daran, mit sich selbst zu reden.«

»Pah!« erwiderte Danes und wischte das Argument mit einer Handbewegung zur Seite. »Das habe ich nur wegen der Bodenbesatzung getan. Die meisten von denen arbeiten entweder für die ISA oder erstatten dem Verbindungsoffizier Bericht. Es ist schwer zu sagen, wem man trauen soll, also traue ich keinem.«

»Aber Sie trauen mir«, sagte Rose.

Danes überdachte den Standpunkt. »Ich muß, wenigstens ein bißchen. Sie haben bereits bewiesen, daß Sie ein ruhiger Typ sind, und das mag ich an Menschen wie Ihnen. Ruhe ist eine so beneidenswerte Eigenschaft, meinen Sie nicht auch?«

Rose nickte und nahm einen weiteren Schluck. Der Scotch war wirklich gut.

»Also, wo sind wir?« fragte Rose mit einer halbkreisförmigen Bewegung seines Glases. Er deutete auf das rote Licht. »Verbunden mit irgendeinem Art von Generator, der unverdächtige Geräusche erzeugt.«

Danes nickte. »Sie sind gut«, er grinste. »Ich liebe es, diesen Raum als eine Art Konferenzraum zu bezeichnen. In Wirklichkeit wird er als Lagerraum geführt, aber was sind schon Namen? Es ist einer der wenigen Plätze auf diesem Schiff, an dem man ungestört reden kann, wenn man auf dem Boden ist. Nachdem ich mit *Tai-sa* Zimmer zusammengearbeitet habe, fand ich heraus, daß Geheimniskrämerei seine Vorteile hat.«

»Ich pflichte Ihnen bei«, sagte Rose, das Gesicht zu einer Grimasse verzogen. »Warum also das Treffen? Wir hätten uns auf dem Gelände der Black Thorns unterhalten und diese ganze Charade vermeiden können.«

Danes schüttelte den Kopf und setzte das halbleere Glas ab. »Ich wollte wissen, wie Sie außerhalb Ihrer gewohnten Umgebung arbeiten. Abwägen, mit was für einer Art Führer ich zusammenarbeiten werde.« Rose nickte.

»Natürlich ist es immer noch zu früh, das zu sagen«, ergänzte Danes schnell, »aber ich möchte mal behaupten, Sie geben Anlaß zur Hoffnung.«

»Danke für Ihr Vertrauen.«

»Das Vertrauen ist noch nicht entwickelt. Zuerst möchte ich sehen, wie Sie es mit der alten Ehrlichkeit halten«, sagte Danes.

»Ist das jetzt der Moment, wo Sie mir sagen, ich stehe nicht in einem alten, zusammengeschossenen Landungsschiff, das nur noch eine Landestütze hat?« Rose erlaubte sich, etwas lockerer zu sein. Vielleicht wurden die Dinge immer besser.

Danes lachte, griff nach seinem Glas und kippte den Rest in einem Zug runter. »O nein, Kapitän Rose. Sie stehen in dem, was wahrscheinlich als die gröbste Entschuldigung für ein Landungsschiff diesseits von Tukayyid gelten dürfte. Und Sie können mir glauben, ich sage diese Worte nur ungern. Ich kann Schiffe sehr gut beurteilen.«

Rose beugte sich vor und leerte sein Glas. Er wartete, bis er wieder Luft bekam, bevor er sprach. »So schlimm?«

Danes nickte. »Der größte Teil der Panzerung wurde weggeschossen, und es gibt Energieversorgungsprobleme bei diversen Bauelementen. Die Maschine ist intakt, aber sie könnte eine Überholung gebrauchen. Einige der Systeme arbeiten derzeit nur mit den Hilfsprogrammen, aber ich hoffe, daß ich diese bis Ende der Woche wieder auf Vordermann habe.«

»Kann es denn überhaupt fliegen?«

Danes dachte einen Moment nach. »Wenn sie muß, aber ich möchte lieber noch dreißig oder vierzig Tage am Boden bleiben, ehe wir erneut starten. Wenn es nach mir ginge, würde ich noch einen zusätzlichen Monat Tests durchführen und Kalibrierungen vornehmen, bevor ich Passagiere transportiere.«

»Das gibt uns nicht viel Zeit zum gemeinsamen Training«, erwiderte Rose. Danes zupfte an seinem Bart und nickte wieder. »Nein, natürlich nicht. Ich werde die Planung so weit wie möglich vorantreiben, aber ich benötige allein den ersten Monat, um das Schiff in einen sicheren Zustand zu versetzten.« Rose war frustriert und zeigte es auch. Danes zuckte mit den Schultern.

»Tut mir leid, aber das ist das Beste, was ich in so kurzer Zeit arrangieren kann.«

»Kurze Zeit? Ich weiß seit über zwei Wochen von dieser Mission.«

Danes rieb sich das Kinn und blickte auf seine schwarzen Stiefel. »Ich habe es nicht gewußt, bis gestern, nachdem wir gelandet waren.«

Rose sah ihn prüfend an, dann rieb er sich die Augen. Es verlief nicht so, wie er sich das vorgestellt hatte. »Ich dachte, ihr Raumfahrer seid stolz auf eure Schiffe – wie ein MechKrieger auf seinen BattleMech. Ich würde niemals zulassen, daß mein Mech …«

»Sir!« keuchte Danes und schnitt Rose das Wort ab. »Diese Abscheulichkeit ist nicht mein Schiff. Nein, lassen Sie es mich anders formulieren. Dies war bis vor kurzem nicht mein Schiff. Ich würde es niemals zulassen, daß ein Schiff unter meinem Kommando so sehr verfällt.«

Rose bemerkte, daß er sich selbst übertroffen hatte. Danes hatte viel zuviel Stil bewiesen, als daß dies sein Schiff sein konnte. Rose hatte das Offensichtliche übersehen. Entschuldigungen waren jetzt angebracht. Rose war sich jedoch nicht sicher, ob sie angenommen wurden.

»Es tut mir leid, Käpten Danes. Ich war gedankenlos. Sie haben natürlich recht. Dieses Schiff konnte nicht lange unter Ihrem Kommando gewesen sein. Ich bereue meine vorschnellen Worte.«

»Ich nehme Ihre Entschuldigung an, Kapitän. Wir wollen nicht weiter darüber sprechen. Um ganz ehrlich zu sein, ich bin ein wenig überempfindlich, was dieses Thema angeht.« Danes schmunzelte, und Rose erwiderte das Lächeln. Er wollte wissen, was mit Danes' Schiff passiert war und warum er so schnell ein neues bekommen hatte. Es war jedoch nicht der richtige Augenblick, diese Fragen zu stellen. Rose entschloß sich, über die Mission zu reden.

»Haben Sie den Vertrag gesehen?« wollte Rose wissen. Danes nickte zustimmend. »Der Vertrag sieht nur vier Monate vor. Das bedeutet einen engen Zeitplan.«

»Dem stimme ich zu. Die Mission gibt uns zwei Wochen, inklusive der Anreise zum Zielpunkt im System. Weitere zwei Wochen, um wieder nach Wolcott zurückzukommen. Somit bleiben uns noch drei Monate.«

»Stimmt, aber wir sollten uns ein zweiwöchiges Sicherheitspolster zulegen und zwei Wochen sind bereits vergangen. Das ergibt genau die Zeit, die Sie für Ihre Tests benötigen.«

»Verdammt«, murmelte Danes. »Ich werde sehen, was ich tun kann, das ist alles. Wir können ein paar Dinge verschieben, aber nicht viele. Wenn ich das Schiff in sechs Wochen fertig habe, reicht Ihnen dann die Zeit?«

»Um ehrlich zu sein, nein, aber ich werde sie nehmen und mich darüber freuen. Ich möchte mit der Kompanie eine Landung unter Kampfbedingungen durchführen, bevor die Mission beginnt, und ein bißchen Übung, was das Beladen und den Feuerschutz angeht, falls es ein heißer Start wird.«

»Ich werde also mein Bestes tun«, erklärte ihm Danes. »Sechs Wochen. Vielleicht früher, wenn ich es schaffe.« Danes ging zu dem Rotlicht und schaltete es aus, als er durch die Tür ging.

»Ganz nebenbei«, sagte Rose. »Hat das Schiff einen Namen? Meine Leute wollen das bestimmt wissen.«

Danes machte eine Pause, dann nickte er langsam. »Es heißt *Tracy K.*«

»Hübscher Name. Hat er irgendeine Bedeutung?«

Danes' Blick schien im Nebel zu versinken, als er Rose anstarrte.

»Keine Bedeutung«, antwortete er mit belegter Stimme. »Warum fragen Sie?«

15

Söldnergarnisonsanlage,
Wolcott, Draconis-Kombinat

29. März 3057

Rose kehrte von seinem täglichen Training am Nachmittag zurück und fand McCloud in der Funkzentrale. Niemand mußte ihm sagen, warum sie dort war. Ihre Anwesenheit sagte alles. Sie sprachen über die Black Thorns im allgemeinen und über die bevorstehende Mission. Beide versuchten den offensichtlichen Grund ihres Kommens zu übergehen.

McCloud kannte nur Danes' Ruf. Er war so etwas wie ein Vagabund und fühlte sich auf dem Boden noch unwohler, als sie es tat. Diese Tatsache sprach Bände über Danes' Charakter. Gerüchte wollten wissen, er wäre ein Pirat, aber es gab keine Beweise für diese Behauptung. Er wurde immer noch im Steiner-Imperium gesucht, wo man ihm gerne ein paar Fragen zu verschiedenen Streifzügen stellen wollte. McCloud bezweifelte, daß Danes jemals wieder in den Steiner-Raum fliegen würde, Verfügung oder nicht.

»Seine Frau war ebenfalls Käpten eines Landungsschiffes«, sagte McCloud, während Rose in seine Uniform schlüpfte, um zum Essen zu gehen. »Sie haben als Team für einige Lyranische Regimenter gearbeitet, bis die Clans kamen. Wenn ich mir das richtig zusammenreime, war Danes zu der Überzeugung gekommen, daß Militärtransporte für die Armee zu gefährlich seien, aber seine Frau hat weiterhin kleinere Aufgaben für eine der lyranischen Gardeeinheiten übernommen. Ich bin mir nicht sicher, für welche.«

Rose steckte einen Fuß in seinen Stiefel und sah zu McCloud rüber. »Ihr Name war nicht zufällig Tracy, oder?«

»Ich glaube nicht«, antwortete McCloud, nachdem sie einen Moment nachgedacht hatte. »Ich glaube, er war Kelly oder Kimmie oder irgend so etwas.« Rose hielt plötzlich inne, der andere Fuß steckte noch halb im zweiten Stiefel. McCloud war sich sicher, er wollte etwas sagen, aber er starrte nur vor sich hin. »Ja?«

»Ja, was?« fragte Rose, als er mit dem anderen Stiefel fertig war.

»Warum hast du gefragt?«

Rose seufzte. Er wollte mit den Schultern zucken, verharrte aber mitten in der Bewegung. »Danes hat ein neues Schiff. Oder besser, er ist der neue Käpten eines altertümlichen Kahns. Er nennt ihn *Tracy K.*« McCloud kaute auf ihrer Unterlippe, während sie die neue Information überdachte. »Ich fragte ihn, ob der Name eine Bedeutung hat. Er sagte nein, aber das war offensichtlich eine Lüge. Ich glaube, er ist zu höflich, um jemandem zu sagen, er soll sich verdrücken.«

»Wenn er das Schiff nach seiner toten Frau benannt hat ...«

»Seine Frau ist tot?« fragte Rose schockiert. »Das hast du nicht erwähnt.«

»Ich wollte gerade, aber du hast mich unterbrochen.«

»Was ist passiert?«

McCloud rollte mit den Augen und holte tief Luft. »Wenn du mich ausreden lassen würdest, erzähle ich dir, was ich weiß. Oder sollte ich besser sagen, erzähl ich dir, was ich gehört habe.« Rose setzte an, schluckte seine Erwiderung jedoch hinunter. Er fühlte sich gescholten, aber wenn er McCloud reizte, würde sie nur die neue Information für sich behalten. Sie versuchte, nicht selbstgefällig auszusehen, und es gelang ihr auch fast.

»Sie arbeitete also für eine dieser Gardeeinheiten während des Clankrieges. Wie so typisch für diese Phase des Krieges, waren ihre Lyraner auf der Flucht. Welcher Clan auch immer ihre Basis überrannte, er hatte die

Garde bis zum Landungsschiff zurückgetrieben. Einige der Landungsschiffe setzten sich sauber ab, aber andere wurden am Boden erobert. Zwei der Schiffe wurden zerstört. Eins davon gehörte Käpten Danes.«

Rose setzte sich an das Ende des Bettes. Wenn ihre Angaben korrekt waren, hatte Danes vielleicht vor, die Rechnung mit den Clans zu begleichen, oder er wollte sich im Vereinigten Commonwealth niederlassen. Vielleicht wollte er aber auch nur weitermachen wie bisher. Rose konnte nichts mit Bestimmtheit sagen.

»Wie hat er die Nachricht aufgenommen?«

McCloud zuckte mit den Schultern. »Ich weiß es nicht. Wie ich schon sagte, ich kenne nur seinen Ruf.« Rose versuchte seine Frustration zu unterdrücken, aber es fiel ihm schwer. Er war dabei, sein Leben und das seiner Kompanie Sinclair Danes anzuvertrauen. Wenn es Probleme gab, wollte er sie jetzt wissen.

»Hat Bell nicht zusammen mit einer lyranischen Gardeeinheit gekämpft?« fragte McCloud in Gedanken versunken.

Rose schlug sich mit der Hand vor die Stirn. »Die Sechsundzwanzigste.« Er rollte über das Bett und griff nach der Sprechverbindung auf seinem Nachttisch. »Ria, sag Antioch bitte, ich möchte ihn sehen? Danke.« Er legte das Sprechgerät zurück und stand auf.

»Hast du eine Idee, was mit seinem letzten Schiff passiert ist?« fragte Rose. McCloud schüttelte den Kopf, hatte jedoch keine Zeit zu antworten, da es an der Tür klopfte.

»Ja, bitte.«

Antioch Bell steckte den Kopf durch die Tür und lächelte. »Sie wollten mich sehen, Kapitän?«

Rose winkte ihm zu, er solle eintreten. »Komm rein und schließ die Tür hinter dir, Antioch.« Für eine Sekunde machte Bell einen besorgten Eindruck, der verschwand jedoch schnell, nachdem er die Tür geschlossen hatte. Rose wirkte angespannt, aber nicht gestreßt.

»Hallo, Rachel«, sagte Bell freudig. »Ria hat noch einen Platz freigemacht. Du wirst doch zum Essen bleiben, oder?«

McCloud lächelte. »Natürlich, Antioch. Euer Kommandant hat mich zwar noch nicht eingeladen, aber ich dachte, ich hänge hier noch ein bißchen rum.«

Rose schien die versteckte Nachricht nicht mitbekommen zu haben. »Wir suchen Informationen, Antioch«, sagte er zu Bell, der sich gegen die Tür lehnte und nickte. Es war nicht viel Platz im Zimmer, und die Anwesenheit der drei Personen machte es wirklich nicht bequemer.

»Hast du jemals von einem Landungsschiffkäpten mit dem Namen Danes gehört?« fragte McCloud.

Bell runzelte die Stirn. »So, wie unser neuer Landungsschiffkäpten?«

»Wie die letzte Frau unseres neuen Landungsschiffkäptens«, sagte Rose. Bells Augen weiteten sich, als er von Rose zu McCloud und zurück sah. »Ihr Schiff wurde während der Kämpfe mit den Clans entlang der Steiner-Grenze entweder erobert oder zerstört. Rachel glaubt, daß sie mit einer der Steiner- Gardeeinheiten zusammengearbeitet hat.« Rose legte eine Pause ein, um Bell die Möglichkeit zum Sprechen zu geben, aber der blonde Mann schwieg. »Irgendwelche Ideen?« wollte er schließlich von ihm wissen.

Bell schüttelte langsam den Kopf, während er den Boden zwischen seinen Füßen betrachtete. »Tut mir leid, Sir. Ich kenne niemanden mit diesem Namen, der mit der Sechsundzwanzigsten zu tun hatte. Vielleicht arbeitete sie mit anderen Einheiten, aber ich weiß es nicht.« Bell sah zu McCloud hoch. »Irgendwelche anderen Details?«

McCloud versuchte, noch weitere Fakten aus ihrem Gedächtnis zu zaubern, scheiterte jedoch. »Tschuldigung, aber das ist alles, was ich weiß.« Sie zog die Schultern hoch. »Es gibt zu viele Landungsschiffe da draußen, um sich die Namen aller Kapitäne zu merken, besonders, wenn dieser bereits seit fünf Jahren tot ist.«

Bell wollte gehen. »Ich werde einige andere Thorns befragen. Vielleicht weiß einer von ihnen etwas.«

»Halt, warte, Antioch«, sagte Rose. »Im Augenblick sollten wir es für uns behalten.« Bell blickte düster drein. »Danes ist möglicherweise ein toller Kerl«, fuhr Rose fort, »oder er ist eine Zeitbombe.«

»Glaubst du, wir werden Probleme bekommen?« fragte Bell, der plötzlich besorgt war.

Rose schüttelte den Kopf, aber der Blick, den Rachel ihm zuwarf, sagte ihm, daß die Situation auch anders sein konnte. »Er schien in Ordnung, als ich ihn vor ein paar Tagen getroffen habe«, sagte Rose. »Das Problem ist, er fliegt ein neues Landungsschiff. Ein Schrottsternhaufen, möchte ich noch hinzufügen. Sein erster Maat hat bei ihm gekündigt...«

»Das hast du mir nicht erzählt«, sagte McCloud.

»... und ich glaube, er hat sein neues Schiff gerade auf den Namen seiner toten Frau getauft«, endete Rose mit einem starren Blick auf McCloud.

»Du glaubst, er ist ein Pirat«, stellte Bell fest. Er lehnte sich an die Tür. Rose zuckte mit den Schultern, aber McCloud nickte. Das Nicken überraschte ihn.

»Wirklich?« fragte Rose.

»Natürlich ist er ein Pirat, Jeremiah.«

»Aber er ist hier im Auftrag der Kombinatsregierung. Sie nehmen Akte der Piraterie nicht auf die leichte Schulter«, konterte Rose.

»Offiziell, nein«, räumte sie ein. »Bedenke allerdings einmal, wo wir stehen. Wenn es irgendeinen anderen Ort in der Inneren Sphäre gibt, der seltsamer als dieser ist, haben wir nie von ihm gehört. Wir sind mitten im Territorium der Nebelparder, Gott verdammt noch mal. Du hast einen Zusatzvertrag unterschrieben. Einen, der deinem eigentlichen Vertrag zuwiderläuft, wenn du dich erinnerst. Das ist nicht die übliche Praxis, soweit ich das verstehe. Selbst als die Clans ihre Invasion noch nicht begonnen hatten, arbeiteten unabhängige Landungsschiffe auf beiden Seiten der Grenze zwischen den Nachfolgerstaaten. Selbst wenn Danes einige Basen des VerCom überfallen und um ein paar Dinge erleichtert hat, sehen die Kuritas manchmal in die andere Richtung.«

»Solange er irgendwo ist, wo das Vereinigte Commonwealth ihn noch sehen kann«, setzte Bell fort. »Teddy unterstützt keine Piraterie. Er nutzt nur alle Vorteile aus, derer er habhaft werden kann.«

Rose nickte. Das erschien logisch. Durch die strenge Kontrolle auf Wolcott war es unwahrscheinlich, daß irgend einer der anderen Führer der Inneren Sphäre wußte, wer oder was sich hier aufhielt. Solange Danes oder ein anderer Käpten oder MechKrieger auf der Seite der Kuritas stand, konnte er jederzeit einen Job auf Wolcott finden.

»Du weißt, das läßt das Schlimmste über diesen Mann vermuten. Es gibt noch andere Erklärungen für die Anhaltspunkte, die wir gesehen haben.«

»Du hast recht«, sagte McCloud. »Niemand hat ihn jemals beschuldigt. Wenn die Kuritas etwas aus der Fassung geraten wären, hätten sie ihn nicht hierher nach Wolcott gebracht.«

»Du hast gesagt, er wäre ein Pirat. Woher weißt du das?« fragte Bell.

»Es ist die einzige Erklärung«, sagte sie, aber Rose und Bell sahen sie immer noch fragend an. »Seht mal, ich behaupte ja nicht, daß er sein ganzes Leben damit verbracht hat, Passagierschiffe auszurauben, aber er ist ein Pirat. Vielleicht hat er etwas Zeit ›außerhalb des Gesetzes‹ und die andere Zeit mit dem hochriskanten Transport von Fracht zu fragwürdigen Orten verbracht.«

Ihre zwei Gefährten sahen nicht überzeugt aus. »Ich kann euch Bodenkriechern sagen, daß ihr Schwierigkeiten habt, die Situation zu verstehen. Aber denkt mal ein paar Minuten darüber nach«, sprach McCloud weiter.

»Jeremiah, hast du dich jemals gefragt, warum ich den Gedanken an Schlachten nicht mag? Es ist nicht nur die offenkundige Gefahr, es ist die finanzielle Last, die mein Schiff schneller auf dem Boden festnageln würde als jeder Laser. Ja, es kostet dich Tausende von C-Noten, einen BattleMech zu reparieren. Stell dir jetzt mal vor, um wieviel teurer es ist, ein Landungsschiff zu reparieren. Nicht nur, daß die Ersatzteile schwerer zu finden sind, sie sind auch kostspieliger.

Wenn du ein Unabhängiger bist, wie ich oder Danes, kann dich eine einzige Schlacht Hunderttausende von C-Noten kosten und das nur, wenn du nicht auch noch für die Ladung verantwortlich bist. Das ist eine Last, von der sich die meisten Kapitäne nicht erholen. Wenn sie weiterhin fliegen wollen, müssen sie sich entweder mit einem der Häuser in der Inneren Sphäre einlassen oder sich nach einer anderen Möglichkeit umsehen, leichtes Geld zu verdienen.«

»Klingt nach einem riskanten Geschäft, in dem du bist«, kommentierte Bell mit einer traurigen Kopfbewegung.

»Für einige von uns, ja. Natürlich ist nicht jeder in der gleichen Situation. Einige Schiffe sind im Besitz von riesigen Handelsunternehmen. Diese Kapitäne arbeiten für das Unternehmen. Vielleicht nennen sie das Schiff ihr eigen, aber in Wirklichkeit gehört es dem Konzern. Sie setzen nicht ihren eigenen Kurs. Sie fliegen dahin, wo die Firma sie hinschickt. Beim Militär ist das nicht anders.

Es ist eine Frage der Unabhängigkeit. Ich könnte meine ganzen Sorgen los werden, indem ich mit einem der Häuser oder einer der Söldnereinheiten einen Vertrag eingehe. Dann ist es deren Problem, wenn die *Bristol* einen Schaden abbekommt. Der Preis dafür ist die Freiheit. Wenn die Geschichte von Danes wahr ist, hat er sich entschlossen, vor den Bankern des Commonwealth zu fliehen. Das kann nach dem Tod seiner Frau passiert sein oder nach einem Angriff.«

»Oder es ist überhaupt niemals passiert«, setzte Rose den Satz fort.

»Ich bewundere dein ungebrochenes Vertrauen in deinen neuen Freund«, sagte McCloud sarkastisch. »Aber, wenn er ein ehrenhafter Händler wäre, wie ist er dann an ein Landungsschiff der Inneren Sphäre gekommen? Eines, das mit so vielen Einschüssen übersät und so schwer beschädigt ist, daß es bei der Landung beinahe auseinanderbricht.«

»Woher weißt du denn das?« fragte Rose.

McCloud schnaubte. »Ich habe auf dem Raumhafen gelebt, erinnerst du dich? Danes' Landung hat die Rettungsleute ganz schon in Aufregung versetzt. Er war der Meinung, die Stütze würde die Landung nicht überstehen. Und er hatte beinah recht.«

Rose nickte. Im Raum herrschte Schweigen. McCloud konnte recht haben, er hoffte es jedoch nicht. Er mußte bereit sein, Danes zu vertrauen, aber der Gedanke, mit einem Piraten zusammenzuarbeiten, stärkte dieses Vertrauen nicht. Die Clans waren die größte Bedrohung, auf die die Menschheit jemals gestoßen war. Die Tatsache, daß jemand Nutzen aus dem Unglück der Claninvasion in der Inneren Sphäre zog, machte ihn rasend. Rose wußte, daß so etwas jeden Tag passierte, er wollte es nur nicht wahrhaben. Trotzdem mußte er die Black Thorns darauf vorbereiten.

»Danke, daß du vorbeigekommen bist, Antioch. Ich will, daß dies vorerst unter uns bleibt, bis ich eine Entscheidung getroffen habe.«

Bell grinste leicht und deutete einen Salut an. »Rachel und ich werden in ein paar Minuten zum Essen runterkommen. Sieh zu, daß Riannon die Truppe zusammenruft.« Bell nickte und winkte Rachel zu, als er den Raum verließ und die Tür schloß. Rose seufzte und tippte sich auf den Nasenrücken. Er konnte fühlen, wie sich Kopfschmerzen anbahnten.

»Getan ist getan, Rachel. Ich glaube, wir können die Arbeit mit Danes überleben. Um der Wahrheit die Ehre zu geben, er schien mir kein schlechter Kerl zu sein. Er hat nur eine schattige Vergangenheit.« Rose lächelte und legte einen Arm um McClouds Schulter. »Einige Leute würden das gleiche von mir behaupten, erinnerst du dich? Nach all dem sind die ComGuards nicht gerade eine der angesehensten Einheiten. Zumindestens nicht im Vergleich mit dem Rest der Inneren Sphäre.«

McCloud entspannte sich, und er konnte kurz fühlen, wie sich ihr Körper gegen den seinen schmiegte, bevor sie von ihm zurückwich. Er wußte, daß sie ihm jetzt die schlechte Nachricht überbringen würde.

»Ich werde gehen«, sagte sie einfach.

»Ich weiß. Wird es bald sein?«

McCloud sah ihn an. Ihre Augen füllten sich mit Tränen. Blitzschnell stand sie auf und ging vom Bett weg. Den Rücken Rose zugewandt, wischte sie die Tränen weg und holte tief Luft. Sie drehte sich zu ihm um, hielt jedoch Abstand, während sie ihre Kontrolle wiedererlangte. Dann holte sie noch einmal tief Luft und sah auf die Uhr.

»Dreiundachtzig Stunden und zwölf Minuten bis zum Start.«

Rose pfiff und versuchte die Situation mit einem Lächeln zu entspannen. »Das ist sehr präzise. Muß eine wichtige Mission sein.«

McCloud lachte, und die Tränen liefen ihr über die Wangen. »Wohl kaum. Wir müssen nur einen präzisen Plan einhalten, um das Sprungschiff zu erreichen. Zu früh oder zu spät...« McCloud ließ den Satz unbeendet. Sie wußten beide, was passiert, wenn die *Bristol* zu früh oder zu spät sein würde.

Rose saß schweigend auf dem Bett. Er war sich nicht

sicher, was er sagen sollte. »Rachel«, fing er langsam an, »du weißt ...«

»Warte, Jeremiah. Ich will kein Abschiedsversprechen. Ich weiß, wie du dich fühlst. Ich wollte nur auf Wiedersehen sagen. Wenn alles gutgeht, bin ich in dreißig Tagen zurück. Vielleicht können wir dann reden. Wirst du dann noch hier sein?«

Rose nickte. »Der Starttermin wurde noch nicht festgelegt, aber wir sind noch etwas länger hier. Es werden noch einige Übungen und Trainingsflüge absolviert, bevor die Sache ernst wird. Somit solltest du zurück sein, ehe die Black Thorns starten.«

McCloud akzeptierte die Neuigkeit ohne Kommentar. Rose wollte mit ihr reden, aber jetzt war nicht die richtige Zeit, wie sie selbst gesagt hatte. Er versprach sich selbst, er würde über seinen Schatten springen und McCloud die Liebe geben, die ihr zustand. Nur im Augenblick waren da noch zu viele Zweifel. Diese mußten verschwinden, bevor er mit McCloud die Beziehung aufbauen konnte, die er wollte. Das Schweigen hielt an, während Rose und McCloud ihren eigenen Gedanken nachhingen. Endlich schlug sich McCloud auf die Oberschenkel und sah zu Rose hinüber.

»Wir gehen besser in den Messeraum. Ich habe einen Zeitplan, und die Black Thorns warten nicht die ganze Nacht auf dich.« Sie lächelte Rose an und streckte eine Hand nach ihm aus. Sie würden zusammen zu ihrem Abschiedsessen mit den Black Thorns gehen.

16

Landetrainingszone Bravo
Wolcott, Draconis-Kombinat

13. Juli 3057

Das wehklagende Summen hatte erst begonnen, als Rose den Boden des Schiffes unter den Füßen verlor. Beim Übergang in den freien Fall rutschte sein Magen mit dem bekannten Gefühl der Übelkeit bis unter die Kinnlade. Das nächste Mal, schwor er sich, würde er das Frühstück auslassen, egal, wie hungrig er war. Innerhalb der kommenden Sekunden legte sich die Übelkeit, und er konnte die Euphorie genießen, schwerelos durch den Raum zu gleiten. Dieser Teil der Landung gab ihm das Gefühl zu fliegen oder zu schweben, und es war der einzige Zeitpunkt, wo Rose die Raumfahrer und Luftjockeys verstehen konnte, die ihre Maschinen so liebten.

Er spürte ein kurzes Taumeln. Ein Kontrollicht auf dem Pult seines Mechs gab ihm zu verstehen, daß er seine Lage stabilisieren mußte. Er war fünfzig Kilometer über Wolcott und fiel schnell. Er war der letzte MechKrieger, der aus der Luke der *Tracy K* abgesprungen war. Der Rest der Thorns war bereits planmäßig ausgestiegen und auf Zielkurs. In dem Moment, wo er das Schiff verlassen hatte, hatte er auch den Kontakt zur Brücke verloren. Jetzt war er genauso blind wie alle anderen Thorns.

Er überprüfte den Höhenmesser und die Flugbahn der Sprunghülse. Alles verlief präzise nach Plan. Eingeschlossen in seinem Metallkokon oder Sarg, wie die Raumpiloten die Sprunghülse nannten, beobachtete er die Anzeige des Höhenmessers, die weiter fiel. Vierzig Kilometer über dem Boden öffnete sich ein riesiger Fallschirm, der den Kokon mit plötzlicher Gewalt nach

RICK HARRIS

oben riß und Rose in den Sitz drückte. Der Schirm blieb ungefähr zehn Sekunden geöffnet, dann löste er sich. Rose kämpfte gegen eine neue Welle von Übelkeit an. Alle Anzeigen leuchteten grün.

Bei dreißig Kilometer öffnete sich der Hauptschirm. Rose konnte fühlen, wie die Sprunghülse am Fallschirm zog, als die Gravitation nach ihr griff. Der Schirm verblieb etwa zwei Minuten an dem Kokon, bevor Rose sich entschied, den Abwurfknopf zu drücken.

Das war der kritische Moment bei einer solchen Landung. Es war natürlich möglich, einen BattleMech von einem Gleiter aus abzuwerfen, indem man nur Kokons und Bremsdüsen benutzte, aber Rose hatte das Gefühl, daß einige seiner Männer noch nicht genügend Erfahrungen mit dieser Methode hatten. Statt des freien Falls in einer Sprunghülse benutzten sie Fallschirme, um die Geschwindigkeit zu verringern.

Wenn ein Mech das Schiff verließ, konnte er unter Umständen ins Taumeln geraten. Der erste Schirm sorgte dafür, daß sich die Flugbahn des Landungskokons stabilisierte. Er bremste den Fall nicht sonderlich. Das war Aufgabe des zweiten Fallschirms. Er diente als reine Sicherheitsmaßnahme, so daß sich der fallende Mech während des ganzen Sprungs zur Erde vorbereiten konnte. Rose hielt seine Hand über dem Abwurfknopf und studierte die Kontrollen ein letztes Mal.

In den meisten Fällen wirft ein MechKrieger den Hauptschirm bei einer bestimmten Höhe ab, die irgendwo zwischen fünf- und zehntausend Metern liegt, was wiederum von der Art des Sprungs und dem jeweiligen Mech abhing. Leichte Mechs, mit mehr Treibstoff für die Bremsraketen, konnten ziemlich tief gehen, damit der Feind nicht die Zeit hatte, sie aus der Luft zu holen. Schwere Mechs brauchten ein größeres Sicherheitspolster. Das war nur einer von vielen Gründen, warum die leichten Mechs immer zuerst absprangen.

Wenn der Pilot zu spät reagierte, nutzte selbst maximale Bremskraft nichts mehr, um den Fall zu stoppen: Mech und Pilot würden in einem riesigen Krater enden. Reagierte man zu früh, würde der Treibstoff der Raketen nicht ausreichen, bevor der Mech auf dem Boden ankam. Das Ergebnis von zu früher und zu später Reaktion war dasselbe. Beide Piloten hatten lediglich unterschiedlich viel Zeit, über ihren Fehler nachzudenken.

Rose' Hand schwebte immer noch über dem Abwurfknopf, während er die Kontrollen zum viertenmal überprüfte. Wenn auch nur eine der Anzeigen auf ein Problem deutete, konnte er immer noch an dem Schirm bis zum Boden gleiten. Die Landung würde den Mech beschädigen, vielleicht sogar zerstören, aber der Pilot hatte eine gute Überlebenschance.

Jeder MechKrieger wußte, daß Landungen unter Kampfbedingungen der schnellste Weg zu einer frühen und immerwährenden Pension waren. Daher konnte Rose niemanden auf diese Mission mitnehmen, der keine Erfahrung mit solchen Absprüngen hatte. Es war egal, wie gefährlich ein Übungsabwurf war. Eine ungeübte Gruppe auf eine Mission mitzunehmen, war schlimmer.

Er war nicht überrascht, als er erfuhr, daß von den dreizehn Mitgliedern der Einheit nur er, Bell, Jamshid und Myoto Sprungveteranen waren. Was ihn erstaunte, war die Tatsache, daß Myoto zu denen gehörte, die sich ihre ›Landungsstiefel‹ bereits verdient hatten. Deshalb hatte er sie auch gebeten, diese spezielle Übung ausfallen zu lassen. Die *Tracy K* konnte nur zwölf Mechs transportieren, und die anderen Mitglieder brauchten das Training. Er hätte auch einen seiner Veteranen fragen können, aber er wollte, daß sie als Einheit zusammenarbeiteten.

Er wußte, daß er mit dieser Entscheidung Myoto verletzt hatte, aber sie behielt ein Pokerface und meldete sich freiwillig zu der Bodentruppe, die das Landungsschiff überwachte. Das war typisch. Jeden Tag stand sie Schulter an Schulter mit den Black Thorns und durchlief dieselben Tests. Obwohl sie damit die hohe Anerkennung der Einheit gewann, fragten sich die Thorns, ob sie nicht vielleicht einfach ein bißchen zu verrückt war, dies alles mitzumachen. Technisch gesehen stand Rose im Rang höher als sie, aber der Status eines Verbindungsoffiziers gab ihr Privilegien, die über denen seines Ranges lagen. Sie hätte es ablehnen können, den Befehlen zu folgen, und Rose hätte dies akzeptieren müssen.

In den letzten acht Wochen des Trainings hatte Myoto bewiesen, daß sie ein exzellenter Mechpilot, aber ein schlechter Scharfschütze war. Sie verfehlte Ziele, die sie mit geschlossenen Augen hätte treffen müssen. Zuerst glaubte Rose, es würde am Zielcomputer liegen, aber Eber und Esmeralda hatten das System dreimal überprüft und keinen Fehler gefunden. Erst als Riannon Hintergrundmaterial über Myoto anforderte, stellte sich heraus, daß sie einfach nur ein schlechter Kanonier war. Bell meldete sich freiwillig, ihr den Umgang mit Handfeuerwaffen beizubringen. Er wollte damit ihre Treffsicherheit verbessern. Ein Angebot, das sie ohne weiteres annahm.

Der Alarm in seinem Neurohelm riß Rose plötzlich wieder in die Realität zurück. Fallschirmabwurf in zehn Sekunden. Er überprüfte die Kontrollen ein letztes Mal. Fünf Sekunden. Noch ein kurzer Blick auf die Anzeigen. Als das grüne Licht am oberen Teil des Pults aufleuchtete, warf Rose den Schirm ab. Sein Mageninhalt wanderte erneut nach oben, doch der Schirm löste sich ohne Probleme. Rose zählte leise die Sekunden. Bei Sechs schlug er erneut auf den Knopf.

Man konnte eine kurze Reihe von Explosionen um seinen Mech herum hören, dann war er frei. Die Schalen der Hülse trieben davon und er konnte den blauen Himmel sowie das Braungrün von Wolcott sehen. Sofort erwachte der Funk mit einem lauten Krachen zum Leben, als eine Vielzahl von Verbindungen hergestellt wurde. Rose überprüfte seine Fluglage und stellte fest, daß er nicht in Gefahr war, sich in den Boden zu rammen, dann betrachtete er den Kurzstreckensensor.

Als letzter Pilot, der das Landungsschiff verlassen hatte, konnte er die ganze Kompanie unter sich verstreut sehen. Er zählte elf weitere Punkte, bevor er den Kommunikationskanal öffnete. Während er seine Aufmerksamkeit dem Höhenmesser und dem Scanner widmete, beobachtete er das Signal des FFI, der Freund/Feind Identifizierung, wie es jeden einzelnen Mech überprüfte. Rufnamen wurden über jedem Punkt sichtbar, und der Computer fügte Zugehörigkeit und weitere Informationen bei.

»Hier spricht Black Thorn Eins. Auszeit, Leute. Wie wir es geplant haben.«

»Scout Vier, grün.« Rose entspannte sich etwas. Kätzchen hatte am wenigsten Erfahrung in der Kompanie. Sie war die Jüngste von allen und daher jedermanns kleine Schwester, auch die von Ria. Obwohl ein Veteran, war ihre Laufbahn nur kurz gewesen und hatte zum großen Teil aus Stabsdienst bestanden. Kätzchen hatte einige Schlachten auf ihrer Dienstjacke verewigt, aber Rose vermutete, daß sie nur die wenigsten Kämpfe wirklich miterlebt hatte. Dieser Sprung machte ihm besonders Sorgen, weil es vieles gab, was falschlaufen konnte. Wenn etwas passierte, konnte Kätzchen sich nur auf sich selbst verlassen. Das war nicht unbedingt schlimm, aber es verunsicherte Rose immer noch. Er war froh, daß sie den Absprung gut überstanden hatte.

»Scout Drei, grün.« Leeza war eine zusätzliche Unbekannte in der Gleichung. Sie schien den Sprung jedoch ebenfalls gut überstanden zu haben.

»Scout Zwei, gelb.« Rose wollte Yuri sofort ein paar Fragen stellen, stoppte jedoch mit seinem Finger über dem Komschalter. Gelb bedeutete, daß es ein Problem gab, aber es bestand keine Lebensgefahr. Vor dem Absprung hatte Rose jedem klar gemacht, daß der Status Rot einen lebensbedrohenden Notfall anzeigte. Nachdem sich alle Mechs aus ihren Kokons befreit hatten, sollte jeder dieser Notfälle sofort gemeldet werden, außer, es gab Probleme mit dem Funk.

Yuri mußte warten, bis sich der Rest der Mitglieder gemeldet hatte.

»Scout Eins, grün.«

»Kampf Vier, grün.«

»Kampf Drei, grün.«

»Kampf Zwei, grün.«

»Kampf Eins, gelb.« Das war Esmeralda. Rose hatte bemerkt, daß ihre Flugbahn sie etwas entfernt von dem Rest der Kompanie landen ließ. Vermutlich hatte sie einen schlechten Absprung aus dem Landungschiff erwischt.

»Befehl Vier, grün.«

Stille. Rose zählte bis Drei, dann schlug er auf den Interkomschalter. »Befehl Drei, was ist Ihr Status?« Rose blickte auf seinen Höhenmesser und fluchte unterdrückt. »Befehl Drei, übergehen.«

»Befehl Zwei, grün.«

Rose las erneut den Höhenunterschied von der Anzeige ab und verlangsamte seinen Fall, während er versuchte, Bell auf dem Scanner zu entdecken. Normalerweise eignete sich ein *Masakari* nicht für den Absprung aus einem Landungsschiff. Dieser war jedoch mit einem speziellen Landungstornister auf dem Rücken und Sprungdüsen an den Beinen ausgerüstet worden. Genau wie alle anderen nichtsprungfähigen Mechs. Die Sprungpakete hatten nur wenig Treibstoff und waren nicht halb so effektiv wie die internen Sprungdüsen eines sprungfähigen Mechs. Die unförmigen Tornister erlaubten den Black Thorns jedoch, all ihre BattleMechs unter Kampfbedingungen abzuwerfen.

»Lanzenkommandeure, gelben Status beseitigen und melden, wenn nötig.« Rose bediente den Sprungtornister mit einer Hand, während die andere über den Scanner strich. Er wußte, daß es gefährlich war, sich auf zwei Dinge gleichzeitig zu konzentrieren. Dennoch war er für jedes Gruppenmitglied verantwortlich, und er wollte – nein, er mußte – wissen, was mit Antioch Bell passiert war. Rose zündete eine Reihe von kleinen Bremsschüben, gefolgt von einer großen Entladung, um die Geschwindigkeit zu verringern. Die Drehung war normal. Endlich konnte Jeremiah Bell auf dem Scanner ausfindig machen.

Als er mit den optischen Kameras Bells *Banshee* in Großaufnahme sah, konnte er sehen, daß die rechte Kopfseite des Mechs geschwärzt war. Trotz des Schadens konnte Rose die Zündungsflamme am unteren Ende des Sprungtornisters sehen, der auf den Rücken des *Banshee* geschnallt war. Anscheinend war Bell in Ordnung und konnte nur nicht kommunizieren. Rose überprüfte seine Höhe und zündete seine Düsen ein weiteres Mal. Sein Treibstoff verringerte sich immer mehr, seine Geschwindigkeit ebenso. Noch einige schnelle Zündungen, und er wäre bereit zum Aufsetzen.

Glücklich darüber, daß Bell nicht in Gefahr war, konzentrierte sich Rose auf den Höhenmesser und bereitete sich auf die letzten Etappen der Landung vor. Mit drei kurzen Schüben korrigierte er seine Geschwindigkeit und die Drehung. Bei einhundert Metern löste er die Düsen aus und hielt den Knopf gedrückt. Er landete in einer Wolke aus Rauch und Staub, während er den Rest seines Treibstoffs verbrauchte, um gegen die Gravitation anzukämpfen. Schnell verlor Rose die Sicht. Seine Augen klebten förmlich auf dem Höhenmesser. Bei zehn Metern schaltete er die Düsen wieder ab. Zu seiner Freude bemerkte er, daß noch etwas Treibstoff übriggeblieben war. Mit einem Nachfedern in den Knien ließ Rose den OmniMech fallen, der durch das kraftvolle Gyroskop und seinen eigenen Sinn für Gleichgewicht, den er durch den Neurohelm übertrug, sanft zum Stehen kam.

Rose fühlte, wie sich die Klauenfüße des *Masakari* in den steinigen Boden gruben und Halt bekamen. Der Mech begann sich nach rechts zu neigen. Ein schneller Schritt in diese Richtung korrigierte dies. Schließlich trat er aus seinem eigenen Qualm, um die anderen Thorns zu begrüßen.

»Statusbericht, Scouts.«

Ajax antwortete ihm umgehend. »Scouts unten und bereit. Keine Beschädigungen während des Transits.«

»Was ist mit Status Gelb?« fragte Rose.

»Keine Beeinträchtigung der Aktivitäten, Sir.« Das waren gute Nachrichten. Bedachte man die Anzahl neuer Rekruten in der Scoutlanze, waren die Ergebnisse hervorragend.

»Kampf?«

»Kampflanze unten und bereit. Geringer Fehler bei Kampf Eins. Keine Beeinträchtigung der Aktivitäten.«

»Befehlslanze?«

»Befehlslanze unten und bereit, Sir.« Riannons Stimme war klar, aber etwas übereilt. Jeremiah nahm an, daß die erste Erfahrung mit einem Absprung alles andere als Routine war. Er mußte sich die Details später holen. »Befehl Drei ist immer noch stumm, aber sein Daumen zeigt nach oben.«

Rose lachte in sich hinein. Obwohl er die Stimme nicht erkennen konnte, mußte es wohl Eber gewesen sein. Er war der einzige, der seine Stimme in jeder Variation verstellen konnte. Er war aber auch der einzige, der einen solchen Kommentar brachte.

»Hört auf mit dem Geplapper, Thorns. Wir sind immer noch weit weg von zu Hause. Scouts, führt uns hier raus, so wie wir es besprochen haben. Riannon, bestätige der Bodengruppe den Absprung und sag ihr, daß wir sie bei der primären Landungszone treffen.

Ihr habt heute gute Arbeit geleistet, Leute«, sagte Rose mit sichtlichem Stolz. »Denkt immer daran: Wenn ihr das nächste Mal die Möglichkeit bekommt, dies zu wiederholen, werden vielleicht Clanner da sein, die auf euch schießen.«

17

Söldnergarnisonsanlage,
Wolcott, Draconis-Kombinat

15. Juli 3057

»Jeremiah, aufstehen.«

Rose drehte sich in seinem Bett um. Er war sofort hellwach, als er die Stimme einer zweiten Person im Raum hörte. Es dauerte eine Sekunde, bis er bemerkte, daß diese Person Riannon war. Jeremiah streckte den Arm aus und schlug auf den Knopf der Nachttischlampe. Das Licht blendete ihn. Mit zusammengekniffenen Augen versuchte er die Zeit von seiner Armbanduhr abzulesen. Vier Uhr zwölf, morgens.

»Probleme, Schwesterlein?« Er schwang die Beine über die Bettkante und strich sich mit den Händen durch das Haar. Rose wußte, daß die Antwort ja lautete.

»Das kam eben über Funk, kodiert«, antwortete sie mit ernster Stimme. Als Rose ihr das Stück Papier aus der Hand nahm, stellte er fest, daß sie nur mit Shorts und T-Shirt bekleidet war. Zuerst glaubte er, es wären ihre Schlafsachen, dann fiel ihm jedoch auf, daß es sich um ihre Kleidung handelte, die sie unter der Kühlweste trug. Seine Schwester war zum Kampf bereit.

Rose nahm die Notiz und laß sie dreimal, bevor er sich seiner Schwester wieder zuwandte. »Weiß sonst noch jemand davon?«

Riannon schüttelte den Kopf. »Die Prioritätssignale meines Terminals sind durch einen Alarm gekoppelt. Esmeralda hat nichts bemerkt, als er losging. Ich habe die Notiz gelesen und den Ausdruck aus der Funkzentrale geholt. Danach habe ich mich entschlossen, dich zu wecken, also kam ich zuerst – oder besser als zweites – hierher.« Sie grinste. »Zuallererst habe ich Kaffee gemacht.«

Rose nickte. »Eine sehr gute Idee.« Sein Blick fiel erneut auf die Uhr, während er mit der Rechten nach dem Funkgerät auf dem Tisch langte. Er aktivierte die öffentlichen Kanäle und führte das Sprechgerät an den Mund.

»Achtung, Black Thorns. Aufgestanden und fröhlich sein. Unser Abflugtermin hat sich gerade nach vorn verlagert. Dies ist keine Übung. Meldet euch um Null-Fünfhundert abmarschbereit bei euren Mechs. Wir verlassen die Anlage um Null-Fünf-Dreißig. Dies ist keine Übung.« Rose ließ das Sprechgerät fallen und drehte sich zu seiner Schwester um. Sie strahlte vor Erwartung. Rose nahm das Sprechgerät ein weiteres Mal zur Hand.

»Kaffee gibt's in der Messe. Lanzenkommandeure zu den Kommandos. Antioch Bell in mein Quartier.« Rose legte das Gerät auf sein Bett und stand auf. Der Alarm hatte seinen Adrenalinspiegel in die Höhe schießen lassen, und er war, trotz der frühen Stunde, geistig voll da.

»Ria, sag bitte Myoto Bescheid, sie möchte zu mir kommen, wenn ich mit Antioch fertig bin. Verlege die Befehlsleitung von der Basis zu den Mechs, und zwar genau um Null-Fünfhundert. Wie schnell kannst du draußen sein?«

»Zehn, vielleicht fünfzehn Minuten.«

»Begib dich so schnell wie möglich zum Warenhaus. Stell eine Verbindung zur *Tracy K* her und überwache den ankommenden Verkehr.«

»Ich werde mich nach der *Bristol* erkundigen«, sagte Riannon, als hätte sie seine Gedanken gelesen.

Rose lächelte seine Schwester an. »Danke, Kleines.« Es klopfte an der Tür, als sie gehen wollte.

»Antioch Bell meldet sich wie befohlen, Sir.« Bell hielt den Daumen hoch, als Riannon sich an ihm vorbei in den Gang quetschte. Rose konnte ihr Gesicht nicht sehen. Er glaubte jedoch zu wissen, daß ihr Ausdruck irgendwo zwischen Vorfreude auf und Angst über die bevorstehende Mission liegen würde. Jeremiah wußte, daß man gegen die Vorfreude nichts machen konnte, besonders nicht in diesem frühen Stadium der Ereignisse. Er wußte auch, daß Ria ein Veteran war, der die Bedrohung dieser Situation einschätzen und ihre Aufregung kontrollieren konnte, ebenso wie die Furcht vor der Gefahr. Angst war eine absolute Notwendigkeit für einen MechKrieger, um lange genug zu überleben.

»Antioch, Ria hat alle Hände voll zu tun, daher brauche ich dich, um einige Dinge für mich zu erledigen.« Bell nickte nur. »Mach dich so schnell wie möglich fertig und verlasse die Anlage. Ich möchte, daß du die Sicherheit der Basis übernimmst. Sobald wir durch das Tor sind, machst du alles scharf, was wir haben. Ich erwarte zwar keinen Ärger, aber da McCloud noch nicht zurück ist, möchte ich die Ausrüstung nicht ungeschützt rumliegen lassen.«

»Einige Dinge muß ich vom Boden aus erledigen.«

Rose nickte. »Verstehe. Deswegen will ich dich auf der anderen Seite des Tors. Du kannst alles von draußen aktivieren. Erinnere Ria daran, daß sie die Deaktivierungskodes dem Verbindungsoffizier mitteilt, falls etwas passieren sollte.« Bell nickte zustimmend. Der Gedanke war nicht sonderlich angenehm, aber man mußte ihn wohl oder übel in Betracht ziehen.

»Sonst noch etwas?« fragte Bell.

»Ja. Eber soll für jeden ein paar Essensrationen zusammenstellen. Wir wissen, daß die *Tracy K* flugbereit ist, aber wir wissen nicht, wie weit sie mit den anderen Dingen sind. Das letzte Mal, als ich an Bord war, standen die meisten der sogenannten Extras nicht zur Verfügung. Bis jetzt habe ich an Essen und Trinken noch nie als ein ›Extra‹ gedacht.« Bell und Rose grinsten.

»Ich nehme an, du bist verweichlicht«, sagte Bell.

»Das muß es wohl sein«, stimmte Rose zu. Bell

drehte sich um und ging. Rose griff nach seiner Flugkombi und zog sie an, während er auf Myoto wartete. Im Gegensatz zu den Black Thorns trug Rose niemals die Standardkleidung eines MechKriegers, wenn er hinter den Kontrollen seines BattleMechs saß. Statt des T-Shirts und der Shorts trug er einen MechKrieger-Kampfanzug aus der Ära des Sternenbundes.

Die Cockpits der Mechs waren von der enormen Hitze abgeschirmt, die die gepanzerten Giganten produzierten. Die Temperaturen waren allerdings immer noch so hoch, daß der Pilot nur durch eine spezielle Kühlausrüstung bei Bewußtsein gehalten werden konnte. Die derzeitige Technik veranlaßte einen MechKrieger dazu, so wenig Kleidung wie nur irgend möglich am Leib zu haben. Außerdem trug er noch eine Kühlweste über dem Oberkörper. Durch die Weste lief ein chemisches Kühlmittel, das die Temperatur senkte. Obwohl das System funktionierte, war es nicht so effektiv wie das des alten Sternenbunds. Als Rose noch Mitglied der ComGuards war, hatte er Zugriff auf diese verbesserte Technologie. Die ComStar-Truppen waren die einzigen in der Inneren Sphäre, die die Technologie aus der Ära des Sternenbunds besaßen. Ausrüstung, die zu diesem Zeitpunkt der Menschheitsgeschichte hergestellt wurde, konnte man heute nicht mehr produzieren. Teile dieser Technik waren andererseits immer noch zu finden, wenn man wußte, wo man suchen sollte. Rose' Kampfanzug war eines dieser Teile.

Auf den ersten Blick sah er nicht ungewöhnlicher aus als ein normaler Coverall, nur eine genauere Betrachtung zeigte, daß die Verarbeitung eine völlig andere war. Eine Synthetik, die den Körper kühl hielt. Schloß man ihn an das Kühlsystem des BattleMechs an, durchlief das Standardkühlmittel den ganzen Anzug und kühlte nicht nur den Oberkörper. Die Kombi war an den Ellbogen und den Knien zusätzlich gepolstert, und die gesamte Oberfläche war mit Kunstfasern überzogen, die das Laserfeuer ableiteten. Dazu kam noch, daß der Anzug durch die kleineren Kühlröhren flexibler und weniger beengend war als die modernen Kühlwesten. Rose wußte, daß er etwas von seiner Gewandtheit opfern mußte, wenn er diesen Anzug trug, aber der zusätzliche Schutz machte das mehr als wett. Als er die Handschuhe anzog, meldete sich Myoto bei ihm.

»*Chu-i*, hat Danes die Umbauten beendet?« fragte Rose.

»*Hai*, Sir. Sie wurden gestern morgen abgeschlossen.«

»Gut«, erwiderte Rose. »Sieht so aus, als ob Sie sich uns trotz alledem mit Ihrem *Großdracon* anschließen werden.« Myoto verbeugte sich. Rose vermutete, sie tat es zum Teil, um ihr Lächeln zu verbergen, das sie sich nicht verkneifen konnte.

Mit ihren zwölf Mechs waren die Black Thorns eine komplette Kompanie. Als solche belegten sie den gesamten Laderaum eines Landungsschiffes der Union-Klasse. Nachdem Rose Myoto erklärt hatte, sie müßte ihren Mech zurücklassen, hatte sie einen Gegenvorschlag gemacht.

Könnten der *Sprinter* von Yuri und Leezas *Merkur* nicht einen gemeinsamen Stellplatz nutzen, da sie doch schmaler sind als normale Mechs? Rose war klar, daß dies theoretisch möglich war, aber praktisch etwas schwierig. Nach mehreren Diskussionen gab er endlich seinen Segen, unter der Voraussetzung, daß Myoto Sinclair Danes die Idee nahebrachte. Am nächsten Tag berichtete sie, Käpten Danes würde die entsprechenden Veränderungen an der *Tracy K* vornehmen. Rose wunderte sich, wie sie es nur geschafft hatte. Genaugenommen interessierte es ihn nicht wirklich. Der zusätzliche BattleMech würde sich bei dem Angriff gut machen, und Rose wußte genau, daß Danes sein Schiff nicht in Gefahr bringen würde, egal, was Myoto ihm versprochen hatte.

»Wissen Sie etwas über den vorgezogenen Starttermin?« fuhr Rose fort. Myoto schüttelte ihren Kopf. »Nein, Sir. Ich habe verschiedene Gespräche mit dem Verbindungshauptquartier geführt, jedoch nichts Neues erfahren. Erst als Sie uns alle geweckt haben.«

Rose überdachte die Antwort. Myoto könnte die Wahrheit sagen. Er konnte jedoch nur schwerlich glauben, daß sie nichts von den Veränderungen wußte. Wenn allerdings doch, wäre sie wahrscheinlich die Überbringerin der Neuigkeit gewesen. Sie hätte bestimmt nicht gewartet, bis jemand die Söldner über Funk informierte.

»Ich habe eine schwierige Frage, die ich Ihnen stellen muß. Und ich kann sie nur direkt und ohne Umschweife stellen. Bevor ich das tue, möchte ich, daß Sie folgendes verstehen. Ich bin lediglich der Meinung, es ist wichtig, die Antwort zu wissen. Ist das klar?« Myoto schwieg und studierte Rose mit fragendem Blick. Rose konnte beinahe sehen, wie sie im Geist die Möglichkeiten durchging, bevor sie nickte. Er seufzte.

»Ich will eigentlich nur wissen, was Sie hier machen. Wie sind Sie an diese Versetzung gekommen, und was machen Sie als Verbindungsoffizier? Sie sind zu jung für eine solche Position, außer Sie haben exzellente Zeugnisse. Aber wenn das der Fall ist, würden Sie doch keinen Dienst in einer heißspornigen Mechlanze tun, oder?«

Myoto antwortete nicht sofort. Rose wartete schweigend. Die Stille verlieh der Frage noch mehr Nachdruck. Nach einer langen Minute begann Myoto zu sprechen. »Sie stellen eine komplizierte Frage, aber ich bin auf sie vorbereitet – unter einer Bedingung.«

»Welcher?« unterbrach Rose.

»Sie werden niemand anderem das sagen, was ich Ihnen jetzt erzähle. Ich glaube, ich kann Ihnen die Wahrheit anvertrauen. Aber es sind keine Informationen, die für die ganze Kompanie bestimmt sind.« Myoto sah zu Boden und blieb still, während Rose die

Bedingung überdachte. Es dauerte nicht lange, bis er sich entschieden hatte.

»In Ordnung«, sagte er einfach. Myoto sah auf und hielt Rose' Blick ruhig, beinahe entschlossen stand.

»Ich bin eine Blutsverwandte von Theodore Kurita.« Es kostete Rose einige Mühe, seinem Gesicht ein ausdrucksloses Aussehen zu verleihen. Obwohl er schockiert war, wußte er, daß jedes äußere Zeichen der Überraschung als eine Art Ungläubigkeit ausgelegt werden konnte und somit einer Beleidigung gleichkam. Sie gab Rose einige Sekunden Zeit, alle Folgen dieser Aussage zu bedenken, bevor sie weitersprach.

»Um Mißverständnissen vorzubeugen, ich bin nur eine entfernte Verwandte, dennoch gehöre ich zur Familie. Daher habe ich, seit meiner Geburt, einen besonderen Platz in der Gesellschaft. Mein Geschlecht und meine Position machten es fast unmöglich, meinen Traum, eine MechKriegerin zu werden, in die Tat umzusetzen. Als Ergebnis dieser Umstände mußte ich eine Vielzahl von Hindernissen überwinden, um überhaupt den Rang eines *Chu-i* zu erlangen. Meine jetzige Position als Verbindungsoffizier war die beste Wahl, die ich aus einer Reihe armseliger Möglichkeiten hatte. Man hatte mir nicht die Gelegenheit gegeben, in einer Einheit an der Frontlinie zu dienen.« Myoto ließ den Kopf hängen.

Jetzt machte die Situation für Rose einen Sinn. Als Mitglied des Herrscherhauses Kurita hatte Myoto eine besondere Verpflichtung gegenüber dem ganzen Kombinat. In den meisten Fällen bedeutete das, sie mußte der Regierung in irgendeiner Weise dienen. Bei königlichen Frauen hieß das, eine kulturelle Position, nicht das Militär. Er konnte sich sehr gut vorstellen, welche Schwierigkeiten sie überwinden mußte, ihren Verwandten eindeutig klarzumachen, was sie unter einer anständigen Karriere für eine Frau verstand. Nicht, daß die ganze Gesellschaft der Kuritas so dachte. Es war akzeptabel, daß eine Frau beim Militär diente – und das taten viele –, aber die Oberschicht der Kuritas war anders, und man erwartete anderes von ihnen.

»Wie sind Sie auf Wolcott gelandet?« fragte er.

»Ich habe mich freiwillig gemeldet, wie jeder andere hier, der länger bleibt. Als man noch mehr Verbindungsoffiziere suchte, war dies ein akzeptabels Angebot.«

»Und der *Großdracon*?«

»Ein Geschenk von einem nicht genannten Wohltäter. Unzweifelhaft einer meiner Verwandten, aber ich weiß nicht, welcher.«

»Sie haben sich den Mech also nicht verdient?«

Myoto betrachtete ihre Füße und schüttelte den Kopf. »Meine Noten waren nicht gut genug, daß ich einen BattleMech verdiente«, erklärte sie dem Fußboden. »Ich war immer irgendwie mittelmäßig in der Schule, außer in Geschichte.«

Rose atmete langsam aus und rieb sich das Kinn. Das erschien alles logisch. Was er bisher von Myoto gesehen hatte, bestätigte ihm, daß sie mehr Angst vor Versagen und Entscheidungen hatte als alles andere. Sie war irgendwie schwerfällig und ein schlechter Schütze, aber Rose mußte einen Weg finden, sie zu einem Teil der Gruppe zu machen.

»Also gut, *Chu-i*, wir werden dieses Gespräch für uns behalten. Danke, daß Sie so ehrlich zu mir waren. Ich respektiere Ihre Privatsphäre, aber es gibt einige Dinge, die ein Kommandant wissen muß. Ich hoffe, Sie verstehen das.«

Myoto sah endlich wieder auf. Ihr Blick blieb auf Rose haften. »Ich verstehe, Kapitän Rose. Ich werde mir große Mühe geben, das Beste aus dieser Abkommandierung zu machen.«

»Das ist dann alles. Oh, nebenbei gesagt«, fügte er noch hinzu, »da Sie nun mit uns kommen, habe ich Sie der Kampflanze zugeteilt. Gibt es da Probleme?«

Myoto hatte keine Eile mit der Antwort. »Kapitän Rose, obwohl Sie immer Ihre Zweifel in bezug auf mich hatten, haben Sie mich mit Respekt behandelt. Die anderen Mitglieder Ihrer Einheit haben dasselbe getan. Wäre es eine andere Situation, würde ich einige von ihnen meine Freunde nennen. Ich wünschte, meine anderen Kommandeure würden ebensoviel über meine Position und meine Fähigkeiten nachdenken.«

»Sie berichten Zimmer, stimmt's?«

»Ja, Sir.«

Rose kratzte sich die Bartstoppeln am Kinn und dachte über die freizügige Antwort nach. »Tja, *Chu-i*, ich hatte noch nicht die Zeit, alle Daten und Fakten zu sichten, aber es sieht so aus, als stünden Sie zwischen der alten Garde und uns Söldnern. Ich glaube, die mögen uns nicht besonders, und das beruht auf Gegenseitigkeit. Ist man mit seinem sozialen Status nicht zufrieden, gibt es immer ein paar Hohlköpfe, die sich freuen, endlich einen Grund zu haben, über dich herzuziehen.« Myoto nickte. Offensichtlich hatte Rose ihr nichts erzählt, auf das sie nicht schon selbst gekommen war.

»Wo führt uns das also hin, *Chu-i*?« fragte er und griff nach seinem Waffengürtel.

»Ich werde meine Aufgaben gemäß meinen Fähigkeiten erfüllen. Ich verstehe und akzeptiere die einfache Tatsache, daß es mir an taktischer Erfahrung mangelt, um Ihnen am Boden eine Hilfe zu sein oder Sie zu korrigieren. Nachdem ich die letzten Wochen mit Ihnen zusammengearbeitet habe, bin ich davon überzeugt, daß Sie den Vertrag nach Ihren besten Kräften erfüllen werden. Sie brauchen mich nicht, um die Interessen des Drachen zu vertreten.«

»Sie scheinen eine ziemlich genaue Vorstellung zu haben, um was es hier eigentlich geht, *Chu-i*«, sagte Rose. »Wie kommt es, daß Sie das nicht schon früher gesagt haben?«

»Es gab keinen Grund. Ich habe meine Aufgabe erfüllt, so wie Sie und der Rest der Black Thorns. Das war nur Übung, wie auch immer. Wir sind in die nächste Phase Ihres Vertrages mit dem Drachen eingetreten, und zusätzliche Informationen werden angefordert, wenn Sie erfolgreich sind. Ich habe die Informationen nur besorgt.

Ich habe schon immer meine Arbeit vor meine persönlichen Motivationen gestellt, aber ich habe auch meine Gründe, mich so zu verhalten.«

»Versuchen Sie etwas zu beweisen, *Chu-i*?« Rose hoffte, die Antwort würde nein lauten. Krieger, die dem Ruf des Ruhms folgten oder etwas beweisen wollten, kamen meistens in den ersten Minuten der Schlacht ums Leben. Die Verschwendung des Kriegers und des BattleMechs waren schon schlimm genug, aber ein solcher Verlust bedeutete normalerweise immer, daß andere Krieger den Preis für die Dummheit eines Einzelnen zu zahlen hatten.

»Ja«, antwortete Myoto, »aber nur für mich selbst.« Das war nicht die Antwort, die Rose erwartet hatte, aber es schien eine gute zu sein. Vermutlich war das wohl der häufigste Grund, warum Krieger in die Schlacht gingen.

»Also gut. Sehen Sie zu, was Sie beim Verbindungsbüro herausbekommen. Ich werde Esmeralda wissen lassen, daß Sie in ihrer Lanze sind.« Myoto verbeugte sich und salutierte. Erst als Rose ebenfalls salutierte, ließ sie den Arm sinken. Dann ging sie.

Rose nahm den Kleidersack vom Schrank und warf seine wenigen Besitztümer hinein. Er sicherte den tragbaren Computer mit den Daten der Kompanie und packte ihn zuoberst. An einigen Punkten der Mission würden die Informationen in das Computersystem seines Mechs geladen, aber bis dahin mußte er mit dem Notebook arbeiten – wenn es nötig war.

Rose warf sich den Sack über die Schulter und begab

sich zum Messeraum zu einer Tasse Kaffee. Er stand immer noch unter Adrenalin, trotzdem hielt er es für eine gute Idee, etwas zu trinken. Mit einer Tasse in der Hand inspizierte er die Baracke.

Er war nicht überrascht zu sehen, wie Ajax und der Rest der Scoutlanze sich bereits auf den Weg zum Warenhaus machten. Der kleinwüchsige Lanzenkommandeur hatte es geschafft, seinen Rekruten das Grundprinzip der Aufklärung einzutrichtern: immer in Bewegung bleiben. Auf dem Schlachtfeld konnte Rose darauf zählen, daß die Scoutlanze ihn schnell und akkurat über den Feind informieren würde. Ajax war der Meinung, der beste Weg, dies sicherzustellen, war ständiges Training. Er war hart zu den Mitgliedern seiner Lanze, aber sie schienen sehr stolz auf ihre einmaligen Positionen in der Einheit zu sein. Rose hatte sich entschlossen, Ajax nicht dreinzureden, besonders, wenn die anderen Mitglieder der Lanze das nicht wünschten.

Antioch und Riannon waren bereits gegangen. Jamshid schloß als letzter die Sektion der Befehlslanze in der Basis ab. Esmeralda und O'Shea arbeiteten am Aufmarschplatz der Kampflanze, beide mit einer lockeren Zuversicht. Sie hatten dies schon unzählige Male gemacht und wußten, wieviel Zeit sie benötigten, um ihre Arbeit zu erledigen.

Rose fand Greta und Eber in der Messe. Gemeinsam füllten sie Feldsäcke mit Freßpaketen. Eber grinste beim Arbeiten. Seine Bewegungen waren leicht und sicher. Greta schaffte es, mit dem großen Mann Schritt zu halten, wenn auch nur schwerlich. Eber salutierte, als Rose den Raum betrat und sich Kaffee einschenkte. Während Rose auf Esmeralda und O'Shea wartete, leerte er die Tasse. Eber griff sich drei der Säcke und warf sie über die Schulter. Mit einer Hand hielt er das Bündel fest, während die andere nach seinem eigenen Verpflegungssack griff. Dann stand er auf. Rose würde nie auf die Idee kommen, dies nachzumachen. Greta nahm die verbleibenden Säcke, dann hastete sie hinter Eber durch die Tür. Das ganze Gewicht bis in das Cockpit des Mechs zu bekommen, würde noch ein Problem bedeuten. Aber Rose war sich sicher, daß Eber etwas einfiel.

Er blickte auf die Uhr, als Esmeralda und Badicus eintraten. Sie hatten immer noch etwas Zeit. Rose hielt den beiden die Kaffeekanne hin, und sie sahen schweigend zu, wie Jeremiah zwei Tassen füllte. Dann stellte er die Kanne zurück und schaltete die Maschine aus.

»Und wieder springen wir in die Bresche«, sagte Badicus. Rose schüttelte sich vor Lachen. Esmeralda nickte nur und trank.

»Ich vermute, du hast recht«, meinte sie.

»Das kann ein hundsgemeiner Kampf werden«, spottete Badicus und begab sich zur Tür. Rose folgte ihnen nach draußen und schloß die Tür hinter sich ab. Die Lichter des Warenhauses zeigten an, daß die Black Thorns in voller Aktion waren. Als sie ankamen, machte Bells *Banshee* einen Schritt vorwärts, dann drehte er sich in Richtung des Tores. Die Mission hatte offiziell begonnen.

18

Landungsschiff *Tracy K*, Piratenpunkt 5N/Lu13Zulu Wolcott-System, Draconis-Kombinat

25. Juli 3057

Rose starrte auf die Kommunikationseinheit in seinem Quartier an Bord des Landungsschiffes. Er wußte, daß sich das Gerät nicht durch seine Gedanken aktivieren lassen würde, aber er hoffte inständig, daß sich McCloud meldete, bevor sie Wolcott verließen. Sein Blick wanderte zu dem Stapel mit Ausdrucken, die auf dem Bett lagen. Die Black Thorns mußten noch mit den letzten Neuigkeiten versorgt werden, doch Rose entschloß sich zum siebtenmal in dieser Stunde, dies noch ein wenig hinauszuzögern.

Jeremiah und der Rest der Kompanie waren seit drei Tagen in der *Tracy K* gefangen – anders konnte man diesen Zustand nicht nennen. Die Reise war gnadenlos langweilig, und die fehlenden Informationen über McCloud und die *Bristol* zerrten stark an seinen Nerven.

Der Start der *Tracy K* verlief nicht nur wegen der beschädigten Extremitäten problematisch. Unter starkem Geleitschutz durch Raumjäger hatte das Schiff die Blockade der Clans erfolgreich durchbrochen. Jetzt bereiteten sie sich auf den letzten Anflug in Richtung des Sprungschiffes vor. Danes mußte darauf vertrauen, daß es am vereinbarten Treffpunkt war, wenn die *Tracy K* dort eintraf.

Die Mission erforderte einen präzisen Zeitplan für beide Schiffe. Obwohl kein Clanner der *Tracy K* gefolgt war – jedenfalls hatte die Besatzung nichts dergleichen bemerkt –, würde das Sprungschiff sich nicht lange im System aufhalten. Nachdem die ankommenden Landungsschiffe ausgedockt hatten, würde das Raumschiff die *Tracy K* aufnehmen und sofort zum Zielpunkt der Black Thorns springen. Aufgrund des Raum-Zeit-Gefüges zwischen dem Piratenpunkt im Wolcott-System und dem Piratenpunkt ihres Zielsystems konnte der kleinste Fehler die Mission zum Scheitern verdammen. Das setzte natürlich voraus, daß die Schiffe ihre Mission überhaupt bis zu diesem Zeitpunkt überlebt hatten.

Rose blickte wieder auf die Berichte. Plötzlich sprang er auf, schnappte sich die Papiere und begab sich zur Messe. Wie üblich hatten die Black Thorns den größten Messeraum des Schiffs zu ihrem Hauptquartier ernannt. Als er ihn erreichte, war er überraschenderweise leer. Ein Ruf über das Interkomsystem änderte dies schnell. Während er die Thorns erwartete, überdachte er die Einsatzberichte. Rose war sich immer noch nicht sicher, wo er anfangen sollte. Das änderte sich auch nicht, als alle anwesend waren und ihm erwartungsvoll entgegensahen.

»Also, meine Damen und Herren. Wir erreichen den Sprungpunkt im Wolcott-System. Ich weiß nicht genau, wo er liegt, aber Käpten Danes hat mir versichert, daß wir auf dem Weg und im Zeitplan sind. Wenn alles gutgeht, wird das Sprungschiff in den nächsten Minuten erscheinen. Das bedeutet, daß wir innerhalb der nächsten Stunde den Sprung in unser Zielsystem machen werden.« Rose legte eine Pause ein, um einen Schluck von dem frischen Kaffee zu nehmen. Er bemerkte, daß die Thorns ungewöhnlich still waren, als würden sie Nachrichten von überwältigender Bedeutung erwarten. Sah man einmal von der grundsätzlichen Wichtigkeit der Einsatzbesprechung, würde er sie wohl enttäuschen.

Gefangen in seinen eigenen Gefühlen gegenüber McCloud, fragte er sich immer wieder, wieviel die *Bristol* dem Rest der Black Thorns bedeutete. Für sie war das Schiff ein Teil der Einheit. Sie machten sich über

McCloud ebenso viele Sorgen, wie sie es bezüglich jedes anderen aus der Gruppe auch taten. Rachels Abflug lag schon über einen Monat zurück, und es gab immer noch keine Meldung über das Schiff, trotz der wiederholten Versuche, dem Verbindungsbüro Informationen zu entlocken. Selbst nichtoffizielle Kanäle hatten keinen Erfolg gebracht. Rose wollte ihnen liebend gern die Information geben, auf die alle warteten, aber er hatte sie schlicht und ergreifend nicht. Statt dessen fuhr er mit der Einsatzbesprechung fort.

»Sobald wir das Courcheval-System erreicht haben, wird sich die *Tracy K* lösen und auf den Planeten zustürzen. Wir werden die Welt durch ein Asteroidenfeld erreichen. Das bedeutet zwei Dinge. Erstens, der Kurs wird irgendwie kreisförmig sein, um die dichtesten Gebiete des Felds zu meiden. Das hat keine weiteren Auswirkungen auf uns. Wir hätten einen solchen Kurs so oder so eingeschlagen, selbst wenn der Weg frei gewesen wäre. Die Flugbahn wird die Clans davon abhalten, die Strecke des Landungsschiffes zum Sprungschiff zurückzuverfolgen.

Das Asteroidenfeld wird uns auch Deckung bei unserem Anflug geben.« Rose rieb sich den Kopf und lachte kurz. »Wer hätte schon gedacht, daß es im Weltraum Deckung gibt. Eine Art widersprüchlicher Logik. Wie auch immer, der letzte Geheimdienstbericht sagt aus, daß das Asteroidenfeld die Hintertür des Planeten ist. Die Clans patrouillieren nicht an dieser Stelle, weil sie glauben, ein Anflug aus dieser Gegend wäre zu gefährlich, selbst von einem Piratenpunkt aus. Wir zählen auf diese Tatsache und versuchen, die Oberfläche ohne Schwierigkeiten zu erreichen.«

»Das sieht mir nach einem ziemlich großen Loch in der Verteidigung der Clans aus«, sagte Esmeralda. »Sollen wir ihnen wirklich glauben, daß sie uns eine solche Chance lassen?«

»Nein, wir sind uns sicher, daß sie eine Verteidigung

haben, aber sie ist hauptsächlich passiver Natur. Ferngesteuerte Sensoren, Horchposten und ähnliches. Es ist davon auszugehen, daß sie durch diese Geräte von unserer Ankunft erfahren, aber sie müssen erst eine Schwadron Raumjäger auf Abfangkurs schicken.

Denkt dran, die Clans verstehen unter einem Vorteil im Weltraum etwas anderes als wir. Sie verhandeln, bevor sie kämpfen. Fliegerisches Können ist wahrscheinlich das einzige, worin die Innere Sphäre unübertroffen ist. Ich will nicht behaupten, daß sie uns kampflos landen lassen, aber die Clans sind nicht so erfolgreich wie wir, was das Abfangen von Feinden im Weltraum betrifft.«

»Wird das Sprungschiff nicht verwundbar sein?« wollte Riannon wissen.

Rose seufzte und nickte. »Es wird das verwundbarste Objekt in diesem System sein. Wenn wir in der Nähe eines Horchpostens auftauchen oder einer Aufklärungspatrouille begegnen, sind die Chancen auf Erfolg der Mission gleich Null. Die Wahrscheinlichkeit, daß so etwas passiert, sind sehr gering, daher mache ich mir keine Sorgen. Wenn die *Tracy K* sich vom Sprungschiff gelöst hat, fährt dieses alle unwichtigen Systeme runter und entfaltet das Sonnensegel. So aufgetakelt, lautlos im Weltall treibend, wird das Schiff nur schwer zu orten sein. Abgesehen davon haben die Clans nicht die Kapazitäten, ein Sprungschiff innerhalb einer Million Quadratkilometer ausfindig zu machen.

Während wir die Mission durchführen, wird das Sprungschiff seine Lithiumbatterien für zwei weitere Sprünge aufladen. Wenn wir zurückkommen, springen wir sofort wieder ins Wolcott-System. Das Sprungschiff wird unverzüglich einen zweiten Sprung machen und die Fracht aus Wolcott rausbringen, die dort bereitsteht.«

»Wer steuert das Sprungschiff?« fragte Esmeralda.

»Das Schiff gehört dem Kombinat«, gab Rose zur Antwort.

»Sie werden nicht ohne uns zurückkehren, oder?«

Rose schüttelte den Kopf. Er wollte nicht, daß sich die Kompanie Sorgen um die Heimreise machte. Ihm war klar, daß sie ihre gesamten geistigen Kräfte brauchten, damit sie die Mission überstanden. »Auf gar keinen Fall«, sagte er entschieden. »Aus zwei Gründen. Erstens, es sind Kuritas. Man kann auf sie zählen. Sie erfüllen ihre Aufgaben selbst dann, wenn sie dabei getötet werden sollten.«

Rose blickte sich kritisch im Raum um. »Habe ich recht, *Chu-i*?« Alle Köpfe drehten sich zu Myoto um, die weiter hinten saß. Sie nickte schweigend.

»Zweitens, die Rückreise wird mindestens so schwierig, wie die Hinreise. Das Sprungschiff hat nur sehr wenige Möglichkeiten, zu dem Piratenpunkt im Wolcott-System zurückzuspringen. Das Schiff kann nicht eher abfliegen, bis seine Batterien aufgeladen sind und sich das Fenster geöffnet hat.« Rose beobachtete seine Männer, wie sie nacheinander verständnisvoll nickten. Obwohl ihnen die strenge Dienstauffassung der Kuritas bekannt war, vertrauten sie doch eher den physikalischen Gesetzmäßigkeiten der Operation.

»Denkt dran, Thorns«, fuhr Rose fort, »so wie ihr auf das Sprungschiff zählen könnt, das auf den richtigen Zeitpunkt wartet, so könnt ihr auch darauf zählen, daß es uns zurückläßt, wenn wir zu spät dran sind. Wir müssen schnell rein, den Clans einen harten Schlag versetzen und dann schnell wieder verschwinden. Es sei denn, ihr wollt zu Fuß nach Wolcott zurück.«

Rose legte eine Pause ein, während er erneut einen Schluck Kaffee trank, und ließ die Warnung in die Köpfe eines jeden eindringen. Er wollte die Thorns nicht erschrecken. Sie mußten nur verstehen, wie wichtig die Einhaltung des Zeitplans bei dieser Mission war. Der Fehler eines einzigen MechKriegers konnte eine ganze Lanze oder die komplette Kompanie in Gefahr bringen. Rose betete darum, daß er niemals einen Black Thorn zurücklassen mußte.

»Wie auch immer«, sagte er weiter. »Wir erreichen Courcheval und verteilen uns, indem wir einen Absprung unter Kampfbedingungen durchführen. Die Absprunghöhe wird der bei unseren Übungen auf Wolcott entsprechen. Also sollte es nicht weiter schwierig sein, in Ordnung?« Einige Thorns grummelten zustimmend.

»Antioch, hast du herausgefunden, was mit deinem Mech beim letzten Mal los war?«

Bell nickte mit dem Kopf. »Fehlerhafter Kokon. Als sich die Hülsen absprengten, wurde in der Nähe des Kopfs eine zweite Explosion ausgelöst. Die Detonation hat die Seite meines Mechs mit Metallsplittern des Kokons gespickt und einige Kommunikationsgeräte beschädigt.«

»Laßt euch das allen eine Warnung sein«, mahnte Rose. »Überprüft die Kokons dreifach. Zwischenfälle wie dieser geben euch keine Chance mehr, in den Kampf einzugreifen. Und sie erschweren dadurch die Arbeit der anderen Thorns.

Zurück zum Thema. Die *Tracy K* fliegt eine Gegend des Planeten an, den man Friedhof nennt. Es ist eine trockene Ebene mit natürlichen Felsformationen, die wie Grabsteine aussehen. Treffender Name, eh?« Rose griff nach seiner leeren Tasse und füllte Kaffee nach. Eber gab die Kanne weiter, während Rose fortfuhr. »Die Felsformationen sollten dem Landungsschiff Deckung geben. Da der Friedhof einige tausend Klicks von der nächsten größeren menschlichen Siedlung entfernt ist, handelt es sich um einen ziemlich sicheren Ort zur Wiederaufnahme.

Nach dem Absprung sammeln wir uns und bewegen uns in Richtung Primärziel. Dort angekommen, sondieren wir das Gelände. Wenn das Ziel nur leicht bewacht oder gar zugänglich ist, greifen wir an. Es wird ein einfacher Sturmangriff, also interessiert es uns nicht, was wir treffen. Richtet soviel Schaden wie nur möglich innerhalb kürzester Zeit an, dann verschwinden wir wieder.

Ist alles gutgegangen, wenden wir uns dem zweiten Objekt zu und verfahren nach derselben Weise. Danach machen wir uns in Richtung Friedhof auf den Weg zurück zur *Tracy K.*

Irgendwelche Fragen bis hierher?« Rose sah sich um.

»Was greifen wir an?« wollte Eber wissen.

»Beide Ziele sind Fabriken, die im Augenblick nicht funktionsfähig sind. Aber die Novakatzen wollen sie bis zum Ende des Jahres reaktivieren. Der eigentliche Besitzer war L'Outre Manufacturing. Jetzt, wo die Novakatzen die Kontrolle übernommen haben, sollen dort militärische Subsysteme hergestellt werden.

Die primäre Anlage produziert Helmanzeige-Einheiten für gepanzerte Kampfanzüge. Die sekundäre Anlage stellt Kommunikationssysteme her. Die Informationen darüber besagen, daß die Systeme hauptsächlich für die Elementarpanzerungen und Kom-Ausrüstungen der Infanterie gebaut werden. Wie ich schon sagte, ist keine der beiden Anlagen funktionstüchtig. Ich kann mir daher keine ausgebaute Verteidigung vorstellen. Ich brauche euch nicht zu sagen, wie wichtig diese Komponenten für die Invasion der Novakatzen sind. Dies ist eine großartige Möglichkeit, ihren Hoffnungen, den Krieg in der Inneren Sphäre zu ihren Gunsten zu entscheiden, einen Dämpfer zu verpassen. Die Katzen haben viel Zeit und Mühe in diese Projekte gesteckt. Zeigen wir ihnen, daß alles umsonst war.

Ich weiß, daß ihr erfahren wollt, was wir eigentlich vorhaben. Die Verteidigung besteht aus zwei Einheiten. Die erste ist der Vierzehnte Garnisonssternhaufen von Galaxis Omega. Obwohl wir ihren Namen kennen, wissen wir nur, daß es sich um eine nichtstandardmäßige

Organisation handelt. Wie den meisten von euch bekannt ist, besteht ein Clanstern aus fünf Mechs. Aber die Einheiten, die wir auf Courcheval antreffen werden, sind durch Elementare verstärkt.

Wir wissen außerdem, daß Garnisonssternhaufen normalerweise aus neu zusammengebauten Konstruktionen der Inneren Sphäre und zweitklassigen Clan-Mechs bestehen. Vergeßt aber nicht, daß sie Unterstützung durch Elementare haben. Macht euch auf geflickte *Kriegshämmer, Kampftitane* und *Dunkelfalken* gefaßt. Die Taktik, einen solchen Mech zu bekämpfen, ist die gleiche wie bei ihren Gegenstücken der Inneren Sphäre. Seid aber vorsichtig. Diese Mechs weisen alle Clantechnologie auf. Das heißt, die Reichweite und die Wärmeabgabe ist unterschiedlich. Behandelt sie wie nahe Verwandte der BattleMechs, die ihr kennt und liebt.

Jetzt noch etwas für die wirklich schweren Jungs.«

»Bitte, Kommandant? Ich dachte, das wären die harten Brocken«, scherzte Eber.

Rose grinste, schüttelte jedoch den Kopf. »Weit gefehlt. Die richtige Gefahr auf dem Planeten kommt von der Sechundvierzigsten Kavallerie der Novakatzen. Wir klopfen bei ihnen direkt an die Haustür.« Rose erwartete vereinzeltes Stöhnen und bekam es auch zu hören. »Die Sechundvierzigste ist eine Frontlinieneinheit, bestehend aus mehreren BattleMechs. Das bedeutet, wir können uns auf sechzig OmniMechs mit voller Kampfbestückung freuen.

Es ist unwahrscheinlich, daß die Sechundvierzigste zum Garnisonsdienst abgestellt wurde, aber ihr könnt euren letzten Gehaltsscheck darauf verwetten, daß man sie in den Kampf wirft, sobald man uns erblickt hat. Wenn die uns erwischen ...« Rose machte eine kurze Pause. »Also am besten lassen wir uns gar nicht erst mit ihnen ein, in Ordnung?« Er schwieg erneut. Die Kavallerie war eine Spezialeinheit mit der fünffachen Feuerkraft der Black Thorns. Er machte sich keine Illusionen über die Chancen seiner Truppe, wenn sie auf einen solchen Gegner trafen.

»Fragen?« Die Stimmung im Raum war gedrückt, und niemand wollte sprechen. Rose wußte, daß die Fragen später kommen würden. Jetzt verarbeitete jeder Krieger die neuen Informationen und bekämpfte seine Angst. Rose schielte auf die Uhr. Wenn sie noch immer im Zeitplan lagen, mußte das Sprungschiff vor wenigen Minuten angekommen sein.

»Also gut. Macht euch für den Sprung bereit. Sobald wir auf der anderen Seite sind, möchte ich alle Krieger in den Frachträumen zur Kontrolle der Sprunghülsen haben. Meldet alle Probleme an euren Kommandanten.« Noch während Rose redete, schlüpfte ein Mitglied der Schiffsbesatzung in den Raum. Da er jedoch schwieg, fuhr Rose fort.

»Ihr habt nicht viel Zeit zum Schlafen oder Essen. Legt euch daher einen Vorrat an.« Jeremiah überblickte den Raum und versuchte die Gedanken von jedem Black Thorn zu lesen. Wenn ihre Gesichter ihre Gefühle widerspiegelten, waren es die gleichen Gefühle, die Rose hatte. Entspannung gemischt mit Erwartung und Angst. Er war sich bewußt, daß sie vor dem Absprung nicht viel Zeit hatten, sich Sorgen zu machen. »Packen wir es an.« Er griff nach seiner Tasse Kaffee und beobachtete das Mitglied der Besatzung, wie es sich einen Weg durch die Söldner bahnte. Endlich stand er vor Rose und überreichte ihm ein einzelnes Blatt Papier. Jeremiah warf einen Blick auf den oberen Rand der Seite, dann griff er nach der Schulter des Mannes, der sich bereits wieder zum Gehen gewandt hatte. Der feste Griff ließ ihn auf der Stelle erstarren.

»Wann ist das reingekommen?« fragte Rose mit übertriebener Betonung. Die noch verbliebenen Thorns hielten in ihren Bewegungen inne und sahen ihren Kommandanten an. Die Augen des Besatzungsmitgliedes weiteten sich in Furcht.

»Ich weiß nicht, Sir. Vor einigen Minuten, denke ich«, stammelte der Mann.

»Warum hat man mir nichts davon gesagt?« Er las die Notiz ein zweites Mal. Die Augen des Mannes waren immer noch vor Angst geweitet. Seine Schulter schmerzte durch den festen Griff, mit dem ihn Jeremiah am Platz hielt.

»Ich weiß es nicht, Sir. Die Nachricht war nicht autorisiert. Käpten McCloud hätte die Meldung nicht absetzen dürfen. Es war sehr gefährlich.«

»Eine Nachricht von McCloud?« fragte Ria. Sie ging zu ihrem Bruder und legte ihm eine Hand auf die Schulter, während sie das Besatzungsmitglied aus Rose' Griff zu befreien versuchte. Er hatte den Mann anscheinend vergessen, als er erneut las.

»Käpten Danes würde Ihnen nie gestatten zu antworten, Sir. Es wäre zu gefährlich.« Rose blickte nicht einmal von dem Stück Papier auf, aber Ria wies mit dem Kopf zur Tür. Der Mann verstand das Zeichen. Mit unglaublicher Geschwindigkeit bahnte er sich einen Weg durch die Söldner und verließ den Raum.

»Was ist passiert, Jeremiah?« Rose fiel auf einen Stuhl und reichte seiner Schwester die Nachricht. Er saß wie gelähmt da, während sie den Text las. Erst für sich, dann laut.

»An Kapitän Rose von Käpten McCloud. Alles in Ordnung. Die *Bristol* und ihre Besatzung sind gesund und munter auf der Basis gelandet. Wir werden dort sein, wenn du zurückkommst. Möge Gott dir Flügel verleihen. Unterschrift, Rachel McCloud. P.S. Du wirst Vater.«

19

Landungsschiff Tracy K,
Piratenpunkt 43P/Wo1632Zulu
Courcheval-System, Novakatzen-Besatzungszone

27. Juli 3057

Die *Tracy K* glitt nur wenige Sekunden nach dem Austritt aus dem Hyperraum vom Sprungschiff weg. Das Landungsschiff hatte ohne Probleme abgekoppelt und trieb nun langsam durch das Asteroidenfeld auf den Planeten zu.

»Willkommen im Courcheval-System«, kündigte Danes über das interne Kommunikationssystem an. »Wir erreichen den Planeten in siebenundvierzig Stunden, fünfzehn Minuten. Bis dahin können Sie gern das Schiff besichtigen.«

Rose lauschte den kleinen Scherzen der anderen Black Thorns. Sogar Danes' Versuch einer humoristischen Einlage hinterließ keinen Eindruck bei ihm. Er konnte nur an die Nachricht von Rachel denken. Er war glücklich darüber, daß es ihr gutging. Auf der anderen Seite war er verärgert über die Tatsache, daß er vor dem Abflug nicht mehr mit ihr sprechen konnte. Obwohl die *Bristol* bereits weit außerhalb Kommunikationsreichweite war, hatte Rose versucht, ihr eine Nachricht zukommen zu lassen. Aber der Versuch war kläglich fehlgeschlagen.

Wie der Mann aus der Besatzung bereits gesagt hatte, verweigerte ihm Sinclair Danes den Zutritt zur Funkzentrale. Rose hatte alles versucht, um doch noch hineinzugelangen. Schließlich mußte er sich geschlagen geben. Harte Worte waren gefallen, aber der Käpten des Landungsschiff hatte Rose' Ausbrüche mit viel Geduld aufgenommen.

Rose erlaubte sich, ein paar Stunden lang schlechte

Laune zu verbreiten. Danach versuchte er die Situation, so gut es ging, aus dem Kopf zu verbannen. Er hatte noch nie darüber nachgedacht, wie es wäre, Vater zu sein. Er war ein Krieger, ein Kämpfer. Er verstand nichts von Erziehung. Im Augenblick war es wohl das beste, sich auf die bevorstehende Aufgabe zu konzentrieren. Es gab genügend Kleinigkeiten, die noch erledigt werden mußten, ohne daß man neue Gefühle die Oberhand gewinnen ließ.

Rose arbeitete fast rund um die Uhr. Er überwachte alle Aufgaben, die notwendig waren, die Black Thorns auf den Absprung vorzubereiten. Seine größte Sorge waren die Sprunghülsen. Er hatte angeordnet, daß sie dreifach überprüft werden sollten. Nachdem er endlich zufrieden feststellen konnte, daß es nichts mehr zu tun gab, ging er in seine Kabine und studierte einige Stunden lang die Karten und Berichte über das Einsatzgebiet, bis er müde war. Rose kletterte in seine Koje. Vier Stunden später hatte er ausgeschlafen.

Er ging von Kabine zu Kabine und sprach mit den Söldnern über verschiedene unbedeutende Dinge der kommenden Mission. Alles stand in Bereitschaft, aber er wußte, was es den Mitgliedern der Einheit bedeutete, wenn er für sie da war. Selbst wenn es nichts zu bereden gab. Die Lanzenkommandeure lieferten hervorragende Arbeit, doch jeder Pilot wollte auch vom Führer der Einheit bemerkt und gewürdigt werden. Rose' Besuche halfen, diese Bande zu stärken.

Sechs Stunden vor der endgültigen Landung auf dem Planeten, versammelte Rose alle Black Thorns in der Messe und ging ein letztes Mal die Daten mit ihnen durch. Die Scoutlanze sollte als erste abspringen, dann die Befehlslanze. Zum Schluß die Kampflanze. Wenn sie auf Widerstand stießen, sollte die Scoutlanze die Feinde identifizieren und den schwereren Mechs der Befehlslanze die Arbeit überlassen. Das oberste Gebot war, unbeschadet auf der Oberfläche anzukommen und dann die Kompanie zu sammeln. Die Mechs sollten in einem Abstand von einem Kilometer zueinander landen. Jeder Veteran wußte jedoch, die Chancen einer so präzisen Landung waren sehr gering. Nehmt das Schlimmste an und hofft das Beste.

Nach dem Treffen begaben sich die Söldner in die Frachträume und bereiteten alles für den Sprung vor. Systeme, die bereits sechsmal überprüft wurden, erhielten einen weiteren Sicherheitscheck. Die Lanzenkommandeure gingen alle Mechs unter ihrem Kommando durch. Schließlich kletterte Rose in seinen *Masakari* und gab Danes' Frachtleiter zu verstehen, er solle die Sprunghülse verschließen. Nachdem er den OmniMech zum Leben erweckt hatte, testete Jeremiah alle Systeme doppelt und dreifach, bevor er die Funkverbindung herstellte.

»Black Thorn Eins, Funkprobe.«

»Wir hören Sie, Black Thorn Eins«, antwortete eine leidenschaftslose Stimme, die Rose nicht erkannte.

»Statusbericht, Sprungkommando und ETA für Planet.«

»Black Thorn Eins, wir sind grün und bereit, bei klarem Himmel in die Atmosphäre einzudringen. Voraussichtliche Ankunftszeit in der oberen Atmosphäre in dreiundneunzig Minuten. Beginnen letzten Sprungcheck und berichten, wenn abgeschlossen.«

Rose nickte vor sich hin und schaltete auf den Kanal der Kompanie um. Wie nicht anders zu erwarten, war die Frequenz durch das Schnattern aller Piloten erfüllt, die mit ihrem Lanzenkommandeur die letzten Daten durchgingen. Rose hörte einige Minuten zu, verloren in den Erinnerungen vergangener Schlachten. Der Kampf auf der Oberfläche erschien ihm wie jeder andere, an dem er beteiligt war. Trotzdem hatte er das Gefühl, es stecke mehr dahinter. Rose wußte, daß die Black Thorns nicht die erste Söldnereinheit der Inneren Sphäre war, die gegen die Clans kämpfte. Das schien aber auch keine Rolle zu spielen. Während er seiner Kompanie zuhörte, überkam ihn ein unglaublicher Stolz auf diese Einheit und ihren Einsatz. Diese Männer und Frauen folgten ihm nicht einfach auf eine Mission, die er ausgesucht hatte, weil sie an dem Profit interessiert waren. Sie sahen eine Möglichkeit, ihre Heimat zu verteidigen. Die meisten regulären Armeen betrachteten die Söldner immer noch als käufliche Glücksritter. In Wirklichkeit unterschieden sie sich nicht von den Einheiten der Häuser. Vielleicht waren sie etwas wilder, aber sie kämpften für dieselbe Sache: ein besseres Leben in der Zukunft. Nicht nur für sich selbst, auch für ihre Familien und Kinder.

Rose bekämpfte die Gedanken an sein ungeborenes Kind. Es gab so viele Fragen, und er wußte nicht, wie er die Antworten bekommen sollte. Rose haßte die Clans für das, was sie ihm auf Tukayyid angetan hatten, und die Wut schwoll in Momenten wie diesem an. Sie würden für den Schaden und die Leben, die sie genommen hatten, bezahlen.

Rose sprach nur selten über seine Gefühle bezüglich der Clans, aber sie waren der hauptsächliche Grund für seinen Einsatz in den vergangenen Jahren. Er hatte die Black Thorns in erster Linie gegründet, um die Clans zurückzuschlagen. Das war auch der Grund, warum er in diesem Augenblick, versiegelt in einem erbeuteten OmniMech, über einer von den Clans eingenommenen Welt schwebte. Er wollte, daß sie ebenso bezahlten, wie er bezahlt hatte.

Das rote Licht des Kommunikationspults ging aus, und Rose schaltete um auf den Kanal des Sprungkommandos.

»Black Thorn Eins, hier Sprungkommando.« Obwohl Danes sich nicht identifiziert hatte, erkannte Jeremiah seine Stimme. »Kein Grund zur Panik, aber uns kommt eine Schwadron Raumjäger entgegen. Nichts, was wir nicht erwartet hätten. Es scheint nur, daß sie uns erreichen werden, bevor wir in der Absprungszone ankommen.«

»Verstanden.« Die BattleMechs waren während des Absprungs eine leichte Beute für die Raumjäger. Eingeschlossen in ihren Kokons, hatten die Piloten noch nicht einmal die Möglichkeit auszusteigen. Rose verdaute diese Information. Schließlich rief er den Rest der Einheit.

»Hier spricht Black Thorn Eins. Lanzenkommandeure auf den Kommandokanal.« Rose gab den angesprochenen Leuten die Zeit, auf die alternative Frequenz zu wechseln. Dieser Kanal wurde nur zur Übertragung besonderer Befehle und Konferenzen mit der Führung der Söldnereinheit benutzt. Außer ihm waren noch Esmeralda, Ajax, Antioch Bell und Riannon berechtigt, an einer solchen Konferenz teilzunehmen.

»Wir haben vielleicht ein paar Probleme, also hört gut zu. Eine Schwadron Jäger ist auf dem Weg, uns abzufangen. Das macht den Absprung zu einer heiklen Sache. Wir bleiben bei dem bisherigen Sprungschema, aber ich werde mit Danes eine geringere Absprunghöhe ausmachen. Es wird also gefährlicher. Dafür sind wir nicht so lange in der Luft und auch keine langzeitigen Ziele. Fragen?« Rose wartete, doch die Verbindung blieb still.

»Sehr gut. Denkt dran, ihr seid in erster Linie eurer Lanze gegenüber verpflichtet. Wenn ihr den Boden erreicht, versammelt ihr sie schnellstens und begebt euch erst dann zum Rest der Einheit. Viel Glück. Ich sehe euch am Boden.«

Rose schaltete wieder auf die Frequenz des Sprungkommandos und bat um die Verringerung der Absprunghöhe. Danes war erst dagegen, gab dann aber doch nach. Es war nicht sonderlich gefährlich für sein Schiff, dafür lieferte es den Black Thorns ein zusätzliches Maß an Sicherheit. Als er das Gespräch beendet hatte, lehnte sich Rose in seinem Sitz zurück und wartete.

Er versuchte seinen Kopf frei zu bekommen, aber die Meditationstechniken, die er auf Luthien während seiner Dienstzeit bei ComStar gelernt hatte, versagten zum erstenmal. Gerade, als er einen kleinen Erfolg verspürte, wurde die *Tracy K* durchgeschüttelt. Die plötzliche Bewegung des Schiffes überraschte ihn. Da jedoch keine Explosion folgte, nahm er an, daß es sich um Turbulenzen in der oberen Atmosphäre handelte.

Dann wurde der Flug holpriger. Rose beendete seine Meditation. Das Landungsschiff sprang hin und her, während es in das Gravitationsfeld des Planeten eintauchte. Rose straffte die Sicherheitsgurte seines Kommandostuhls und warf einen Blick auf die Uhr in seinem Neurohelm. Überrascht stellte er fest, daß sie bereits vor siebzehn Minuten in die Atmosphäre eingetreten waren. Es waren nur noch zehn Minuten bis zur Absprungzone. Das Schütteln konnte von den Turbulenzen herrühren, aber Rose vermutete, daß sie in die Reichweite der Raumjäger gekommen waren. Das Licht der Sprungfrequenz schaltete auf Grün. Rose legte den Schalter um.

»Hier spricht Black Thorn Eins.« Der Lautsprecher neben seinem rechten Ohr war erfüllt von statischen Störungen, und Rose zuckte unwillkürlich zurück. Er konnte eine Stimme auf der anderen Seite der Verbindung hören, aber trotz mehrfacher Versuche, den Kanal klar reinzubekommen, verstand er sie nicht. Das Landungsschiff schüttelte sich gewaltig. Mit einem letzten Krachen wurde die Verbindung klar.

»... Probleme.«

»Wiederholen Sie, Sprungkommando. Ich kann Sie nicht verstehen.«

»Wir haben hier ein paar Probleme, Black Thorn Eins. Die Jäger hängen an uns wie eine Wolke Schmeißfliegen.« Rose erkannte die eben noch gelangweilte Stimme des Sprungkontrolleurs wieder. Jetzt war jedoch jede Langeweile verschwunden. Der Mann war weit davon entfernt, hysterisch zu werden, aber seine Stimme überschlug sich.

»Beruhigen Sie sich, Sprungkommando. Ich verstehe. Werden wir die Abwurfzone erreichen?« Rose legte ein paar Schalter auf seinem Pult um, damit Rias BattleMech die Nachricht mithören konnte.

»Im Augenblick können wir das nicht sagen. Wir sind im Anflug, aber wir haben immer noch fünf dieser Bastarde um uns herum.« Langsam gewann der Mann seine Beherrschung wieder zurück. Seine Professionalität und die Übung übernahmen die Oberhand. »Sagen wir, vier dieser Mistkäfer«, fuhr er fort. Das Schiff schüttelte sich heftig, blieb jedoch auf Kurs.

»Irgendwelche Schäden auf unserer Seite?« wollte Rose wissen. Er war nicht wirklich an der Information interessiert. Der Mann sollte lediglich weitersprechen. Es würde ihn beruhigen.

»Ja, wir haben ein paar Treffer abbekommen.« Rose war nicht begeistert. Schwerwiegende Schäden in der Struktur des Schiffes konnten den Absprung insgesamt vereiteln oder doch zumindestens einige Mechs davon abhalten, planmäßig das Landungsschiff zu verlassen. »Die meisten Schäden sind im Maschinenraum, aber wir haben auch einige Treffer in der Nähe der Brücke hinnehmen müssen.«

»Ist Danes in der Nähe?«

»Ja, er ist schwer beschäftigt.« Eine Explosion, der sofort eine zweite folgte, ließ das Schiff erzittern. Rose wußte, daß die Maschinen beschädigt waren, da die letzte Detonation aus den Tiefen des Schiffes kam. Das Landungsschiff vibrierte leicht, als sie den Kurs fortsetzten. Die Funkverbindung wurde schwächer, dann war sie wieder klar.

»Rose, hier spricht Käpten Danes. Tut mir leid, Ihnen sagen zu müssen, daß Ihre Zeit abgelaufen ist. Ich muß Sie jetzt rausschmeißen.« Rose warf einen Blick auf die

Uhr. Sie waren noch einige Minuten von der Abwurfzone und mehrere Kilometer von ihrem Ziel entfernt.

»Ich verstehe.« Rose versuchte zu schlucken und stellte erstaunt fest, daß sein Mund trocken war. »Wir können immer noch laufen.«

»Sehr gut, alter Junge«, erwiderte Danes. »Ich werde so lange wie möglich aushalten. Seien Sie jedoch bereit für das Öffnen der Luken. Ich befürchte, es könnte etwas unangenehm für Sie und die Jungs werden.«

»Wir kriegen das schon in den Griff.« Innerlich betete Rose darum, daß die weniger erfahrenen Mitglieder der Black Thorns die zusätzlichen Faktoren des Absprungs meistern konnten. »Es sind immer noch drei der Schädlinge übrig, ah, nur noch zwei. Das bedeutet, ihr werdet auf dem Weg nach unten Gesellschaft haben. Ich wünschte, ich könnte mehr für Sie tun.« Das Schiff schüttelte sich immer stärker. Jeremiah vermutete, daß die Konstruktion irreparabel beschädigt war. Er versuchte optimistisch zu klingen.

»Wir werden es von hier aus angehen, Käpten. Viel Glück. Wir treffen Sie auf dem Friedhof. Rose, Ende.«

Er schaltete auf die Frequenz der Kompanie um. »Alle Black Thorns bereiten sich auf einen Notaustieg vor. Ich wiederhole. Bereitet euch auf einen Notaustieg vor.

Wir bleiben bei unserem Plan. Vereint euch mit eurem Lanzenkommandeur, wenn ihr am Boden angekommen seid. Sobald die Lanzen sich formiert haben, begebt ihr euch zur Befehlslanze. Keine Ausnahme, verstanden? Wir müssen weit entfernt von der eigentlichen Landezone abspringen und wissen nicht, was uns am Boden erwartet. Lanzenkommandeure, ihr ...«

Rose bekam niemals die Gelegenheit, den Satz zu vollenden. Ohne Vorwarnung öffnete sich der Boden unter den Füßen seines Mechs, und er fiel aus dem Landungsschiff. Im selben Augenblick verlor er den Kontakt zu den anderen Thorns. Er mußte warten, bis sich der Kokon löste, bevor der normale Funk des Mechs seinen Betrieb wieder aufnahm.

Rose betrachtete den Höhenmesser der Sprunghülse, wie er sich auf die vorprogrammierten Daten einstellte. Das Gerät zeigte 44.350 Meter über dem Boden an. Das überraschte ihn. Es war hoch genug, um auf die veränderte Situation zu reagieren, und niedrig genug, um nicht als Tontaube zu dienen. Danes hatte anscheinend die *Tracy K* in die Atmosphäre gesteuert, damit die Black Thorns die bestmöglichen Chancen hatten. Rose fühlte, wie sich der erste Fallschirm öffnete, dann der zweite. Er glitt einige Minuten an dem großen Schirm in die Tiefe, während er auf eine Explosion wartete, die ihn als Ziel eines vorbeifliegenden Jägers kennzeichnete. Die Zeit verging. Seine Hand schwebte über dem Abwurfknopf des Fallschirms. Qualvolle Sekunden später leuchtete das Licht grün auf. Rose schlug zu.

Die Sprunghülse löste sich ohne Probleme, und er begann den Himmel zu scannen. Jeremiah war erstaunt über die Dunkelheit. Am Himmel und auf dem Scanner zeigten sich jedoch keine Feinde. Er überprüfte den Monitor mehrfach und stellte fest, daß weit und breit kein zweiter Mech auf dem Schirm zu sehen war. In einem Anfall plötzlicher Panik, vergrößerte er das Suchgebiet, bis der Computer Riannon, Bell, Jamshid und Eber identifizierte. Es beobachtete den Höhenmesser und bereitete sich auf die Verringerung seiner Geschwindigkeit vor. Der Rest der Kampflanze verteilte sich wahrscheinlich auf seiner rechten Seite

»Hier spricht Befehl Eins. Bericht, Befehlslanze.«

»Befehl Vier, grün.«

»Befehl Drei, grün.«

»Befehl Zwei, grün.« Die Befehlslanze war in Ordnung. Rose spürte die Erleichterung.

»Ich habe Kampf Drei auf meinem Schirm. Sieht jemand noch weitere Black Thorns?«

»Ich habe die gesamte Kampflanze, Befehl Eins«,

sagte Jamshid. »Sie müßten sechzig bis achtzig Klicks östlich runterkommen.« Rose war froh zu wissen, daß die komplette Lanze sicher aus dem Landungsschiff gekommen war, auch wenn sie hoffnungslos verstreut war. Das Schiff selbst war schon lange außer Reichweite, und er hoffte, daß es überlebt hatte.

»Ich habe die Scoutlanze, Befehl Eins. Alle anwesend und bereit«, gab Ria über Funk durch. »Sie landen etwa einhundertundfünfzig Klicks nordwestlich von uns.«

Rose zündete die Bremsraketen. Im Geist sortierte er die neuen Informationen. Die gesamte Kompanie hatte das Schiff verlassen, das war gut. Aber sie waren weit verteilt, wenn sie den Boden erreichten. Erneut zündeten die Raketen. Die Analyse des Landegebiets sah nicht besonders erfreulich aus. Statt auf dem ausgesuchten Grasland, würde die Befehlslanze in einem kleinen Wäldchen landen, wo die Möglichkeit, von einem Baum aufgespießt zu werden, sehr hoch lag. Rose justierte die Reichweite um mehr Details über das Gebiet zu erhalten. Er mußte so oder so landen. Dazu brauchte er einen sicheren Platz. Während er noch den Schirm und den Höhenmesser studierte, tauchte unerwartet ein rotes Dreieck auf, dann ein zweites und noch eines ... Als schließlich keine weiteren mehr erschienen, wußte Rose, daß sie am Boden von fünf feindlichen BattleMechs erwartet wurden. Direkt unter ihnen.

20

Courcheval
Novakatzen-Besatzungszone

28. Juli 3057

Rose verringerte Höhe und Geschwindigkeit. Schließlich zeigte ihm ein Zischen an, daß der Treibstoff am Ende war. Der Mech fiel die letzten fünfzehn Meter zu Boden. Die Beine des *Masakari* absorbierten den Aufprall. Trotzdem landete Rose viel härter als erwartet. Sein BattleMech drohte nach vorn zu fallen. Mit einem schnellen Schritt hielt Jeremiah jedoch das Gleichgewicht.

Nachdem Rose den Sprungtornister abgeworfen hatte, fühlte er sich leichter. Zwei weitere Explosionen, und die Bremsraketen an den Beinen fielen auf den Waldboden. Rose schlug auf den Scannerknopf und erhöhte die Reichweite. Aus purem Zufall war der Rest der Befehlslanze westlich gelandet. Als östlichster Mech war Rose den ankommenden Clans am nächsten. Ihm war bewußt, daß die übrige Einheit keine Rolle in dem bevorstehenden Kampf spielte. Er schaltete den Funk auf die Lanzenfrequenz.

»Befehlslanze, auf den Bergrücken und aufschließen.« Er drehte den *Masakari* in Richtung des nahegelegenen Berggrats und öffnete das Drosselventil. Die Füße seines Mechs rissen große Stücke Erde aus dem weichen Boden, als er auf den Hügel zustürmte. Ununterbrochen beobachtete Rose seinen Scanner auf der Suche nach weiteren Feinden. Er konnte die Geschwindigkeit den ganzen Weg bis zur Hügelspitze aufrechterhalten.

Die andere Seite des Abhangs war weniger bewaldet, und Rose erkannte die Konturen einiger Mechs zwischen den Bäumen. Er löste die Sicherungen seiner

Waffensysteme und zielte auf den vordersten. Es waren Teile des Feindes zu sehen. Trotzdem war es ihm wegen des dichten Blätterwerks nicht möglich, die Waffen auf das Ziel zu richten. Seine Nerven waren angespannt. Er wartete geduldig auf die Lanze, die zu seiner Unterstützung eilte.

Endlich wurde er belohnt, als er einen leichten, grauen Mech zwischen den Bäumen auf den Bergrücken treten sah. Rose identifizierte ihn sofort als einen feindlichen *Greif* – oder genauer gesagt, einen *Greif IIC*, eine tödlichere Version.

Obwohl die Maschine der aus der Inneren Sphäre ähnelte, waren es doch zwei völlig unterschiedliche Modelle. Das Clanmodell war am Boden und in der Luft schneller. Seine Waffen hatten eine größere Reichweite, und es war stärker gepanzert. Man verglich es mit einem zwanzig Tonnen schweren Mech der Inneren Sphäre. Rose visierte den ClanMech eiskalt an. Der Feuerleitcomputer des *Masakari* führte das Fadenkreuz auf die Brust des *Greif*. Mit einem verbissenen Grinsen löste Rose die primären Treffer-Initialisierungs-Konfiguration aus. Er fühlte den plötzlichen Hitzeanstieg.

Die Treffer-Initialisierung-Konfiguration, kurz TIK, war ein Abzug, der es einem MechKrieger erlaubte, eine vorher festgelegte Kombination von Waffen mit einer einzigen Bewegung des Fingers abzufeuern. Der *Masakari* besaß drei dieser Konfigurationen, die einfach durch das Drücken einer der Knöpfe am Abzug des Waffenkontrollknüppels aktiviert wurden. Rose konnte auch jede Waffe einzeln auslösen, indem er auf dem Kontrollpult zur Linken die entsprechenden Kontakte betätigte. Der primäre TIK feuerte alle vier Extremreichweiten-Partikelprojektorkanonen ab. Aus einer gefestigten Position und geleitet durch den Feuerleitcomputer, gab es kaum eine Chance, daß Rose vorbeischießen würde. Die vier blauen Strahlen vereinigten sich auf der Brust des *Greif*. Die kombinierte Energie durchstieß die Torsopanzerung des mittelschweren Mechs und brannte sich durch die Reaktorabschirmung. Der Fusionsreaktor stellte seine Arbeit umgehend ein. Die blauen Strahlen führten ihren Weg fort, durch den Gyro und die großen Laser des *Greif*. Mit unaufhaltsamer Gewalt drangen zwei der Strahlen durch den Mech und sprengten seine Rückenpanzerung. Die tödliche Explosion kam so schnell, daß der Pilot nicht einmal die Zeit hatte, den Schaden zu registrieren. Die Beine des *Greif* hörten einfach auf, sich zu bewegen. Während die Arme des Mechs sich wie Dreschflegel bewegten, versuchte sein Pilot die Maschine vor dem Umstürzen zu bewahren – mit wenig Erfolg. Der *Greif* kam am Fuß des Bergrückens unter massiven internen Fehlfunktionen zum Stillstand.

Rose ging rückwärts ein paar Schritte den Hügel hinunter, um dadurch die Beine seines *Masakari* zu schützen. Die übrigen Mechs des ClanSterns suchten zwischen den Bäumen des Berggrats Schutz und warteten, bis sie sich wieder neu formiert hatten.

Rose zweifelte nicht daran, daß es sich bei den Mechs um jene aus dem Vierzehnten Garnisonssternhaufen handelte. Auch wenn der *Greif IIC* ein hervorragender Mech der Inneren Sphäre war, blieb er doch zweitklassig im Vergleich zu einem OmniMech. Die Piloten des Sternhaufens waren auch nur Krieger zweiter Wahl, die es nicht geschafft hatten, einen Platz in den Einheiten der Frontlinie zu ergattern. Rose grinste wild. Wären es Piloten der Frontlinie gewesen, hätten sie besser auf den Berg geachtet. Selbst diese kurze Pause gab den Black Thorns einen Vorteil, und der hochgelegene Standpunkt unterstützte diesen noch zusätzlich.

Rose suchte die Umgebung ab, dann bewegte er sich nach rechts. Der Rest der Befehlslanze folgte ihm den Weg zum Bergrücken hinauf. Er bezweifelte nicht, daß die Novakatzen von den anderen Thorns wußten. Das spielte jedoch keine Rolle.

»Befehl Vier, nach links ausbrechen und im weiten Bogen ausholen. Drei bleibt in der Mitte. Ich gehe nach rechts.« Ohne auf die Bestätigungen zu warten, begab sich Rose auf seine Position. Die ClanMechs rührten sich auch wieder, aber keiner von ihnen wollte es mit dem OmniMech aufnehmen. Er hatte die anderen Mechs des Stern noch nicht identifiziert. Jeremiah glaubte, daß es sich um mittelschwere, bestenfalls schwere handelte.

Rose hielt sein Fadenkreuz auf den Feind gerichtet. Einer der ClanMechs verlagerte seinen Standort. Er verließ jedoch nie die Deckung der Bäume. Rose bemerkte, wie die Hitze im Cockpit sank, als die Wärmetauscher des *Masakari* ihre Arbeit aufnahmen und den BattleMech abkühlten. Die ER-PPKs hatten sich schon längst neu aufgeladen und waren schußbereit. Sein Blick streifte den Scanner. Bell und Riannon befanden sich kurz unter dem Bergrücken. Jamshid war ihm gegenüber auf der anderen Seite der Hügelkette.

»Macht euch bereit zum Angriff«, sagte Rose, während er sich langsam vorwärts bewegte. Die ClanMechs kamen auf ihn zu. Erst zögernd, dann entschlossen. Obwohl die Bäume noch immer die Sicht versperrten, wußte er, daß sie hinter ihm her waren und nicht hinter den bislang unidentifizierten Mechs der Lanze. Vielleicht wollten sie sich für die Vernichtung ihres Kameraden rächen.

Sein Außenmikrofon nahm das Splittern eines Baumes auf, und Rose wußte, daß sein nächster Gegner weitaus größer sein würde als der *Greif*. Er stoppte seine seitliche Bewegung und zielte auf den angezeigten Pfad des feindlichen Mechs, der ihm am nächsten war. Rose hielt das Fadenkreuz ruhig und trat über den Kamm, dann ging er den Abhang hinunter. Während er sich bewegte, kam der zweite ClanMech in Sicht.

Im ersten Moment glaubte er es mit einem *Kampfschützen* zu tun zu haben. Ein Blick auf den Scanner belehrte ihn eines Besseren. Der Mech vor ihm wurde mit fünfundsiebzig Tonnen angezeigt. Das waren fünf Tonnen mehr als erwartet. Sein Äußeres wies eine gewisse Verwandtschaft zum *Kampfschützen* auf, aber statt der bekannten Zwillingsgeschütze an jedem Arm besaß diese Maschine ein einziges, verstärktes Rohr. Sie kam auf Rose zu wie einst Frankensteins Monster, die Arme weit nach vorn gestreckt, einen Baum nach dem anderen fällend.

Der Mech entdeckte Jeremiah. Er stolperte ein wenig, als beide Arme auf den *Masakari* deuteten. Rose justierte seine Zieleinrichtung. Es blieb ihm jedoch nicht die Zeit, einen weiteren Schuß vorzubereiten, wie er ihn bei dem *Greif* hatte durchführen können. Er zielte einfach auf die Mitte des Mechs und zog den Abzug des primären TIK durch. Hitze wallte durch das Cockpit, als die vier ER-PPKs auf den Gegner feuerten. Einer der Strahlen verfehlte sein Ziel und schoß zwischen dem ausgestreckten linken Arm und dem Torso hindurch. Die anderen drei trafen.

Der erste hinterließ eine schwarze Spur an der Innenseite des linken Arms. Die klaffende Wunde war tief, aber Rose war nicht überrascht zu sehen, daß der Schuß die dicke Panzerung des schweren Mechs nicht weiter beeinträchtigt hatte. Die anderen zwei Treffer beschädigten den linken Torso und brannten sich ihren Weg in das Innere. Als die blauen Strahlen erstarben, wartete Rose auf eine Explosion, die ihm einen kritischen Treffer des getroffenen Areals andeuten würde. Aber es gab keine.

Er knirschte mit den Zähnen, als der feindliche Mech das Feuer mit seinem Gaussgeschütz erwiderte. Aus beiden Armen quollen Rauchschwaden. Der Schaden, den Rose seinem Gegner zugefügt hatte, beeinträchtigte sein Zielen. Die Reichweite lag unter hundert Meter, aber nur eines der Geschosse traf den *Masakari*. Mit einem dumpfen Dröhnen, das Jeremiah bis hinauf in sein Cockpit fühlen konnte, prallte das Projektil von der flachen Hüftpanzerung ab. Er mußte den Schaden nicht einmal kompensieren. Der *Masakari* stand wie ein Felsen.

Die Kanonen hatten wieder volle Ladung, als Rose die Senke zwischen den Hügeln erreichte. Mit zwei kurzen Bewegungen schaltete er die Raketenwerfer ab und bereitete die zwei anderen TIKs vor. Auf den einen legte Jeremiah das Feuer der PPKs im rechten Arm des *Masakari*. Die zwei anderen, im linken Arm, konfigurierte er auf den dritten TIK. Der ClanMech schritt den Hügel hinunter, und Rose konnte kurz dessen rechtes Bein sehen. Ohne zu überlegen, feuerte er die Waffen des rechten Arms auf den Feind ab und wurde mit einem Treffer belohnt, bevor dieser wieder hinter den Bäumen verschwinden konnte.

Er betrachtete den Scanner. Bell und Riannon erreichten den Kamm des Bergrückens. Wenn Rose seine Position halten konnte, würden sie den Clans von oben in den Rücken fallen. Jamshid näherte sich von der linken Seite. Doch er war noch zu weit entfernt, um einen Schuß abgeben zu können. Rose begann sich langsam zurückzuziehen, damit seine Lanze mehr Zeit hatte, ihn zu erreichen. Die Clans durchschauten seine Manöver und beschleunigten ihren Angriff.

Rechts hörte er das Geräusch von Sprungdüsen. Einer der Mechs machte sich zum Abflug bereit. Sollte er hinter ihm landen, war Rose in echten Schwierigkeiten. Jeremiah versuchte auf den schwebenden Mech zu schießen, aber das Blätterwerk über ihm versperrte die Sicht. Mit erhobenem rechten Arm drehte er sich nach rechts weg. Einer der Feinde schluckte den Köder.

Ein Mech, den Rose vorher nicht gesehen hatte, brach mit Todessehnsucht durch das Gehölz. Seine Umrisse waren humanoid, mit schweren Schulterstücken und dicken Unterschenkelns, seine zwei Hände durchschnitten die Luft, während er lief. Die Konstruktionslinie mit den vielen Biegungen pro Metallplatte war anmutig. Das gesamte Aussehen des Mechs vermittelte den kurvenreichen Eindruck eines Menschen, wie Rose es bei einem Kampfgiganten dieser Art noch nie gesehen hatte. Nur eine einzelne Waffenbucht war in der Mitte des Torsos zu entdecken.

Der linke Arm des *Masakari* bewegte sich kaum, als Rose die beiden PPKs abfeuerte. Er hatte diesen Trick schon früher benutzt und würde ihn auch wieder anwenden. Die meisten Piloten vermuteten in ihren Gegnern Rechtshänder. Als der ClanKrieger sah, daß Roses rechter Arm weit neben das Ziel zeigte, wurde er mutig. Dann wurde er vernichtet. Als natürlicher Linkshänder durchbohrte Rose den herankommenden Mech mit beiden Salven. Die geladenen Partikel stoppten den Gegner im vollen Lauf. Er stolperte und fiel, aber Rose hatte sich schon abgewendet.

Der vermeintliche *Kampfschütze* hatte sich aus der Deckung der Bäume begeben und feuerte nun auf Rose. Eines der Gaussprojektile prallte von seinem rechten Torso ab und hinterließ eine Furche, die jedoch die Panzerung nicht weiter beschädigte. Der zweite Schuß verfehlte den Kopf seines Mechs nur um einen Meter.

Rose ließ den rechten Arm fallen und zielte auf den Feind. Er hielt die Luft an, während er das Fadenkreuz bedächtig auf die beschädigte linke Torsoseite des ClanMechs einrichtete. Endlich entließ er die Luft aus seiner Lunge und feuerte die zwei PPKs ab. Die Zwillingsstrahlen brannten sich ihren Weg durch die Öffnung der zerstörten linken Seite zu den Innereien durch. Der Treffer vernichtete die noch verbliebene innere Struktur und löste eine Serie kleinerer Brände aus. Mit einem knackenden Geräusch, das man noch zweihundert Meter weit hören konnte, fiel der linke Arm des Mechs ab.

Durch den Verlust des Arms aus dem Gleichgewicht geraten, begann der Gigant zu stolpern und krachte in eine kleine Ansammlung Bäume. Bei dem Versuch, wieder aufzustehen, zerkleinerte er das Gehölz. Doch er schaffte es nicht. Der verbliebene Arm war nichts weiter als ein Geschütz, das auf die Schulter montiert war. Ohne Ellbogen oder Hände hatte der Mech keine Chance, auf dem weichen Waldboden die Balance wiederzugewinnen. Als Rose ihn erreichte, hörte der Pilot mit dem Zappeln auf und versuchte seine Waffe in Anschlag zu bringen. Jeremiah machte einen großen Bogen und war schnell außer Reichweite.

Er warf einen Blick auf den Scanner und stellte fest, daß die beiden restlichen Feindmaschinen auf der Flucht waren. Sein rechter Arm zeigte auf das Cockpit des am Boden liegenden ClanMech, der seine Bewegungen sofort einstellte. Rose stand bewegungslos, bis der Rest der Befehlslanze sich um ihn versammelt hatte.

»Bericht«, ordnete er kühler an, als er eigentlich wollte.

»Befehl Vier. Ich hatte mit irgendwas einen Schußwechsel. Keine Ahnung, was es war. Wegen der Bäume hat keiner einen Treffer erzielt. Es ist gestartet und auf dem entfernten Bergkamm gelandet.« Das war wohl der zweite fliehende BattleMech, dachte Rose. Er muß sich in dem Moment entschieden haben, das Schlachtfeld zu verlassen, als die anderen beiden zusammengeschossen wurden.

»Befehl Drei, keinen Kontakt.«

»Befehl Zwei. Ich habe auf etwas geschossen, aber ich kann nicht sagen, ob ich getroffen habe. Der Mech landete in den Bäumen und bewegte sich dann weg.« Das war also der erste Mech, sagte Rose zu sich selbst. Furcht ist wahrscheinlich immer noch der bessere Teil der Tapferkeit. Der Pilot hatte anscheinend den Entschluß gefaßt, sich abzusetzen, statt mir von hinten Schaden zuzufügen.

»Ich kenne keine der beiden Konstruktionen«, sagte

Rose. Dabei deutete er auf die zwei Mechs zu seinen Füßen. »Habt ihr Aufnahmen von den Modellen, die ihr gesehen habt?« Von allen Seiten kamen Bestätigungen, und Rose war erleichtert. Sich mit unbekannten, neuen BattleMechs herumzuschlagen, war sehr gefährlich. Je mehr Informationen ein Krieger über seinen Gegner hatte, desto leichter war es, die ersten paar Begegnungen zu überleben. Er hatte auch Aufnahmen von seinem Kampf mit dem kampfschützenähnlichen Mech gemacht.

»Also gut, Leute. Laßt uns hier verschwinden.« Rose erhöhte die Reichweite auf seinem Scanner und überprüfte die Position der anderen Lanzen. »Irgendwelche Kontakte mit Kampf oder Scout?« fragte er.

»Nichts seit der Landung«, gab Riannon zurück. »Beide sollten eine ungefähre Vorstellung haben, wo wir sind. Es wird nicht lange dauern, bis wir uns mit ihnen vereinigen werden.«

Rose nickte, war jedoch nicht überzeugt. Sie waren ein ganz schönes Stück entfernt von der eigentlichen Landungszone und durch starke Bewaldung voneinander getrennt. Wenn eine der beiden anderen Lanzen ebenfalls in einer heißen Zone gelandet war… Rose wollte gar nicht daran denken.

»Riannon, gib uns einen Überblick über die letzte bekannte Position der Kampflanze. Befehl Vier führt uns an. Wir vereinen uns als erstes mit ihr, dann versuchen wir die Scouts zu finden.«

»Wir könnten hier warten«, sagte Riannon. »Laß sie zu uns kommen, statt blind durch die Gegend zu laufen.«

»Auf gar keinen Fall, Befehl Zwei. Dieser erste Mech war vielleicht schon auf dem Weg zur Basis, bevor ich die anderen zwei erledigt hatte. Wenn das der Fall ist, kannst du sicher sein, daß bereits eine Kompanie auf dem Weg hierher ist. Wenn wir hier bleiben, sind wir innerhalb kürzester Zeit umzingelt.«

»Was ist mit dem Typen da?« fragte Bell und meinte damit den gefallenen, aber nicht zerstörten BattleMech vor Roses Füßen. Er überdachte die verschiedenen Möglichkeiten, dann schaltete er das öffentliche Kommunkationssystem ein.

»Zehn, neun, acht, sieben«, begann er. Er bewegte den *Masakari* an den gefallenen BattleMech heran und richtete den rechten Arm auf das Cockpit.

»Sechs, fünf, vier, drei«, fuhr er fort. Plötzlich öffnete sich eine Luke am gegnerischen Kopf, und der Pilot sprang heraus. Mit einem Sprung in den Dreck rollte er sich von dem Mech weg, als Rose gerade die Null erreichte. Rose zog den Abzug der PPKs durch. Das Cockpit war zerstört. Ohne einen weiteren Gedanken an den Clanpiloten zu verschwenden, drehte er sich um und folgte Jamshid durch den Wald.

21

Courcheval
Novakatzen-Besatzungszone

28. Juli 3057

Sterncolonel Denard Deveraux saß bewegungslos hinter seinem Schreibtisch und starrte die Wand an. Zwei Piloten des vierzehnten Garnisonssternhaufens standen vor ihm. Sie hatten sich seit siebenunddreißig Minuten nicht bewegt. Im Gegensatz zu ihrem Kommandanten standen sie stramm.

Der eine Pilot war männlich mit dichtem Kraushaar, das trotz seiner Jugend an einigen Stellen bereits licht wurde. Obwohl die anderen Mitglieder des Sterns ihn tolerierten, nannte ihn niemand seinen Freund. Nach Clanmaßstäben war er ein fähiger Kanonier und überdurchschnittlicher Pilot. Das war aber auch schon alles. Er hatte nicht den genügenden Schwung und die Fähigkeiten, seinen richtigen Platz in der Gesellschaft der Clans zu finden. Und diese Verfehlungen hatten ihn gebrandmarkt. Er war ein MechKrieger, aber er würde ein zweitklassiger Pilot bleiben, ein fragwürdiger Verbündeter.

Der zweite Pilot war eine Frau. Ihr blondes Haar war ebenfalls kurz geschnitten und gab ihrem Gesicht einen lebendigen Ausdruck. Wie ihr Partner war auch sie ein akzeptabler Kanonier und ein überdurchschnittlicher Pilot, der manchmal sogar Momente der Brillanz durchscheinen ließ. Sie träumte von mehr als nur Garnisonsdienst, und das zurecht. Wenn sie weiterhin überlebte, würde sie mit Sicherheit einmal einen OmniMech der Novakatzen steuern.

Denard bewegte sich immer noch nicht. Die nervliche Anspannung hatte sich schon längst in das Gesicht des männlichen Kriegers eingegraben. Deveraux war sicher, daß die Frau genauso müde war, aber sie zeigte es nicht. Das ist gut, dachte er.

Die beiden Piloten waren die einzigen Überlebenden der kurzen, morgendlichen Schlacht. Was als ganz einfaches Training begonnen hatte, war schnell zu einem tödlichen Duell geworden, als der Stern über eine Sturmangriffsgruppe der Inneren Sphäre stolperte. Denard hatte gewußt, daß die Truppe in seinem System war, aber es hatte in seinen Augen nicht viel Wert, ein einzelnes Landungsschiff zu jagen. Wie viele Mechs konnte es schon an Bord haben? Höchstens soviel wie zwei Sterne. Besser, man ließ sie landen und trainierte die Fähigkeiten seiner eigenen Krieger durch die Kämpfe mit ihnen. Es war ein guter Plan, aber die miserable Ausführung hatte ihn drei seiner BattleMechs gekostet.

Aus dem Augenwinkel sah er, wie der Mann sich rührte. Obschon die Bewegung nur schwer unter dem Kampfanzug auszumachen war, entging sie Denard nicht. Das Schicksal des jungen Kriegers war entschieden.

Denard nahm seine Hände aus dem Schoß und legte sie mit den Handflächen nach unten auf den Tisch.

»Sie können bequem stehen, wenn Sie wollen.« Keiner der MechKrieger rührte sich. »Ich habe einige Fragen zu dem morgendlichen Ereignis, die ich gerne geklärt haben möchte.« Mit minutiösen, genau überdachten Bewegungen spreizte er die Finger. Er sah den Mann an.

»Sie sind aus dem Verband ausgebrochen.« Deveraux' Stimme war seidenweich, und er sprach sehr, sehr langsam. »Auf wessen Befehl?«

Der Mann leckte sich über die Lippen, seine Augen starrten geradeaus. »Es wurde kein Befehl gegeben«, antwortete er mit zitternder Stimme. Denard schwieg für einige Momente, dann gingen die Nerven des Kriegers durch. Er schluckte. Schließlich fügte er noch hinzu: »Sterncommander Ortin war bereits tot.«

Denard wandte sich an die Frau. »Sie sind dem Feind nicht entgegengetreten. Auf wessen Befehl?«

»Sterncommander Ortin«, erwiderte sie einfach. Der Sterncolonel sagte nichts. Sie weigerte sich, weiter über diesen Punkt zu sprechen. Anscheinend hatte sie Grund, zuversichtlich zu sein.

»Beschreiben Sie mit Ihren eigenen Worten, was sich heute morgen ereignet hat. Und bitte, wiederholen Sie nicht das, was in Ihrem Bericht steht.« Deveraux legte eine Pause ein, bevor er neuerlich zum Sprechen anhob. Seine Stimme wurde bedrohlich. »Ich habe mir diesen Blödsinn bereits durchgelesen.«

»Wir bewegten uns in der Formation der Standard-Mondsichel«, begann sie. »Ich war am Nordpunkt. Wir entdeckten die Sprunghülsen und wollten den letzten Stern abfangen. Sterncommander Ortin glaubte, daß es sich dabei um deren Kommandoeinheit handeln würde. Als wir näher kamen, bemerkte der Sterncommander, daß die Sturmgruppe zwei OmniMechs besaß, einen *Masakari* und einen *Katamaran*. Er befahl mir, mit dieser Information zur Basis zurückzukehren.«

Denard nickte und stand auf. Er ging mit unsäglicher Langsamkeit um den Tisch herum, dann baute er sich vor der Frau auf. Sie war fast einen Meter achtzig groß. Da er ein Elementar war, überragte Deveraux sie ohne Probleme. Sie starrte sein Brustbein an, bis er sich entschloß, auf Augenhöhe herunterzukommen.

»Erklären Sie mir, wieso Sie glaubten, Sterncommander Ortin würde Ihnen die Flucht befehlen.« Für eine Sekunde flatterten die Augenlider der Kriegerin, dann hatte sie sich erneut unter Kontrolle. Sehr gut, dachte Deveraux. Sie ist rasend vor Wut, daß man sie einen Feigling nennt. Trotzdem macht sie ihre Arbeit.

»Sie hatten mehr Tonnage und Feuerkraft aufzuweisen«, sagte sie. »Uns war bewußt, daß wir verlieren würden. Sterncommander Ortin wollte Zeit gewinnen, damit unsere Nachricht die Basis erreichen konnte.

OmniMechs in den Händen einer Sturmtruppe der Inneren Sphäre sind eine Gefahr.«

Denard richtete sich wieder auf und schritt im Raum umher. Schnell war er hinter den beiden Piloten. Sie konnten ihn nicht sehen. Seine schweren Stiefel und die bedächtigen Bewegungen machten es jedoch offensichtlich, wo er sich in jedem Augenblick befand. Nachdem er das Büro dreimal durchmessen hatte, blieb Denard an der Tür stehen und stieß sie auf.

»Sterncaptain Thrace«, brüllte er. »In mein Büro.« Ohne die Tür zu schließen, setzte sich Deveraux hinter seinen Tisch. Ein zweiter Elementar kam in den Raum. Thrace war das weibliche Gegenstück ihres Kommandanten. Wohlproportionierte Muskeln, gemischt mit Gewandtheit und der Fähigkeit, diese Masse zu ihrem Vorteil zu nutzen. Trotz der drückenden Stimmung in diesem Raum lächelte Thrace.

»Ja, Sterncolonel?« fragte sie. Denard hatte ernste Probleme, seine Assistentin nicht anzugrinsen. Schließlich gelang es ihm jedoch, die Ruhe zu bewahren. Er sah den weiblichen MechKrieger an, als er sprach.

»Wie lautet Ihr Name, MechKrieger?«

»Ailbrenn, Sterncolonel.«

»Sterncaptain Thrace, der ehemalige MechKrieger Ailbrenn ist jetzt Sterncommander der Pursuit Claw. Sie benötigt Ersatz für einige Strahlen, die durch Verluste im Kampf entstanden sind.«

»Sehr wohl, Sterncolonel.«

»Nehmen Sie unseren neuen Sterncommander mit zum taktischen Zentrum, damit sie über das Massaker heute morgen aussagen kann. Danach kommen Sie zurück. Wir müssen einige Sachen besprechen.«

»Pos, Sterncolonel.« Ohne ein weiteres Wort verließen die beiden Frauen den Raum. Als Thrace zehn Minuten später zurückkam, saß Denard immer noch hinter seinem Schreibtisch. Lediglich der andere Pilot war nirgendwo zu sehen.

»Haben Sie ihn aufgefressen?« bemerkte sie spöttisch. Denard schnaubte und stand vom Tisch auf.

»Das war nicht nötig«, antwortete er mit einer langsamen Handbewegung. »Der Idiot hat sich praktisch vor meinen Augen erstickt.«

»Batchall, frapos?«

»Pos. Er wollte im Kampf sterben. Ich konnte ihn nicht enttäuschen.« Denard bot ihr einen leeren Stuhl an. Das einzige Möbelstück in diesem Raum, außer dem Schreibtisch und dem Stuhl des Sterncolonel. Er griff in eine Schublade. Thrace prüfte den Stuhl auf seine Tragfähigkeit, bevor sie sich setzte. Denard legte in der Zwischenzeit einen Chip in den Computer ein. Nachdem er schweigend einige Tasten gedrückt hatte, drehte er den Bildschirm seiner Assistentin zu und lehnte sich zurück. Sie las den Text sorgfältig, dann wanderte ihr Blick zu Deveraux.

»Könnte mehr dahinterstecken?« Sie stellte die Frage sehr langsam. Denard legte die Stirn in Falten. Er hatte diese Frage nicht von ihr erwartet. Genaugenommen hatte er nicht erwartet, daß sie ihm überhaupt eine Frage stellte.

»Das ist nicht anzunehmen«, sagte er. »Wer immer diese Sturmtruppe auch sein mag, sie sind nichts weiter als Abschaum aus der Inneren Sphäre.«

»Mit immerhin zwei OmniMechs«, gab sie zu bedenken. Denard machte eine Pause und nickte zustimmend. »Wie ist die derzeitige Situation?« Es gab keinen Zweifel für den Sterncolonel, daß man seiner Assistentin einen kompletten Bericht über die Eindringlinge vorgelegt hatte, während sie im taktischen Zentrum war.

»Alle ihre Mechs sind am Boden. Nur eine Einheit war nach der Landung in einen Kampf verwickelt, eine andere wurde über mehrere Kilometer verfolgt, konnte dann aber entkommen.« Denard griff nach dem Computer, während sie noch sprach. »Vermutliche Zusammensetzung?« fragte er, ohne aufzublicken.

»Eine schwere Kompanie. Die verwickelte Einheit war vielleicht ihre Befehlslanze ...«

»Woher wissen Sie das?« unterbrach er sie.

»Es waren die letzten vier Mechs, die aus dem beschädigten Landungsschiff abgeworfen wurden. Berichte des Geheimdienstes besagen, daß Einheiten der Inneren Sphäre die Befehlslanze immer als letzte abwerfen, damit sie den Absprung koordinieren kann. Genau anders herum, als es sein sollte. Der *Waldwolf* war die letzte Hülse, die abgeworfen wurde. Wenn die Hypothese stimmt, wurde er von dem Kommandanten der Kompanie gesteuert.«

»Ein gleichwertiger Gegner, *frapos*?« grinste Denard. Thrace betrachtete ihren Kommandanten. Das Licht des Monitors verlieh seinem Gesicht das bleiche Grün eines Toten.

»Vielleicht«, stimmte sie unsicher zu. Sie studierte ihren Kommandanten, der gedankenverloren vor seinem Computer saß. Sterncolonel Deveraux war so etwas wie eine Legende unter den hünenhaften Elemetaren.

Wie schon viele vor ihm hatte er sich einen Blutnamen und das Recht verdient, an der Front der Clans in der Inneren Sphäre zu kämpfen. Zuerst als Sterncommander, dann als Sterncaptain, er war immer an vorderster Position dabei. Die Verluste waren groß, aber es gab genügend neue Krieger, die versessen darauf waren, unter der Führung des zur Legende werdenden Mannes zu kämpfen. Thrace wurde zu Denard versetzt, als dieser noch Sterncaptain war. Nach der Schlacht auf Luthien wurde sie seine Assistentin. Seite an Seite hatten sie Siege und Niederlagen durchgemacht. Dann kam Tukayyid und der Erfolg, der den Krieger ruinierte. Er war nicht mehr derselbe.

Ohne die logistische Unterstützung wurden die Novakatzen innerhalb einer Woche durch die ComGuards von den Planeten vertrieben. Zuerst von Joje und Tost, dann von Losije. Obwohl die Novakatzen einige Erfolge erzielten, hatten die Gegenangriffe der ComGuards ihre Stellungen pulverisiert. Es war die schlimmste Niederlage der Novakatzen. Nur der Untergang der Jadefalken zwei Tage später und die Heldentaten von Denard hatten die Schande ertragbar gemacht.

Denards Elementare hielten die ComGuards während der gesamten Schlacht mit einer Reihe von Angriffen in Atem. Gerüchte besagten, Deveraux wäre die ganze Woche nicht aus seiner Rüstung gekommen. Thrace wußte, daß diese Behauptung nicht weit von der Wahrheit entfernt war. Sie war die ganze Zeit kaum von seiner Seite gewichen. Am Ende hatte es jedoch keine Bedeutung. Der Clan war geschlagen, und Denard verließ mit dem letzten Defensivstern den Planeten.

Die Khans der Novakatzen hatten beschlossen, daß dieser Mann ihr neuer Held sein sollte. Die Märchen seiner Heldentaten wuchsen und vermehrten sich, bis selbst Thrace nicht mehr sagen konnte, wo die Wahrheit endete und die Fiktion begann. Schließlich machte es keinen Unterschied mehr. Sie hatten durch die heldenhaften Taten eines Denard Deveraux ihr Vertrauen wiedergefunden. Dann kam die Beförderung.

Sie wurde ohne große Feier überreicht. Sterncaptain Denard war jetzt Sterncolonel Denard, neu eingesetzter Kommandant eines kompletten Sterns. Als Thrace jedoch erfuhr, daß es sich nur um einen zweitrangigen Garnisonsstern und nicht um einen voll ausgerüsteten Kampfsternhaufen handelte, dachte sie, daß die Nachricht ihn umbringen würde. Sterncolonel war der Rang, den Denard immer erreichen wollte. Für ihn war das die höchste Kommandoposition. Jetzt, wo er sie erreicht hatte, war er gezwungen, die Kämpfe aus der letzten Reihe zu beobachten.

Thrace suchte nach Anzeichen von Alter in seinem Gesicht. Natürlich waren da Linien und Narben. Jeder Kommandant trug die Bürde seines Kommandos durch die Tiefen seiner Falten zur Schau. Denard war da keine

Ausnahme. Aber, wie das nun einmal bei den meisten Männern ist, die Linien in seinem Gesicht machten ihn nur interessanter. Seine dunklen Augen waren immer noch so klar wie an dem Tag, an dem sie ihn getroffen hatte. Sollten seine unzähligen Verletzungen oder sein Alter etwas von seiner Schnelligkeit und Gewandtheit genommen haben, dann machte er das durch seine Erfahrung und Weisheit wett. Keiner der Elementare in seinem Stern konnte ihn besiegen. Thrace bezweifelte, daß es jemanden in der Galaxis gab, der sich auf seinem Niveau bewegen konnte. Mit dem neuen Kommando waren diese Fähigkeiten verschwendet. Seit über einem Jahr hatte sie mit ansehen müssen, wie täglich ein Stück von ihm starb, während er nichts unversucht ließ, wieder in den Kampf einzugreifen. Sie war geneigt, ihn zu bedauern, kämpfte jedoch dagegen an. Er verdiente mehr als ihr Mitleid. Denard sah von dem Monitor auf.

»Vermutliche Truppenstärke am Boden, eine Kompanie«, fuhr sie fort. »Das bedeutet zwölf von ihnen. Wenn die Behauptungen und Vermutungen stimmen, handelt es sich um vier überschwere, vier schwere und vier mittelschwere oder leichte Mechs. Zwei von diesen Zwölf sind OmniMechs – der *Waldwolf* und der *Kriegsfalke* in der Kommandogruppe. Die übrigen sind unbekannt.«

Thrace sah über den Computer hinweg und bemerkte, daß Denard sich in das taktische Hauptsystem des Sterns eingelogt hatte. Mit dem Lichtgriffel machte er sich Notizen zu der momentanen Position der Angreifer. Er starrte ununterbrochen auf den Computer, als er mit ihr sprach.

»Sie werden sich wahrscheinlich hier treffen.« Er zeichnete einen Kreis auf der Karte ein, dann vergrößerte er das Gebiet. Immer mehr Details wurden sichtbar, bis er einen Ausschnitt von zehn mal zehn Kilometern auf dem Monitor hatte. Thrace wußte, daß die Computer im taktischen Zentrum eine bessere Auflösung hatten. Außerdem hätten sie eine dreidimensionale Holovision erzeugen können. Er plante etwas. Sie konnte es an dem Feuer in seinen Augen sehen. Wenn er damit fertig war, würde er den Rest der Truppe zusammenrufen. Bis dahin blieb es jedoch sein Geheimnis.

»Schicken Sie den Trinärstern *Fang* zu diesem Gebiet. Der Trinärstern *Growler* und der Binärstern *Pouncer* sollen sie wie eine Herde zu diesem Ort treiben.« Denard drehte sich von dem Bildschirm weg. »Dann vernichtet sie. Wir haben keine Verwendung für Gefangene. Wenn wir die OmniMechs zerstören können, um so besser, aber es ist nicht zwingend notwendig, *frapos*?«

»Pos. Was ist mit dem Landungsschiff?«

Denard schlug mit den Knöcheln auf den Tisch, daß der Computer einen Satz machte. »Diese Idioten von der Vierundsechzigsten. Kavallerie? Ha!« Er schlug ein weiteres Mal auf die Platte. Thrace machte sich schon Sorgen um die Komponenten des empfindlichen Rechners. Das Bild flackerte kurz.

»Zum Glück haben sie das Landungsschiff nur beschädigt.« Deveraux nahm den Lichtgriffel und bewegte ihn über die Karte. Schließlich hielt er über dem Zentrum einer nördlich gelegenen Ebene an.

»Der Käpten hat sein Schiff, wenn es noch in flugfähigem Zustand war, ungefähr hier gelandet.«

»Und der Abschuß steht der Kavallerie zu, *frapos*?«

»Neg«, kläffte Denard. »Keiner der Raumjäger hat den Angriff überlebt. Ich beanspruche das Schiff, da es aus freien Stücken gelandet ist.«

Thrace sah ihn argwöhnisch an, hielt sich jedoch mit einem Kommentar zurück. Wenn die Vierundsechzigste Kavallerie der Novakatzen das Landungsschiff zur Landung gezwungen hatte, gehörte es rechtmäßig dieser Einheit. Wenn Denard jedoch erklärte, das Schiff wäre aus freien Stücken gelandet, konnte er sein Recht als Kommandant des Garnisonssternhaufens geltend machen und den Preis für sich und damit für die Verteidigung des Planeten beanspruchen. Die Kavalleristen benutzen Courcheval eh nur als Sprungbrett. Trotz der freundlichen Rivalitäten zwischen den beiden Sternhaufen war die Beziehung herzlich – bis jetzt. Thrace bezweifelte jedoch, daß Sterncolonel Bondan begeistert war, wenn er nach dem Verlust eines kompletten Sterns Raumjäger keinen Anspruch auf das Schiff haben sollte.

»Die Kavalleristen ...«, begann sie.

»... interessieren nicht weiter«, erklärte Denard. »Sie werden vielleicht verärgert sein, aber es gibt nur wenig, was sie dagegen tun können.« Deveraux starrte Thrace mit starrem Blick an. »Das Landungsschiff gehört mir.«

»Aber wir haben die BattleMechs, inklusive zwei, vielleicht mehr OmniMechs. Das ist doch genug, *frapos*?«

»Neg«, erwiderte Denard mit einem aufkommenden Grinsen. »Das Landungsschiff ist der Preis, nicht die Mechs.«

»Aber, Sterncolonel, wir haben mit Sicherheit bessere Landungsschiffe als das der Sturmtruppe, *frapos*?«

»Pos, Sterncaptain. Pos. Aber es ist ein Landungsschiff der Inneren Sphäre. Das macht den Unterschied.«

22

Courcheval
Novakatzen-Besatzungszone

28. Juli 3057

Rose bewegte sich langsam durch das Unterholz und versuchte dabei, seine Aufmerksamkeit gleichzeitig dem Langstreckenscanner und dem Hauptschirm zu widmen. In den letzten sieben Stunden waren die Thorns von diversen feindlichen Mechs verfolgt worden. Rose hatte sie abzuschütteln versucht, aber sie klebten an ihm wie Kaugummi an einer Schuhsohle.

Die Befehlslanze traf innerhalb einer Stunde auf die Kampflanze. Im Gegensatz zur Befehlslanze war die Kampflanze nach der Landung nicht auf Feinde gestoßen. Sie hatten sich wie befohlen formiert und nach einem bestimmten Muster auf die ungefähre Position der Befehlslanze zubewegt. In den letzten drei Stunden hatten man vergeblich nach der Scoutlanze Ausschau gehalten. Rose war drauf und dran, die Suche abzubrechen und darauf zu warten, daß die Scouts sie fanden. Aber jedesmal, wenn er diesen Gedanken in die Tat umsetzen wollte, erschienen ihre Verfolger am südlichen Rand des Scanner.

Die Thorns bewegten sich durch ein langgestrecktes Tal mit einer Reihe kleinerer Hügel rechts und links. Die Wälder wurden lichter, aber es gab immer noch genügend Deckung – besonders für die Elementare der Clans. Rose hatte die Einheit zu einer Linie formiert. Obwohl eine solche Aufstellung nur wenige taktische Möglichkeiten offenließ, hoffte Rose, daß der erweiterte Scannbereich das Risiko wert war.

»Kontakt«, kam plötzlich die Meldung über die Kompaniefrequenz. Rose überprüfte seinen Scanner, konnte allerdings nichts entdecken. Es sah so aus, als hätte sich das Risiko bezahlt gemacht. Da er im Zentrum der Linie war, mußte der Kontakt östlich oder westlich ihrer Position sein. Möglicherweise gerade außerhalb seiner Sensoren.

»Identifikation«, befahl er.

»Vier Mechs, die in Einzelformation nach Westen gehen.« Rose hatte jetzt die Stimme von Greta erkannt, die an der linken Flanke war. Somit ergab es einen Sinn, daß sie die ankommenden Mechs als erste ausmachte. »Sieht so aus, als ob die gut zu Fuß sind, Kapitän«, berichtete sie weiter.

»Haltet die Augen nach weiteren Zielen auf, Thorns. Befehl Zwei, kümmere dich um Scout Eins. Befehlslanze nach links ausschwenken. Wir treffen sie auf halbem Weg.«

Rose drehte sich um, gefolgt von Jamshid und Riannon, die ihn Sekunden später überholten. Bell deckte seinen Rücken. Jeremiah marschierte hinter seiner Schwester nach Westen. Es dauerte nicht lange, bis die Scoutlanze auf dem Scanner erschien, aber es kam zu keinem Kontakt. Rose versuchte mehrfach, Ajax zu erreichen, blieb jedoch erfolglos. Mit jedem neuen Fehlversuch stieg seine Frustration und der Grad seiner Besorgnis.

Als Produkt der Clantechnologie war der *Masakari* die ultimative Vollendung militärischer Konstruktionen. Wie jedes andere militärische Fortbewegungsmittel war er zu einem bestimmten Zweck erbaut worden. Er sollte in erster Linie die Gegner auf große Distanz stoppen. Daher besaß dieser Mech vier der wirkungsvollsten Waffen, die zum gegenwärtigen Zeitpunkt erhältlich waren: die Extremreichweiten-Partikelprojektorkanonen. Der verbesserte Feuerleitcomputer erhöhte die Treffsicherheit dieser vier Primärwaffen. Außerdem war der Mech bestens gepanzert. Das war nur ein weiterer Punkt auf der langen Liste außerordentlicher Merkmale. Als Kommandovehikel eignete sich der *Ma-*

sakari jedoch nicht besonders. Obwohl er vieles, was in der Inneren Sphäre erhältlich war, um Klassen übertraf, fehlten ihm doch einige Ausrüstungsteile, die man in erstklassigen BefehlsMechs erwartet. Ajax' *Rabe*, der in der Konföderation Capella konstruiert wurde, hatte eine viel weiter entwickelte Elektronik, die ihm eine größere Scannerreichweite erlaubte und überlegene elektronische Gegenmaßnahmen. Riannons *Feuerfalke*, der auf New Avalon im Vereinigten Commonwealth konstruiert wurde, hatte nach ihrem Aufenthalt auf Borghese einige Verbesserungen erhalten. Statt des üblichen Kommunikationssystems, hatte man ihn mit einem erweiterten Kompanie-Kommunikationsnetz versehen. Diese neue Ausrüstung verlieh dem Mech eine erhöhte Reichweite und eine Menge Fähigkeiten mehr, denen selbst ein OmniMech nichts entgegenzusetzen hatte.

Rose hoffte, daß seine Schwester die Scoutlanze erreichte. Er bewegte sich kontinuierlich vorwärts, immer mit einem Auge auf dem Scanner. Es vergingen weitere Minuten, ohne daß Ria ein Wort sagte. Auf einer Anhöhe stellte Rose den Scanner von taktischer Sicht auf topographische um. Er wollte wissen, ob ein bislang unbemerkt gebliebenes Terrain das Signal blockierte. Was er dann sah, versetzte ihm einen Schock.

Die Thorns hatten das entfernte westliche Ende des Tals betreten. Man konnte das Gelände nicht gerade bergig nennen, trotzdem waren die umgebenden Abhänge auf dieser Seite viel steiler als im Zentrum. Mit etwas mehr Zeit hätten die Mechs die Abhänge erklimmen können, aber das wäre bei den meisten nur sehr langsam gegangen. Nur die sprungfähigen Mechs schafften es innerhalb eines angemessenen Zeitraums. Die Scoutlanze bewegte sich durch eine Ausspülung zwischen zwei Bergen auf der anderen Seite in das Tal hinein. Wenn das Gelände auf der Seite des Berges ebenso bewaldet war wie in diesem Tal, würde die

Ausspülung eine perfekte Straße in die Schlucht darstellen, auf der sie sich mit dem Rest der Black Thorns vereinen konnten. Bedachte man die Geschwindigkeit der Scoutlanze, ging Rose davon aus, daß sie auf die gleiche Art und Weise verfolgt wurde wie er. Rose machte eine Pause und brachte den *Masakari* zum Stehen. Er konnte fühlen, wie Bell hinter ihm ebenfalls zum Stillstand kam. Plötzlich sah Rose die Falle, als er das Tal erneut scannte. Das war nicht einer der klassischen, computergenerierten Canyons, die er aus den Trideos kannte, aber als Schlachtfeld für modernste Waffen taugte er allemal. Die steilen Hügel würden jeden Mech so sehr in seiner Geschwindigkeit beeinträchtigen, daß feindliche BattleMechs sie in Grund und Boden stampfen konnten. Er fühlte sich wie der Leithammel einer Schafherde, die zusammengetrieben wurde. Dieses Gefühl ließ seinen Magen rebellieren. Durch seine Bewegung nach Westen hatte er die Falle nur noch enger gemacht.

»Kampflanze, hier spricht Befehl Eins.« Rose schaltete den Scanner wieder auf taktische Sicht. »Standard-Schildkrötenformation beziehen. Paßt auf die Berge auf, Thorns. Ich habe ein ungutes Gefühl.

Befehl Zwei, Glück gehabt mit den Scouts?« Er schaltete durch alle verfügbaren Scannereinstellungen, die er hatte: thermal, visuell, elektromagnetisch und seismisch. Rose wollte die letzte Justierung schon wieder abschalten, als er eine Störung hinter den nördlichen Bergen ausmachte.

»Negativ, Befehl Eins«, berichtete Riannon. »Etwas stört das Signal.«

Während er sprach, justierte Rose den Scanner. Er versuchte die seismische Anzeige genauer zu bestimmen.

»Mehrfachkontakt, vier-sieben Grad«, kam die Stimme von Antioch Bell über Funk. »Sehen nicht wie Freunde aus.«

Rose schaltete wieder auf den elektromagnetischen Scanner um, die Standardeinstellung zur Sichtung feindlicher Mechs. Bell hatte recht. Fünf BattleMechs rasten auf die nördliche Öffnung des Tals zu. Bei der Geschwindigkeit, vermutete Jeremiah, handelte es sich um mittelschwere oder leichte Mechs. Ihre Aufgabe schien es zu sein, die Black Thorns an der Flucht zu hindern. Er wußte, was als nächstes kommen würde.

»Mehrfachkontakt im Norden«, meldete Esmeralda. »Sieht wie zwei weitere Sterne aus.« Rose bestätigte die Meldung. Zehn feindliche Mechs kamen die Böschung herunter, direkt auf die Thorns zu. Der Abhang, der die Söldner in diesem Tal gefangen hielt, war kein Hindernis für die ClanMechs, die jetzt halb schlitternd, halb laufend die Bergseite herunterkamen.

»Kampflanze, nach Norden ausschwärmen. Haltet sie von der Scoutlanze fern. Befehlslanze, unterstützt sie. Wenn der Rest der Einheit hier eintrifft, gehen wir weiter nach Nordosten.«

Rose drehte den *Masakari* nach Norden und bewegte sich vorwärts. Die feindlichen Mechs waren noch außer Reichweite, aber das würde sich bald ändern. Er stellte den Feuerleitcomputer auf den Mech ein, der ihm am nächsten war. Er war nicht überrascht, daß seine Zielerfassung den Feind nicht identifizieren konnte. Rose hatte versucht, den Computer des OmniMech nach der Landung auf Courcheval zu reparieren. Der Systemfehler, der eine Identifizierung der ersten Mechgruppe verhindert hatte, machte ihm Sorgen. Er konnte jedoch keine Fehlfunktion entdecken. Entweder erkannte der Computer die Konstruktion nicht, weil er bei dem Kampf auf Borghese beschädigt worden war oder, was wahrscheinlicher schien, weil die Information gar nicht in ihm gespeichert war. Was auch immer zutraf, das Ergebnis blieb dasselbe.

Rose bereitete die Langstreckenraketen vor und feuerte sie ab, als die Zielerfassung Grün zeigte. Zehn

Raketen verließen den Werfer, aber Rose wartete nicht auf den Erfolg. Er bewegte sich weiter und feuerte die PPKs des rechten Arms ab, sobald er in Reichweite war.

Rose wurde mit einer Serie von Treffern belohnt, die im Zentrum und auf der rechten Torsoseite eines kleineren Mechs aufschlugen. Er konnte nicht sagen, wie schwer die Beschädigung war. Fünf Schritte später entlud er die PPKs des linken Arms. Ein weiterer Treffer. Diesmal am rechten Bein des ClanMechs. Die Maschine schwankte, fiel jedoch nicht zu Boden. Rose bewegte sich weiter auf die Linie der Novakatzen zu, während Bell auf denselben Mech schoß, wie Jeremiah zuvor. Die zwei PPKs des *Banshee* bestrichen den beschädigten ClanMech mit ihren Strahlen. Der Angriff traf das rechte Bein und brachte den Feind zum Stehen. Rose wechselte das Ziel, als die Streitkräfte der Clans sich enger zusammenzogen.

Einige der ClanMechs versuchten einen Langstreckenbeschuß auf die ankommenden Thorns. Keiner der Laserstrahlen traf ihn. Als die Ladephase beendet war, feuerte er weitere zehn Langstreckenraketen auf einen feindlichen *Kampfschütze* ab. Rose erkannte jetzt das bekannte, wenn auch veränderte Äußere und zielte mit dem rechten Arm auf den Stahlgiganten. Flammen umgaben die Schulter und den rechten Arm des *Kampfschütze*, als dieser das Feuer erwiderte. Trotz der vielen Explosionen um ihn herum war der Arm des Clanpiloten in Ordnung.

Vier Laser brannten sich ihren Weg auf den *Masakari* zu. Zwei trafen den rechten Arm des angreifenden Mechs und schmolzen mehr als eine Tonne Panzerung von der Schulter und dem Oberarm. Ein anderer traf den zweiten Arm, der letzte traf das beschädigte Bein des *Masakari*. Rose kämpfte gegen den plötzlichen Verlust von Gewicht an. Im vollen Lauf war das Gleichgewichtszentrum des *Masakari* gefährlich verlagert worden, und Rose mußte einige halsbrecherische Verrenkungen durchführen um, die Balance wiederzuerlangen.

Rose visierte mit dem Fadenkreuz den Mittelpunkt des *Kampfschütze* an. Er hatte Blut geleckt. Plötzlich wurde ihm bewußt, daß er sich auf die Lippe gebissen hatte, während er versuchte, den Mech vor dem Fallen zu bewahren. Er schnaubte und zog den Abzug des primären TIK durch. Alle vier PPKs spießten den *Kampfschütze* auf, gefolgt von dem Aufschlag eines Gaussprojektil aus Bells Geschütz. Blaue Strahlen versengten die Panzerung über dem bereits beschädigten Torso des *Kampfschütze*, bevor sie sich ihren Weg in das Innere suchten. Das Gaussgeschoß fraß sich durch die verbliebene Rüstung und zerriß filigrane Kontrollkreisläufe, die sich dahinter verbargen.

Der *Kampfschütze* blieb abrupt stehen und schwankte. Das rechte Bein wollte dem linken nicht folgen Der Mech fiel nach vorn, mit dem Gesicht in den Dreck. Die ausgestreckten Lasergeschütze der Arme bogen sich und klappten unter dem Gewicht des Mechs zusammen. Rose wollte über die Leichtigkeit lachen, mit der sie den ClanMech vernichtet hatten, aber er nahm sich zusammen. Auf der Suche nach einem neuen Ziel führte er den Angriff fort.

»Statusbericht, Kampflanze«, bellte Rose über Funk, während er sich dem gegnerischen *Marodeur* näherte. Etwas in seinem Kopf mahnte ihn zur Vorsicht. Er verwarf die Warnung. Da Bell seinen Rücken deckte, konnte nicht viel passieren. Die ClanMechs mußten zerstört oder zumindestens beschädigt werden, wenn sie jemals hier wieder wegkommen wollten.

»Scout hat soeben das Tal betreten. Ajax schwenkt nach Süden und will die Öffnung am östlichen Ende sichern.« Esmeralda legte eine Pause ein, und Rose konnte über Mikrofon das laute Brüllen der Langstreckenraketen des *Katamaran* hören. Vierzig Raketen flogen auf die Clans zu, während Esmeralda weitersprach. »Wir machen so schnell wir können, aber hier gibt es massiven Widerstand.«

»Jemand gefallen«, fragte Rose instinktiv.

»Bisher noch nicht, aber es ist nur noch eine Frage der Zeit.« Jeremiah hörte das Geräusch einer Explosion und wußte, daß Esmeralda keine Zeit mehr hatte, mit ihm zu reden. Er feuerte die PPKs des rechten Arms auf den *Marodeur* ab, dann schaltete er auf die Frequenz der Scoutlanze. »Scout, weiter bewegen in Richtung Osten, an den Sternen vorbei in das Zentrum des Tals. Wir treffen euch auf der anderen Seite der Berge.« Rose klammerte sich unbewußt fest, als der *Marodeur* seine drei PPKs auf ihn abfeuerte. Zwei zusätzliche Treffer brachten den *Masakari* zum Schwanken, aber er fiel nicht. Bell erwiderte das Feuer des *Marodeur*, bevor er sich einem anderen Ziel zuwandte. Dann schoß Jeremiah ein letztes Mal auf den *Marodeur* und brachte ihn zu Fall. Als der Mech versuchte, sich erneut aufzurichten, scannte Rose nach einen weiteren Gegner. Was er fand, gefiel ihm nicht.

Von Norden her kam der größte Mech durch die Bäume auf ihn zu, den er jemals gesehen hatte. Auf den ersten Blick sah er wie ein *Marodeur* aus, jedoch erheblich größer. Gigantische, klobige Füße senkten sich mit jedem Schritt fast zwei Meter tief in die Erde. Jeder Arm endete in einem riesigen Geschütz. Rose fragte sich, was wohl unter einer solchen Hülle stecken mochte. Er hoffte es nie zu erfahren. Auf dem Rücken der krabbenähnlichen Konstruktion waren zwei weitere Geschütze montiert, die nach vorne wiesen. Er schüttelte sich bei dem Gedanken, welchen Schaden diese vier Waffen anrichten konnten. Bell feuerte auf den furchteinflößenden Mech, während Rose darauf wartete, daß seine Waffen sich wieder aufgeladen hatten.

Abgesehen von ein paar schweren Treffern durch Bells Gaussgeschütze und einen Treffer mit der PPK ließ sich der gigantische ClanMech nicht aus der Ruhe bringen und bewegte sich weiter auf Rose zu. Als seine eigenen Waffensysteme erneut Grün zeigten, machte er einen Schritt zurück. Er wollte gerade die Zielerfassung einrasten lassen, als die vier Geschütze dröhnend feuerten.

Explosionen erschütterten den *Masakari*, während die Gaussprojektile in den Mech eindrangen. Dann schlugen Zwillingslaser auf der Brust auf. Rose kämpfte um das Gleichgewicht. Er wußte, es war ein verlorener Kampf. Mit seinem Mech im Rückwärtsgang, dem zusätzlichen Aufprall der Geschosse und dem Verlust von weiteren drei Tonnen Panzerung, verlor der *Masakari* das Gleichgewicht. Der Gigant fiel rücklings zu Boden. Seinen Blick zwangsläufig zum Himmel gerichtet, sah er einige Langstreckenraketen ihre Spuren durch das Blau ziehen. Die Sicht wurde schnell versperrt, als Bell seinen *Banshee* über den gefallenen *Masakari* stellte.

Rose rollte sich nach rechts und versuchte aufzustehen. Es war keine leichte Aufgabe, da die Arme des *Masakari* nicht sonderlich hilfreich waren. Schließlich gelang es ihm, den Mech auf die Seite zu drehen. Seine vier PPKs zielten auf den ersten Mech, den er sehen konnte. Das war der *Marodeur*. Es war nicht das beste Ziel, aber Rose zog den Abzug trotzdem durch. Der ClanMech fiel wie in Zeitlupe in sich zusammen. Er bezweifelte, daß die Maschine wieder aufstehen würde.

»Verdammt! Das Ding ist vielleicht groß«, murmelte Jeremiah, als er den herankommenden Mech betrachtete. Seine Panzerung war von etwa einem Dutzend Treffer gezeichnet, aber nichts hatte den dicken Stahl dieses Monsters durchdrungen. Rose blickte auf das Kontrollpult des *Masakari* und zog eine Grimasse. Obwohl seine Panzerung noch nicht vollkommen zerstört war, konnte der Treffer eines einzigen Geschützes seine interne Struktur beschädigen.

»Kampflanze, wo befindet ihr euch?« Während Rose

fragte, zog er sich mit Bell gemeinsam vor dem Giganten zurück.

»Wir sind an der Öffnung zum Tal. Schiebt euren Hintern hier herüber, und wir können verschwinden.« Rose schluckte überrascht und sah um sich. Die übrigen Black Thorns waren alle östlich von ihm. Sie bewegten sich langsam nach Nordosten. Obwohl einige der Thorns auf ihn und Bell warteten, war das Hauptkontingent bereits unterwegs. Schnell zählte er die befreundeten Punkte auf dem Scanner, dann atmete er auf. Es waren zwölf. Um ihn herum lagen die beschädigten und zerstörten ClanMechs. Obwohl das Monstrum, das auf ihn zukam, nicht der einzige gegnerische Mech war, der noch funktionierte, hatten die anderen feindlichen Piloten die Falle verlassen.

»Bell, mach dich bereit, auf mein Kommando auszubrechen. Drei. Zwei. Eins. Jetzt.« Rose löste jede Waffe aus, die er hatte, dann drehte er sich um und floh. Bell tat das gleiche. Er folgte seinem Kommandanten auf dem Fuße. Trotz des Feuerleitcomputers traf Rose nur mit einer, Bell mit zwei Waffen. Der ClanMech rückte weiter vor, aber Rose' und Bells BattleMechs waren schneller. Sie vergrößerten den Abstand zusehends.

Das Monstrum feuerte auf die Fliehenden. Dabei traf der Mech das linke Bein des *Masakari*. Schließlich hörte er auf zu schießen. Rose rannte an den Überresten von drei feindlichen Mechs vorbei. Vermutlich jene, die die Schlucht abriegeln sollten. Vor ihm zogen sich ganz langsam Esmeralda und O'Shea zurück. Die großen Geschütze deckten ihren Kommandanten. »Folgt der Scoutlance«, befahl Rose kurz. »Ajax, bring uns hier raus und dann nach Norden. Wir haben vielleicht die Schlacht gewonnen, aber es ist bestenfalls ein Pyrrhussieg. Noch so ein Sieg, und von uns bleibt nicht viel übrig.«

23

Courcheval
Novakatzen-Besatzungszone

28. Juli 3057

Zwei Stunden waren seit dem Kampf im Tal vergangen. Rose konnte fühlen, wie jedem einzelnen der Schock noch in den Knochen saß. Das war nicht ungewöhnlich. Nach einem Kampf war die Stimmung häufig gedrückt. Er scannte die Linie der Mechs auf dem Berg. Plötzlich wurde ihm klar, warum alle so schweigsam waren. Kampf Vier fehlte. Als er die Mechs der Kompanie durchzählte, hatte er vergessen, *Chu-i* Myotos BattleMech in die Rechnung miteinzubeziehen.

Rose öffnete einen persönlichen Kanal zu Kampf Eins. »Esmeralda«, sagte er sanft, »was ist passiert?«

Jeremiah erwartete den professionellen kühlen Bericht eines Veterans. Statt dessen seufzte Esmeralda nur in das Mikrophon. »Es waren einfach zu viele, Kapitän«, sagte sie schließlich. »Kampf Vier erhielt einen Treffer im Reaktor. Ich glaube, Greta hat es noch geschafft, die Maschine abzuschalten, aber wir hatten keine Zeit sie aufzunehmen. Einige ClanMechs waren in der Nähe ihres gefallenen *Streitroß*, und wir mußten uns zurückziehen.« Esmeralda legte eine Pause ein, während sie laut und deutlich Luft holte. »Es tut mir leid.«

Rose wußte, daß Esmeralda nichts tun konnte. Er hatte absolutes Vertrauen in ihre Loyalität zur Einheit. Er war versucht, Esmeralda zu erklären, daß sie nicht schuld an dem Ereignis war, aber es wäre sinnlos gewesen.

»Ich verstehe, Ese«, sagte Rose freundlich. »Es ist niemals leicht, ein Mitglied seines Kommandos zu verlieren. Glaub mir, ich zweifle nicht daran, daß du dein

Bestes gegeben hast. Manchmal ist das aber nicht genug. Dich trifft keine Schuld. Wir sind im Krieg. Kriege ändern manche Dinge.«

»Verstanden, Sir. Danke.«

Rose wechselte seine Stimmlage zum Kommandoton. »Überprüft die Schäden und stellt einen Statusbericht zusammen. Befehl Eins, Ende.« Er schaltete auf die Kommando- und Scoutfrequenzen um und gab denselben Befehl. Innerhalb weniger Minuten konnte er die schlechten Nachrichten von seinem Monitor ablesen.

Jeder Mech der Kommando- und Kampflanze hatte schwerwiegende Schäden davongetragen. Jamshids rechter Arm hing bewegungslos an der Seite. Einige hatten interne Treffer davongetragen, aber nur O'Shea's *Kriegshammer* hatte einen ernsthaften inneren Schaden. Eine Kurzstreckenrakete hatte die Reaktorabschirmung getroffen. In allen kommenden Schlachten würde der *Kriegshammer* heißlaufen und damit nicht mehr so effektiv sein.

Die Scoutlanze hatte am wenigsten abbekommen. Sie war an der Befehls- und der Kampflanze vorbeigehuscht und hatte sich die leichten und mittelschweren Mechs am östlichen Ende der Schlucht vorgenommen. In einem einzigen Anlauf hatten Ajax und Yuri zwei der ClanMechs aus der zweiten Linie vernichtet. Kätzchen und Leeza nahmen sich den dritten vor. Die Schäden waren nur leicht. Ein zerstörter Fußaktivator hatte jedoch den schnellen *Panther* von Kätzchen zu einem hinkenden Etwas gemacht. Im großen und ganzen mußte Rose glücklich über den Ausgang sein. Er stellte eine Verbindung zu Ajax an der Spitze der Kolonne her.

»Irgendwelche Ideen?« fragte er ohne Vorankündigung.

»Keine.« Ajax klang bedrückt. »Die Bergketten scheinen sich hier nach Norden zu wenden. Aber wir werden es niemals über das flache Land schaffen. Die

Clanjäger hätten eine wahre Freude daran, uns abzuschießen.«

»Dem stimme ich zu«, erwiderte Rose. »Wir müssen uns einen Platz zum sammeln suchen. Irgendwelche heißen Vorschläge?«

»Negativ. Das ganze Gebiet ist bergig und mit einzelnen Baumgruppen und losem Geröll übersät. Die Wälder sind zu licht, um uns vor Angriffen aus der Luft zu schützen. Und die Berge selbst bieten auch keine besseren Verteidigungspositionen.«

Rose nickte schweigend. »Mach das Beste daraus. Sieh zu, ob du einen Fluß oder See findest. Damit sind wir wenigstens von einer Seite her vor Angriffen geschützt.«

Rose verfiel wieder in Schweigen, während er sich darauf konzentrierte, seinen Mech zu steuern. Er und seine Leute waren in großen Schwierigkeiten. Das wußten alle Thorns. Sie hatten keinen Kontakt zu ihrem Landungsschiff und waren Tausende von Kilometer von der Aufnahmezone entfernt. Um alles noch schlimmer zu machen, war das Landungsschiff auf der anderen Seite einer ausgedehnten Ebene.

»Kontakt, direkt voraus.« Rose dachte, er hätte Yuris Stimme erkannt, aber die kurze Warnung ging in einer Explosion unter.

»Feindlicher Stern direkt vor uns, Sir«, berichtete Eber. Rose brach nach rechts aus, gefolgt von Bell. Riannon und Jamshid bewegten sich nach links. »Sie schießen auf die Scoutlanze aus einer Felsendeckung, entlang des vor uns liegenden Weges.«

»Kampflanze nach rechts. Schneidet sie ab. Scoutlanze, Rückzug.« Rose bewegte sich vorwärts. Die Scoutlanze war auf Geschwindigkeit ausgelegt, nicht für ein Feuergefecht mit Scharfschützen, die in Dekkung standen.

Rose lief hinter Eber, der sich einen Weg den Hügel hinauf bahnte, auf die ClanMechs zu. Rose bemerkte, daß sich die Clanner eine ideale Position für den Überfall ausgesucht hatten. Sie waren gefährliche Gegner, wenn sie hinter den Felsen in Deckung blieben. Während Rose das Gebiet betrachtete, fiel ihm noch etwas an dem Hinterhalt auf.

Der Clanstern hatte eine Selbstmordstrategie gewählt. Soweit er es sehen konnte, handelte es sich bei den Scharfschützen lediglich um leichte und mittelschwere Mechs. Wenn die schweren Mechs der Black Thorns an sie herankamen, mußten sie die Clan-Mechs unweigerlich überrennen. Natürlich würden die feindlichen BattleMechs den Thorns Schaden zufügen, vielleicht sogar ein oder zwei Mechs ausschalten, aber am Ende würden sie bei ihrem Vorhaben untergehen.

»Befehl Zwei, übernimm die Rückfront«, bellte Rose. »Kommt etwas von hinten?« Ihm war bewußt, daß ein schneller Angriff aus ihrem Rücken die Scharfschützen retten würde. Wenn es jedoch Verfolger gab, waren sie weit außerhalb der Langstreckenscanner.

»Bestätigt«, meldete Riannon. »Ich habe einen weiteren Stern, der aus sechs Uhr auf uns zukommt. Sie werden uns innerhalb der nächsten fünf Minuten erreichen.« Rose verzog das Gesicht. Fünf Minuten waren genug, um die im Hinterhalt liegenden Angreifer dreimal zu vernichten. Hatten die Clans wirklich einen so fatalen Fehler gemacht, wunderte er sich. Das sah ihnen nicht ähnlich, auch wenn es nur zweitklassige Einheiten waren.

Rose konzentrierte sich auf den Kampf, der vor ihm ablief. Eber duellierte sich mit einem der feindlichen *Dunkelfalken*. Rose trat einen Schritt zurück, und der *Dunkelfalke* fiel auf die Felsen. Kühlmittel lief wie Blut über den Stein, der dem gefallenen Mech nicht genügend Deckung geboten hatte. Eine Staffel Langstreckenraketen rauschte an Rose vorbei. Unwillkürlich zuckte er zusammen, als sie hinter ihm explodierten. Er scannte nach dem Angreifer. Der hatte sich jedoch schon wieder abgeduckt.

Eber bewegte sich auf den Hinterhalt zu, seine linke PPK hob sich und zielte auf die Felsen. Rose folgte ihm, während Bell das Schlußlicht bildete. Auf der anderen Seite taten es ihnen Esmeralda, O'Shea, Myoto und der Rest der Kompanie gleich.

Ein feindlicher Mech tauchte hinter den Felsen auf und feuerte auf Esmeralda. Als der Schuß des Clanners in den *Katamaran* eindrang, verging der Gegner im Feuer von fünf verschiedenen Black Thorns. Rose schmunzelte über die Situation. Selbst Myoto hatte getroffen. Der feindliche Mech fiel hinter die Felsen.

»Einer weniger«, sagte Eber, »A.d.S.t.« Keiner der Black Thorns reagierte auf diese geheimnisvolle Ankündigung. Nach einen Moment des Schweigens war Eber wieder auf der Frequenz zu hören. »Auf der Stelle tot.«

Rose lachte über die grimmige Grabinschrift, die Eber so ruhig aussprach. Er folgte weiter dem Pfad. Insgeheim wunderte er sich über Eber.

»Ich habe ...«, begann O'Shea, bevor ein metallisches Geräusch den Satz beendete. Auf der gesamte Kommandofrequenz war plötzlich nur noch dieses Kreischen zu hören. Rose erkannte es sofort wieder. Er hatte den gleichen Laut während der Schlacht auf Borghese gehört, kurz bevor ein Elementar versucht hatte, ihn zu töten.

»Kampf Zwei, zwei Elementare auf Schulter und Kopf«, warnte Esmeralda. Rose ließ sich zurückfallen. Er wußte, daß der Rest der Einheit sich auch ohne ihn um die verbliebenen Gegner kümmern konnte. O'Shea war in ernsthaften Schwierigkeiten.

Rose bemerkte, daß die Situation schlimmer war, als er geglaubt hatte. Die ClanKrieger hatten ihr Ziel sehr sorgfältig gewählt. Statt Hände und Unterarme hatte der *Kriegshammer* zwei schwere PPK. Die größere Flexibilität von Waffen, die an den Armen angebracht wurden, verliehen der Konstruktion ein erweitertes Schußfeld, aber das Fehlen der Hände erlaubte ihm keine filigranen Bewegungen. Dieser Mangel wirkte sich jetzt kritisch aus.

Der Elementar auf der Schulter riß ein Stück Panzerung über dem Gelenk ab und griff mit seiner Krallenhand in das Innere. Mit einer leichten Drehung wandte der Elementar sich dem näherkommenden *Großdracon* zu und schoß seinen kleinen Handlaser sowie die Kurzstreckenraketen auf dessen Rücken ab. Myoto hatte keine andere Wahl, als den Beschuß über sich ergehen zu lassen, da jede Gegenwehr mit Sicherheit den *Kriegshammer* beschädigt hätte. Der Elementar auf der linken Schulter versuchte den gleichen Trick, verlor jedoch den Halt, als O'Shea unter einen Baum trat. Er versuchte sofort wieder hinaufzuklettern. Wenn der Fall aus zehn Meter Höhe überhaupt eine Wirkung auf ihn hatte, sah man sie dem Infanteristen nicht an.

Rose zielte auf das kleine Objekt und feuerte beide PPKs des rechten Armes ab. Natürlich waren die gigantischen Waffen übertrieben, was den Elementar betraf. Der erste Strahl grub sich rechts neben den Elementar in den Grund, der zweite traf ihn voll, bevor er wieder auf den Rücken des *Kriegshammer* springen konnte.

Rose wandte sich erneut dem *Kriegshammer* zu und sah, wie O'Shea nach den zwei verbleibenden Elementaren schlug. Mit dem rechten Arm versuchte er den Gegner vom Kopf zu wischen. Aber er hatte keinen Erfolg. Die Standardtaktik verlangte nach einem zweiten Piloten, der den Elementar von dem Mech abschüttelte, oder, wenn das möglich war, nach einem Sprung. Der Schock des Sprungs und die Landung reichten meistens aus, um diese Infanteristen abzuwerfen, aber der *Kriegshammer* war erdgebunden. Somit entfiel diese Möglichkeit.

»Kampf Fünf«, schrie Rose, »schaff den Elementar

von O'Sheas Schulter.« Danach konzentrierte er sich auf den dritten Infanteristen, der sich gerade einen Weg durch die Panzerung in das Cockpit bohrte. Aufgrund des Winkels war Rose der einzige, der auf den Elementar schießen konnte. Jede andere Hilfe hätte eher dem *Kriegshammer* Schaden zugefügt. Rose zielte genau und feuerte einen einzigen Schuß aus einer PPK im linken Arm. Der Schuß war perfekt, aber eine unvorsichtige Bewegung von O'Shea machte alles zunichte.

»Verdammt, O'Shea. Halt still!« brüllte Rose. Er hatte noch eine PPK, die schußbereit war. Das war sein endgültig letzter Versuch. Vorsichtig visierte er sein Ziel an, dann ließ er die angehaltene Luft entweichen. Er zog den Abzug nicht durch.

Der Elementar auf der Schulter des *Kriegshammer* hatte endlich die Panzerung über dem Gelenk entfernt und brannte sich jetzt mit dem kleinen Laser seinen Weg durch das Innere, als Myoto das Feuer eröffnete. Ihr Schuß war perfekt, aber der Elementar hatte bereits zuviel Schaden angerichtet. Der PPK-Strahl vernichtete zwar den Elementar, vollendete aber auch dessen Arbeit an dem Gelenk. Mit einem dumpfen Geräusch fiel der linke Arm des *Kriegshammer* zu Boden. Der plötzliche Gewichtsverlust ließ den Mech nach rechts kippen. O'Shea versuchte den Giganten ruhig zu halten, aber die Maschine neigte sich unaufhaltsam zur Seite.

Rose sandte ein kurzes Stoßgebet zum Himmel und feuerte die verbliebene PPK ab. Der Schuß traf den Elementar am Rücken und verbrannte dessen halbe Panzerung und das darunter liegende Fleisch. Der Krieger war auf der Stelle tot. Während der Mech zu Boden fiel, löste sich der Elementar von ihm. Rose bewegte sich den Hügel hinunter. Als er ankam, trat Myoto aus einer Baumgruppe. Die letzten beiden Elementare kletterten über den Torso ihres *Großdracon*. Einer der Elementare feuerte seinen Laser in eine Öffnung ihres ungeschützten Langstreckenraketenwerfers. Die Explosion hätte den Krieger beinahe abgeworfen, aber ein schneller Griff mit der Kralle verhinderte das. Rose kam näher, mußte jedoch bald einsehen, daß er nicht viel tun konnte. Zu seiner Linken hörte er die Kampfgeräusche zwischen den Thorns und den feindlichen Mechs im Hinterhalt. Aber er wußte, daß sich der Kampf auch ohne ihn entscheiden würde.

Er senkte das Fadenkreuz über den Elementar, der an der Nase des *Großdracon* hochkletterte und wurde wieder gezwungen, den Finger vom Abzug zu nehmen. Der Schuß war zu riskant. Und der *Großdracon* hatte Vorteile, die der *Kriegshammer* nicht besaß.

Mit der linken Mechhand griff Myoto sich den Elementar, der ihr Raketensystem beschädigt hatte. Während sie ihn von der Panzerung riß, verstärkte sie den Druck der gigantischen Hand. Die Bewegungen des Kriegers wurden hektischer, als er sich aus dem Griff zu lösen versuchte. Mit einem plötzlichen Knirschen brach die Rüstung des Elementars auf. Myoto zerquetschte den Krieger und warf den leblosen Körper zu Boden.

Der letzte Elementar ging dem Arm des *Großdracon* aus dem Weg, indem er auf den Rücken des Mechs kletterte und dort die Panzerung wegriß. Rose machte sich zum Schuß bereit, aber der Krieger kletterte über die Schulter des *Großdracon*. Er versuchte einige andere Möglichkeiten, doch der Elementar war ihm immer einen Schritt voraus. Obwohl er den Infanteristen davon abhielt, weiteren Schaden anzurichten, schaffte er es doch nicht, ihn von dem Mech zu entfernen.

Rose hatte den Krieger bis zur Schulter verfolgt, als plötzlich zwei Laser den Clanner erwischten.

Rose wirbelte herum und sah zwei Luftkissenfahrzeuge, die mit hoher Geschwindigkeit näher kamen. In einer Gegend wie dieser, mit den eng beieinander stehenden Bäumen, grenzte das schon an Wahnsinn, aber die beiden Piloten behielten ihre Richtung und das

Tempo bei. Da sie sich den Black Thorns von hinten näherten, waren sie deren Scannern bisher verborgen geblieben, und Rose hatte sich zu sehr damit beschäftigt, den Elementar von Myotos *Großdracon* zu schießen. Daher hatte er die neuen Spieler in dieser Runde nicht bemerkt.

Der Elementar versuchte erneut, Halt zu gewinnen, was ihm schließlich auch gelang. Dann schoß er auf das Luftkissenfahrzeug und verfehlte es. Die Erwiderung des Piloten riß ihn von den Füßen. Rose erledigte den ClanKrieger mit einem Arm, während er mit dem anderen den beiden Luftkissenfahrzeugen folgte.

Er scannte das Schlachtfeld, als die beiden Fahrzeuge zu Füßen des *Kriegshammer* zum Stehen kamen. Die Schützen aus dem Hinterhalt waren vollständig vernichtet. Eber meldete vier leblose BattleMechs, die hinter der Felsengruppe lagen. Die fünf Elementare machten anscheinend den Rest des Sterns aus. Eine ungewöhnliche Zusammenstellung für die Clanner, aber nicht sonderlich überraschend, da man die Black Thorns vor Beginn ihrer Mission darüber unterrichtet hatte.

Während Rose die Situation noch überdachte, öffnete sich die Verkleidung des vordersten Luftkissenfahrzeugs, und der Pilot sprang heraus. Es dauerte einen Moment, bis Jeremiah begriff, daß es eine Frau war. Nachdem sie den Helm abgenommen hatte, sah Rose eine lange Mähne roter Haare. Als sie in das Cockpit des gefallenen Mechs trat, konnte er kurz einen Blick auf ihr Gesicht erhaschen. Sekunden später tauchte sie wieder aus dem *Kriegshammer* auf und kletterte in ihr Fahrzeug. Rose schaltete das öffentliche Kommunikationsystem des *Masakari* ein.

»Wie geht es O'Shea«, fragte er mit dröhnender Stimme.

Sie sah mit traurigen Augen zu ihm hinauf und schüttelte den Kopf. »Ist das der Name des Piloten?«

fragte sie. Rose justierte die Lautstärke des Kom-System, bevor er antwortete.

»Ja.«

»Er ist tot«, erwiderte die Frau, während sie sich in die Fahrzeugkabine begab. Rose war wie gelähmt. »A.d.S.t.«, flüsterte er betroffen.

Die verbliebenen Black Thorns versammelten sich um den Mech. Obwohl der *Kriegshammer* Esmeralda gehörte, würde sie den Piloten mehr vermissen als die Maschine. Eine weitere Schlacht, ein weiterer Sieg, und wieder war der Preis zu hoch. Rose biß sich auf die Lippen und blickte den Piloten des Luftkissenfahrzeugs an.

»Wer sind Sie?«

»Wir gehören zur Widerstandsbewegung«, sagte die Frau, während sie ihr Haar wieder unter den Helm stopfte. »Sie kämpfen für Kurita?«

»Yeah«, gab Rose einfach zurück.

»Sind Sie mit einem Landungsschiff der Union-Klasse angekommen?«

Rose schluckte. Woher konnte sie das wissen?

»Die *Tracy K*?« fragte er.

»Ich weiß den Namen nicht, aber wenn Sie mit einem Union-Schiff gekommen sind, sollten Sie mir besser folgen.« Noch während sie sprach, bestieg sie ihr Fahrzeug. Ohne eine Antwort abzuwarten, schloß sie die Verkleidung.

»Warum?« Rose war plötzlich besorgt.

Sie hielt inne und starrte auf Rose. »Weil Ihr Landungsschiff in den Besitz der Novakatzen übergegangen ist«, sagte sie gleichmütig, »und das bedeutet, daß Sie nicht so bald wieder in den Kurita-Raum zurückkehren werden.« Sie legte eine Pause ein. Anscheinend überdachte sie den nächsten Satz sehr genau. »Das bedeutet auch, daß Sie nicht mehr Teil einer regulären Armee sind. Sie sind soeben der Widerstandsbewegung von Courcheval beigetreten.«

24

Courcheval
Novakatzen-Besatzungszone

29. Juli 3057

Sterncolonel Denard stand in der Mitte des Taktischen Zentrums und rauchte. Keiner seiner Assistenten konnte ihm in die Augen sehen. Jeder vermied es, Denards Aufmerksamkeit auf sich zu ziehen. Der Mann studierte die Aufnahmen von der Schlacht im Tal und dem Hinterhalt zum drittenmal. Jeder Fehler der ClanKrieger versetzte ihm einen Stich ins Herz.

»Einen vollen Trinärstern verloren«, sagte er laut. »Ein Drittel meines Kommandos vernichtet durch ein Rudel ungebildeter Söldner der Inneren Sphäre.« Er hielt die Aufzeichnung an der Stelle an, wo der Elementar den feindlichen *Kriegshammer* zerstörte. Es war der einzige Moment in den beiden Schlachten, auf den er stolz war. Kurze Zeit nach dem Angriff wurde auch der Mech, der diese Bilder gemacht hatte, vernichtet. Hätten es die Söldner nicht so eilig gehabt, wären ihnen die Aufzeichnungen der Schlacht in die Hände gefallen und nicht den Clans.

»Hören Sie mir zu«, brüllte er die versammelte Gruppe an. »Ein Pack ungewaschener Barbaren hat uns besiegt.« Er sah sich unter seinen Kriegern um. Es tat ihm weh, in die Augen eines jeden einzelnen zu blicken. »Ist außer mir niemand über diese Tatsache beschämt? Wird niemand außer mir rot, wenn er an die Entehrung denkt, die eine solche Niederlage mit sich bringt?« Denard schwieg und sah sich im Raum um. »Antworten Sie mir!«

»Pos«, riefen die Krieger im Chor. Denards Rechte ballte sich zur Faust. Thrace glaubte, er wolle den Holoprojektor mit der bloßen Hand zertrümmern. Mit

Sicherheit konnte er das. Im Geiste machte sie sich eine Notiz, einen neuen Projektor anzufordern, als Denard den Arm hob. Einen Moment lang hielt er inne, dann krachte die Faust auf das Gerät nieder. Die holographischen Mechs lösten sich in Luft auf, als der Projektor sein Leben aushauchte. Ein unbekanntes Bauteil flog haarscharf an Thrace' Auge vorbei, doch sie bewegte sich nicht. Mit einem kraftvollen Handkantenschlag der Linken zerkleinerte Denard den Projektor endgültig, dann trat er einen Schritt zurück. Er hatte sich noch nicht einmal anstrengen müssen.

»Wir werden so etwas nicht noch einmal geschehen lassen. Ist das klar?«

»Pos, Sterncolonel«, kam die herzhafte Antwort.

Denard stach mit dem Finger nach einer der Sterncaptains in dem Raum. »Nehmen Sie den Trinärstern *Growler* und treten Sie die Söldner in Grund und Boden. Sie wurden in den vorangegangenen Kämpfen geschwächt und sollten jetzt keine Gefahr mehr darstellen.« Er legte eine Pause ein und wanderte durch den Raum. »Sterncomander Ailbrenn soll sie anführen. Ich nehme an, sie hat eine persönliche Rechnung mit den Söldnern zu begleichen.«

»Pos, Sterncolonel« erwiderte der Mann. Er legte den elektronischen Notizblock auf den Tisch und eilte aus dem Raum. Denard strich sich mit der Hand durch das kurze Haar.

»Wie ist unsere derzeitige Situation?« Auf der anderen Seite des Raums nahm eine MechKriegerin ihren Block zur Hand und antwortete auf die ungenaue Frage.

»Fünf Elementare tot, Sterncolonel. Zwölf BattleMechs beschädigt. Davon müssen vier verschrottet werden. Die übrigen werden in diesem Augenblick repariert.« Sie warf einen erneuten Blick auf ihren Notizblock. »Fünf Mechs sind beschädigt, können jedoch eingesetzt werden.«

DENARD
RICK HARRIS ©93

»Wann erreichen wir wieder volle Stärke?« fragte Denard leise.

Die Kehle des Offiziers wurde trocken, bevor er sprechen konnte. »Wir können erst in sechs Stunden einen vollkommen reparierten Stern ins Feld schicken. Ein weiterer Stern wird sieben Stunden später bereit sein.« Der Offizier schwieg.

»Beantwortet das meine Frage?« Denard Deveraux drehte sich zu der Frau um.

»Neg, Sterncolonel. Die Wahrheit ist, wir müssen auf Nachschub warten, bevor wir wieder voll einsatzfähig sind. Bis dahin haben wir einen Stern und einen Strahl Elementare weniger.« Deveraux hob einen Finger und legte ihn an die Lippen.

»Ich verstehe. Sie wollen mir also sagen, ich habe einen kompletten Stern verloren, zwei weitere sind beschädigt und als Gegenleistung haben wir nur zwei feindliche Mechs vernichtet, *frapos*?«

»Pos.«

Denard wendete sich an einen Elementar. »Haben wir schon von Sterncolonel Bondan gehört?«

»Pos, Sterncolonel. Sie hat nachgefragt, ob wir Unterstützung benötigen, um die Eindringlinge zu jagen. Ich habe das Angebot abgelehnt.«

Denards Kopf ruckte herum, wobei er lächelte. »Sie überschreiten Ihre Befugnisse, Paie.« Der Mann senkte den Kopf, aber Denards Grinsen wurde breiter. »Trotzdem ist es gut, einen Krieger zu haben, dem man vertrauen kann.« Paie nickte, hielt den Kopf jedoch gesenkt. Sein Kommandant sollte das zufriedene Lächeln nicht sehen.

Denard klatschte in die Hände und machte eine Runde durch den Raum.

»Ich bezweifle, daß wir viel Zeit haben, aber wir müssen einige Reparaturen durchführen.« Er deutete auf Paie.

»Gehen Sie zum Kommandozentrum der Vierzehnten. Fragen Sie Bondan, ob sie morgen mit mir essen will. Ich muß an ihre guten Seiten appellieren. Ein persönliches Gespräch könnte dabei helfen. Abgesehen davon habe ich ein Angebot, das sie sich vielleicht anhören will.« Paie hastete aus dem Raum, als sich Denard einem anderen Krieger zuwandte.

»Kümmern Sie sich um die Arrangements«, sagte er einfach. Er deutete mit dem Daumen über die Schulter. Der Mann folgte Paie.

Denard drehte sich zu den verbliebenen Leuten im Raum um. »Wie ist der Status des Landungsschiffes der Eindringlinge?«

»Die überlebenden Besatzungsmitgliede befinden sich hier. Zur Zeit untersuchen wir die Absturzstelle ...«

»Halt!« unterbrach Denard.

»Halt, Sterncolonel?« Der Befehl widersprach allem, was man ihm beigebracht hatte. »Mit Sicherheit gibt es im Landungsschiff wertvolle Informationen.«

Denard rollte mit den Augen und sah zu Thrace hinüber, die allein in einer Ecke stand. Sie zuckte mit den Schultern, und Denard wandte sein Gesicht wieder dem Mann zu.

»Natürlich befinden sich wertvolle Informationen darin. Ich möchte, daß Sie sofort die Untersuchung stoppen und das Schiff reparieren.«

Das Gesicht des Mannes verlor jegliche Farbe. »Aber, Sterncolonel. Die Schäden an dem Schiff sind schwerwiegend.«

Denard stieß mit einem Finger nach dem Mann, schluckte dann aber doch seine Bemerkung herunter. Seine Hand wurde zur Faust, als er sie wieder zurückzog. »Natürlich. Aber das Landungsschiff ist wichtig für meine Pläne. Es muß wieder flugtauglich gemacht werden, und zwar bald. Habe ich mich verständlich ausgedrückt, *frapos*?« Denard starrte wutentbrannt auf den Mann, der sich kaum traute, eine Antwort zu geben.

»Pos, Sterncolonel«, sagte er kleinlaut.

Denard grinste. »War das denn nun wirklich so schwer?« Er sah Thace an, die immer noch regungslos blieb. »Wie viele Tage, bis es wieder den Himmel ziert?«

Der Krieger warf einen Blick auf seinen Notizblock. »Wie ich schon sagte, es ist schwer beschädigt.« Er machte eine Pause, in der er seine Notizen genauer betrachtete. »Drei Wochen, Sterncolonel. Das Schiff kann in etwas mehr als zwanzig Tagen fertig sein.« Er sah mit einem Lächeln auf, aber sein Gesicht verlor allen Enthusiasmus, als er Denards trauriges Kopfschütteln erblickte.

»Sie haben fünf Tage.«

Der Unterkiefer des Mannes klappte herunter. »Aber…«, stammelte er. Denard hielt einen einzelnen Finger hoch, und der Mann verstummte sofort.

»Fünf Tage. Wenn es notwendig ist, ziehen Sie Techniker von den BattleMechs ab.« Die Augen des Mannes wurden größer, als er diese Erlaubnis erhielt. Thrace ging es nicht anders. »Außerdem behandelt Ihr die Besatzung mit Respekt. Sorgen Sie für ihren Komfort. Wir benötigen sie, damit wir Zugriff auf die Sicherheitsdateien erhalten.«

»Selbst die MechKriegerin?« fragte Thrace. Denard drehte sich überrascht um.

»Eine MechKriegerin? Habe ich etwas verpaßt?«

Thrace zuckte mit den Schultern. »Wir haben nach der ersten Schlacht eine weibliche MechKriegerin gefangengenommen. Sie ist bei den anderen Gefangenen, bis wir entschieden haben, was mit ihr geschehen soll.« Thrace zuckte wieder mit den Schultern.

»Laßt sie bei den anderen«, sagte Denard. »Ich werde später entscheiden, was mit ihr passiert. Hat sie gut gekämpft?«

Thrace nickte. »Gut genug. Sie wurde nur durch die Masse überwältigt. Ihre Kameraden versuchten, sie freizukämpfen, versagten jedoch. Sie ist jetzt im Krankenhaus mit einer Gehirnerschütterung.«

Denard sah zu dem anderen Mann im Raum. »Sie sind immer noch hier«, fragte er leicht amüsiert. »Ich dachte, Sie hätten so viel zu tun, daß Ihnen gar nicht die Zeit bleibt, herumzustehen und mit anzusehen, wie Ihr Kommandant Dinge diskutiert, die Sie nichts angehen. Brauchen Sie vielleicht noch weitere Instruktionen?«

»Neg, Sterncolonel.« Mit gesenktem Blick hastete der Mann zur Tür. Thrace durchquerte leichten Schrittes den Raum und stellte sich vor Denard.

»Also, Sterncolonel, was für ein Spiel spielen Sie?«

Denard tat überrascht. »Ich. Mit Sicherheit meinen Sie nicht Ihren Kommandanten, den Helden aller Clans.« Thrace lächelte ihn an, aber die Bitterkeit der letzten Worte ließen das Lächeln schnell wieder verschwinden. Er haßte sein Kommando. Sie betrachtete ihn einen Augenblick, aber er schwieg. Schließlich lachte er, ein hallendes, bitteres Lachen.

»Hatten Sie schon jemals einen Traum, Thrace?« Er strich sich mit einer Hand über das Haar und stolzierte durch den Raum. Thrace wußte, daß die Frage nur rhetorisch war. Daher antwortete sie nicht. »Ein Traum, der Sie nachts wach hält? Ein Traum, der Sie mit Leidenschaft erfüllt und ihnen die Stärke gibt, auch in ausweglosen Situationen weiterzumachen?«

»Pos«, sagte sie leise, aber ihr Kommandant nahm die Erwiderung nicht wahr. Er stand nur da und starrte auf den Computerbildschirm.

»Ich hatte eine solchen Traum«, sagte er. Dabei blickte er zu ihr hinüber.

»Was war es?« fragte sie. Denard sah auf seine Hände, die wegen des Schlages auf den Projektor langsam anschwollen.

»Ich habe davon geträumt, der beste Krieger zu sein, der je gelebt hat.«

Sie wollte lachen, konnte sich jedoch noch rechtzeitig beherrschen. Davon träumte jeder Elementar in der Geschko. Nur die, die sich wirklich an diesen Traum klammerten, überlebten das Training und wurden in den Kampf geworfen. Es mußte das einzige, brennende Verlangen eines Elementars sein. Thrace sah, daß dieses Feuer in ihrem Kommandanten heller brannte als in jedem anderen Krieger, den sie gesehen hatte.

»Was ist passiert?« fragte sie sanft.

Denard seufzte und ließ seine massigen Schultern hängen. Wieder lachte er. Diesmal mit einem Anzeichen von Frohsinn. Er drehte sich um und sah ihr in die Augen.

»Ich habe es erreicht, Thrace.«

»Auf Tukayyid?«

»Auf Tukayyid«, bestätigte er. »Eine Woche lang war ich der Beste, den die Clans jemals gesehen hatten. Ich war einer gegen alle. Ich kämpfte, tötete, vernichtete und stellte meine Kräfte zur Schau.« Erneut ballte sich seine Hand zur Faust. Als er jedoch Thrace' Blick spürte, öffnete er sie wieder. Sie wußte, daß er seine Gefühle unter Kontrolle halten wollte. Dann schlug er sich mit den Händen auf die Oberschenkel. »Und das habe ich bekommen. Kommandant einer zweitrangigen Garnison, die es noch nicht einmal fertigbringt, eine dreckige Bande von Banditen aus der Inneren Sphäre in einem ungleichen Kampf zu besiegen.«

Thrace blieb still, als die Worte ihres Kommandanten in dem leeren Raum verhallten. Was es sagte, entsprach der Wahrheit. Er war der beste Kämpfer, den sie jemals gesehen hatte. Vielleicht war er sogar der größte Krieger der Novakatzen. Wohlkontrollierte Brutprogramme sorgten dafür, daß die besten Krieger in ihren Abkömmlingen weiterlebten. Wenn ein einzelner Krieger wirkliche Größe erreicht hatte, konnte er sicher sein, daß er in zukünftigen Generationen niemals aussterben würde. Das *Giftake*, die Methode, bei der dem Krieger Genproben entnommen werden, um daraus zukünftige Abkömmlinge zu klonen, war eines der Clanrituale.

Thrace suchte in Denards Augen nach einem Funken. Irgendein Anzeichen, daß der Mann, an dessen Seite sie auf Tukayyid gekämpft hatte, immer noch in dieser verbitterten Schale steckte. Als sie ihn musterte, lächelte er. Erstaunt stellte Thrace fest, daß auch sie lächelte, obwohl sie den gesuchten Funken nicht fand.

»Sie haben einen Plan«, sagte sie einfach. Es war keine Frage. Es gab keinen Zweifel. Denard hatte einen Plan, um wenigsten ein Teil dessen zu reaktivieren, was er verloren hatte.

»Ich habe einen Plan«, gab er zu, »aber es hängt alles von diesem *savashtri* Landungsschiff ab.« Er stieß die Worte voller Abneigung aus, hielt seine Gefühle sonst jedoch unter Kontrolle.

»Sie wollen Courcheval verlassen«, stellte sie fest. Denard sah sie an, als hätte man ihn durchschaut. Für sie war der Plan so offensichtlich, daß sie lachen wollte, aber Verbitterung nagte an ihr, und sie schwieg.

»Nicht einfach nur verlassen«, stotterte er schließlich. »Ich will mit Stil gehen.«

»An Bord eines gestohlenen Landungsschiffes der Inneren Sphäre. Das sollte die Khans wirklich beeindrucken.« Denard blickte seine Assistentin mit geweiteten Augen an. In den vielen Jahren, die er sie kannte, hatte sie es niemals gewagt, so mit ihm zu reden. Noch hätte sie jemand anderem erlaubt, dies zu tun. Ihm war klar, daß er eigentlich wütend sein mußte. Statt dessen war er nur verwirrt.

»Hören Sie sich erst den Plan an, bevor Sie sich eine Meinung bilden.«

»Ich habe mir keine Meinung gebildet, Sterncolonel. Ich habe nur gesagt, was für mich offensichtlich ist.«

»Dann hören Sie zu. Wir werden das Landungsschiff benutzen, um an ihr Sprungschiff heranzukommen.

Wir wissen beide, daß es sich irgendwo da draußen versteckt hält. Piloten der Inneren Sphäre halten nicht viel davon, glorreich zu sterben oder einem Selbstmordkommando zu folgen. Also müssen sie ein Sprungschiff in Warteposition haben. Wenn wir angedockt haben, übernehmen wir das Schiff und kehren nach Wolcott zurück.« Denard hob eine Hand, um ihren Protest abzublocken. »Ich weiß, was Sie denken, aber hören Sie mich zuerst bis zum Ende an.

Wir entlassen das Landungsschiff und warten auf das nächste ankommende Schiff. Wir wissen bereits, daß die Kuritas bei ein und demselben Flug ausladen und aufnehmen. Die Elementare bleiben an Bord des Sprungschiffes und übernehmen das ankommende Landungsschiff. Der Kurs der Sprungschiffe ist bereits auf Pescht oder Luthien vorprogrammiert. Wir erreichen unseren endgültigen Bestimmungsort und greifen die Kuritas auf ihrem eigenen Grund und Boden an.«

Thrace überdachte den Plan nüchtern. Sie hielt Denard nicht für einen Idioten. Trotzdem blieb noch eine Vielzahl Fragen offen. »Wer ist auf dem ersten Landungsschiff?« wollte sie wissen.

»Zwei Sterne von der Vierundsechzigsten Kavallerie der Novakatzen. Wir haben nicht die Erlaubnis, Wolcott offiziell anzugreifen, aber gegen einen kleinen Überfall ist mit Sicherheit nichts einzuwenden.«

»Jeder ausgesuchte Kavallerist wird sterben«, gab sie zu bedenken.

»Natürlich, aber sie werden nicht sofort sterben. Sicherlich sind mindestens zehn Krieger unter den Kavalleristen, die sich auf einen solchen Sturmangriff freuen. Bedenkt man das Sprungschiff, haben wir vielleicht sogar die Möglichkeit, sie wieder aufzunehmen.«

Thrace bezweifelte das. Sie wußte jedoch auch, daß es genügend Freiwillige in der Vierundsechzigsten geben würde, die einer solchen Mission zustimmten.

»Wie kehren wir von Luthien in den Clanraum zurück?«

Denards Augen wurden groß, und er lachte. Das erste unverfälschte Lachen, seit er auf Courcheval das Kommando übernommen hatte.

»Wir werden Luthien erreichen wie ein Wolf im Schafspelz. Wir zerstören ihre Raumbasis und fliehen. Wenn Pescht unser Zielort ist, nehmen wir, was uns der Zufall bringt.« Er setzte ein zufriedenes Lächeln auf. Thrace zweifelte jedoch daran, daß die Freude bis in das Innerste reichte.

»Sicherlich«, fuhr er fort, »ein Sprungschiff zu kapern, bedeutet keine wirkliche Herausforderung für die Elementare, die uns begleiten.« Thrace nickte. Er ging natürlich davon aus, daß sie ihn begleiten würde. Und wie recht er damit hatte.

»Warum dann?« fragte sie schließlich. Denard ließ sein zufriedenes Lächeln verschwinden. Wieder sah sie die Hülle, die sie die letzten Jahre jeden Tag gesehen hatte.

»Um zu beweisen, daß ich es noch immer kann?« fragte er amüsiert. »Vielleicht. Ehrlich gesagt ich möchte nur, daß meine Nachkommen an der Rückeroberung Terras teilhaben. Ich will, daß sie dort erfolgreich sind, wo wir versagt haben.«

Thrace sah finster drein. »Sie haben schon Ihren Blutnamen. Sie sind ein Sterncolonel. Sie haben bereits an dem *Giftake* teilgenommen«, zählte sie leidenschaftlich auf.

»Pos, Sterncaptain, aber wann? Wenn ich meine Fähigkeiten nicht noch ein einziges Mal unter Beweis stelle, werden meine Nachkommen frühestens in hundert Jahren geboren, wenn überhaupt.« Er klopfte sich auf die Brust. »Mein Sohn oder meine Tochter werden mich in Punkten übertreffen, die ich nicht erahnen kann.«

Thrace nickte. Als er sie mit dem Rang ansprach, war

ihr bewußt, daß das Gespräch beendet war. Sie sprachen nicht länger wie zwei Soldaten miteinander. Die Diskussion hatte sich wieder auf die Ebene zwischen Kommandant und Assistent verlagert. Sie sah ihn ein letztes Mal an. Ihr Blick durchdrang seine Seele, soweit er es zuließ. Sie konnte noch immer keinen Funken in seinen Augen erkennen.

Thrace drehte sich um und verließ den Raum. Ihr war bewußt, daß Denard nicht vorhatte, nach Courcheval zurückzukehren. Seine Genprobe stand in irgendeinem namenlosen Regal in einem namenlosen Labor auf ihrer Heimatwelt. Denard blieb nur eins übrig: Er mußte einen Weg finden, so glorreich wie möglich in den Tod zu gehen. Das gilt jedoch nicht für mich, dachte Thrace. Wenn es einen Weg gibt, diesen Überfall zu überleben, werde ich ihn finden.

25

Courcheval
Novakatzen-Besatzungszone

29. Juli 3057

Rose folgte den beiden Luftkissenfahrzeugen, ohne zu zögern. Er hatte sie auf den ersten Blick als *Savannah Master* identifiziert. Der Rest der Black Thorns bewegte sich schweigend hinter ihm. Jeder betrauerte den Verlust von Badicus O'Shea auf seine Weise. Rose steuerte den Mech rein reflexartig. Er dachte nicht über die Bewegungen nach, so als würde er zu Fuß eine Straße entlanggehen. Sollte es Ärger geben, würden die anderen Thorns ihn melden, lange bevor der Scanner des *Masakari* dies tat.

Langsam brach die Nacht herein. Die Fahrzeuge schalteten ihre abgeblendeten Scheinwerfer an, um auf dem Weg zu bleiben. Die schmalen Schlitze ließen nur so viel Licht durch, daß der Boden direkt vor dem Fahrzeug beleuchtet wurde. Somit blieben die Fahrzeuge für patrouillierende Flugzeuge fast unsichtbar. Rose und seine Thorns schalteten einfach auf die Niedriglicht-Scanner um. Die Gegend und ihre Besonderheiten wurde nun in einem unwirklichen grünen Licht wiedergegeben. Das System funktionierte in jedem Terrain perfekt, wenn man sich langsam bewegte. Bei höheren Geschwindigkeiten war es völlig unbrauchbar. Wie die meisten der Black Thorns bereits wußten, verhinderte das grüne Leuchten die Tiefenschärfe.

Es war vollkommen dunkel, als die beiden Fahrzeuge vor einem Überhang im Berg hielten. Für Rose sah es aus, als hätte eine gigantische Maschine einen großen Teil des Felsens herausgemeißelt und davongetragen. Erst später erfuhr er, daß genau das passiert war. Während er das Naturwunder betrachtete, trat ein

Mann unter dem Überhang hervor und ging auf die beiden Luftkissenfahrzeuge zu. Rose konnte sehen, wie er mit dem Piloten Zeichen austauschte und dann wieder zurückging.

Als sich das Fahrzeug erneut vorwärts bewegte, setzte sich auch Rose wieder in Bewegung. Je näher er dem Überhang kam, desto mehr erkannte er einen riesigen Durchgang, den man in den Berg geschnitten hatte. Der Berg selbst verhinderte, daß man den Eingang aus der Luft entdecken konnte. Selbst am Boden konnte man aufgrund der herumliegenden Felsen an dem Durchgang vorbeigehen, ohne etwas zu bemerken.

Erst verschwand das eine, dann das andere. Rose ging als nächster. Er mußte sich etwas bücken, damit der *Masakari* durch die Öffnung paßte. Zunächst ging's leicht bergab; nach hundert Mechschritten wurde der Gang eben und bog nach rechts in eine riesige unterirdische Höhle ab. Die Lichter produzierten ein mattes Glühen. Rose schaltete wieder auf Standardsicht um. Er umrundete eine Ecke und blieb in Ehrfurcht über das, was er sah, stehen.

Die Höhle war doppelt so hoch wie der *Masakari* und hatte beinah die gleichen Ausmaße wie das Lagerhaus auf Wolcott. An der Decke waren Halogenscheinwerfer angebracht, die den gesamten Raum bis in den letzten Winkel erhellten. Er sah einige Fahrzeuge und eine Menge Leute, die umherschwirrten. In der Höhle befanden sie keine weiteren Mechs, dafür entdeckte er eine *Harasser* Raketenplattform, einen Verband leichter Panzer vom Typ *Skorpion* und ein einzelnes Sturmgeschütz vom Typ *Hetzer*. Es gab noch andere Fahrzeuge hier, aber Rose konnte ihre Herkunft nicht erkennen, geschweige denn ihre Verwendung. Anscheinend waren sie aus einer Vielzahl verschiedener Ersatzteile zusammengebaut. Außer ein oder zwei zivilen Fahrzeugen waren alle anderen militärischer Bauart.

Als der *Savannah Master* in eine der angrenzenden Stellplätze glitt, zeigte ein Mann mit zwei Flaggen Rose an, ihm zu folgen. Während er die Höhle durchquerte, zog er die Aufmerksamkeit der Techniker auf sich. Jeder versuchte einen Blick auf den riesigen OmniMech zu werfen. Den folgenden Thorns wurden auf die gleiche Weise ihre Plätze angewiesen. Schnell war die gesamte Kompanie auf die diversen Stellplätze verteilt. Rose begann mit dem Herunterfahren aller Systeme des *Masakari* und bereitete sich auf den Ausstieg vor. Dann legte er den Neurohelm auf das Regal über dem Kommandositz. Schließlich stand er auf und entriegelte die Luke des Cockpits. Während er noch die Leiter zum Boden hinabstieg, versammelte sich eine kleine Gruppe zu Füßen seines Mechs. Rose verschwand lautlos in ihre Mitte.

Die mutigsten unter den Technikern blieben an ihrem Platz stehen. Andere schrumpften unter seinem Blick zusammen und begaben sich wieder an ihre Arbeit. Schließlich blieb nur noch die Hälfte der Gruppe übrig. Rose begrüßte jeden Techniker, aber die meisten murmelten nur eine Erwiderung und inspizierten den *Masakari*. Einige der Black Thorns gesellten sich zu ihm. Sie hatten unzählige Fragen, die sie bis zu diesem Zeitpunkt zurückgehalten hatten. Dann kam ihr Führer auf sie zu.

Als Rose die Frau näher kommen sah, wurde ihm klar, daß sie einen hohen Rang im Widerstand haben mußte, wenn sie nicht sogar die Anführerin war. Nicht nur, daß die anderen ihr den Weg freigaben, sie bewegte sich mit einer Selbstsicherheit, die den übrigen Anwesenden fehlte. Ihr Kamerad folgte kurz hinter ihr. Kein Paar konnte unterschiedlicher sein als diese beiden. Sie war klein und bewegte sich mit zuviel Intensität. Die Arme schwangen übertrieben vor und zurück, während ihre Hüftbewegung dazu einen Kontrapunkt darstellte. Rose war der Überzeugung, daß die meisten Männer sie attraktiv, vielleicht sogar hübsch fanden, aber er teilte ihre Meinungen nicht. Sein Geschmack waren eher größere schlankere Frauen.

Ihr Flügelmann schlenderte neben ihr her. Er hätte ohne Probleme mit ihren kurzen Beinen Schritt halten können. Die Tatsache, daß er ein Bein nachzog, machte es ihm jedoch schwer, mit ihr auf gleicher Höhe zu bleiben. Er war dünn wie eine Bohnenstange. Die Schultern hingen herab, und sein Kopf wurde von einer wirren Ansammlung dicker, schwarzer Haare gekrönt. Wenn sie Feuer war, mußte er Wasser sein. Seine Hände hatte er in den Taschen eines langen Mantels vergraben. Ein Erscheinungsbild, das Rose nervös machte. Er haßte es, die Hände einer anderen Person nicht sehen zu können. Einige der anderen Thorns mußten das gleiche Gefühl haben. Rose bemerkte, wie sie plötzlich die Arme sinken ließen und dabei die Hand in die Nähe ihrer Waffen brachten.

Die Frau kam auf Rose zu und streckte ihm die Hand entgegen. »Willkommen im Untergrund«, sagte sie mit einem Lächeln. »Mein Name ist *Sho-sa* Elaina Cantrell.« Rose nahm die angebotene Hand und ließ sie in der seinen verschwinden. Obwohl ihre Hand viel kleiner war, drückte sie ganz schön kräftig zu.

»Kapitän Jeremiah Rose. Kommandant der Söldnereinheit Black Thorns.« Rose begutachtete die Höhle. Er war überaus beeindruckt. »Ein hübsches Plätzchen, das Sie hier haben, *Sho-sa.*«

Sie antwortete mit einem schiefen Lächeln. »Eigentlich gehört es mir nicht. Ich sehe nur nach den militärischen Aktivposten. Den eigentlichen Widerstand leitet einer unserer …« Sie verstummte, sah hoch und lächelte über das ganze Gesicht. »Ich glaube, Sie sollten sich besser selbst vorstellen.« Sie drehte sich zu einem der Techniker am Fuß des *Masakari* um. »Können Sie ihn reparieren?«

Der Mann zuckte die Schultern. »*Shirimasen.*«

»Überprüfen Sie auch die anderen und machen Sie Meldung«, sagte sie zu dem Mann, der bereits wieder damit beschäftigt war, den Schaden am Schienbein des *Masakari* zu begutachten. Der Mann nickte ohne ein Wort und kümmerte sich weiter um seine Inspektion. Cantrell tippte Rose auf den Arm und begab sich zu einem Seitentunnel.

»Lassen wir sie in Ruhe arbeiten«, sagte sie. »Es sind einige der besten Techniker, die ich je gesehen habe. Trotz der primitiven Ausrüstung, die wir hier unten haben. Man wird uns eine Zusammenfassung geben, wenn sie sich alle Mechs angesehen haben.« Rose nickte und folgte Cantrell, als sie sich durch das dichte Gedrängel arbeitete. Die restlichen Thorns folgten ihnen in einer unförmigen Traube. Sie sahen eher wie eine Gruppe Touristen aus, nicht wie Krieger. Rose hätte gern darüber gelacht, aber die Situation war viel zu ernst.

»Entschuldigen Sie, *Sho-sa* Cantrell«, sagte er, als sie den Seitentunnel betraten, »aber Sie scheinen uns sehr schnell zu vertrauen. Wenn Sie wirklich der Untergrundbewegung angehören, bekämpfen Sie die Clans. Sollten da nicht die Sicherheitsmaßnahmen ein wenig strenger gehalten werden?«

»In jeder Hinsicht«, erwiderte sie, während die Gruppe weiterging. »Wir haben Ihr Schiff in dem Moment geortet, als es in die Atmosphäre eintrat. Erst glaubten wir, daß Sie zu dem industriellen Zentrum im Norden wollten. Als das Schiff jedoch angegriffen wurde, hat man Sie sozusagen rausgeschmissen.« Sie schmunzelte über den kleinen Witz, unterbrach ihren Gedankengang jedoch keine Sekunde. »Wir haben Sie nach dem Absprung verloren. Seitdem haben Dusty und ich die Berge nach Ihnen abgesucht. Hab ich recht, Dustin?« fragte sie ihren Begleiter. Der Mann sah Rose nur an und nickte.

»Dustin redet nicht viel«, erklärte Cantrell.

»Warum haben Sie nach uns gesucht«, wollte Bell wissen. Er ging schräg hinter Rose.

Cantrell reckte bei dieser Frage den Kopf. »Nun, Sie sind die dritte Sturmtruppe in Kompaniegröße, die in den letzten zwei Jahren auf diesem Planeten gelandet ist. Das ist nichts Außergewöhnliches. Das Besondere ist, Sie sind die ersten, die in die Nähe unserer Basis kamen, und auch die ersten, die ihr Landungsschiff verloren haben.«

Rose blieb abrupt stehen und griff nach dem Arm der Frau. Cantrell zuckte zusammen, als sie begriff. »Entschuldigung, Sie wußten nichts von dem Schiff, oder?« Sein Blick sprach Bände, aber Rose schüttelte dennoch den Kopf.

»Schwerer Verlust«, sagte sie. »Es tut mir leid, daß Sie die Neuigkeit so unverblümt erfahren mußten. Ihr Schiff ist einige hundert Kilometer von hier abgestürzt. Seitdem krabbeln unzählige Clantechniker darin herum.«

Rose mochte den Tonfall nicht, in dem sie das sagte, aber sein Gehirn war noch viel zu sehr damit beschäftigt, den Verlust des Schiffes zu verarbeiten. Waren sie wirklich auf diesem Planeten gestrandet, wie Cantrell es andeutete? Die Auswirkungen seiner momentanen Situation trafen ihn wie ein Blitzschlag. Alles war viel schlimmer, als er gedacht hatte. Cantrell führte die Gruppe in einen seitlich gelegenen Raum, in dem einige Tische standen. An den Wänden befanden sich Schlafkojen. In den Gängen und Seitenräumen waren statt der Halogenscheinwerfer einfache Glühbirnen angebracht. Cantrell sah sich im Raum um.

»Sie können erst einmal hier bleiben. Die früheren Bewohner dieses Raumes benötigen ihn nicht mehr.« Sie machte eine kurze Pause. Rose verstand genau, was sie meinte. »Wir haben kein fließend Wasser, aber es gibt einige unterirdische Brunnen in der Nähe. Einer der Techniker wird Ihnen Eimer bringen und zeigen, wo die Brunnen liegen. Ich nehme an, Sie möchten sich etwas frisch machen.

Noch ein paar Dinge, bevor ich Sie verlasse. Erstens, nehmen Sie immer eine Taschenlampe mit, wenn Sie irgendwohin gehen. Die Energieversorgung ist verläßlich, aber schon der kleinste Stromausfall kann Sie in arge Bedrängnis bringen, wenn Sie allein sind. Zweitens, tragen Sie immer Ihre Waffe bei sich. Ich sehe, daß den meisten von Ihnen dies bereits in Fleisch und Blut übergegangen ist. Wenn Sie glauben, es wäre hier unten sicher, denken Sie besser noch einmal darüber nach.«

Cantrell wandte sich zum Gehen, aber Rose legte ihr höflich die Hand auf den Arm. »Einen Moment bitte, *Sho-sa*. Das geht alles ziemlich schnell. Ich habe einige Fragen, die auf eine Antwort warten, wenn ich Sie bitten darf.«

Cantrell sah erst auf ihre Uhr, dann zu Dustin. Der schüttelte den Kopf. »Na gut, aber machen Sie schnell.«

»Erstens, wir haben niemals etwas von einem organisierten Widerstand gegen die Clans auf Courcheval gehört. Wissen die Kuritas, daß Sie hier sind?«

Cantrell schnaubte und warf Rose einen fragenden Blick zu. »Ich hoffe doch. Wir kommunizieren mit ihnen drei- bis viermal im Jahr. Meistens durch Piraten, die sich an der Grenze aufhalten, oder durch militärische Schiffe. Das aber eher selten.« Cantrell schüttelte den Kopf und wehrte damit die nächste Frage von Rose ab. »Die Umstände, unter denen die Kontakte zustande kommen, sind nicht für Außenstehende gedacht. Ich denke, Sie verstehen das.«

Rose nickte. »Das hier sieht nach einer ziemlich großen Operationsbasis aus. Wie konnten Sie die so lange geheimhalten?«

Cantrell kratzte sich am Kopf, während sie über die Frage nachdachte. »Ich nehme an, mit viel Glück. In Wirklichkeit sind wir nicht so groß. Es sind immer nur ein paar hundert Mann zur selben Zeit hier in der

Basis. Hier befindet sich hauptsächlich Infanterie. Das bedeutet, daß wir nur in den seltensten Fällen in einen direkten Kampf mit den Clans verwickelt werden. Wir tauchen auf, schlagen zu und verschwinden wieder.«

»Was ist mit den ganzen Fahrzeugen? Werden sie überhaupt nicht genutzt?« fragte Eber.

Cantrell schüttelte den Kopf. »Nicht oft. Wir benutzen nur manchmal die zwei Luftkissenfahrzeuge, aber das ist auch schon alles. Sie sind schnell und wendig. Der Rest der Ausrüstung ist zu alt und zu langsam. Wir behalten sie lediglich aus Sicherheitsgründen, nicht weil wir damit wirklich Schaden anrichten können.«

»Sie sind also Guerillas«, bemerkte Bell.

Cantrell drehte sich zu ihm um und nickte. »Beinahe, aber wir sind wählerisch. Früher waren wir nicht so kleinlich, was unsere Ziele betraf, und die Katzen trugen es an die Öffentlichkeit. Jetzt schlagen wir nur noch bei militärischen Zielen zu. Es ist mehr eine Kommandotaktik als eine Guerillataktik. Genaugenommen sind wir noch nicht einmal ein Kommando. Wir sind mehr eine Aufklärungsstreitmacht. Wir erstellen Geheimdienstberichte über die Clans oder schlagen manchmal bei einem Objekt zu, aber wir haben nicht die Ausrüstung, um mehr zu tun. Ergibt das einen Sinn?«

Nicht wirklich, dachte Rose, hielt aber den Mund. Die Widerstandsbewegung wußte offensichtlich, was hier passierte, und das allein zählte. »Woher wußten Sie, daß wir kommen?«

Cantrell sah erneut auf die Uhr. »Wir wußten es nicht. Wir wollten vor über sechs Monaten einen Anschlag auf die Fabrik im Norden verüben. Die Katzen habe sie fast wieder hergestellt und können mit der Produktion beginnen. Wir dachten, ein ›chirurgischer‹ Eingriff könnte sie um ein Jahr oder so zurückwerfen. Schien uns eine gute Idee, aber die Fabrik war zu gut bewacht.

Unglücklicherweise war die Garnison in der Fabrik durch einen Trinärstern aus der Kavallerie der Novakatzen verstärkt worden. Eine Frontlinien-OmniMech-Einheit. Wenn Sie irgendwo in der Nähe der Fabrik gelandet wären, hätte die Kavallerie Ihre Einheit in den Boden gestampft.« Sie lachte hell auf. »Keine Offensive«, fügte sie noch hinzu.

»War nicht geplant«, antwortete Rose automatisch.

»Also gut, ich muß Bericht erstatten. Ich schicke Ihnen jemanden, der Sie herumführt. Ihre Mechs werden wir reparieren, so gut wir können.« Cantrell lächelte Rose an. »Irgendwie sind wir gemeinsam in die Sache verstrickt, richtig?« Rose nickte, aber sein Geist arbeitete schon den nächsten Schritt aus.

»Eine Frage noch«, sagte Ria. »Wo sind wir?«

»Dies ist die Mine von Silverton & Söhne. Im Augenblick stehen wir in einem der alten Arbeiterquartiere. Direkt davor verläuft Tunnel Nummer Siebenundvierzig, der zu den aktiven Minen einige Ebenen tiefer führt. Der ganze Komplex ist ein Labyrinth von Tunneln und Schächten.«

»Ich hätte gedacht, dies wäre der erste Ort, an dem die Novakatzen nach einer Untergrundbewegung suchen würden«, warf Esmeralda ein.

»Das taten sie auch.« Cantrell grinste. »Aber die Katzen waren zu schnell. Am Anfang waren wir viel zu desorganisiert, um eine solche Basis zu halten. Wir sind erst vor vierzehn Monaten hier eingezogen.«

»Und sie sind nicht zurückgekommen, um den Ort ein weiteres Mal zu überprüfen?« fragte Bell ungläubig.

Cantrell schüttelte den Kopf. »S und S haben den Laden vor fünf Jahren geschlossen, als man den gesamten Komplex für instabil erklärte. Ich nehme an, die ganze Anlage steht auf einer geologischen Falte. Die planetare Regierung erklärte die Mine für unsicher und drängte auf eine Schließung. Als die Katzen die Minen unter die Lupe nahmen, waren sie bereits verlassen.«

»Das heißt, dieser ganze Komplex kann jeden Augenblick in sich zusammenstürzen.« Bell wurde sichtlich nervös.

Dustin lachte. Das erste Geräusch, das er machte, seit die Black Thorns ihm begegnet waren. »Wollen wir etwa ewig leben?« fragte er durch zwei Reihen schiefer Zähne. Bell grinste zurück. Offensichtlich war er jedoch nicht mit der Antwort zufrieden. Cantrell boxte Bell gegen die Schulter, dann streckte sie den Daumen nach oben. Bell erwiderte den Salut halbherzig, als das Paar den Raum verließ.

»Ich glaube, ich fange an, diesen Ort zu hassen«, bemerkte Bell, als er sich in dem Quartier umsah. Einige der Thorns nickten zustimmend.

Rose ignorierte den Kommentar. »Wir müssen uns etwas einfallen lassen. Machen wir es uns bequem, wir bleiben vielleicht etwas länger hier. Nehmt euch die Worte von *Sho-sa* Cantrell zu Herzen. Zusätzlich möchte ich, daß ihr euch nur paarweise bewegt. Niemand verläßt diesen Raum allein, habt ihr verstanden?« Er sah sich die versammelte Gruppe an, um sicherzugehen, daß jeder die Wichtigkeit dieses Befehls begriffen hatte.

»Wir haben noch ein Problem«, brachte Myoto aus dem Hintergrund zum Vortrag.

»Das erzählst du mir«, grummelte Bell mit einem schnellen Blick an die Decke.

»Ich meine das Landungsschiff«, fuhr sie fort. »Wenn das stimmt, was *Sho-sa* Cantrell sagt, haben die Novakatzen Zugriff auf die Computer der *Tracy K.*«

»Und?« fragte Ria etwas verwirrt.

»Das bedeutet, sie haben Zugang zu den Kontrollcodes und zu den Unterlagen dieser Mission«, antwortete Rose.

Myoto nickte unheilverheißend. »Es ist nicht unmöglich, daß die Novakatzen sich mit den Sprungschiff vereinen und an Bord der *Tracy K* nach Wolcott zurückkehren.«

»Ein trojanisches Pferd«, murmelte Esmeralda.

Myoto runzelte kurz die Stirn, dann nickte sie zustimmend. »Wenn sie es fertigbringen, das Sprungschiff zu übernehmen, können sie nicht nur nach Wolcott reisen, sondern auch zum nächsten Zielpunkt des Schiffes.«

»Luthien«, sagte Riannon einfach. Myoto schloß die Augen und nickte.

»Da hängt plötzlich viel mehr dran als die einfache Tatsache, daß wir auf Courcheval festsitzen«, bemerkte Esmeralda. »Es klingt fast so, als hätten wir den Novakatzen den Schlüssel zur Haustür von Luthien gegeben.«

»Ich habe gesagt, es ist nicht auszuschließen«, wiederholte Myoto.

»Sie könnten Wolcott auch von der Versorgung abschneiden«, gab Yuri zu bedenken. Die anderen Black Thorns sahen den jungen Mann an. Er zuckte die Schultern. »Nur eine Überlegung«, fügte er selbstbewußt hinzu.

»Ihr habt alle recht«, sagte Rose. »Wir haben ein Problem, das nach einer sofortigen Lösung schreit, aber wir sind nicht in der Lage, etwas dagegen zu unternehmen. Legt euch hin und ruht euch ein wenig aus. Das ist ein Befehl. Ria, du und ich werden uns bei den Führern des Widerstands vorstellen. Ihr anderen bleibt in der Nähe dieses Raumes. Wenn wir mehr wissen, möchte ich jeden in die Planung mit einbeziehen.«

»Eine letzte Sache, Kapitän«, rief Kätzchen. »Ich möchte eine kurze Gedenkfeier für Badicus und Greta.« Sie blickte auf den Boden, wo sie mit der Stiefelspitze im Dreck bohrte. »Nichts Großartiges. Nur ein paar Worte.« Sie strich sich eine Träne aus dem Augenwinkel.

»Natürlich«, erwiderte Rose. Er warf einen Blick auf die Uhr. »Die Gedenkfeier findet eine Stunde nach Rias und meiner Rückkehr statt.« Rose konnte richtig sehen, wie sich bei dem Gedanken der Mantel der Trauer über der Gruppe ausbreitete. So war es auch gewesen, als Angus auf Borghese starb. Eine kleine Einheit wie die Black Thorns fühlte den Verlust eines Mitgliedes immer stärker als eine größere, unpersönlichere Gruppe. Es würde viel Zeit vergehen, bevor die emotionalen Wunden verheilt waren.

»Legt euch jetzt hin.« Mehr fiel ihm nicht ein, was er noch hätte sagen können. »Ihr seht alle aus, als könntet ihr ein wenig Schlaf gebrauchen.«

26

Courcheval
Novakatzen-Besatzungszone

30. Juli 3057

Sterncolonel Denard schritt an den Wachen entlang durch die Halle. Thrace folgte ihm auf dem Fuß. Wie nicht anders erwartet, nahmen die Elementare Haltung an, als Denard zwischen ihnen vor der Doppeltür stand. Ohne seinen Schritt zu ändern, riß er die Türen weit auf und stürmte in den Raum. Thrace drehte sich um und schloß die Außenwelt wieder aus. Denard ging den kleinen Flur zum Hauptraum der Suite hinunter. Im Bogengang hielt er an und nahm die Szenerie in sich auf. Über den ganzen Raum waren einige gepolsterte Sessel und Sofas verteilt, immer in der Nähe eines Tisches, auf dem ein Computer stand. Rechts und links konnte er die geschlossenen Türen sehen, die zu den angrenzenden Schlafzimmern führten. Direkt gegenüber dem Eingang war ein riesiges Panoramafenster, das den Blick auf die Ebene hinter der Anlage freigab. Von hier oben, vier Stockwerke über dem Boden, hatte man eine phantastische Aussicht.

Im Raum selbst befanden sich nur drei Leute. Zwei davon starrten auf ihre Computer, der dritte sah aus dem Fenster. Denard zweifelte nicht daran, daß die Leute seinen Eintritt bemerkt hatten, aber keiner machte sich die Mühe aufzublicken. Deveraux lächelte. Die drei Gefangenen wollten ihm zeigen, daß sie wenigstens noch ein bißchen Würde besaßen. Aber durch die Gefangennahme hatte das Trio in Denards Augen schon lange sein Anrecht auf Würde verloren.

»Käpten Danes«, sagte Denard, »endlich treffen wir uns. Ich bin Sterncolonel Denard Deveraux.« Er durchquerte den Raum mit einigen ausladenden

Schritten. Danes hatte nicht einmal die Zeit, sich vom Fenster wegzudrehen, bevor Denard seine Hand zur Begrüßung ausstreckte. Das Händeschütteln hatte in der Gesellschaft der Clans keine Bedeutung. Aber Denards Berater hatten ihm versichert, daß das Ausstrecken der rechten Hand zum Gruß den Käpten beruhigen würde. Was sie ihm nicht gesagt hatten, war die Tatsache, daß Danes seine rechte Hand verloren hatte und diese durch eine Schlinge ersetzt wurde. Danes lehnte die Begrüßung ab und blickte weiter aus dem Fenster. Köpfe würden nach dieser Begegnung rollen, aber jetzt mußte er erst einmal die Initiative zurückgewinnen.

»Eine wunderschöne Aussicht, *frapos*?« fragte er schließlich.

»Ja«, stimmte Danes zu, »es ist wirklich eine wunderschöne Aussicht.«

Denard blickte über den Käpten des Landungsschiffes hinweg. »Ich nehme an, Sie empfinden Ihre Unterbringung als komfortabel.« Danes nickte, sprach jedoch kein Wort. Hinter sich hörte Denard die anderen beiden Besatzungsmitglieder aufstehen und den Raum verlassen. Thrace blieb auf der anderen Seite des Raumes in Hörweite des Gesprächs.

»Ich muß schon sagen«, begann Danes, »die Art und Weise, wie Sie uns behandeln, ist überaus mysteriös. Sagen Sie mir, werden alle Gefangenen so vorzüglich behandelt?« Danes deutete mit einer Bewegung seiner noch vorhandenen Hand auf die Suite.

Denard grinste und rieb sich das Kinn. »Die Wahrheit? Nein, Sie und der Rest Ihrer Besatzung wurden aufgrund ihres besonderen Status für diese spezielle Ehre ausgewählt.« Danes hatte diese Antwort bereits erwartet. Er besaß etwas, das die Novakatzen haben wollten. Sie würden ihn so lange gut behandeln, wie sie glaubten, auf diesem Weg zum Erfolg zu kommen. Er hatte keine Zweifel darüber, was mit ihm und seiner

Besatzung passieren würde, wenn die Novakatzen ihr Ziel erreicht hatten. Sklaverei oder Schlimmeres.

»Sagen Sie mir, erholt sich MechKriegerin Podell wieder?« Denards Frage traf ihn unvorbereitet. Wahrscheinlich war sie auch deswegen so formuliert. Der Käpten des Landungsschiffs schmunzelte.

»Ihre Fähigkeiten auf medizinischem Gebiet helfen ihr, schnell zu genesen. Sie ist heute morgen kurz aufgestanden. Ich nehme an, sie wird bald wieder die alte sein.«

»Das sind wirklich wundervolle Neuigkeiten. Ein Krieger ist immer ein Aktivposten, den man nicht so leicht abschreiben sollte.«

»Erzählen Sie mir, Sterncolonel«, sagte Danes, »welchem Umstand verdanke ich Ihren Besuch? Ihre Ärzte haben mir bestätigt, daß Sie ein wichtiger Mann auf diesem Planeten sind. Sicherlich haben Sie wichtigere Dinge zu tun, als sich mit einem einfachen Landungsschiffkäpten zu unterhalten.«

Nichts ist bedeutender als unser Gespräch, dachte Denard bei sich. Er schlug die Hände hinter dem Rücken zusammen. »Vielleicht sollten wir es uns ein wenig bequemer machen, *frapos*?« Er deutete auf zwei Stühle. Danes wählte den in der Nähe des Fensters. Dadurch hatte Denard den Bogengang und den Flur im Rücken. Thrace stand dort und hielt Wache. Deveraux ging zu dem zweiten Stuhl und nahm Platz.

Er studierte den Landungsschiffkäpten intensiv, während dieser noch nach einer komfortablen Position im Sessel suchte. Deveraux wußte, daß Danes seit dem Absturz des Schiffes physische und emotionale Schmerzen durchlebte. Er hatte beschlossen, diese Schmerzen zu seinem eigenen Vorteil zu nutzen, wenn nötig sogar noch zu steigern.

Beim Absturz des Schiffes waren die meisten Besatzungsmitglieder umgekommen. Die einzigen Überlebenden waren Danes, der Navigator und der Frachtleiter. Die Brücke war fast vollkommen zerstört worden. Dort starben auch die meisten Menschen. Danes war aus seinem Kommandosessel gegen die Navigationskonsole geschleudert worden. Der Aufprall mußte ihm den Arm gebrochen haben, aber das stand nicht in den Aufzeichnungen, die Denard gesehen hatte. Mit Sicherheit gab es noch andere Wunden.

So wie es aussah, war die Navigationskonsole die einzige Station, die nicht zerstört wurde. Der Pilot wurde durch eine herabfallende Strebe getötet, der Rest der Besatzung durch die daraufhin zusammenbrechende Decke. Es war ein Wunder, daß durch das beschädigte elektronische System kein Feuer ausbrach. Der Frachtleiter hatte aus purem Glück überlebt.

Schließlich hörte Danes auf, in dem Sessel herumzurutschen. Entweder hatte er die richtige Stellung gefunden oder er hatte es einfach aufgegeben. Denard bemerkte plötzlich die fehlende Farbe im Gesicht des Käptens. Er fragte sich, ob das natürlich war oder ein weiteres Anzeichen für seinen Zustand.

»Sie haben ein Meisterwerk vollbracht, als Sie Ihr Schiff heil herunterbrachten.« Danes hüstelte und blickte sich in dem Raum um. Er war offensichtlich nicht glücklich über dieses Lob.

»Das meine ich ernst«, fuhr Denard fort. »Ich kenne keinen anderen Käpten, der das geschafft hätte. Wenn ich mir den Schaden betrachte, den die Kavallerie der Novakatzen Ihrem Schiff zugefügt hat, bin ich erstaunt, daß das Schiff die Landung überhaupt überstanden hat.«

Danes starrte Denard an. Dieser Riese von Mann sollte ruhig das Gespräch führen. Er war sich sicher, wo das Gerede enden würde, aber er konnte nichts dagegen machen. Nachdem er das Bewußtsein auf der Brücke der *Tracy K* wiedererlangt hatte, wollte er den Selbstzerstörungsmechanismus in Gang setzen, aber die schwerwiegenden Beschädigungen hatten das System lahmgelegt. Mit mehr Zeit hätte er den Computer zerstören können, doch nach dem Absturz konnte er sich kaum bewegen. Danes wurde keine fünf Meter von der Stelle entfernt durch Clan Elementare gefangengenommen, an der er aufgewacht war.

»Sie wissen, warum ich hier bin, *frapos*?« sagte Denard endlich.

»Ich weiß.«

»Die angebrachte Antwort wäre pos oder neg. Verstehen Sie?« Danes blickte Denard glasig an, nickte dann aber doch mit dem Kopf. »Sehr gut. Richtige Grammatik ist einer der Eckpfeiler guter Kommunikation.« Denards Augen wurden zu Schlitzen. Trotz seiner entspannten Haltung sah er jetzt wie ein Wahnsinniger aus. »Ich würde mich hassen, wenn ein Mißverständnis eine so behutsam aufgebaute Situation zerstören würde.«

Plötzlich war der starre Blick verschwunden, und Denard lächelte fast. Eine Geste, die Danes nicht erwiderte. »Sie hatten nicht die Möglichkeit Ihr Schiff zu vernichten. Sie haben es auch nicht geschafft, die Daten aus dem Computer zu löschen. Das sind die Fakten.« Denard sprach nicht weiter. Statt dessen verschränkte er die Finger vor seinem Gesicht. Die Zeigefinger berührten leicht die Lippen. »Wenn Sie dazu imstande gewesen wären, hätten Sie beides getan, *frapos*?«

»Pos«, flüsterte Danes.

Denard nickte billigend. »Sehr gut. Ich hatte von einem verdienten Krieger auch nichts anderes erwartet. Schon gar nicht von einem Käpten. Wie auch immer, Sie hatten dazu keine Zeit mehr, und ich habe somit eine seltene Möglichkeit.« Er grinste wie die Katze, die seinem Clan den Namen gab.

»Sie wissen, daß ich die präzisen Koordinaten von Ihrem Sprungschiff habe, *frapos*?«

»Pos«, erwiderte Danes. »Zumindestens weiß ich, daß Sie die Daten bald haben werden. Trotzdem werden Sie Probleme haben, aus diesen Informationen Nutzen zu ziehen.«

Denard ließ seinen Blick zu der passiven Thrace schweifen und hob einen Ellbogen. Ich hab es ja gesagt, schien diese Bewegung auszudrücken. Danes und Thrace ignorierten jedoch den Blick.

»Neg, Käpten. Ich kann diese Information sehr gut nutzen. An diesem Punkt kommen Sie ins Spiel.« Danes richtete sich in dem Sessel auf. Denards wildes Grinsen wurde noch breiter.

»Viele Ihrer wichtigsten Dateien sind durch einen Code geschützt, *frapos*?«

»Pos«, erwiderte Danes mit einem Lächeln.

»Und, wenn meine Techniker recht haben, löschen sich diese Datenfiles, wenn man nicht das richtige Kennwort eingibt, *frapos*?«

»Pos.«

Denard stülpte die Lippen und nickte. Er hatte nichts anderes bei einem Militärschiff erwartet. Die Computer des Landungsschiffs enthielten zu viele wichtige Informationen, die nicht in die Hände des Feindes fallen durften. Mit dem Sprengstoff, den seine Techniker bereits entfernt hatten, konnte man die Hardware sechsmal in die Luft jagen. Was jetzt noch übrigblieb, waren die Kennungen der Software.

»Ich will Ihr Landungsschiff haben, und ich will es haben, um Ihr Sprungschiff zu kapern. Sie können nichts dagegen unternehmen. Alles wird wie geplant ablaufen.« Denard lehnte sich in seinem Stuhl vor, die Ellbogen auf den Knien.

»Sie können mir entweder die Zugriffscodes für die Daten freiwillig geben, oder ich werde sie Ihrem Gedächtnis entreißen. Überschätzen Sie sich nicht. Unsere Kaste von Wissenschaftlern hat Drogen entwickelt, die Informationen aus Ihrem Gehirn herausfiltern, von denen Sie gar nicht wußten, daß es sie gibt.« Denard lehnte sich wieder in dem Sessel zurück. »Natürlich wird das Gehirn dabei komplett zerstört. Sie würden Ihre verbleibenden Tage als sabbernder Idiot verleben.«

»Aber Sie können sich bei den Informationen nicht sicher sein«, konterte Danes.

»Die Droge hat in den letzten Jahren eine Erfolgsquote von sechsundsiebzig Prozent gezeigt. Drei von vieren ist gut genug für mich«, antwortete Denard.

»Ich könnte mich einverstanden erklären und Ihnen dann den falschen Code geben«, spottete Danes. »Die Informationen wären für immer verloren – und Sie könnten nichts daran ändern.«

Denard nickte und lehnte sich wieder nach vorn. »Nichts, außer meiner Rache. Erst an der MechKriegerin, dann an Ihrer Besatzung, dann die Zivilisten auf Courcheval. Sie werden weiterhin als mein Gast behandelt. Die anderen würden qualvoll leiden, und das nur wegen Ihnen.«

Danes wollte den Worten Denards widersprechen, aber der eiskalte Blick des Mannes ließ keine Zweifel aufkommen. Er wußte ganz genau, daß der Clanner sein Vorhaben bis ins letzte Detail durchführen würde. Vielleicht würde er sich sogar daran erfreuen, erkannte Danes mit einem Schaudern.

»Und wenn ich mich bereit erkläre, Ihnen die Zugriffscodes zu geben? Was passiert dann?«

Denard sah zu Thrace herüber. Egal was Danes jetzt sagte, beide Elementare wußten, daß der Landungsschiffkäpten kooperierte. Keiner hatte daran gezweifelt, daß Denard den Käpten umdrehen konnte. Daß es jedoch so schnell geschehen würde, war unerwartet.

»Wir nehmen Sie und die überlebenden Besatzungsmitglieder mit uns«, sagte Denard. »Auf diese Art haben wir Sie und die Codes. Vielleicht können Sie uns sogar helfen, wenn wir unterwegs sind.

Wenn wir unser Ziel erst einmal erreicht haben, lassen wir Sie irgendwo aussteigen, und Sie können machen, was Sie wollen.« Denard breitete seine Hände aus. »Sie gehen Ihren Weg, und ich den meinen.«

»Als Gegenleistung für meine Freiheit und die meiner Besatzung übergebe ich Ihnen nur mein Landungsschiff und das Sprungschiff des Kombinats?«

Denard überdachte die Frage. »Pos. Das ist im großen und ganzen unsere Vereinbarung.«

Danes richtete sich in dem Stuhl auf und durchdachte seine begrenzten Möglichkeiten. Er hatte sich innerlich schon auf das Leben eines Leibeigenen vorbereitet. Als Elementare ihn zum erstenmal gefangennahmen, hatte er keine Zweifel über sein Schicksal. Der Gedanke an ein Leben in Sklaverei ängstigte ihn, aber er würde es eher mit Freude akzeptieren als zum Verräter werden.

Die Tatsache, daß der Elementar sich entschlossen hatte, das Sprungschiff zu kapern, warf ein vollkommen neues Licht auf die Situation. Der Clansmann würde anscheinend alles tun, um das zu erreichen. Danes wußte, daß er nur ein Werkzeug war, das man benutzte und dann zur Seite legte. Wenn er das Angebot annahm, konnte er vielleicht etwas ändern, aber er hatte nicht die leiseste Idee, was das sein würde. Wenn er ablehnte, mußten andere für ihn leiden.

»Kann ich es mir durch den Kopf gehen lassen?« fragte er schließlich.

Denard nickte feierlich. »Aber natürlich, Käpten. Ich werde morgen wiederkommen, dann können wir die Situation erneut diskutieren. Ich bin sicher, daß die Techniker, die an Ihrem Schiff arbeiten, noch einiges zu tun haben.« Denard stand auf. Danes wollte es ihm gleichtun, aber der Elementar stoppte ihn mit einer freundlichen Handbewegung.

»Kein Grund aufzustehen, Käpten. Ich kann mich selbst rauslassen.« Denard drehte sich ohne einen weiteren Blick um und warf Thrace ein kurzes Lächeln zu, als er an ihr vorbeiging. Mit einem Nicken in Danes Richtung folgte sie ihrem Kommandanten. Denards Plan schien perfekt zu funktionieren, dachte sie. Wenn das abendliche Treffen mit Sterncolonel Bondan ebenso glatt lief, konnte nichts mehr schiefgehen.

27

Courcheval
Novakatzen-Besatzungszone

30. Juli 3057

Das Treffen mit den Führern der Widerstandsbewegung war genauso entmutigend, wie Rose es sich vorgestellt hatte. Wie erwartet, waren sie mehr darüber besorgt, ihr Versteck geheimzuhalten und die Streitkräfte keiner unnötigen Gefahr auszusetzen, als die Novakatzen davon abzuhalten, das Landungsschiff für ihre Zwecke zu mißbrauchen. Lediglich *Sho-sa* Cantrell war bereit, sich für Rose einzusetzen. Sie wurde jedoch von den politischen Führern überstimmt. Sie gaben alle zu, daß die Übernahme der *Tracy K* eine große Gefahr für das Kombinat darstellte, aber da es keinen direkten Einfluß auf die Situation auf Courcheval hatte, wollten sie ihre Köpfe nicht zu weit vorstrecken. Es war das typische kurzsichtige Denken von Politikern, wie Rose es sein Leben lang beobachtet hatte.

Er konnte sein Temperament nur mit Hilfe seiner Schwester zügeln, die ihm einige ausgesuchte Worte von der Seite her zuflüsterte. Am Ende hatte Rose nur erreicht, daß die Guerillas die Mechs der Black Thorns so weit wie möglich reparierten. Danach konnten sie wieder gehen. Selbst dieses Zugeständnis war nur schwer von den Führern zu erhalten, jetzt, wo die Thorns die Position ihres Verstecks kannten. Wenn auch nur einer der Piloten von den Novakatzen gefangengenommen wurde, war die ganze Untergrundbewegung in Gefahr. Rose war nicht geneigt, sich der optimistischen Ansicht seiner Schwester anzuschließen. Trotzdem gab er zu, daß die Reparatur der Mechs ein wichtiger Punkt war. Obwohl nur wenige BattleMechs interne Schäden aufwiesen, waren die meisten Panzerungen beschädigt und mußten ausgebessert werden. Zurück in ihrem derzeitigen Quartier, hielt Rose eine kleine Gedenkfeier für O'Shea und Podell ab. Als es darum ging, einige Worte über Greta zu sagen, fiel ihm erst auf, wie kurz doch die gemeinsame Zeit gewesen war. Kätzchen sprang für ihn ein und erzählte den anderen Thorns, was sie über Podell wußte. Rose war überrascht über die tiefen Gefühle, die Kätzchen jetzt so offen zeigte. Am Ende ihrer kurzen Rede wurde ihm bewußt, wie eng die Verbindung zwischen den beiden Frauen gewesen war.

Die nächsten zwei Tage verliefen für die Thorns ereignislos. Rose überdachte die Möglichkeiten der Kompanie, während Eber und Esmeralda Reparaturgruppen bei den Mechs anleiteten. *Sho-sa* Cantrell verbrachte viel Zeit mit den Black Thorns und versorgte sie mit allgemeinen Informationen über Courcheval und die Novakatzen.

Sie lernten die hiesigen Namen der BattleMechs, gegen die sie gekämpft hatten. Viele der zweitklassigen Mechs waren nur neu zusammengebaute Modelle der Inneren Sphäre und hatten daher den gleichen Namen. Der kampfschützenähnliche Stahlgigant wurde hier *Galahad* genannt. Der monströse Mech, den Rose und Bell bekämpft hatten, trug den passenden Namen *Behemoth*. Zu seinem Erstaunen erfuhr Rose, daß die Garnisonssternhaufen nicht weniger als drei dieser Untiere ihr eigen nannten, vielleicht sogar mehr. Auch wenn diese Mechs ebenfalls als zweitklassig eingestuft wurden, hatte Rose einen Heidenrespekt bekommen.

Am Ende des zweiten Tages kam Rose zu dem unumstößlichen Entschluß, die *Tracy K* entweder zurückzuerobern oder zu vernichten. Er mußte nur noch herausfinden, wie man diese Heldentat vollbringen konnte. Myoto hatte diesen Vorschlag von Anfang an gemacht, aber es bedurfte langer Diskussionen und Überlegungen, bis Rose und der Rest der Black Thorns ihr zustimmten. Scouts des Widerstands hatten es fertiggebracht, nahe genug an das Camp zu gelangen, das um das abgestürzte Landungsschiff entstanden war. Als sie zurückkehrten, hatte Rose weitere Informationen, die er sich durch den Kopf gehen ließ. Cantrell gab ebenfalls ein paar neue Einblicke zum besten. Am Abend des zweiten Tages kam sie mit unerwarteten Neuigkeiten in der Höhle an.

»Sehen Sie sich das an«, sagte sie und warf einen Packen Holobilder vor Rose und Riannon auf den Tisch.

»Das ist Danes«, erklärte Ria, während sie auf das oberste Bild blickte. Rose bestätigte die Aussage. Das Bild zeigte eindeutig, wie Danes in ein Landungsschiff geführt wurde. Man brauchte nicht viel Phantasie, um sich vorzustellen, wo sie ihn hinbrachten.

»Ist er immer noch dort?« wollte Rose wissen und nahm den Packen an sich.

Cantrell schüttelte den Kopf. »Nein«, sagte sie. »Er blieb etwa eine Stunde, dann eskortierte man ihn wieder vom Schiff runter.« Rose nickte geistesabwesend, während er sich alle Bilder der Reihe nach ansah.

Sie waren offensichtlich mit einer hochauflösenden Militärlinse aufgenommen worden, die nur zu diesem einen Zweck konstruiert war. Das war auch besser so, bedachte man die Sicherheitsvorkehrungen im und um das Camp herum. Die Qualität war sehr gut, nur die Tiefenschärfe ließ, wie üblich bei solchen Aufnahmen, zu wünschen übrig. Die Bilder zeigten Danes in verschiedenen Posen. Das Resultat eines automatischen Bildtransports.

»Ihre Scouts leisten gute Arbeit«, sagte Rose, als er die Bilder an Riannon weiterreichte. Cantrell lächelte geschmeichelt.

»Ich habe sie selbst ausgebildet.« Ihr Lächeln wurde breiter. »Natürlich haben sie noch ein oder zwei Dinge zu lernen, aber sie sind nicht schlecht.«

»Wie kam Danes auf das Absturzgelände«, wollte Rose wissen.

»Senkrechtstarter. Die Katzen haben eine kleine Landefläche nördlich der Absturzstelle eingerichtet. Sie wissen vielleicht, daß die Clans im Kampf keine Fahrzeuge benutzen, aber sie haben einige Versorgungsfahrzeuge in ihrer Basis.«

»Er scheint in keiner guten Verfassung zu sein«, bemerkte Ria.

»Das gilt auch für sein Schiff, aber beide werden wieder hergerichtet. Dank dem Clan der Novakatzen«, entgegnete Cantrell. Sie machte eine Pause und wartete darauf, daß Rose aufhörte, die Bilder anzustarren. »Besteht die Möglichkeit, daß er für die Katzen arbeitet?«

Rose nickte. »Ich bezweifle, daß er es zu seinem persönlichen Vorteil macht, aber wenn sie etwas haben, womit sie ihn erpressen, wird er alles für sie tun – besonders, wenn sie seine Besatzung gefangenhalten.« Rose und Cantrell warfen sich einen wissenden Blick zu. Als Kommandanten, die sie beide waren, kam die Sicherheit ihrer Leute vor der eigenen. Das war eine der Eigenschaften eines guten Führers. Es war aber auch ein Problem, besonders in Fällen wie diesem.

»Das klingt nicht gut«, gab Cantrell zu bedenken. Rose stimmte ihr zu. Myotos Vermutung, die Clans könnten die *Tracy K* gegen das Kombinat einsetzen, war schon furchteinflößend genug, aber zu sehen, wie Danes für die Novakatzen arbeitete, machte alles noch viel komplizierter.

»Eine Idee, wo man ihn gefangenhält?« fragte Ria, während sie durch die Bilder blätterte.

»Ich kann es nicht mit Sicherheit sagen, aber es sieht so aus, als ob er in der Garnison ist. Es gibt da ein paar Gebäude. Diese Information wird Ihnen allerdings nicht weiterhelfen.«

»Wer ist das?« fragte Ria und zeigte auf eine Frau, die auf jedem der Bilder in Danes' Nähe war. Cantrell blickte grüblerisch auf das oberste Bild. Dann durchstöberte sie den ganzen Stapel, um einen besseren Blick auf das Gesicht zu erlangen. Endlich fand sie, was sie suchte.

»Sterncaptain Thrace. Sie ist die rechte Hand des Garnisonskommandanten.«

»Ziemlich große Frau«, kommentierte Rose.

»Heroisch, trifft eher zu«, korrigierte seine Schwester. »Sie ist groß, und das meine ich nicht auf ihre Körpergröße bezogen. Sie läßt Eber wie einen Schwachbrüstigen aussehen.«

»Hat jemand meinen Namen genannt?« fragte Eber, der gerade den Raum betrat. Ria wurde rot.

»Nur als Vergleich«, gab Rose zur Antwort. Eber kam auf den Tisch zu und sah über Rias Schulter auf die Bilder. Ria deutete auf Thrace, und Eber ließ einen anerkennenden Pfiff hören.

»Da ist verdammt viel Frau dran«, sagte er mit einem sich ausbreitenden Grinsen.

»Sie wiegt vielleicht vierzig Pfund mehr als du«, bemerkte Rose. »Und sie scheint ebenso stark zu sein wie du.«

Diesmal lachte Eber. Dann drehte er sich zu Cantrell um. »Wie ist sie?«

»Nun, ich brauche Ihnen nicht zu sagen, daß sie ein Elementar ist. Sie ist für die Kleinstarbeit in der Garnison zuständig. Ihr Boss, Sterncolonel Denard Deveraux, ist der große Macher auf diesem Planeten. Er ist ebenfalls ein Elementar. Sie sind beide aus irgendwelchen Gründen Helden. Keine Ahnung, warum. Den Berichten zufolge ist sie tüchtig, schlau, und man sollte sie besser nicht aufs Kreuz legen.«

»Glauben Sie mir«, sagte Eber. »Ich möchte Sie nur von ihrer guten Seite kennenlernen.« Riannon wurde erneut rot, aber Eber lachte nur.

»Ihre Anwesenheit auf all diesen Bildern hat eine Bedeutung«, dachte Cantrell laut. »Sie ist Denards Spitzenassistentin. Wenn er sie beauftragt hat, auf Danes aufzupassen, können Sie darauf wetten, daß er Danes für besonders wichtig hält. Zumindest im Augenblick.«

»Das gibt uns also noch mehr zu denken«, stimmte Rose zu. »Haben Ihre Scouts eine Ahnung, wie weit sie mit dem Schiff sind?«

»Tja, das ist ein interessanter Punkt«, sagte Cantrell. »Normalerweise bauen die Clans alle wichtigen Computerbausteine aus dem Schiff aus und verbrennen den Rest, bildlich gesprochen.«

»Sie schätzen die Technologie der Inneren Sphäre nicht sonderlich«, bestätigte Riannon.

»Glauben Sie mir«, sagte Cantrell, »wenn das stimmt, was ich gesehen habe, sind die Worte Innere Sphäre und Technologie zwei unvereinbare Begriffe, was die Novakatzen betrifft. Trotzdem nehmen sie sich die Zeit und plündern ihre Ersatzteillager, um das Schiff zu reparieren.«

Ria warf ihrem Bruder einen bedeutungsvollen Blick zu. »Was genau die Befürchtung von *Chu-i* Myoto trifft.«

»Die Außenarbeiten sind fast abgeschlossen«, sagte Cantrell. »Ich kann keine genaue Zeit nennen, aber unsere Berichte besagen, daß die vollständigen Reparaturen heute im Laufe des Tages beendet sein werden. Wer weiß schon, was im Inneren des Landungsschiffs vor sich geht.«

»Also gut«, sagte Rose. »Ich nehme stark an, daß die Novakatzen die *Tracy K* nach Wolcott zurückbringen wollen, um dort einigen Schaden anzurichten. Das heißt, wir müssen sie stoppen, bevor sie Courcheval verlassen haben. Wenn sie erst einmal im Weltraum sind, werden die Kuritas erst Verdacht schöpfen, wenn die Novakatzen das Feuer eröffnen haben.«

»Und sie hindern uns an unserer Heimreise«, gab Eber zu bedenken. Rose wechselte einen Blick mit seiner Schwester. Ebers Argument war ebenso wichtig.

»Wir haben noch etwas Zeit, bis sie das Schiff beladen. Wenn sie damit begonnen haben, bleiben nur noch wenige Stunden bis zum Abflug.

Eber, ruf alle Thorns zusammen. Ich will sie in sechzig Minuten hier im Raum haben.« Rose sammelte die Bilder ein und übergab sie an *Sho-sa* Cantrell. »*Sho-sa*, ich muß so schnell wie möglich mit Ihren Vorgesetzten sprechen. Und zwar sofort. Ich weiß, sie glauben, das Landungsschiff hätte keine Bedeutung für sie, aber dem ist nicht so. Das müssen Sie ihnen klar machen.«

Cantrell verließ den Raum, gefolgt von Rose. Eber grinste Ria an und schlug ihr auf die Schulter. Dann ging er in die Höhle zurück, wo die meisten der Black Thorns an ihren Mechs arbeiteten.

Aufgrund der Photos und Aussagen der Scouts begann Ria einen Lageplan des Camps zu zeichnen. Oberflächlich betrachtet schien das keine große Aufgabe zu sein. Durch das Fehlen jeglicher Informationen und wegen des engen Zeitplans war es jedoch nervenaufreibende Kleinstarbeit.

Sie fing mit den physikalischen Begebenheiten an. Ein Landungsschiff der Union-Klasse landete auf vier Landestützen. Das kugelförmige Schiff mußte bei einer erzwungenen Landung gewöhnlich viel einstecken. Daher zogen die Piloten normalerweise einen flachen Anflugwinkel vor. Wahrscheinlich war das Schiff aufgeschlagen, abgeprallt und wieder aufgeschlagen, bevor es in einer dreißig Meter langen Furche endgültig zum Stillstand kam. Dabei waren die Landestreben am meisten beschädigt worden. Trotz des äußeren Schadens – wie es im Innern aussah, wußte keiner – würde das Schiff wieder fliegen.

Die Clans hatten eine kleine Anlage mit einigen Gebäuden im Nordosten um das Landungsschiff aufgebaut. Dort befanden sich diverse Reparaturwerkzeuge. Westlich stand eine kleine Zeltstadt, in der die Arbeiter lebten. Im Süden erstreckte sich ein Messe-, im Norden ein Versorgungszelt. Neben dem Versorgungszelt lag ein kleiner Bau, wahrscheinlich ein Verwaltungsgebäude. Die Novakatzen müssen die ganze Ausrüstung für einen solchen Fall in ihrem Keller gestapelt haben, dachte Riannon.

Das Absturzgebiet wurde von einem zusammengewürfelten Stern mit vier Mechs und fünf Elementaren bewacht. Keine Standardformation der Clans, aber die vierzehnte Garnison schien sowieso nicht dem Standard zu entsprechen. Normalerweise blieben die Elementare in der Nähe der Basis, während die BattleMechs die äußeren Regionen sicherten. Und die Mechs wechselten ständig die Patrouillenrouten.

Da die Absturzstelle auf einer flachen Ebene lag, waren keine weiteren Sicherheitsmaßnahmen eingeleitet worden. Die Verteidiger brauchten sich keine Sorgen zu machen, da sie eine angreifende Gruppe bereits auf große Entfernung sichten konnten. Die Guerillas konnten nichts gegen die Novakatzen ausrichten, die Black Thorn hatten jedoch eine gute Chance. Sie legte die Karte in die Mitte des Tisches und suchte nach verschiedenen Objekten, die die Verteidiger darstellen sollten. Kleine Steine wurden zu Elementaren, größere zu BattleMechs. Dann ging sie zu ihrer Schlafkoje und zog aus dem Kleidersack einen kleinen Beutel mit Münzen hervor.

Sie verteilte die Geldstücke auf dem Tisch und beschrieb jedes mit dem Namen eines MechKriegers. Sie beendete ihre Arbeit gerade, als Eber mit der ersten Gruppe Krieger eintraf. Innerhalb weniger Augenblicke hatte sich ihr Bruder zu ihnen gesellt. Er warf einen zustimmenden Blick auf die Karte und schenkte seiner Schwester ein freundliches Lächeln.

»Also gut, Thorns. Dann wollen wir mal. Wir müssen ein Landungsschiff zurückerobern.«

28

Courcheval
Novakatzen-Besatzungszone

4. August 3057

Cantrell platzte in das Quartier der Black Thorns und schlug auf den Lichtschalter. »Auf, auf und raus, Leute. Wir haben ernsthafte Probleme.« Sie blickte sich um und grinste. Obwohl einige der MechKrieger nur wenige Stunden geschlafen hatten, weckte sie der laute Auftritt des *Sho-sa* sofort. Vereinzelt waren sie sogar schon aus den Betten, die Hand an der Waffe. Ihr Lächeln verschwand schnell, als sie das Klicken eines Sicherheitshebels hinter sich hörte.

Sie drehte sich langsam um. Ajax entspannte sich, während er seine Pistole in das Holster zurücksteckte. Bis zu dem Zeitpunkt hatte sie ihn überhaupt nicht gesehen. »Nicht schlecht«, meinte sie, als der Kloß in ihrem Hals verschwunden war. »Sind Sie sicher, daß Sie nicht in der Infanterie sind?« Ajax grinste, schüttelte aber den Kopf.

»Wo liegt das Problem«, wollte Rose wissen. Er fuhr sich mit einer Hand durch das Haar, dann rieb er sich das Gesicht, um wach zu werden.

»Die Kavallerie ist ausgerückt. Ein Trinärstern BattleMechs bewegt sich auf die Absturzstelle zu.«

»Ich dachte, die Operation wird von dem Garnisonssternhaufen durchgeführt«, sagte Yuri. »Warum sollte die Kavallerie daran beteiligt sein?«

»Das waren auch meine Gedanken«, gab Cantrell zu, »aber sie haben sich nun mal auf den Weg gemacht. Ich habe einige Scouts entlang des Weges postiert. Wenn sie allerdings die Ebene erreichen, verlieren wir sie.«

»Wann haben sie sich in Bewegung gesetzt?« fragte Esmeralda.

Cantrell sah auf die Uhr. »Sie sind seit ungefähr einer Stunde unterwegs. In etwa dreißig Minuten müßten sie meinen letzten Aufklärungsposten passieren. Von da an brauchen sie noch etwa drei bis vier Stunden bis zur Absturzstelle.«

»Das gibt uns zwei oder drei Stunden«, bemerkte Rose. »Was passiert bei Denard?«

»Nichts Außergewöhnliches«, erwiderte Cantrell. »Außer einer kleinen Karawane BattleMechs und Infanterietransporter, die bis unter das Dach mit Elementaren und weiterer Ausrüstung vollgestopft sind.«

»Der Tanz beginnt, Kinder«, grinste Eber.

»Was ist mit den Senkrechtstartern?« fragte Rose.

Cantrells Blick wurde düster. »Sie sind vierundzwanzig Stunden am Tag einsatzfähig. Beide Transporter befinden sich in der Garnison, aber wir wissen nicht, ob sie in naher Zukunft verwendet werden sollen.«

»E.Z.A. des Konvoi?« Während Rose diese Frage stellte, war er schon auf dem Weg in die Halle. Bell folgte direkt hinter ihm.

»Der exakte Zeitpunkt der Ankunft liegt bei unter einer Stunde, wenn sie sich mit voller Geschwindigkeit bewegen«, antwortete Cantrell, die Schwierigkeiten hatte, mit den beiden Männern Schritt zu halten. »Die Fahrzeuge der Clans besitzen keine Waffen, aber es sind die schnellsten Luftkissenfahrzeuge, die Sie jemals gesehen haben.«

»Wir können sie also auf gar keinen Fall abfangen«, stellte Bell fest, während er mit seiner Kühlweste kämpfte. Rose nickte. Sie erreichten die Türen zur Haupthöhle und blieben stehen. Die anderen Black Thorns gingen um sie herum und begaben sich zu ihren BattleMechs. Die Mitglieder der Untergrundbewegung hatten die beschädigten Panzerungen ersetzt. Einige interne Fehler konnten jedoch nicht behoben werden. Die Thorns hatten rund um die Uhr gearbeitet, um ihre Mechs zu reparieren, aber es fehlte an Werkzeugen und

Ersatzteilen. Selbst wenn die Krieger wußten, wo der Fehler lag, konnten sie ihn nicht korrigieren. Der Verlust des Langstreckenraketenwerfers des *Großdracon* war das größte Handicap.

»Alles fertig?« fragte Rose Ajax, der gerade die Höhle betrat. Der kleine Mann schüttelte den Kopf und starrte seinen Kommandanten an. Manchmal fragte sich Rose, ob Ajax ihm erlauben würde, einen Fehler zu machen, damit er aus ihm lernen konnte.

»Du weißt, daß uns alles über den Köpfen zusammenbricht, wenn deine Gruppe ihre Mission nicht erfüllen kann«, fuhr Rose fort. Ajax nickte, was allerdings eher wie eine Verbeugung aussah als eine Bestätigung. Rose schlug ihm auf den Rücken und lächelte. »Viel Glück.«

Ajax lächelte zurück. »Alles, was wir brauchen, sind gute Treffer. Ich glaube eher, du brauchst viel Glück.« Mit einem kurzen Auflachen begab er sich zu seinem *Rabe*. Rose mußte dem Kommandanten der Scoutlanze recht geben. Er brauchte verdammt viel Glück, um diese Mission zu überstehen.

Cantrell schlug ihm auf den Arm und begab sich zu ihrem *Savannah Master*. Rose salutierte zum Abschied, während er beobachtete, wie sie den Helm aufsetzte und die Verkleidung öffnete. Dustin war bereits mit seinen Vorbereitungen fertig und steuerte sein Luftkissenfahrzeug in Richtung Ausgang. Rose wartete, bis auch der letzte der Black Thorns die Haupthöhle betreten hatte, dann begab er sich zu seinem *Masakari*.

Es dauerte fast zwanzig Minuten, bevor der Mech bereit war. Obwohl die Zeit knapp war, entschied sich Rose, die Maschine nicht durch einen Kaltstart des Fusionsreaktors zu belasten. Der Schnellstart hätte nur fünf Minuten gedauert, aber die Schäden, die bei den Komponenten des Reaktors aufgetreten wären, hätten ihn ein Vermögen gekostet.

Seine Gedanken wanderten zu McCloud und dem

ungeborenen Kind. Obwohl die vergangenen Tage angefüllt waren mit taktischen Diskussionen und Treffen, waren seine Gedanken nie weit von ihr entfernt. Zum x-ten Mal fragte er sich, was die Zukunft wohl für ihn bereithielt. Gab es überhaupt eine Zukunft?

Seine Träume wurden von dem plötzlichen Krachen in den Kommunikationskanälen unterbrochen. »Hier ist Rover eins. Wie komm' ich durch, Jungs?«

Rose schaltete auf den privaten Kanal um und aktivierte den Sprechfunk. »Hier Befehl Eins. Wir können Sie gut verstehen.«

»Ich bin auf dem Weg zur Absturzstelle. Hoffentlich sehen wir uns bald. Rover Eins, Ende.«

Rose unterbrach die Verbindung und überprüfte die Instrumente des *Masakari* ein zweites Mal. Er hatte einige Raketen verloren, aber der Rest des Mechs war einsatzfähig. Als er beim Kontrollpult ankam, verließ Ajax mit seiner Scoutlanze die Höhle. Hinter ihnen folgte Riannon, die einen Arm des *Feuerfalke* zum Gruß hob. Rose öffnete eine private Verbindung zu seiner Schwester.

»Keine Probleme, richtig, Kleine?« fragte er.

»Keine Probleme, Jeremiah. Du scheinst ein wenig nervös zu sein. Ist alles in Ordnung?«

Natürlich nicht, dachte Rose. Aber ich kann das nicht zugeben. Er entschloß sich, das Thema zu wechseln. »Denk dran, das Operationsgebiet ist ziemlich eng. Trotzdem sollte es eigentlich kein Problem darstellen.«

»Du hast vollkommen recht, großer Bruder. Das wird keine Schwierigkeiten geben. Paß auf dich auf, bis ich wieder zurück bin.« Ria unterbrach die Verbindung, bevor Rose etwas erwidern konnte. Vielleicht war das sogar gut so, dachte er. Ich hätte eventuell etwas Sentimentales gesagt, das uns beide in Verlegenheit gebracht hätte.

Er testete den Hauptschirm und betrachtete die sechs verbliebenen Mechs in der Höhle. Seine Sensoren teilten ihm mit, daß alle bereit waren. Er öffnete die Kommandofrequenz, die jetzt die gesamte Kampflanze ansprach. »Hier spricht Befehl Eins. Laßt die Löwen los, Leute.« Ebers *Kampftitan* brach beim ersten Ton des Befehls aus und übernahm die Führung. Myoto folgte direkt hinter ihm. Als nächstes kam das Zwillingspärchen der *Katamarane*, gefolgt von Rose und Bell.

Rose hatte die Lanze in zwei einzelne Gruppen aufgespalten. Alle leichten Mechs waren in der ersten Gruppe. Wenn der Zeitplan eingehalten wurde, erreichten beide das Ziel zur gleichen Zeit. Rose hatte weiterhin die Mechs unter seinem direkten Kommando in drei Rotten zu je zwei BattleMechs aufgeteilt. Die Taktik hatte auf Borghese funktioniert, als die Black Thorns gegen eine Übermacht von Feinden gekämpft hatten.

Rose folgte Esmeralda durch den Tunnel in das letzte Glühen der Abenddämmerung. Die Sonne Courchevals verschwand hinter den Bergen und breitete ein blutrotes Tuch über das Land. Nachdem die Mechs sich vom Eingang der Höhle entfernt hatten, wendeten sie sich gen Norden, den letzten Lichtstrahlen des Tages entgegen. Rose hatte nicht viel Hoffnung für den Fortbestand der Untergrundorganisation, selbst wenn sie diesen Kampf überstehen sollte. Aber er wollte die Führer nicht beleidigen, indem er seine Gedanken aussprach. Der einzige Grund, warum die Novakatzen sie so lange in Ruhe gelassen hatten, bestand darin, daß sie keine Bedrohung darstellten, die man eliminieren mußte. Das würde sich jedoch bald ändern.

Rose betrachtete den breiten Rücken des *Katamaran*, als dieser ihn durch die Berge zu der Ebene auf der anderen Seite führte. Mittlerweile war die Sonne vollständig untergegangen. Die Black Thorns stapften durch die Dunkelheit, lediglich die Sterne leuchteten am Himmel.

Auf der Ebene schwärmten die Mechs aus. Jeder deckte den anderen. Rose befand sich im Zentrum dieser Formation. Nicht, weil er der wichtigste Mann war, sein *Masakari* hatte lediglich die größte Feuerkraft. Er konnte sich schnell auf jeden Angriff einstellen. Sie hatten sich seit fast einer Stunde mit sechzig Stundenkilometer auf die Absturzstelle zubewegt, als Eber plötzlich ›Kontakt‹ meldete.

Rose beschleunigte und begab sich nach rechts, an Eber vorbei. Jamshid und Esmeralda waren kurz darauf an seiner Seite. Die drei OmniMechs bewegten sich auf den von Eber gemeldeten Kontakt zu. Jetzt hatte auch Rose die vier Mechs, die das Gelände bewachten, auf seinem Schirm.

Rose und die beiden *Katamarane* bewegten sich mit hoher Geschwindigkeit auf die Feinde zu. Obwohl sie in Reichweite der PPKs waren, feuerte Rose nicht sofort. Er verringerte die Geschwindigkeit und zielte mit dem Fadenkreuz auf den führenden BattleMech, einen *Kampftitan* der Clans. Mit dem Restlichtverstärkerteleskop konnte er keinen Unterschied zwischen dem Mech und Ebers *Kampftitan* erkennen. Rose verlangsamte weiter, als Esmeralda und Jamshid jeweils einen Kanal zum *Masakari* öffneten.

Mit dem Anheben seines rechten Mecharms wanderte das Fadenkreuz auf den Nacken, knapp unter dem Kopfansatz des Gegners. Langsam ließ er die Luft aus der Lunge entweichen, dann feuerte er alle vier PPKs ab. Einen Herzschlag später trafen die beiden *Katamarane* das gleiche Ziel. Plötzlich brach die Hölle los.

Bis zu dem Augenblick, als Rose seine Waffen auslöste, hielt der Pilot sie für Mitglieder der Novakavallerie. Cantrell hatte sich wirklich große Mühe gegeben, die Bemalung der Mechs denen der Novakatzen so weit wie möglich anzupassen. Was Rose nicht kopieren konnte, war die Frequenz der Kavallerie, aber er rechnete damit, die Distanz schnellstens zu verringern. Je weniger Zeit der Pilot zum Nachdenken hatte, desto besser waren ihre Chancen für einen Überraschungsangriff. Die ClanMechs erwiderten sofort das Feuer.

Rose traf den *Kampftitan* mit allen vier Strahlen, die bis zum Herzen des Giganten vordrangen. Die schweren Laser der beiden *Katamarane* erledigten den Rest, indem sie die Abschirmung des Reaktors und den massiven Gyro zerstörten. Als der *Kampftitan* fiel, jagte sich der Pilot mit dem Schleudersitz in die Dunkelheit der Nacht.

Ein *Galahad*, ähnlich dem, den Rose bekämpft hatte, feuerte seine beiden Gaussgeschütze ab. Die Urangeschosse hämmerten in die Brust des *Masakari* und ließen ihn für einen Moment erzittern. Während Rose noch um das Gleichgewicht des BattleMechs kämpfte, schoß er eine Salve Raketen auf den Angreifer ab.

Die zehn Projektile bewegten sich auf den *Galahad* zu, begleitet von einigen anderen, die die beiden *Katamarane* abgefeuert hatten. Insgesamt neunzig Geschosse trafen die Clanmaschine, die in einem unglaublichen Feuerball verging. Rose wandte sich einem neuen Ziel zu. In der Nähe befand sich ein *Höllenhund*, der sein gesamtes Waffenarsenal auf Jamshid abgefeuert hatte und jetzt nachlud. Rose führte sein Fadenkreuz auf den Mech und visierte ihn mit seinen PPKs an. Als die Lampe endlich grün aufleuchtete, zog er den Abzug durch. Zwei blaue Strahlen bahnten sich ihren Weg durch die Nacht auf den *Höllenhund* zu. Einer verfehlte sein Ziel, dafür traf der andere den dreieckigen Kopf und durchschlug das Cockpit. Die Bewegungsmechanismen des Mechs stellten ihre Arbeit sofort ein, und der *Höllenhund* stolperte nach vorn.

»Das war für Angus«, spuckte Rose in die Kom-Verbindung.

Ein Blick über das Schlachtfeld ließ ihn keine weiteren Gegner entdecken. Der letzte ClanMech hatte sich in dem Moment, wo der Kampf begann, zum Landungsschiff zurückgezogen. Rose konnte es dem Piloten nicht verdenken. Der *Jagdfalke* der Clans wog nicht mehr als fünfunddreißig Tonnen und war damit nicht einmal einem einzelnen *Katamaran* gewachsen. Keiner der drei Mechs konnte den schnellen *Jagdfalken* einholen, also aktivierte Rose die Kom-Verbindung.

»Ein Licht kommt auf euch zu.«

»Haben wir schon im Sack«, war Bells sofortige Antwort. »*Chu-i* Myotos *Großdracon* hat es bereits in Grund und Boden gestampft.«

Rose war beeindruckt. Er wußte, daß die Kuritas mit extraleichter Reaktortechnik experimentierten, aber er hatte keine Ahnung, daß sie soviel Kraft in einen Mechrahmen packen konnten. Daß der *Großdracon* so schnell war wie der leichte ClanMech, war erschreckend.

Rose warf noch einen letzten Blick über das Schlachtfeld. Als sich der Rauch um den *Galahad* klärte, sah er mit einiger Überraschung, wie dieser aufzustehen versuchte. Neunzig Langstreckenraketen haben ihn getroffen, dachte Rose erstaunt, und er ist immer noch nicht tot. Er schwenkte den rechten Arm des *Masakari* in Richtung des *Galahad*, aber Esmeralda trat plötzlich neben den liegenden Mechs. Rose nahm den Finger vom Abzug. Der *Katamaran* war im Feuerbereich des ClanMechs. Es bestand jedoch keine akute Gefahr.

Esmeralda hob den massiven rechten Fuß des *Katamaran* und zielte auf das Cockpit des zappelnden *Galahad*. Dann ließ sie ihn niedersausen. Sie hob den Stahlfuß erneut und trat ein zweites Mal zu. Dann setzte Esmeralda den Fuß wieder auf den Boden. Ohne ein Wort zu sagen, ging sie weg.

In dieser Nacht würde mehr als ein Thorn Rache nehmen.

29

Courcheval
Novakatzen-Besatzungszone

4. August 3057

Riannon scherte in die Linie der Scoutlanze ein und bewegte sich unter Führung von Ajax Richtung Nordosten. Bei Höchstgeschwindigkeit war die wiedererstarkte Lanze fast doppelt so schnell wie der Rest der Black Thorns hinter ihnen. Sie benötigten auch jedes bißchen Geschwindigkeit, um rechtzeitig in Position zu sein. Ria konzentrierte sich ausschließlich auf das Steuern des Mechs, damit sie mit den übrigen aus der Scoutlanze mithalten konnte.

Als sie die Ebene erreicht hatte, hielt sie an und betrachtete die Karte. Kätzchen verlangsamte ihren *Panther* ebenfalls. Der Rest lief mit gleicher Geschwindigkeit nach Nordwesten.

»Gute Jagd«, rief sie Ajax nach, der seine Gruppe in die Nacht führte.

»Auch dir viel Glück«, antwortete er. »Scout Vier, halt ihr den Rücken frei. Sie ist ein wertvolles Mitglied der Scoutlanze, und wir passen aufeinander auf. Verstehst du?«

»Ich hab verstanden, Scout Eins«, lachte Kätzchen. »Ich werde sie wie meine eigene Schwester beschützen.«

Die beiden MechKrieger beobachteten, wie die Lanze zuerst aus ihrer Sicht und dann vom Scanner verschwanden. Ria seufzte und fuhr die Systeme des *Feuerfalke* runter. Kätzchen tat es ihr gleich. Es dauert nur wenige Augenblicke, den Reaktor abzuschalten und auf Notstrom zu gehen. Ria schaltete alles bis auf das Kommunikationssystem ab.

»Hier ist Scout Vier«, schallte es plötzlich in dem stillen Cockpit. »Ich bin bereit.«

Ria verringerte die Lautstärke und flüsterte in das Mikrofon: »Befehl Zwei, bitte bestätigen.« Sie überprüfte die Uhr auf der Konsole des *Dunkelfalke* und merkte sich die Zeit. Jetzt blieb ihr nur noch das Warten in der Dunkelheit. Warten, und den Plan noch einmal durchgehen.

Jeremiah hatte darauf bestanden, das wartende Sprungschiff zu warnen, falls etwas schiefging, und sie hatte ihm zugestimmt. Ria wollte gar nicht erst über diese Möglichkeit nachdenken. Ihr Bruder hatte ihr jedoch etwas beigebracht: Wenn man sich auf das Schlimmste vorbereitet, konnte man es manchmal umgehen. Die Guerillas von Courcheval hatten nicht die Ausrüstung, um dem Schiff eine Nachricht zu senden. Somit blieb nur der *Dunkelfalke* mit seinem hochentwickelten Kommunikationssystem übrig. Sie konnte mit dem Sprungschiff Kontakt aufnehmen, aber das war ein gefährliches Unterfangen.

Wenn ihr Mech sich abgekühlt und der Umgebungstemperatur angepaßt hatte, würde sie den Funkspruch absetzen. Dann mußte sie noch etwas warten.

Mit einem bißchen Glück verfolgten die Clans das Signal zurück und fanden irgendeine unbedeutende Quelle in dieser Gegend. Meistens zählte ein sich bewegender Mech oder ein warmer Punkt als etwas Ungewöhnliches. Eine Stunde nach der Sendung der Nachricht stellten die Clans die Suche wahrscheinlich wieder ein. Es spielte keine Rolle, als was sie das Signal definieren würden. Hauptsache, sie suchten nicht zu lange.

Als sie darüber diskutierten, klang der Plan annehmbar, und Ria hatte für seine Durchsetzung gekämpft. Jetzt, wo sie allein im Dunkel ihres Mechs saß und dem metallischen ›Ping‹ lauschte, während der Gigant abkühlte, war sie sich da nicht mehr so sicher. Immerhin bestand die Möglichkeit, daß die anderen ihre Mission beendeten, auch wenn sie entdeckt wurde. Es war die beste Chance auf Erfolg, die die Black Thorns hatten, und Ria war erfreut, diese Aufgabe übernommen zu haben.

Sie hatte Kätzchen nicht aufgefordert, sie zu begleiten, aber Jeremiah bestand darauf. Ria freute sich über Kätzchens Anwesenheit. Sie hätte jedoch auch Kilometer weit weg sein können, statt fünfzehn Meter neben ihr zu stehen. Beide mußten Funkstille wahren. Somit war jede auf sich gestellt.

Ria sah, wie die Minuten vergingen, dann schlug sie auf den Sendeknopf. Die Nachricht war raus, bevor sie den Finger wieder von Funkgerät genommen hatte.

Etwas in ihrem Hirn sagte ihr, daß es mitten in der Nacht war und Zeit zum schlafen. Ria gab dem nach und nickte ein. Das Geräusch eines Summers ließ sie hochschrecken. Ein Blick auf die Uhr sagte ihr, daß sie fast dreißig Minuten geschlafen hatte. Schnell öffnete sie die Kom-Verbindung.

»Wir haben einen Jäger über uns, Befehl Zwei«, hörte sie Kätzchen flüstern. Das konnte Ärger bedeuten oder ein Standardflug sein. Sie überprüfte den Mech. Alle Systeme waren desaktiviert.

»Sie kommen zurück, Befehl Zwei. Wir sollten ihnen einen würdigen Empfang bereiten.«

Ria griff nach dem Mikrofon. »Woher weißt du das, Scout Vier? Ich kann nichts entdecken.«

»Ich kann sie hören. Ich habe die Luke geöffnet, um etwas frische Luft reinzulassen, da habe ich ihre Maschinen gehört. Sie kreisen jetzt. Es ist nur noch eine Frage der Zeit«, sagte Kätzchen abschließend.

Riannon fluchte und öffnete das Ventil des *Dunkelfalken*. Der Reaktor erwachte halb zum Leben, als sie ihn auf Stand-by schaltete. Ein Grummeln in den Tiefen des Mechs zeigte ihr an, daß die verschiedenen Komponenten mit Energie versorgt wurden. Dann schaltete sie den Scanner auf extreme Reichweite und schickte ein kurzes Stoßgebet zum Himmel. Auf dem Schirm erschien – nichts. Die Langstreckenscanner waren in diesen Fällen nicht sonderlich verläßlich, doch daran ließ sich jetzt nichts ändern. Selbst bei extremer Reichweite blieben ihr nicht mehr als fünf Sekunden Vorwarnung, sobald die Jäger im Anflug waren.

Sie sah rüber zu dem *Panther*. Nichts deutete darauf hin, daß er mit seiner Kaltstartsequenz begonnen hatte. Ihr war nicht wohl bei dem Gedanken, den Mech zu aktivieren. Wenn jedoch Jäger in der Nähe waren, mußten sie sich verteidigen können. »Richtung Drei-Vier-Vier«, schrie Riannon plötzlich in das Mikro, als die zwei Jäger aus dem Himmel stürzten.

Sie konnte sich noch nicht bewegen, als der erste Jäger seinen Angriff begann. Sechs rote Strahlen erschienen am Himmel und gruben sich in den Boden. Erde spritzte auf, als die Laser sich auf den *Dunkelfalken* zuarbeiteten. Der Mech konnte sich noch immer nicht bewegen. Ria riß das Ventil auf.

Die Laserstrahlen schlugen wie eine Welle über dem *Dunkelfalke* zusammen und verbrannte die Panzerung an der Schulter und am Rücken. Der Mech trug innere Schäden davon. Funken schlugen aus dem Kontrollpult, als die Strahlen das Cockpit durchdrangen. Ria schrie auf. Ein Kurzschluß verbrannte ihr die Arme und Beine. Dann kam das zweite Grollen, gefolgt von einer Explosion, als die Anti-Raketen-Munition in der Frachtluke detonierte. In ihrem Neurohelm entstand eine zweite Rückkopplung. Ria wurde ohnmächtig.

Weitere Explosionen schüttelten den *Dunkelfalken*. Metallteile drangen in die extraleichten Reaktorkomponenten in der Seite des Torso ein. Das magnetische Feld brach zusammen, während der Reaktor weiteren Schaden nahm. Die automatischen Sicherungen traten in Kraft, um eine Kernschmelze zu verhindern. Für den BattleMech gab es keine Rettung mehr. Als das Lebenserhaltungssystem seine Arbeit einstellte, aktivierte sich das Rettungssystem und schoß das Cockpit gen Himmel. Der BattleMech bewegte sich nicht von der Stelle. Selbst im Tode wollte er nicht umfallen.

Kätzchen hatte nur sehr wenig Zeit, Rias Warnung zu verarbeiten. Ohne wirklich nachzudenken, drehte sie ihren *Panther* in Richtung Norden und hob den rechten Arm. Kätzchen sah, wie der erste Jäger seinen Luftangriff auf Ria begann, aber sie wartete, bis sein Flügelmann das Feuer auf sie eröffnete. Auf gut Glück schoß sie die KSR in dem Augenblick ab, in dem der Laser des Jägers den Boden erreichte und sich die todbringenden Strahlen auf sie zu bewegten. Als die Strahlen den Mech erreichten, feuerte sie die PPKs ab.

Die Panzerung schlug Blasen und schmolz, als der *Panther* im Laserfeuer badete. Warnlichter zeigten an, daß am linken Arm und rechten Torso die Rüstung aufbrach. Erstaunt stellte sie fest, daß keiner der Treffer ihre Interne Struktur beschädigt hatte. Aus dem Augenwinkel sah sie zu ihrer Rechten einen Blitz. Kätzchen drehte sich in dem Moment um, als das Rettungssystem von Rias Mechsich aktivierte. In der Ferne sah sie eine weitere Explosion, als einer der Jäger aufschlug.

Kätzchen hatte es nicht bemerkt, aber ihre PPK hatte den rechten Flügel vom Jäger abgetrennt. Als die Kurzstreckenraketen ihn erreichten, riß das Seitenruder ab, und der Jäger legte sich auf den Rücken. Der Pilot hatte nicht mehr die Zeit, sich über den Zufallstreffer zu wundern.

Kätzchen machte einen vorsichtigen Schritt nach vorn und scannte nach der Rettungskapsel. Nach einigen schrecklichen Sekunden entdeckt Kätzchen die Kapsel im Westen. Sie wollte sich gerade in die Richtung aufmachen, als ihr der zweite Jäger einfiel. Während sie sich in langsamen Kreisen bewegte, scannte sie den Himmel. Dann erschien er südlich von ihr.

Kurz bevor er seinen Laser aktivierte, schoß Kätzchen ihre Raketen ab. Sie zielte auf die Quelle des Lasers und zog den Abzug durch. Im selben Augenblick sprang sie mit dem Mech zur Seite. Der Pilot versuchte sein Ziel neu zu erfassen, hatte jedoch nur teilweise Erfolg. Der Laser strich über das Bein, beschädigte allerdings keines der inneren Konstruktionselemente. Sie hatte etwas Schwierigkeiten, den *Panther* aufrecht zu halten, aber den zweiten Angriff überlebte sie.

Im Gegenschlag traf sie die Unterseite des Jägers. Der Jäger trudelte ein wenig. Schließlich konnte der Pilot ihn wieder unter Kontrolle bekommen, als die Raketen an ihm vorbei in den Himmel flogen. Auch er hatte den zweiten Angriff überstanden. Das war genug für den Mann. Er zog die Nase hoch und steuerte die Basis an. Der Rahmen seines Jägers vibrierte beängstigend. Kätzchen hörte, wie er davonrauschte, dann begab sie sich wieder auf die Suche nach Rias Rettungskapsel. Als sie das Cockpit durch die obere Luke verlassen wollte, fiel ihr auf, daß sie die hintere Luke noch nicht geschlossen hatte.

Weniger als hundert Kilometer entfernt lagen Ajax und der Rest der Scoutlanze in einem Hinterhalt. Die drei Mechs waren in einer langgezogenen Linie zwischen der Basis der Novakatzen und der Absturzstelle verteilt.

Ajax saß zwischen Yuri und Leeza, während sie darauf warteten, daß ihre Zielobjekte auf dem Monitor erschienen. Es konnte sich nur noch um Augenblicke handeln. Ein einzelner Senkrechtstarter näherte sich dem Absturzgebiet. Wenn Rose recht hatte, war in der Transportkabine die Besatzung der *Tracy K.*

Obwohl es egal war, wer von den dreien den Abzug durchzog, war Ajax doch froh, daß er derjenige sein durfte. In der Theorie war es ganz einfach. Er würde dem Senkrechtstarter vor den Bug schießen. Er wollte die Rotoren lediglich beschädigen, nicht zerstören. Unglücklicherweise waren diese Flugzeuge sehr empfindlich. Ajax hatte keine Zweifel daran, den Senkrechtstarter mit einem Schuß zum Stillstand zu bringen. Er machte sich nur Gedanken darüber, daß er ihn eventuell zerstören konnte.

Deswegen schoß er mit den Kurzstreckenraketen auf den Senkrechtstarter. Die sechs stupsnasigen Geschosse kreuzten lediglich die Bahn des Flugzeugs. Genau das hatte Ajax geplant. Vor dem Abschuß hatte er die Raketenköpfe desaktiviert. Er hielt es zwar für eine Verschwendung von Feuerkraft, sah jedoch keine andere Möglichkeit. Eine der Raketen traf das Untergestell des Gefährts, das allerdings nicht beschädigt wurde.

Ajax lauschte intensiv auf die akustischen Geräusche, die die Beagle-Sonde übertrug. Wenn die Rotorblätter beschädigt waren, würde sich ihr Klang verändern. Zuerst glaubte er, das Ziel verfehlt zu haben. Er bereitete den zweiten Plan vor, seine mittelschweren Laser. Dann hörte er, wie sich der Senkrechtstarter mit einem Dröhnen zu Boden senkte.

Ajax brach aus seinem Versteck aus und rannte auf das Flugzeug zu. Yuri und Leeza taten dasselbe. Als der Senkrechtstarter endlich aufsetzte, warteten er und seine beiden Lanzengefährten bereits am Boden. Ajax öffnete das externe Kommunikationsnetz, während die Rotoren langsam zum Stillstand kamen.

»Bitte verlassen Sie das Flugzeug umgehend«, rief Ajax mit durchdringender Stimme. »Sie sind jetzt Gefangene der Söldnereinheit der Black Thorns. Verlassen Sie das Flugzeug mit erhobenen Händen.« Ajax schaltete das Flutlicht auf der linken Schulter des *Rabe* ein und forderte die beiden anderen auf, es ihm gleichzutun. Das Gebiet um den Senkrechtstarter wurde plötzlich hell erleuchtet.

Ajax wollte seine Aufforderung wiederholen, als sich die Seitentür öffnete. Erst kam ein Besatzungsmitglied der Novakatzen heraus, dann das zweite. Schnell traten sie zur Seite, gefolgt von Danes und seinen zwei überlebenden Männern. Trotz der Entfernung konnte Ajax sehen, daß der Landungsschiffkäpten von einem Ohr zum anderen grinste. Er winkte Ajax und warf dem gigantischen BattleMech einen Handkuß zu, bevor er noch einmal in den Senkrechtstarter blickte. Danes schien die sechste Person, die das Flugzeug verließ, vorstellen zu wollen. Es war Sterncaptain Thrace.

Ajax ließ einen leisen Pfiff hören. Hier hatte man ihm ein Geschenk gemacht, mit dem er nicht gerechnet hatte. Obwohl Rose keine Gefangenen machen wollte, mußte er Thrace zu seinem Kommandanten bringen. Er schaltete das Kom-System erneut ein.

»Sterncaptain Thrace, sind Sie sich darüber im klaren, daß Sie Kriegsgefangene sind und vollkommen unbewaffnet vor uns stehen?« Die Worte klangen übertrieben und dröhnend durch die Lautsprecher, aber das einzige, was er über die Clans wußte, war, daß sie ihre persönliche Ehre sehr hoch hielten. Der Elementar schien sich einen Augenblick zu schütteln, und Ajax zielte mit dem Laser seines *Raben* direkt auf ihren Oberkörper. Auf diese Entfernung würde er Thrace zweifellos treffen, ohne Danes in Gefahr zu bringen. Eine solche Handlung war jedoch überflüssig. Thrace nickte und beugte den Kopf.

»Bitte bewegen Sie sich von dem Flugzeug weg.« Als die Besatzung und ihre Passagiere sich entfernt hatten, eröffneten die drei Mechs das Feuer. In wenigen Sekunden war das Flugzeug nicht mehr als ein brennender Metallklumpen. »Käpten Danes, kümmern Sie sich bitte um die Gefangenen«, wies Ajax ihn an. »Ich komme jetzt runter.«

30

Courcheval
Novakatzen-Besatzungszone

4. August 3057

Kapitän Jeremiah Rose teilte das Gras mit einer Hand, während er mit der anderen das Fernglas mit Restlichtverstärker an die Augen hob. Die Absturzstelle der *Tracy K* sprang auf ihn zu. Er ließ den Blick von rechts nach links schweifen, in der Hoffnung, irgendwelche neuen Details zu entdecken. Nach dem dritten Versuch gab er auf. Er ließ das Gras wieder zurückschnellen und senkte die Gläser. Den einzigen Unterschied, den er entdeckte, war der zusätzliche Stern BattleMechs, der um die Absturzstelle verteilt war.

Das waren keine zweitklassigen Mechs wie jene, die sie bislang bekämpft hatten. Dies waren OmniMechs der Frontlinie, bemalt mit den Insignien der Sechsundvierzigsten Kavallerie der Novakatzen. Cantrell hatte steif und fest behauptet, daß es noch eine andere Veränderung in dem Camp gab, außer den zusätzlichen erstklassigen Mechs. Aber Rose konnte nichts entdekken. Er schüttelte den Kopf.

»Kein Unterschied«, flüsterte er Cantrell zu, als er sich wieder in den Schutz seiner Senke zurückzog. Sie grinste und entfernte sich in geduckter Haltung. Rose folgte ihr, ohne ein Wort zu sagen. Er sprach erst wieder, als sie das kleine Camp der Black Thorns erreicht hatten. Es war immer noch dunkel. Rose wollte keinen frühzeitigen Alarm an der Absturzstelle auslösen, indem er unvorsichtig wurde.

Eine kleine Ansammlung von Bäumen schützte das Camp vor der Sicht der Clans. Obwohl sie nur spärlich verteilt waren, boten die Bäume den einzigen Schutz im Umkreis.

Die Black Thorns hatten ihre Mechs in einem engen Kreis nebeneinandergestellt, die Front nach außen. Kätzchens stark beschädigter *Panther* stand in der Mitte. Alle Mechs waren voll bestückt und bereit zum Einsatz. Im Augenblick waren jedoch Rose und Esmeralda zusammen mit Cantrell, Leeza, Danes und Sterncaptain Thrace am Boden. Ajax paßte auf, daß sie nicht aus dem Hinterhalt angegriffen wurden. Sobald er Feindberührung meldete, konnte Rose noch rechtzeitig das Cockpit seines *Masakari* erreichen, bevor der Gegner in Reichweite kam. Rose warf einen Blick auf die Führerkabine des *Panther*. Es war egal, wie oft sie ihm noch versicherte, daß seine Schwester wieder in Ordnung kommen würde, er machte sich Sorgen. Die Rückkopplung im Neurohelm, ausgelöst durch die Explosion der Abwehrraketen, hatte ihre Sinne überlastet, und sie war ohnmächtig geworden. Als Kätzchen sie nach dem Fliegerangriff fand, waren ihre Lebenszeichen noch stark. Statt sie mit Chemikalien vollzupumpen, hatte Kätzchen sie einfach aus dem Cockpit geholt und zu ihrem *Panther* gebracht.

Ria hatte das Bewußtsein wiedererlangt und erneut verloren, während sie sich auf den Weg zur Absturzstelle gemacht hatten. Kätzchen hatte jedoch nicht die Zeit, auf sie zu achten, ohne die Kontrollen ihres Mechs zu vernachlässigen. Schon die Rettungsaktion hatte die beiden in große Gefahr gebracht, da Kätzchen ihren Mech dafür verlassen mußte. Rose riß seinen Blick von dem *Panther* los. Leeza stand in der Nähe von Ebers *Kampftitan*. Sie hielt eine Maschinenpistole mit beiden Händen, den Finger am Abzug. Die Mündung zeigte auf Thrace. Rose hatte ihr die Erlaubnis gegeben, auf den Sternencaptain zu schießen, wenn dieser auch nur die geringsten Anzeichen von Schwierigkeiten machte. Mittlerweile wußten die anderen Mitglieder der Black Thorns, daß Greta noch am Leben war. Rose erwartete eine herzliche Wiedervereinigung, wenn all das vorbei war. Aber im Augenblick hatten sie noch zuviel zu tun, um darüber nachzudenken. Cantrell sprang auf den Fuß des *Masakari* und zupfte sich die Kletten von den Hosenbeinen. Rose tat es ihr nach, während Danes und Esmeralda ihnen dabei zusahen. »Der Unterschied liegt in dem, was Sie nicht sehen«, sagte Cantrell ohne Vorwarnung. »Die Kavalleristen sind mit einem kompletten Trinärstern abgezogen. Zehn dieser Mechs haben wir noch nicht entdeckt. Die Garnison ist mit einem kompletten Stern Elementare in voller Montur ausgezogen. Sie haben nicht zufällig einige von denen rumstehen sehen, oder?« Rose überdachte die Frage und schüttelte den Kopf.

»Sie sind alle im Schiff«, sagte Danes.

Cantrells Grinsen wurde breiter, als sie vom Fuß des *Masakari* sprang. »Käpten Danes, wir konnten sechs Dampfschwaden ausmachen, die aus dem oberen Drittel der *Tracy K* kommen. Hat das eine Bedeutung?«

»Sie lassen die Regler ausbluten.« Rose und Esmeralda wechselten verstörte Blicke. »Es ist ein Test vor dem Abflug. Sie überprüfen jedes einzelne System, bevor sie abheben. Es ist Teil der Startsequenz.«

»Angenommen, sie fangen mit dem größten System an, dann bleiben uns noch zwei Stunden, vielleicht ein paar Sekunden mehr. Das heißt, sie brauchen noch eine Stunde.«

»Das gibt uns etwas Zeit zur Vorbereitung«, warf Esmeralda mit einem wölfischen Grinsen ein, das Rose nicht mochte.

Seit dem Tode von Badicus hatte Esmeralda immer weniger auf sich oder die Lanze geachtet. Sie war noch nicht zu weit gegangen, und Rose entschied, daß die Zeit für ein Gespräch noch nicht gekommen war – schon gar nicht in der Gegenwart von Leuten, die nicht zur Einheit gehörten. Die Veränderung war jedoch unübersehbar.

»Sie wissen, was Sie zu tun haben?« fragte Rose, und Cantrell nickte.

»Machen Sie nur den Weg frei, Mechjockey. Ich liefere die Fracht«, sagte sie und schlug ihm auf die Schulter. Rose hielt eine Hand hoch, in die sie mit einem schrägen Grinsen einschlug. Dann ging sie mit Danes zusammen zu dem *Savannah Master* rüber, der in der Nähe der Mechs parkte. Rose begab sich zu Leeza, während Esmeralda zu ihrem *Katamaran* hinüberging.

»Es tut mir leid, daß du diesmal nicht mitkommen kannst, Leeza«, sagte Rose, als er näher kam. Die Frau lächelte über die Worte, ohne ein Auge von Thrace zu nehmen.

»Vielleicht das nächste Mal. Im Augenblick ist es einfach gut, wieder dabeizusein; du weißt, was ich meine?« Rose wußte genau, was sie meinte, und das zeigte er auch. Er drehte sich zu Thrace. Dabei achtete er darauf, nicht zwischen Leeza und ihre Gefangene zu kommen.

»Sterncaptain, ich bedanke mich für Ihre Kooperation in diesem besonderen Fall.« Thrace blickt Rose nicht an, während er sprach. Obwohl sie beide die gleiche Größe hatten, schien Thrace ihn durch ihre Masse zu überragen. Ihre Augen starrte nach vorne. »Nun«, fuhr Rose fort, »ich nehme an, das spielt auch keine Rolle. Leeza hat Befehl, Sie gehen zu lassen, wenn die Schießerei begonnen hat.«

Thrace' Kopf wirbelte herum. »Wie meinen Sie das?« wollte sie mit einem starren Blick auf Rose wissen. Leeza versteifte sich ein wenig und hob die MP an. Thrace bewegte sich nicht. Lediglich ihre Stimme war furchteinflößend.

Rose seufzte. »Was bedeutet es denn dort, wo Sie herkommen? Bei uns heißt das, Sie können gehen, wohin Sie wollen, wenn wir hier weg sind. Zurück zu Ihrer Basis, oder was immer Sie möchten.«

»Sie lassen mich frei?«

»Ja.«

»Bin ich so wertlos? Sie lassen sich noch nicht einmal dazu herab, mich als Gefangene zu behalten?«

»Uh, nein oder ja. Nein und ja.« Rose war verwirrt. Es klang so, als wäre Thrace enttäuscht über ihre Freilassung.

»Ich würde mich eher von Ihnen auf der Stelle töten lassen, als ohne Erfolgsmeldung zu meinem Clan zurückzukehren.«

»Das ist Ihre Wahl«, sagte Rose und drehte sich zu Leeza. »Wenn sie es nicht anders will...«, sagte er mit einer Kopfbewegung auf den Sterncaptain. Thrace schloß die Augen und wartete auf den Kugelhagel, der ihr Leben beenden sollte.

»In Ordnung. Ist ja schon gut. Wir werden Sie nicht erschießen«, sagte Rose. »Aber Sie sind auch nicht unsere Gefangene. Wir haben nicht genügend Platz.«

Thrace öffnete ihre Augen. »Bei meinen Leuten gibt es keine größere Schande, als sich gefangennehmen zu lassen, um wieder freigelassen zu werden. Es ist ein Akt vollkommener Respektlosigkeit. Für den Clan bedeutet dies: ›Hier ist jemand, der so wenig wert ist, daß man keinen Preis auf ihn aussetzt.‹ Ich habe gehört, daß ihr Barbaren seid, aber ich habe es bis zu diesem Moment nicht geglaubt.«

Rose rollte die Augen und schüttelte den Kopf. Ohne ein weiteres Wort ging er zum *Masakari* und kletterte die Leiter hinauf.

»Was ist jetzt mit ihr«, brüllte Leeza.

»Laß sie frei«, rief er in die Dunkelheit, während er weiterkletterte. Rose erreichte das Cockpit und holte die Leiter ein, dann öffnete er die Luke, bevor er den Mech bestieg. Kurze Zeit später trat er vor.

»Scoutlanze, bewegt euch. Kampflanze, formiert euch um mich. Das war's dann, Thorns. Wenn wir diesen Felsbrocken verlassen wollen, haben wir nur eine Möglichkeit.« Rose schnallte die Gurte seines Kommandosessels enger und folgte dem Rest der Black Thorns in die Schlacht. Leeza, Kätzchen und Riannon warteten im Hinterland auf den Ausgang. Die Aufgabe, die vor ihm lag, war beängstigend, aber Rose war Optimist. Der Plan war gut durchdacht. Jetzt mußte er nur noch perfekt umgesetzt werden. Wenn alles gutging, würden Ajax und der Rest der Scoutlanze die Absturzstelle in Atem halten, indem sie auf alles schossen, was sich bewegte. Rose hatte sie vorsichtig darauf hingewiesen, daß sich das Landungsschiff nicht bewegte. Der Rest der Thorns sollte sie unterstützen. Er hegte kaum Zweifel, daß sie die BattleMechs, die das Schiff verteidigen sollten, überrollen würden – obwohl es sich um OmniMechs handelte. Seine Hauptsorge galt dem großen Geschütz der *Tracy K*. Wenn die Clans es fertigbrachten, die Waffensysteme zu aktivieren, bevor die Black Thorns im toten Winkel untertauchen konnten, würde es eine sehr kurze Schlacht.

Wenn die feindlichen Mechs erst vernichtet waren, kamen Cantrell und Danes ins Spiel. Jeder von ihnen fuhr einen *Savannah Master*, vollgepackt mit einer Tonne Sprengstoff und einem Fernzünder. Rose, Danes und Cantrell hatten jeweils einen Detonator, um die Ladung zu zünden. Der Plan sah vor, so nah wie möglich an das Landungsschiff zu kommen, die Ventilatoren abzustellen und dann rauszuspringen. Obwohl die Sprengstoffmenge im Vergleich zum Volumen des Schiffs gering war, wußte Rose, daß sie damit die Antriebsmaschine zerstören und möglicherweise eine Kettenreaktion erzeugen konnten. Er gab für Denard nur eine einzige Chance: das Schiff zu evakuieren. Andernfalls würde Rose das Landungsschiff unter seinem Hintern in die Luft sprengen. Denards Leben für die Freiheit der Black Thorns.

Natürlich basiert der Plan auf zwei Dingen, dachte Rose, als der *Masakari* in den Laufschritt verfiel. Erstens mußte die *Tracy K* sich immer noch am selben Ort befinden, wenn die Black Thorns die Absturzstelle erreichten. Das war jedoch gewährleistet. Also wandte er sich dem zweiten Problem zu. Die Mechs an Bord des Schiffes waren unter Umständen bereits gesichert und heruntergefahren. Das Schicksal des Landungsschiffs war allerdings schon besiegelt, sollte die Kavallerie kampfbereit sein. Wenn dies der Fall war, verfügte das Schiff plötzlich über eine eigene Verteidigung. Als Rose an den Bäumen vorbeirannte, die noch vor kurzem ihre Deckung waren, überlegte er, ob da nicht noch etwas war. Plötzlich hörte er die Alarmsirenen des Clancamps in der Entfernung.

Das Ventil war vollständig geöffnet, und der *Masakari* hatte seine Höchstgeschwindigkeit erreicht. Das Camp kam in Sicht, und Rose zielte auf einen *Gladiator* der Clans. Als er das Fadenkreuz auf das Ziel einrichtete, schossen ihre Gegner die erste Salve ab. Eine Staffel LSRs jagte auf den *Großdracon* zu, der hinter den viel kleineren Mechs der Scoutlanze herbummelte. Myotos Mech erzitterte unter dem Aufschlag der Raketen und fiel aus vollem Lauf zu Boden, die Nase voran. Der linke Arm flog wie ein Wagenrad durch die Luft, als er vom Torso abriß.

Rose wandte seine Aufmerksamkeit wieder dem *Gladiator* zu. Die Waffenkontrollen zeigten grün. Er startete die erste Staffel seiner Raketen und bereitete sich darauf vor, die PPKs folgen zu lassen. Durch den Ziellaser gesteuert, flogen die Raketen direkt ins Ziel. Plötzlich blitzten einige Lichter bei dem *Gladiator* auf. Rose' Raketen verließen die Flugbahn. Er hat ein Raketenabwehrsystem aktiviert, dachte Jeremiah voller Bedauern. Rose schlug auf den Schalter der Kom-Verbindung.

»Kampf Eins, ich brauche bei dem hier ein wenig Hilfe.«

Rose sah zu, wie Esmeralda ihren Kurs änderte und auf den *Gladiator* zusteuerte. Er überprüfte den Hauptbildschirm. Der *Gladiator* war humanoider Bauart, selbst sein Kopf sah menschlich aus. Seine Arme waren eher kantig, aber der rechte endete in einer Hand, was die menschliche Erscheinung verstärkte. Unter dem Arm war ein Waffenrohr mit Energiespule und Stromversorgungskabel geschnallt. Der linke Arm war kurz und hatte Ähnlichkeit mit einem Stumpf, als hätte man das Glied am Ellbogen abgetrennt. Das fehlende Teil wurde jedoch durch ein Geschützrohr unbekannter Bauart ersetzt. Eventuell ein Gaussgeschütz oder eine Autokanone.

Der *Gladiator* feuerte im selben Augenblick, als Rose den Abzug betätigte. Jeder Mech traf den anderen in der Brust. In einem Kampf der Titanen bedeutete die Eröffnungssalve nicht mehr als die Herausforderung zu einem echten Zweikampf. Rose schnaubte und rannte vorwärts.

Ein *Thor* der Novakatzen trat hinter der *Tracy K* hervor, um den *Gladiator* zu unterstützen. »Befehl Drei und Vier, nehmt euch den *Thor* zur Brust«, brüllte Rose in sein Mikrofon. Er wartete nicht auf die Bestätigung. Statt dessen schaltete er auf den sekundären TIK um. Dann schickte er zwei weitere PPK-Strahlen auf ihren Weg. Esmeralda folgte mit ihren Lasern. Der *Gladiator* schüttelte sich unter dem Doppelangriff. Der Pilot war erfahren und brachte nach anfänglichen Schwierigkeiten den Mech wieder unter Kontrolle. Die Laser sprengten Teile der fasrigen Stahlpanzerung ab.

Rose feuerte die vierte PPK ab, als sich die Entfernung weiter verringerte, aber der Schuß ging weit rechts am Ziel vorbei. Die Sekunden wurden zu Stunden, während Jeremiah darauf wartete, daß sich seine PPKs neu aufluden. Esmeralda startete ihre Langstreckenraketen, aber mittlerweile war die Entfernung zu kurz. Die LSR konnten sich auf der kurzen Strecke nicht aktivieren. Durch die kurze Reichweite und das Raketenabwehrsystem traf nicht einmal die Hälfte der Raketen ihr Ziel.

Rose schrie in seinem Cockpit gequält auf. Was hatte sie sich bloß dabei gedacht. Das war der Fehler eines Amateurs. Sie war ein Veteran, kein kleiner Junge, der von der Akademie kam und noch nicht trocken hinter den Ohren war. Im Vergleich zu Rose, der verärgert war, mußte man den Piloten des *Gladiator* als aufgebracht bezeichnen. Der ClanKrieger zielte mit seinem linken Arm auf Esmeralda. Dann war plötzlich Mündungsfeuer zu sehen, gefolgt von einer Reihe leerer Geschoßhülsen, die aus dem Arm des *Gladiators* ausgeworfen wurden. Rose hatte noch nie eine solche Feuerrate gesehen. Endlose Sekunden beobachtete er, wie der *Gladiator* ein Projektil nach dem anderen in den *Katamaran* jagte. Alle durchdrangen sie die rechte Seite des Torsos, als wäre er aus Papier, und bahnten sich ihren Weg zum Raketenwerfer und dem Munitionslager.

Als endlich eine der PPKs wieder grün zeigte, feuerte Rose und verfehlte sein Ziel. Zu seiner Rechten explodierte Esmeraldas *Katamaran*, als die LSR im rechten Torso detonierten. Das zellulare Munitionslagersystem rettete den OmniMech. Die zerstörende Kraft der explodierenden Raketen wurde durch die Auslaßrohre zum Rücken des *Katamaran* geleitet. Die Explosion zerstörte alle Komponenten in der rechten Seite und schnitt die Energiezufuhr zum rechten Arm ab. Der Rest des Mechs war allerdings noch sicher und funktionsfähig.

Der *Katamaran* schüttelte sich unter dem Regen ankommender Projektile und der detonierenden Munition, aber Esmeralda wollte nicht fallen. Sie hob den linken Arm, feuerte die zwei Laser ab und bewegte sich vorwärts. Durch die Bewegung fiel der rechte Arm ab, und Rose sah, wie Flammen aus dem Torso schlugen.

»Kampf Eins, Rückzug.« Sollte Esmeralda ihn gehört haben, antwortete sie ihm nicht. Zwei weitere PPKs zeigten grün, und Rose feuerte sie auf den *Gladiator* ab. Die Strahlen bohrten sich durch den linken Oberschenkel. Rose konnte sehen, wie das Bein steif wurde. Der *Gladiator* zeigte mit dem rechten Arm auf Jeremiah, schwenkte jedoch die untergeschnallte PPK auf Esmeralda.

»Kampf Eins...« Der blaue Lichtblitz sprang vom *Gladiator* über zum *Katamaran*. Er drang durch das Loch in der rechten Seite ein und arbeitete sich bis zum Reaktor vor. Der *Katamaran* beugte sich zur rechten Seite, bevor er zu Boden fiel. Ein letztes Zucken, dann war die Maschine tot. Flammen züngelten aus dem Loch, Rauch stieg in den Himmel. »... Rückzug«, schloß Rose den Satz mit einem Flüstern.

Der *Gladiator* wandte sich Rose zu und zielte mit dem todbringenden rechten Arm auf ihn. Angst und Wut packten ihn, als das Geschütz auf ihn einschwang. Er rannte vorwärts und reduzierte die Entfernung mit fünf Schritten auf Null. Als sein rechter Fuß zum letztenmal aufsetzte, riß Rose am Hebel.

Der *Masakari* lehnte sich zurück. Rose fuhr das rechte Bein nach vorn aus. Der metallene Fuß traf den *Gladiator* am Schienbein, drückte den Stahl nach innen und brachte das Bein zum Erzittern. Das Schienbein des *Gladiator*, bereits beschädigt durch den PPK-Treffer, klappte zusammen. Die untere Verstrebung sprang aus der Panzerung des Mechs, als dieser fiel. Rose konnte das metallische Kreischen des gequälten Stahls hören, während die Verstrebung riß. Er hatte sein Gleichgewicht wiedergefunden und war zu einem zweiten Tritt bereit, als der linke Arm des gefallenen Mechs feuerte.

Die Projektile rissen das rechte Bein des *Masakari* auf. Während die Panzerung abplatze, bahnten sich weitere Geschosse den Weg nach innen. Für Rose war das gigantische Geschütz jetzt weniger furchteinflößend. Er überprüfte die Statuskontrollichter, überrascht darüber, daß sie gelb und nicht rot leuchteten. Obwohl die Panzerung abgesprengt war, hatte das Bein dem beständigen Beschuß standgehalten.

Rose traute dem Bein keinen zweiten Tritt zu, aber es leistete ihm gute Dienste, als er den *Masakari* drehte, um mit beiden Armen auf den gefallenen *Gladiator* zu deuten. Der Kopf wäre ein leichtes Ziel gewesen. Rose zielte jedoch mit allen vier PPKs auf die Brust. Er zog den Abzug des primären TIK durch und brannte ein Loch durch den OmniMech. Die Maschine erstarb unverzüglich, ohne ein Geräusch von sich zu geben.

31

Courcheval
Novakatzen-Besatzungszone

4. August 3057

Rose drehte sich im Kreis. Dabei versuchte er, soviel Gewicht wie möglich auf das gute Bein des *Masakari* zu legen. Ein *Thor* der Novakatzen war bereits zerstört, ein *Loki* ebenfalls. Ein anderer Mech lag in der Nähe des *Loki*. Auf die Entfernung konnte er nicht sehen, um was für einen es sich handelte. Vermutlich waren es die Überreste von Myotos *Großdracon*. Rose sah auf der anderen Seite des Landungsschiffs einen Feuerwechsel und rannte los.

Dort stand ein *Geier* der Novakatzen in der Mitte des Schlachtfelds. Zu seinen Füßen lag ein weiterer OmniMech. Trotz des Schadens, den der Mech aufwies, konnte Rose erkennen, daß es sich um einen zweiten *Geier* handelte. Leezas *Merkur* hatte sich teilweise in dem gefallenen *Geier* verheddert. Der BattleMech der Black Thorns wies ein riesiges Loch über dem Herzen auf. Aus der Entfernung konnte Rose sehen, wie Ebers *Kampftitan* aufzustehen versuchte. Ein unnützer Versuch, da beide Beine vom Knie abwärts weggeschossen waren. Der *Rabe* und der *Sprinter* bewegten sich weiter, aber der *Geier* hatte seine eigene Reihenfolge festgelegt.

Als Rose auf dessen Rücken zielte, feuerte der OmniMech auf Bell, der zusammen mit Jamshid von der anderen Seite auf ihn zukam. Doppelgaussgeschütze streckten den beschädigten *Banshee* nieder, als Rose seine PPKs auslöste. Die Rüstung des *Geier* platzte weg, bevor die Strahlen sich in das Innere vorfraßen. Der schwere Mech erfuhr nie, was ihn traf, als alle Komponenten des Systems gleichzeitig ausfielen.

Die Gelenke rührten sich keinen Millimeter mehr,

nachdem sich der Reaktor abgeschaltet hatte. Rose stapfte vorwärts und warf den *Geier* um. Es blieben nur noch die Black Thorns auf dem Schlachtfeld.

»Danes, bewegen Sie sich.« Rose scannte das Feld. »Ajax, stell die Überlebenden auf und gib mir einen Statusbericht.« Rose bekam es schon nicht mehr mit, ob Ajax seinen Befehl bestätigte. Er stellte sein Gehirn auf Automatik und machte mit der Mission weiter. Ihrer Mission, die sie nach Hause bringen sollte. Als ob das noch eine Rolle spielte bei dem Preis, den sie bis jetzt bezahlt hatten.

Rose beobachtete, wie Danes und Cantrell über die Ebene auf das zerstörte Clancamp zurasten. Er erwartete beinahe, daß die *Tracy K* das Feuer auf die beiden Luftkissenfahrzeuge eröffnen würde, aber innerhalb weniger Sekunden waren die zwei *Savannah Master* neben den massiven Triebwerken des Landungsschiffs geparkt.

»Kommandant, hier Scout Eins. Jamshid hat die nördliche Frachtluke gesichert. Yuri und ich können die westliche und östliche nehmen, wenn Sie die südliche übernehmen.«

»Bestätigt, Scout Eins. Wie hoch ist die Rechnung?« fragte Rose, während er seine Position einnahm. Ajax schmunzelte über die Bemerkung und antwortete ohne Verzögerung. Er und Rose waren Profis.

»Wir sind runter auf fünf mobile Mechs, wenn du den *Panther* mitzählst. Einer ist bewegungsunfähig, kann jedoch die Waffen einsetzen.«

»Was ist mit den Leuten, Ajax?«

Ajax wußte, daß Rose diese Fragen stellen würde, aber er konnte sie nicht beantworten. Ohne Überprüfung eines jeden einzelnen Cockpits war der Rapport nur sehr ungenau.

»Bericht, Scout Eins«, befahl Rose.

»Abgesehen von den funktionstüchtigen Mechs, habe ich Meldungen von Befehl Drei und Kampf Fünf.« Ajax senkte die Stimme. »Nichts von Kampf Zwei und Kampf Drei oder Scout Drei.«

»Ich verstehe.« Rose legte eine Pause ein. Seine Brust verkrampfte sich. »Vorbereiten auf Phase Zwei.« Er schaltete die Kommunikationskanäle auf eine offene Frequenz und drehte am Lautstärkeregler.

»Sterncolonel Denard Deveraux, hier spricht Kapitän Jeremiah Rose von den Black Thorns. Ich stehe direkt vor dem Landungsschiff und ich bin bereit, Sie und Ihre ganze, verdammte Blase in die Hölle zu schicken. Sie haben zehn Sekunden Zeit, um zu antworten, oder Sie können ihrem Schiff einen schönen, langen Abschiedskuß geben.«

Rose überprüfte die Uhr. Acht Sekunden später krachte es im Lautsprecher, und der Kanal erwachte zum Leben.

»Hier ist Sterncolonel Deveraux. Ich schlage vor, Sie ergeben sich sofort. Andernfalls muß ich Sie töten«, sagte Denard kühl.

»Geben Sie nicht so an, Denard. Ich habe zwei Tonnen Sprengstoff unter Ihrem Hintern deponiert, und ich würde mich freuen, diesen auch zu zünden. Hören Sie mir also genau zu. Sie und Ihre Truppen ziehen sich sofort aus der *Tracy K* zurück und machen den Weg zu unserem Landungsschiff frei.«

»Und wenn ich mich weigere?« fragte Denard in einem süßen Unterton.

»Pack ein, Schwachkopf.« Das Notsignal leuchtete auf dem Kommunikationspult auf. Rose schlug auf den Knopf. Er wußte, daß Ajax einen guten Grund haben würde, die Unterhaltung mit Denard zu unterbrechen. Schließlich war er damit beauftragt, die Gegend zu überwachen.

»Was?«

»Binärsterne kommen von Süden auf uns zu. Kätzchen hat es eben gemeldet. Ich vermute, die Garnisonstruppen aus den Bergen haben uns endlich gefunden.«

Rose konnte den Schrei nur mit übermenschlicher Anstrengung unterdrücken. Das war es also gewesen, was vor dem Kampf an ihm genagt hatte. Die Untergrundkämpfer hatten ihn vor einer Gruppe Binärsterne gewarnt, die durch die Berge streiften und nach den Black Thorns suchten. Es waren nur zweitklassige Mechs, aber nach dem Kampf mit der Kavallerie der Novakatzen stellten sie eine Übermacht für die Black Thorns dar. Rose hatte sie vollkommen vergessen. Jetzt mußte er den Preis dafür zahlen.

»Sag Kätzchen, sie soll herkommen. Sie soll auch Leeza mitbringen.« Rose holte einmal tief Luft, bevor er den Schalter umlegte.

»... eine andere Möglichkeit«, endete Denard gerade.

»Entschuldigen Sie, Sterncolonel, könnten Sie das noch einmal wiederholen? Ich muß wohl eingeschlafen sein.« Rose justierte den Langstreckenscanner. Zehn BattleMechs erschienen in extremer Reichweite auf dem Bildschirm. Zwischen dem ankommenden Binärstern und den Black Thorns rannte ein einzelner *Panther* um sein Leben.

»Ein plötzlicher Wechsel Ihres Verhaltens, Kapitän Rose? Haben Sie vielleicht die Ankunft meiner Verstärkung bemerkt? Sie sollten eventuell meinen Vorschlag überdenken.«

Rose leckte die plötzlich trockenen Lippen. »Ich werde Ihnen sagen, was ich tue, Denard. Ich fordere Sie heraus.«

»Ein *Batchall*? Sie machen Witze.«

Rose warf einen Blick auf den Scanner. »Zu diesem Zeitpunkt? Ich glaube nicht.«

»Welche Bedingungen?«

Rose war sich bewußt, es mußte etwas sein, das Denard mit Freuden akzeptierte. »Mann gegen Mann. Keine BattleMechs, keine Elementarrüstung, gar nichts. Nur Sie und ich.«

»Ein Kreis der Gleichen? Ich gebe zu, es würde mir

eine Freude sein, Sie mit den bloßen Händen zu töten. Der Preis?«

»Das Landungsschiff. Gewinne ich, nehmen die Black Thorns ihre Verwundeten und erhalten freies Geleit nach Wolcott mit allem, was an Bord ist.« Vielleicht sollte ich auch noch um Hilfe rufen, dachte Rose. Das schien sein letzter Kampf zu werden. »Wenn Sie gewinnen, werden sich die Black Thorns ergeben, und Sie können das Schiff mit unseren besten Wünschen behalten.«

»Nein, ich versuche mein Glück mit der Sprengung. Vorausgesetzt natürlich, Sie haben wirklich vor, das Schiff zu sprengen.«

»Also gut«, sagte Rose, der langsam wütend wurde. »Ich versüße Ihnen das Angebot noch etwas. Wenn Sie gewinnen, gebe ich Ihnen die Annäherungscodes für das Sprungschiff.«

»Annäherungscodes? Der Bluff ist Ihrer unwürdig. Es gibt keine Annäherungscodes. Ich hätte sie gefunden, als Käpten Danes uns den Zugriff auf den Computer gab. Ich kann Ihnen versichern, unsere Techniker sind sehr gewissenhaft.«

»Der Code ist neu«, sagte Rose schnell. Kätzchen hatte das Camp fast erreicht, und der Binärstern war dicht hinter ihr. Wenn er bei der Absturzstelle ankam, würde es für Rose schwer werden, und das wollte er nicht. »Deswegen haben Ihre Fliegerjungs heute morgen zwei BattleMechs in der Prärie gefunden. Sie haben dem Sprungschiff eine Nachricht zukommen lassen. Einen neuen Annäherungscode.«

Rose wartete in lähmender Stille, bis Denard diese Information überprüft hatte. Es war ein leichtes, die ausgehende Nachricht zu bestimmen, und der Absturz des Clanjägers sollte Beweis genug sein. Aber es kam immer noch keine Antwort. Rose überprüfte den Scanner. Kätzchen kreuzte hinter Rose und nahm ihre Position in der Nähe von Ajax ein. Der Binärstern war beinahe in Sichtweite.

»Einverstanden«, war die einfache Antwort. »Wo kämpfen wir?« fragte Denard.

»Das Landungsschiff. Ich nehme an, Sie sind auf der Brücke.«

»Das bin ich.«

»Öffnen Sie die Mannschaftstür der südlichen Frachtluke. Wenn ich die Tür geschlossen habe, können Sie die Brücke verlassen. Der Kampfschauplatz wird das gesamte Schiff sein. Wir treffen uns, wir ringen miteinander und entscheiden, wer diesen Ort verlassen wird.«

»Was sollte mich davon abhalten, Sie in dem Moment zu erschießen, in dem Sie den Frachtraum betreten – oder noch besser, jetzt gleich? Ich habe einige meiner Leute in diesem Schiff, die Sie umbringen würden.«

»Ehre.«

»O ja. Sie wissen von der Clanehre.«

»Ich kenne die Ehre eines Deveraux und die der Novakatzen.«

»Ich bin mit den Bedingungen einverstanden. Sie können Ihren Mech verlassen, wann immer Sie wollen.«

Rose beendete die Unterhaltung und schaltete auf die Kompaniefrequenz. Er erklärte der Gruppe die Veränderungen im Plan und befahl ihnen, die Mechs herunterzufahren, bis alles vorbei war. Die überlebenden Söldner waren einstimmig gegen den neuen Plan. Das erschreckte Rose. An ihrer Stelle hätte er wahrscheinlich nicht anders gehandelt. Sie hatten ihm schon vorher vertraut und mußten es jetzt wieder.

Der Binärstern gesellte sich zu den Black Thorns, deaktivierte seine Mechs jedoch. Gerade als Rose ein Gebet gen Himmel schickte, bewies Denard seine Fairness. Ein OmniMech zog einen vagen Kreis um das Schiff und deutete damit an, daß er den Begriff ›Kreis des Gleichen‹ wörtlich nahm. Eine der Zugangstüren der *Tracy K* sprang auf, und die Elementare verließen das Schiff, schnell gefolgt von Clan-MechKriegern, die sich zu den Piloten aus der Garnison stellten.

Rose sicherte das Computersystem des *Masakari*, dann befahl er seinen Leuten, die Mechs zu verlassen. Er setzte den Neurohelm ab und löste die Sicherheitsgurte vom Kommandosessel. Dann verließ auch er seinen Mech. Als Rose den Boden erreichte, hatten die anderen ClanMechs die Gruppe erreicht. Rose schenkte ihnen keine Aufmerksamkeit. Während er die Strecke zur *Tracy K* zurücklegte, atmete er tief und gleichmäßig. Er war nicht überrascht, als er die Tür an der südlichen Frachtluke geöffnet vorfand. Rose kletterte die kurze Leiter hinauf und begab sich in den Frachtraum. Ein letzter tiefer Atemzug, dann schloß er die Tür hinter sich. Er ließ den Blick in die Runde schweifen. Die Clantechniker waren sehr fleißig gewesen. Fast alle Absturzschäden waren repariert. Der Frachtraum, in dem bislang nur Ebers *Kampftitan* einen Platz fand, offenbarte jetzt zwei *Fenris* OmniMechs. Seine Hand glitt über den metallischen Fuß des nächststehenden, als er den Frachtraum durchquerte.

Rose ging zur Werkbank und suchte sich einige Werkzeuge aus. Dann ging er durch die Seitentür zur Hauptebene und schlug die Luke hinter sich zu. Mit einem Hammer verkeilte er sie. Jetzt war die Galerie auf halber Höhe des Raumes der einzige Weg zu diesem Frachtraum. Er ging zurück zur Werkbank. Dort nahm er einen zweiten Hammer und einen Akkuschrauber. Er lächelte beim Betrachten der Leiter und arbeitete weiter.

Dreißig Minuten später hörte er, wie sich die Tür auf der Galerie langsam öffnete. Rose begab sich hinter den *Fenris* in Deckung. Von seinem vorteilhaft gewählten Standort aus sah er, wie sich Denards Fuß vorsichtig auf den Laufsteg niedersenkte. Dann trat der Elementar vollständig auf den Gang. Für einen Moment beneidete Rose Denards Gewandtheit und Stärke. Als der Mann im Blickfeld war, konnte Rose sehen, daß seine Hände leer waren.

»Ich vermute, Sie haben mich beim Wort genommen«, rief Rose von unten herauf. Die Nerven bis zum Zerreißen gespannt, drehte sich Denard auf dem Laufsteg um, dann realisierte er die Entfernung zu Rose. Als er sah, wie weit sein Gegner entfernt war, wollte er lachen. Das war also der Krieger der Black Thorns? Das war der Mann, der sein Kommando vernichtet hatte?

»Sie hätten mich nicht herausfordern sollen, Kapitän Rose. Ein Hinterhalt war Ihre einzige Hoffnung auf Erfolg. Jetzt werden Sie sterben.« Denard bewegte sich mit vorsichtigen Schritten auf dem Laufsteg vorwärts.

»Und Sie hätten sich eine Waffe nehmen sollen, Sterncolonel. Das war meine einzige Sorge. Jetzt werden Sie sterben.«

Denard lachte, ein lautes, kehliges Lachen. »Ihre Tollkühnheit ist erstaunlich. Unter anderen Umständen ...«

»Hätten wir Freunde sein können?« fragte Rose.

Denard schüttelte den Kopf. »Sie hätten mein Gefolgsmann werden können.«

Rose sah zu, wie Denard die Galerie entlangging. Neben der ersten Stufe der Leiter streckte er den Fuß vorsichtig aus, bevor er ihn auf den Boden setzte. Der, wie nicht anders zu erwarten, sofort nach unten wegbrach. Denard blickte durch das neu entstandene Loch auf eine Ansammlung von Schraubenziehern und Bohrern unter ihm. Wäre er gefallen, hätten ihn die Werkzeuge, die Rose so sorgfältig aufgebaut hatte, durchbohrt. »Wirklich clever, Kapitän Rose, aber Sie haben vergessen, Ihre Falle zu tarnen.« Rose zeigte ein kurzes Grinsen und blickte sich in dem Raum um. Denard lachte, trat über das Loch hinweg und hielt an den oberen Stufen kurz inne. »Sie können mich nicht schlagen, Kapitän Rose.«

»Das sagte schon Ajax«, antwortete Rose.

RICK HARRIS ©93

»Sie stehen kurz vor Ihrem Ende, MechKrieger.«

»Und das hat Eber gesagt.«

Denard machte sich auf den Weg nach unten. Sein Gewicht verteilte er dabei auf die Fußballen. »Ich sollte Ihnen noch danken, Kapitän Rose, bevor Sie sterben. Sie haben mir eine sehr wertvolle Lektion erteilt. Oder besser, erneut erteilt.« Rose zog eine Augenbraue hoch, gab jedoch keine Antwort. Er konzentrierte sich auf seine Atmung und auf sein Ki. Es sollte jetzt viel einfacher sein, da er diesmal direkt vor dem entscheidenden Moment sein Ki stärkte. Aber die Anwesenheit eines Feindes machte es schwierig.

»Sie haben mich in einem Augenblick der Unachtsamkeit erwischt. Das ist noch niemandem vorher geglückt. Ich war noch einige Minuten davon entfernt, die verstauten OmniMechs zu entlassen. Ihr Ruf erreichte mich genau in dem Moment, in dem ich zwei Strahlen Elementare aus der Westluke schicken wollte.« Denard schüttelte den Kopf. »Ich bin faul geworden und hatte meine Männer nicht bereit.« Der Sterncolonel sah Rose eiskalt an. »Das wird nicht noch einmal passieren.«

Er bewegte sich weiter die Stufen runter, immer mit äußerster Vorsicht. »Sagen Sie mir, Kapitän Rose, haben Sie wirklich zwei Tonnen Sprengstoff unter diesem Schiff? Nicht, daß es wirklich wichtig wäre. Es interessiert mich einfach.«

Rose nickte nur.

»Ich habe es mir schon gedacht.« Denard trat auf den nassen Boden des Frachtraums. Die meisten Böden waren dreckig, wenn man Reparaturen durchführte. Wenn sich Denard über das Wasser wunderte, ließ er es sich nicht anmerken. Rose griff in eine seiner hinteren Taschen, während Denard weiter vorwärtsging. Rose hockte immer noch auf dem Fuß des BattleMechs. Er hatte dadurch einen entscheidenden Vorteil, was die Höhe betraf. Das schien den Elementar jedoch nicht weiter zu stören. Er ging unablässig auf Rose zu, als dieser seine Waffe schwang.

Denard blieb mitten in der Bewegung stehen. »Eine Pistole?« fragte er mit einem verwunderten Blick auf die Waffe.

Rose schüttelte den Kopf und hielt das Gerät in das Wasser zu Denards Füßen. »Ein elektrisches Schweißgerät.«

Das kleine Gerät bestand lediglich aus zwei Metallhaken, einem Handgriff und einer hochwertigen Lithiumbatterie. Wenn man sie anstellte, wanderte der elektrische Strom zwischen den beiden Haken hin und her. Das Gerät war stark genug, um eine Eisenpanzerung so schnell zu durchschneiden, wie ein Mann das Gerät bewegen konnte.

Das Schweißgerät berührte die Wasseroberfläche, als Denard begriff, was passieren würde. Er versuchte aus dem Wasser zu springen, aber es war zu spät. Die Batterie war schon nach sechs Sekunden leer, doch diese Zeit reichte aus, um Denard auf eine zuckende Masse Fleisch zu reduzieren.

Rose sprang von dem Fuß des *Fenris* und zog den Akkuschrauber aus der Tasche. Jeder Muskel in Denards Körper zuckte, als er die Nachwirkungen des Stromschlags zu kompensieren suchte. Rose griff in Denards Haare, dann kniete er sich auf dessen Brust und trieb den Bohrer durch das rechte Auge des Elementars.

Als Rose sich von Denard löste, lebte dieser nicht mehr. Er zog den schweren Körper des Elementar zu der Außentür. Für einen Moment hielt er inne und betrachtete den Himmel, schließlich warf er die Leiche aus dem Schiff. Nachdem er sich davon überzeugt hatte, daß keiner der Elementare nach der Waffe gegriffen hatte, sprang er die kurze Distanz zum Boden hinunter.

Ohne ein Wort ging Rose an den versammelten

MechKriegern der Novakatzen vorbei auf seinen *Masakari* zu und kletterte die Leiter zum Cockpit hinauf. Dort angekommen, legte er drei Schalter um. Die Anzeige der eingebauten Uhr erlosch. Der Zeitzünder für den Sprengstoff blieb bei etwas unter fünf Minuten stehen.

32

Landungsschiff *Tracy K*
Courcheval-System, Novakatzen-Besatzungszone

4. August 3057

Rose saß im Messeraum der *Tracy K* und rührte in seiner Tasse Kaffee. Das Landungsschiff hatte vor fünf Stunden Courcheval verlassen und war jetzt mit Höchstgeschwindigkeit auf dem Weg zum Sprungschiff. Rose trank den letzten Rest Kaffee aus. Er langte über den Tisch, um seine Tasse nachzufüllen. Der Geruch erfüllte den Raum, und Rose bemerkte die Stille. Bei einem Schiff mit Eigenrotation benötigte man keine Vakuumtrinkgefäße.

Nachdem Danes vor einigen Stunden alle Systeme freigegeben hatte, war Rose in die Messe gegangen. Sie war erstaunlicherweise leer. Anschließend hatte er einige Kabinen der Mitglieder aufgesucht und diese ebenfalls leer vorgefunden. Jeremiah wußte, wo sich alle befanden – in den Frachträumen.

Teilweise war er überrascht, daß die Novakatzen das Arrangement ihres toten Kommandanten einhielten, auf der anderen Seite wußte er schon vorher, wie sie reagierten. Sie waren Krieger, die nach einem Ehrenkodex erzogen wurden. Obwohl sie niemals die hohen Ziele ihrer Gesellschaft verraten würden, lebten sie strikt nach ihrem Kodex.

Während zwei Elementare die Leiche davontrugen, drehte der Binärstern BattleMechs ab und verließ unter Führung von Sterncaptain Thrace den Schauplatz.

Rose schlürfte seinen Kaffee, als sich Bell ihm gegenüber an den Tisch setzte und sich auch eine Tasse Kaffee eingoß. Rose wischte sich mit dem Ärmel über den Mund, derweil Bell die halbleere Tasse seines Kommandanten auffüllte. »Sind alle in den Frachträumen?«

fragte Rose. Bell nickte und grinste Rose an. In den Frachtluken standen zwei komplette Binärsterne OmniMechs und genügend Ersatzteile, um die Einheit einige Monate im Feld zu halten.

»Ich wollte zur Krankenstation, nach unseren Patienten sehen. Kommst du mit?« fragte Rose.

»Sicher.«

Rose nahm seine Tasse und ging durch die verwinkelten Korridore des Schiffes, bis sie die Doppeltür mit dem Medizinersymbol erreichten. Rose drückte auf den Türöffner und trat ein.

Auf der anderen Seite der Tür schien die *Tracy K* wie verwandelt. Die Clanleute hatten das medizinische Zentrum für ihre eigenen Zwecke umgebaut. Ein Feldlazarett der Spitzenklasse konnte nicht besser eingerichtet sein, obwohl die Clans die *Tracy K* nicht komplett mit ihrer Technologie ausgerüstet hatten. Der Raum besaß vier Betten und eine Intensivstation. Drei der Betten waren belegt, aber nur ein Patient war wach. Rose blickte sich nach dem Frachtleiter um, der auch als medizinischer Techniker fungierte, aber er konnte ihn nicht entdecken. Jeremiah begab sich zum Bett seiner Schwester und griff nach ihrer Hand. Sie schenkte ihm ein sicheres Lächeln.

»Ich freue mich, daß es dir besser geht, Schwesterchen«, sagte er mit dem wärmsten Lächeln, das er hervorbringen konnte. Ria versuchte sich im Bett aufzurichten, fiel jedoch wieder zurück.

»Ich bin mir nicht sicher, ob ich mich wirklich besser fühle, aber es ist angenehm, wieder wach zu sein. Noch etwas. Kratz mich, bitte.« Rose rieb ihr mit einer Hand die Wange. »Es ist toll, wenn man weiß, daß man wieder lebt. Aber ohne diese schrecklichen Nebenwirkung beim Erwachen wäre es noch schöner.«

Bell trat an das Bett heran und lächelte. »Es ist wundervoll, dich wieder bei uns zu haben.« Ria versuchte ebenfalls ein Lächeln, nickte dann aber nur. Doch selbst diese einfache Bewegung ließ sie erbleichen. »Gibt es in diesem Raum ein Echo?« fragte sie mit einem Flüstern. Rose und Bell schüttelten gleichzeitig die Köpfe.

»Das ist dein Innenohr«, erklärte Rose. »Die Munitionsexplosion ist schuld daran. In ein, zwei Tagen ist alles vorbei. Bis dahin hast du das Gefühl, du wärst unter Wasser.«

»Also war das doch kein Traum«, sagte sie nach einigen Augenblicken. Rose wechselte einen besorgten Blick mit Bell, dann wandte er sich erneut an seine Schwester. Sie hatte die Augen geschlossen, aber Jeremiah wußte, daß sie wach war.

»Kein Traum, Kleine«, erwiderte er.

»Dann ist es vorbei?« Rose mußte sich nicht fragen was ›es‹ war.

»Ja, es ist vorbei.«

»Ich bin entrechtet«, sagte sie, als Tränen aus ihren Augenwinkeln liefen.

Rose drückte zärtlich ihre Hand. »Nicht ganz. Wir, das heißt die Black Thorns, haben noch einen *Marodeur II* und einen *Dunkelfalken* auf Outreach. Vielleicht möchtest du einen von denen.«

Jetzt liefen ihr die Tränen wie ein Bach über das Gesicht. »Jeremiah, diese Mechs stehen zum Verkauf. Wir brauchen das Geld, um McCloud zu bezahlen und die verbliebenen OmniMechs instand zu halten.«

»Nun, vielleicht nicht. Abgesehen davon«, sagte Rose, »als du ein wenig geschlafen hast, hat sich das Glück zu unseren Gunsten gewendet.« Ria öffnete ein Auge, um sich davon zu überzeugen, ob ihr Bruder log. Ihre Tränen ließen jedoch keine klare Sicht zu. Sie zwinkerte die Tränen weg und verfluchte leise die Schmerzen in ihrem Kopf.

»Er meint das vollkommen ernst«, bestätigte Bell. Als ob eine unabhängige Bestätigung von Rose' Aussage Riannon ausreichen würde.

Rose drückte ihre Hand fester. »Ruhe dich ein bißchen aus und laß dir Zeit.« Hinter sich hörte er, wie sich die Doppeltür öffnete. »Wir haben später genügend Zeit für Erklärungen.« Ria antwortete nicht mehr, aber Rose war sicher, daß sie ihn gehört hatte. Der Frachtleiter tippte ihm auf die Schulter und schob die beiden Männer auf die andere Seite. Rose ließ die Hand seiner Schwester los.

»Sie müssen jetzt gehen«, sagte der Mann mit einem bestimmenden Flüstern. »Wir brauchen alle Ruhe.« Rose nickte und legte die Hand auf die Schulter des Mannes. Sie gingen alle, was das Beste für die Patienten war.

»Sagen Sie mir nur, wie es um sie steht, dann gehen wir bestimmt.« Der Frachtleiter machte eine Pause. Er konnte dem Blick von Rose nicht ausweichen.

»Ihre Schwester wird wieder in Ordnung kommen. Ich vermute, daß wir sie morgen um diese Zeit bereits entlassen haben.« Rose' Herz machte einen Freudensprung, als er die gute Nachricht hörte.

»MechKrieger Eber hat eine gebrochene Hüfte, einen gebrochenen Oberschenkelknochen und Verbrennungen zweiten Grades an den Armen und im Gesicht. Die Scanner zeigen eine leichte Beschädigung der Hornhaut an. Das wissen wir aber erst in einigen Stunden etwas genauer. Die Maschinen halten ihn wegen der Hüfte ruhig. Das wird sich allerdings auch in den nächsten zwölf bis vierzehn Stunden ändern.«

»Und Rippiticue«, wollte Rose wissen

»Ihr linker Fuß wurde über dem Knöchel abgetrennt«, sagte der Frachtleiter leise. Rose sah zu ihr rüber, wie sie schlief. Sie sah so friedlich aus.

»Ich habe einen schützenden Wundsack ...«

»Weiß sie es?« fragte Rose.

Der Frachtleiter nickte. »Ich habe immer gehört, ihr MechKrieger seid hart im Nehmen, aber die junge Dame dort drüben läuft euch allen den Rang ab. Sie lachte nur, als die andere Frau ihr die Nachricht überbrachte. Jetzt schläft sie friedlich, wie ein Baby. Die kann nichts in der Welt erschüttern.« Der Mann schüttelte immer noch mit dem Kopf.

»Ich werde ihnen sagen, daß Sie da waren«, sagte der Frachtleiter, gleichzeitig öffnete er die Türen. »Und noch etwas. Sagen Sie den anderen bitte, sie möchten sich noch für ein paar Stunden gedulden. Diese Leute brauchen Ruhe.«

»Wir werden es ihnen ausrichten«, versicherte Rose ihm, indem er mit Bell den Raum verließ.

Die beiden Männer gingen den Weg zur Messe zurück. Keiner sprach. Sie überdachten die Neuigkeiten aus der Krankenstation. Rose konnte sich nicht helfen, aber er mußte auch an Badicus und Esmeralda denken, die die Black Thorns nie wieder begleiten würden. Plötzlich fühlte er ihren Verlust tief im Innersten.

»Leeza kann immer noch einen Mech steuern«, versuchte Bell das Gespräch in Gang zu bringen, während sie die Messe erreichten. Rose grunzte zustimmend.

»Kapitän Rose, hier sind Sie«, sagte eine Stimme. Rose drehte sich um und lächelte die Frau an, die ihn ansprach. Ihr linker Arm lag in einer Schlinge, und sie humpelte ein wenig, als sie auf die Männer zukam. Rose wußte, daß die Wunden nicht ernst waren. Die Frau würde in ein paar Tagen wieder so gut wie neu sein. »*Chu-i* Myoto. Es ist großartig, sie froh und munter zu sehen«, sagte Rose mit übertriebener Freude.

»Danke, Kapitän Rose.« Wenn Myoto seine wirkliche Stimmung bemerkte, zeigte sie es nicht.

»Setzen Sie sich, *Chu-i* Myoto«, sagte er.

»Nennen Sie mich bitte Reiza.« Rose füllte eine dritte Tasse, als die junge Frau sich auf die Bank gleiten ließ. Alle drei saßen sie schweigend und tranken ihren Kaffee, während sie den monotonen Schiffsgeräuschen lauschten. Rose überließ sich seiner dunklen Stimmung, ohne die Gefühle zurückzudrängen. Er sah über den Tisch auf Myoto, die ihn fest im Blick hatte.

»Es tut mir leid um Ihren Mech«, begann er schließlich.

Myoto zuckte mit den Schultern und machte ein schmerzverzerrtes Gesicht. »Es gibt keinen Grund für eine Entschuldigung, Kapitän. Der Mech wurde in Ausübung seiner Aufgabe zerstört.« Rose nickte.

»Sie haben gut gekämpft«, warf Bell ein. Myoto blickte zu ihm rüber und suchte in seinem Gesicht nach einem Anzeichen von Ironie. Dann fiel ihr Blick auf Rose, der zustimmend nickte.

»Ich mag keine Lobhudelei, aber Ihren Einsatz bei unserer Flucht werde ich gebührend in meinem Bericht erwähnen«, sagte Rose ernsthaft. Myoto lächelte über das Kompliment und wurde rot. »Sie sind nicht mehr die MechKriegerin, die ich einst auf Wolcott kennenlernte.«

»Danke, Kapitän, aber es gibt keinen Grund, mich in Ihrem Bericht zu erwähnen. Ich habe bereits alles, was mir zusteht.«

Rose hob die Tasse zum Gruß, als er sich eines der früheren Gespräche ins Gedächtnis zurückrief. »Sie haben sich also selbst etwas bewiesen, oder?«

»Hai.«

»Und was haben Sie dabei entdeckt?« fragte Rose.

»Perspektiven, Kapitän. Ich habe herausgefunden, daß alles aus dem richtigen Blickwinkel betrachtet werden muß, damit man es korrekt beurteilen kann. Ich habe zumindest den ersten flüchtigen Blick auf die Perspektive erhascht, die ich schon so lange gesucht habe.« Die drei verfielen wieder in Schweigen, als Rose Myotos Äußerung überdachte.

»Hervorragende Ansicht, Reiza. Ansichten sind die Schlüssel, eine Situation zu betrachten.« Rose rieb mit der Hand über die Tischplatte und stand abrupt auf. Seine düstere Stimmung verflog, als er seinen eigenen Blickwinkel zu dieser Situation fand. Er fühlte immer noch den Verlust seiner Kameraden, aber es bekam einen ganz neuen Sinn. Badicus und Esmeralda sollten nicht umsonst gestorben sein. Dafür würde Rose sorgen. Ohne noch einen Blick zurückzuwerfen, ging er in seine Kabine. Sie wurden auf Courcheval zusammengehauen, und er hatte ein paar gute Freunde verloren, aber Jeremiah Rose wußte, daß die Black Thorns sich wie Phönix aus der Asche erheben würden. Die Veteranen vermißte man, doch frisches Blut war bereit, ihre Plätze einzunehmen. Die Black Thorns würde zurückkehren, und alle, von den Kuritas bis zu den Clans, taten gut daran, sich darauf vorzubereiten.

EPILOG

Söldnergarnisonsanlage
Wolcott, Draconis Kombinat

6. November 3057

Rose saß im Krankenzimmer, in jedem Arm ein Bündel. Die Besuchszeit war schon weit überschritten, aber das war kein großes Problem, erst recht nicht für jemanden mit dem entsprechenden Geld, den Fähigkeiten und dem festen Willen. Rose besaß alle drei Eigenschaften.

Auf der anderen Seite des Raumes begann sich Rachel Rose zu bewegen. Ein Blick auf den Monitor sagte Jeremiah, daß sie aufwachte.

»Wollen Sie denn ewig schlafen, Frau Rose?« fragte er. Rachel nickte in der Dunkelheit. Als sie die Stimme erkannte, drehte sie sich um, so schnell es ihr schmerzender Körper zuließ.

»Was machst du hier?« zischte sie im Dunkeln. »Und wie hast du die Zwillinge hier reinbekommen?«

Rose grinste, bezweifelte jedoch, daß Rachel es in der Dunkelheit sehen konnte. »Nun«, begann er vorsichtig, »ich bin wegen der Zwillinge hier. Und sie sind hier, weil ich eine Menge Leute bestochen habe.«

»Sind sie in Ordnung?« fragte sie mit plötzlich aufkommender Sorge.

»Sie sind putzmunter, Rachel«, antwortete Rose. »Ich habe nur gedacht, sie sollten etwas mehr Zeit mit ihrer Mutter und ihrem Vater verbringen.« Er stand auf und durchquerte den Raum. Auf dem Gang konnte er das Personal hören, das seinen nächtlichen Tätigkeiten nachging.

»Gib sie mir«, sagte Rachel, als sie beide Arme ausstreckte.

»Du kannst einen bekommen«, antwortete er, während er sich über das Bett beugte und das Bündel vom rechten Arm gleiten ließ. »Die Krankenschwester kommt in zehn Minuten und bringt die Kleinen zurück zur Babystation.«

Er setzte sich auf den Rand des Bettes und wiegte das Bündel in beiden Armen. Der Junge war kein einziges Mal aufgewacht, während ihn Jeremiah im Arm gehalten hatte.

»Wir müssen uns ein paar Gedanken über die Namen machen«, flüsterte Rachel.

»Dazu haben wir noch viel Zeit«, sagte Rose leise. Im Augenblick war es nur wichtig, daß die Zwillinge hier waren. Namen schienen unbedeutend.

»Wir sollten uns Gedanken …«

»Nicht jetzt, Rachel. Morgen können wir über alles reden. Aber heute nacht möchte ich mich von den Gefühlen einfangen lassen und einfach nur Erfahrungen sammeln.« Rose wartete auf eine Antwort, doch es kam keine. Im Augenblick waren Gefühle ausreichend.

Die nächsten Minuten saß er mit seiner Frau und den Kindern schweigend in dem abgedunkelten Zimmer. Es gab keinen Krieg, kein Töten, keine schmerzlichen Verluste. Alles war so, wie es sein sollte. In seinem Herzen war er immer noch ein Krieger, aber jetzt war er noch etwas mehr. Etwas Größeres. Etwas Besseres.

Das war der Unterschied.

ANHANG

Glossar

Schiffs- und BattleMech-Typen

GLOSSAR

Autokanone: Eine automatische Schnellfeuerkanone. Leichte Fahrzeugkanonen haben Kaliber zwischen 30 und 90 mm, während eine schwere Mechautokanone ein Kaliber von 80 bis 120 mm oder mehr besitzen kann. Die Waffe feuert in schneller Folge panzerbrechende Hochexplosivgranaten ab.

Bataillon: Ein Bataillon ist eine militärische Organisationseinheit der Inneren Sphäre, die in der Regel aus drei Kompanien besteht.

BattleMech: BattleMechs sind die gewaltigsten Kriegsmaschinen, die je von Menschen erbaut wurden. Diese riesigen humanoiden Panzerfahrzeuge wurden ursprünglich vor über 500 Jahren von terranischen Wissenschaftlern und Technikern entwickelt. Sie sind schneller und manövrierfähiger in jedem Gelände, besser gepanzert und schwerer bewaffnet als jeder Panzer des 20. Jahrhunderts. Sie ragen zehn bis zwölf Meter hoch auf und sind bestückt mit Partikelprojektorkanonen, Lasergeschützen, Schnellfeuer-Autokanonen und Raketenlafetten. Ihre Feuerkraft reicht aus, jeden Gegner mit Ausnahme eines anderen BattleMechs niederzumachen. Ein kleiner Fusionsreaktor liefert ihnen nahezu unbegrenzt Energie. BattleMechs können auf Umweltbedingungen so verschieden wie glühende Wüstenei und arktische Eiswüsten eingestellt werden.

Bluterbe: Die Geschichte der Blutnamensträger eines bestimmten Blutrechts wird Bluterbe genannt.

Blutname: Als Blutname wird einer der ursprünglich achthundert Familiennamen jener Krieger bezeichnet, die während des Exodus-Bürgerkrieges auf seiten von Nicholas Kerensky standen. (Derzeit existieren nur noch 760 dieser Namen. Vierzig Namen wurden nach dem Hochverrat eines der ursprünglich zwanzig Clans getilgt.) Diese achthundert waren die Basis des ausgedehnten Zuchtprogramms der Clans. Das Recht, einen dieser Nachnamen zu tragen, ist seit Einführung dieses Systems der Wunschtraum jedes Kriegers. Nur jeweils fünfundzwanzig Krieger dürfen gleichzeitig einen bestimmten Blutnamen tragen. Stirbt einer von ihnen, wird ein Wettbewerb abgehalten, um einen neuen Träger zu bestimmen. Ein Anwärter muß zunächst anhand seiner Abstammung sein Anrecht auf den Blutnamen nachweisen und anschließend eine Abfolge von Duellen gegen seine Mitbewerber gewinnen. Nur Blutnamensträger haben das Recht, an einem Clankonklave teilzunehmen und zum Khan oder ilKhan gewählt zu werden. Die meisten Blutnamen wurden im Laufe der Zeit einer oder zwei Kriegerklassen vorbehalten. Es gibt jedoch einzelne, besonders angesehene Blutnamen, wie zum Beispiel Kerensky, die dadurch ihren genetischen Wert bewiesen haben, daß sie von herausragenden Kriegern aller drei Klassen (MechKrieger, Jägerpiloten und Elementare) getragen wurden.

Blutnamen werden matrilinear vererbt. Da ein Krieger nur über seine Mutter erben kann, besteht nie ein Anrecht auf mehr als einen Blutnamen.

Blutrecht: Ein spezieller Blutname und die Reihe seiner Träger werden als Blutrecht bezeichnet. Jeder Blutname besitzt fünfundzwanzig Blutrechte. Ein Blutrecht ist kein Stammbaum nach unseren Begriffen, da die Krieger, die ein Blutrecht tragen, möglicherweise nur durch die gemeinsame Abstammung von einem einzelnen Vorfahren verwandt sind. Wie bei Blutnamen sind auch manche Blutrechte angesehener als andere, was hauptsächlich vom Bluterbe abhängt.

Im übertragenen Sinne wird der Begriff Blutrecht auch für den Kampf um einen Blutnamen gebraucht.

Clans: Beim Zerfall des Sternenbundes führte General Aleksandr Kerensky, der Oberkommandierende der Regulären Armee des Sternenbundes, seine Truppen beim sogenannten Exodus aus der Inneren Sphäre in die Tiefen des Alls. Nachdem sie sich weit jenseits der Peripherie niedergelassen hatte, zerfiel auch die Sternenbundarmee. Aus der Asche der Zivilisation, die Kerensky hatte aufbauen wollen, entstanden die Clans.

ComStar: Das interstellare Kommunikationsnetz ComStar wurde von Jerome Blake entwickelt, der in den letzten Jahren des Sternenbunds das Amt des Kommunikationsministers innehatte. Nach dem Zusammenbruch des Bundes eroberte Blake Terra und organisierte die Überreste des Sternenbund-Kommunikationsnetzes in eine Privatorganisation um, die ihre Dienste mit Profit an die fünf Häuser weiterverkaufte. Seitdem hat sich ComStar zu einem mächtigen Geheimbund entwickelt, der sich jahrhundertelang in Mystizismus und Rituale gehüllt hat, bis es nach der Entscheidungsschlacht gegen die Clans auf Tukayyid unter Prima Sharilar Mori und Präzentor Martialum Anastasius Focht zur Reformation des Ordens und Abspaltung der erzkonservativen Organisation Blakes Wort kam.

Elementare: Die mit Kampfanzügen ausgerüstete Eliteinfanterie der Clans. Diese Männer und Frauen sind wahre Riesen, die speziell für den Einsatz der von den Clans entwickelten Rüstungen gezüchtet werden.

Die Erinnerung: *Die Erinnerung* ist ein noch nicht abgeschlossenes Heldenepos, das die Geschichte der Clans von der Zeit des Exodus bis zur Gegenwart beschreibt. *Die Erinnerung* wird ständig erweitert, um neuere Ereignisse einzubeziehen. Jeder Clan verfügt über eine eigene Version dieses Epos, in der seine speziellen Meinungen und Erfahrungen verarbeitet sind. Alle Clankrieger können ganze Verse dieses riesigen Gedichtes aus dem Gedächtnis zitieren, und es ist durchaus nicht ungewöhnlich, Passagen auf OmniMechs, Luft/Raumjägern und sogar Rüstungen zu finden.

frapos/franeg: Diese Clanredewendungen werden am Ende rethorischer Fragen benutzt. Wird eine bejahende Antwort erwartet, benutzt man *frapos* (Frage positiv). Erwartet man eine verneinende Antwort, benutzt man *franeg* (Frage negativ). Die entsprechenden Antworten sind *pos* bzw. *neg*.

Freigeboren: Ein Mensch, der auf natürlichem Wege gezeugt und geboren wurde, ist freigeboren. Da die Clans so großen Wert auf ihr Zuchtprogramm legen, gelten Freigeborene von vornherein als minderwertig.

Freigeburt: Diese Verwünschung wird von wahrgeborenen Mitgliedern der Kriegerkaste benutzt und ist eine tödliche Beleidigung für einen anderen wahrgeborenen Krieger. Sie drückt im allgemeinen Widerwillen oder Frustration aus.

Geschko: Eine Gruppe von Kindern (Geschwisterkompanie) des Zuchtprogramms der Kriegerkaste, die wahrscheinlich von denselben Eltern abstammen und gemeinsam aufgezogen werden. Während sie älter werden, werden sie ständig getestet. Bei jedem Test scheiden Mitglieder der Geschko aus und werden in niedrigere Kasten abgeschoben. Eine Geschko besteht zunächst aus etwa zwanzig Kindern, von denen beim abschließenden Test noch etwa vier oder fünf übrig sind. Diese Tests und andere Erlebnisse binden die überlebenden ›Geschkinder‹ so eng aneinander, daß sie häufig lebenslanges Vertrauen und Verständnis füreinander zeigen.

Innere Sphäre: Mit dem Begriff ›Innere Sphäre‹ wurden ursprünglich die Sternenreiche bezeichnet, die sich im 26. Jahrhundert zum Sternenbund zusammenschlossen. Derzeit bezeichnet er den von Menschen besiedelten Weltraum innerhalb der Peripherie.

Kompanie: Eine Kompanie ist eine militärische Organisationseinheit der Inneren Sphäre, die aus drei BattleMech-Lanzen oder bei Infanteriekompanien aus drei Zügen mit insgesamt 50 bis 100 Mann besteht.

KSR: Abkürzung für ›Kurzstreckenrakete‹. Es handelt sich um ungelenkte Raketen mit hochexplosiven oder panzerbrechenden Sprengköpfen.

Landungsschiffe: Da Sprungschiffe die inneren Bereiche eines Sonnensystems generell meiden müssen und sich dadurch in erheblicher Entfernung von den bewohnten Planeten einer Sonne aufhalten, werden für interplanetare Flüge Landungsschiffe eingesetzt. Diese werden während des Sprungs an die Antriebsspindel des Sprungschiffes angekoppelt. Landungsschiffe besitzen selbst keinen Überlichtantrieb, sind jedoch sehr beweglich, gut bewaffnet und aerodynamisch genug, um auf Planeten mit einer Atmosphäre aufzusetzen bzw. von dort aus zu starten. Die Reise vom Sprungpunkt zu den bewohnten Planeten eines Systems erfordert je nach Spektralklasse der Sonne eine Reise von mehreren Tagen oder Wochen.

Lanze: Eine Lanze ist eine militärische Organisationseinheit der Inneren Sphäre, die in der Regel aus vier BattleMechs besteht.

Laser: Ein Akronym für ›Light Amplification through Stimulated Emission of Radiation‹ oder Lichtverstärkung durch stimulierte Strahlungsemission. Als Waffe funktioniert ein Laser, indem er extreme Hitze auf einen minimalen Bereich konzentriert. BattleMechlaser gibt es in drei Größenklassen: leicht, mittelschwer und schwer. Laser sind auch als tragbare Infanteriewaffen verfügbar, die über einen als Tornister getragenen Energiespeicher betrieben werden. Manche Entfernungsmeßgeräte und Zielerfassungssensoren bedienen sich ebenfalls schwacher Laserstrahlen.

LSR: Abkürzung für ›Langstreckenrakete‹, zum indirekten Beschuß entwickelte Raketen mit hochexplosiven Gefechtsköpfen.

Nachfolgerfürsten: Die fünf Nachfolgerstaaten werden von Familien regiert, die ihre Herkunft von einem der ursprünglichen Lordräte des Sternenbunds ableiten. Alle fünf Hausfürsten erheben Anspruch auf den Titel des Ersten Lords. Sie kämpfen seit Ausbruch der Nachfolgekriege im Jahre 2786 gegeneinander. Ihr Schlachtfeld ist die riesige Innere Sphäre, bestehend aus sämtlichen einstmals von den Mitgliedsstaaten des Sternenbunds besetzten Sonnensystemen.

Nachfolgerstaaten: Nach dem Zerfall des Sternenbunds wurden die Reiche der Mitglieder des Hohen Rats, die sämtlich Anspruch auf die Nachfolge des Ersten Lords erhoben, unter dem Namen Nachfolgerstaaten bekannt. Die Nachfolgerstaaten bestehen aus ursprünglich fünf und derzeit noch vier Herrscherhäusern: Haus Kurita (Draconis-Kombinat), Haus Liao (Konföderation Capella), Haus Steiner-Davion (Vereinigtes Commonwealth) und Haus Marik (Liga Freier Welten). Die Clan-Invasion hat die Jahrhunderte des Krieges seit 2786 – die Nachfolgekriege – einstweilen unterbrochen. Schauplatz dieser Kriege ist die riesige Innere Sphäre, bestehend aus allen einst von den Mitgliedsstaaten des Sternenbundes beherrschten Systemen. Die Nachfolgerfürsten haben ihre Streitigkeiten ausgesetzt, um der Bedrohung durch den gemeinsamen Feind, die Clans, zu begegnen.

Peripherie: Jenseits der Grenzen der Inneren Sphäre liegt die Peripherie, das weite Reich bekannter und unbekannter

Systeme, das sich bis in die interstellare Nacht erstreckt. Die einstigen terranischen Kolonien in der Peripherie wurden durch den Zerfall des Sternenbundes technologisch, wirtschaftlich und politisch verwüstet. Derzeit ist die Peripherie größtenteils Zufluchtsort für Banditenkönige, Raumpiraten und Ausgestoßene.

PPK: Abkürzung für ›Partikelprojektorkanone‹, einen magnetischen Teilchenbeschleuniger in Waffenform, der hochenergiegeladene Protonen- oder Ionenblitze verschießt, die durch Aufschlagskraft und hohe Temperatur Schaden anrichten. PPKs gehören zu den effektivsten Waffen eines BattleMechs.

Regiment: Ein Regiment ist eine militärische Organisationseinheit der Inneren Sphäre und besteht aus zwei bis vier Bataillonen von jeweils drei oder vier Kompanien.

Sprungschiffe: Interstellare Reisen erfolgen mittels sogenannter Sprungschiffe, deren Antrieb im 22. Jahrhundert entwickelt wurde. Der Name dieser Schiffe rührt von ihrer Fähigkeit her, ohne Zeitverlust in ein weit entferntes Sonnensystem zu ›springen‹. Es handelt sich um ziemlich unbewegliche Raumfahrzeuge aus einer langen, schlanken Antriebsspindel und einem enormen Solarsegel, das an einen gigantischen Sonnenschirm erinnert. Das gewaltige Segel besteht aus einem Spezialmaterial, das gewaltige Mengen elektromagnetischer Energie aus dem Sonnenwind des jeweiligen Zentralgestirns zieht und langsam an den Antriebskern abgibt, der daraus ein Kraftfeld aufbaut, durch das ein Riß im Raum-Zeit-Gefüge entsteht. Nach einem Sprung kann das Schiff erst weiterreisen, wenn es durch Aufnahme von Sonnenenergie seinen Antrieb wieder aufgeladen hat.

Sprungschiffe reisen mit Hilfe ihres Kearny-Fuchida-Antriebs in Nullzeit über riesige interstellare Entfernungen. Das K-F-Triebwerk baut ein Raum-Zeit-Feld um das Sprungschiff auf und öffnet ein Loch in den Hyperraum. Einen Sekundenbruchteil später materialisiert das Schiff am Zielsprungpunkt, der bis zu 30 Lichtjahre weit entfernt sein kann.

Sprungschiffe landen niemals auf einem Planeten und reisen nur sehr selten in die inneren Bereiche eines Systems.

Interplanetare Flüge werden von Landungsschiffen ausgeführt, Raumschiffen, die bis zum Erreichen des Zielpunktes an das Sprungschiff gekoppelt bleiben.

Sternenbund: Im Jahre 2571 wurde der Sternenbund gegründet, um die wichtigsten nach dem Aufbruch ins All von Menschen besiedelten Systeme zu vereinen. Der Sternenbund existierte annähernd 200 Jahre, bis 2751 ein Bürgerkrieg ausbrach. Als das Regierungsgremium des Sternenbunds, der Hohe Rat, sich in einem Machtkampf auflöste, bedeutete dies das Ende des Bundes. Jeder der Hausfürsten rief sich zum neuen Ersten Lord des Sternenbunds aus, und innerhalb weniger Monate war die gesamte Innere Sphäre im Kriegszustand. Dieser Konflikt hält bis zum heutigen Tage, knapp drei Jahrhunderte später, an. Die Jahrhunderte nahtlos ineinander übergehender Kriege werden in toto als die ›Nachfolgekriege‹ bezeichnet.

Wahrgeboren/Wahrgeburt: Ein wahrgeborener Krieger ist aus dem Zuchtprogramm der Clan-Kriegerkaste hervorgegangen.

Zug: Ein Zug ist eine militärische Organisationseinheit der Inneren Sphäre, die typischerweise aus etwa achtundzwanzig Mann besteht. Ein Zug kann in zwei Abteilungen aufgeteilt werden.

BANSHEE

KAMPFTITAN

STREITROSS

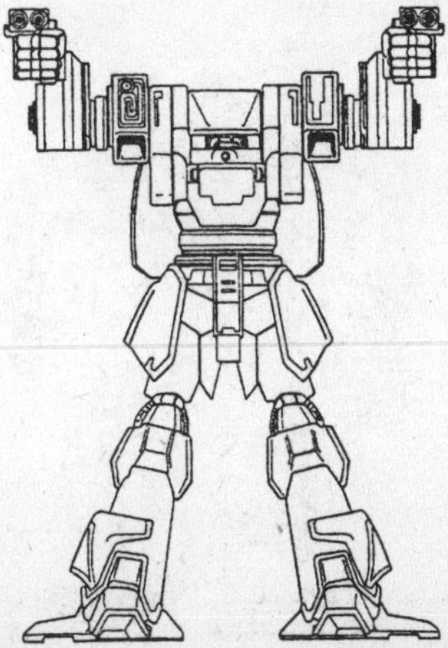

FEUERVOGEL

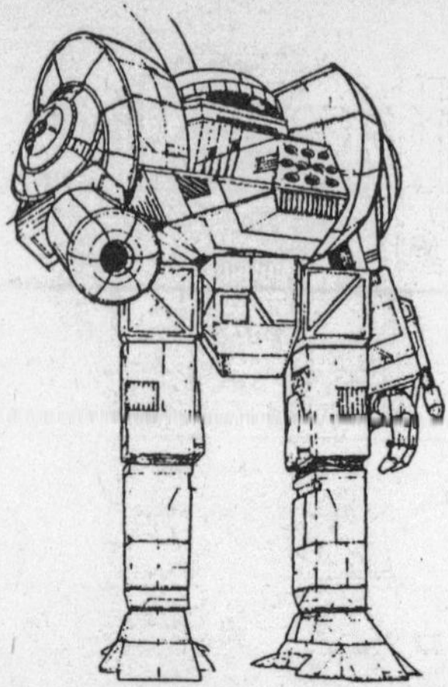

GROSSDRACON

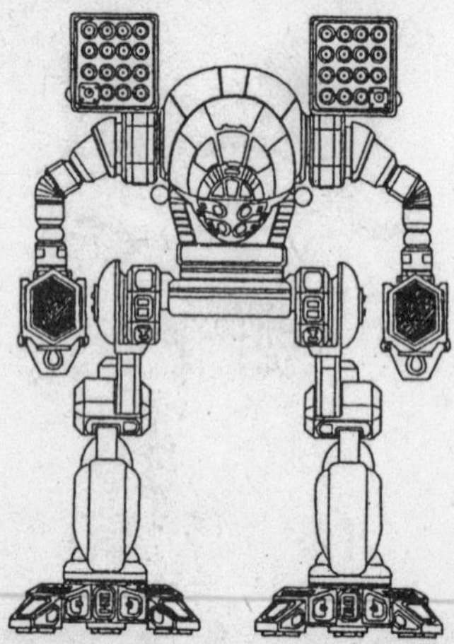

KATAMARAN

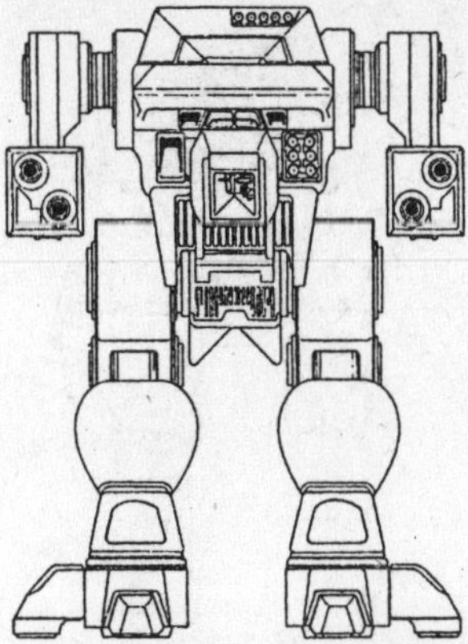

MASAKARI

MERKUR

FEUERFALKE

RABE

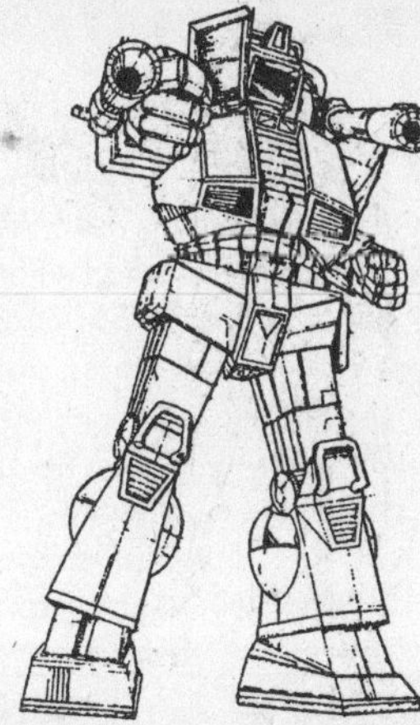

DUNKELFALKE

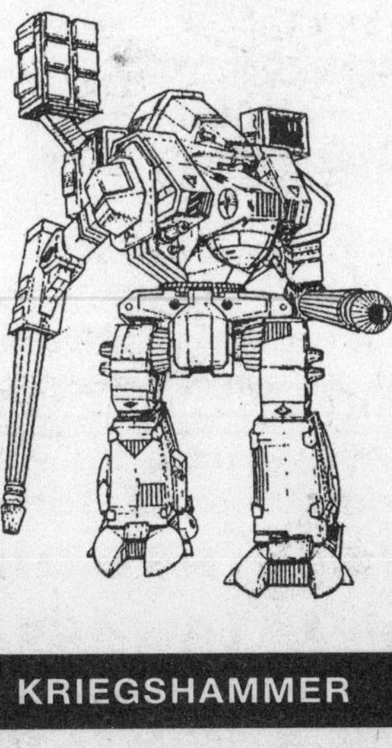

KRIEGSHAMMER